卧底特工

走进银行洗钱案的幕后

The Infiltrator: My Secret Life inside the Dirty
Banks behind Pablo Escobar's Medellín Cartel

罗伯特·马祖尔（Robert Mazur） 著

李立群 刘启升 译

中国人民大学出版社

·北京·

谨以此书献给我的妻子伊芙琳，是她的爱与支持给予我勇气和力量。

译者序

《卧底特工：走进银行洗钱案的幕后》一书是美国特工罗伯特·马祖尔为我们讲述的他亲身经历的一个惊心动魄的故事，更确切地说，应该是他作为卧底特工的真实经历。其骇人听闻，让人觉得这更像是一个传奇。这是一个关于银行黑幕和卧底历险的传奇。

国际商业信贷银行（BCCI）洗钱案在20世纪90年代曾被称为"美国历史上最骇人听闻的一桩洗钱案"，也是"世界金融史上最大的诈骗案"。但由于种种原因，该案件在国内却鲜为人知。实际上，鼎鼎大名的巴拿马诺列加将军、美国总统布什家族、哥伦比亚的麦德林卡特尔贩毒集团、甚至英国中央银行等国际知名人士和机构都与BCCI有着千丝万缕的联系。

国际信贷商业银行于1972年注册于小国卢森堡，创始人是巴基斯坦人阿迦·哈桑·阿贝迪。该银行1991年倒闭前在15个国家设有47家分行，资产曾高达250亿美元，是一家名副其实的大型跨国银行。BCCI在那些具有宽松的银行监管规则和税制自由、尤其是制定有严格银行保密法和严格公司保密法的国家建立起了一个弥天大网，几乎成了国际贩毒走私及黑社会组织的洗钱天堂。BCCI的高级主管为哥伦比亚犯罪集团洗钱，金额高达3 400万美元，发现后被罚款1 500万美元，该银行因此得名"可卡因银行"。BCCI几十年从事犯罪活动，倒闭时亏欠8万名储户约100多亿美元，有些储户甚至损失了终生的积蓄，血本无归。由此，BCCI便成了"骗子和罪犯银行"的代称。

1988年，美国司法部在美国海关、国税局、毒品管制局和联邦调查局的合作之下开展了现金追踪行动（Operation C-Chase）。而本书的作者，罗伯特·马祖尔，作为美国海关总署的一名秘密特工，在该行动中全程参与卧底行动，伪装成一名富有的商人，精心布下重重诱饵，暗中调查麦德林贩毒卡特尔洗钱案，并与参与洗钱的 BCCI 的银行家们密切往来。他们的整个行动共获得了 1 200 多盘秘密录制的谈话录音带和将近 400 个小时的录像带。通过这些确凿的证据，司法部得以对几名 BCCI 的银行家和其他数十人起诉，并于 1990 年将其定罪。

本书作者罗伯特·马祖尔利用卧底行动中秘密录制的大量对话录音材料、详实的调查资料以及数年的卧底经历，从当事人的视角为我们讲述了一个惊心动魄的真实故事，向我们揭秘国际毒贩如何洗钱的同时，也透露了美国政界、金融界的一些黑暗内幕，同时让我们领略了一个无私无畏、机智幽默、深谋远虑的普通美国卧底特工的风采。本书故事情节跌宕起伏、扣人心弦，正如美国畅销书作家史蒂文·艾默生所说："太令人着迷啦……一旦你拿起这本书，我保证你会爱不释手。这是一个令人吃惊的故事，讲述了一个奋斗在缉毒斗争前线、与臭名昭著的麦德林贩毒集团英勇斗争的特工的亲身经历，你会被它深深吸引的。"

毫无疑问，翻译这样一本书，不仅是对语言本身的一种考验，更是对国际金融知识、法律知识、美国社会知识的一次洗礼。原书中涉及大量与贩毒和洗钱相关的金融知识和法律知识，在翻译过程中，笔者咨询了多位律师、法官等法律工作者，以及在金融界工作的朋友们，力求做到对专业名词的翻译准确无误。同时，本书故事线索复杂，人物众多，机构、公司名称和地名异常烦琐，在翻译过程中颇费周折。笔者几乎翻阅了所有类型的词典，如人名地名词典、网络词典、经济词典、法律词典等，寻求最为权威的解释和翻译。还有，书中人物来自各行各业、不同阶层，分别使用了大量的官方语言、外交词汇、俗语、俚语甚至英语以外的其他语言，如意大利语、法语、西班牙语等，笔者费尽心机，查阅了大量的资料，咨询了许多外语学习者，翻译时尽量保持原汁原味，使译文符合人物的身份和性格特征。另外，中美两国在经济、政治、文化等方面存在诸多差异，为了使中国的广大读者更好地读懂这本书，笔者在翻译过程中，不辞辛苦，增加了大量的译者注，对中国读者可能不熟悉、理解上或有偏差的问题加以解释。

翻译是一门严谨的学问，笔者深谙古人"信，达，雅"的教诲，在翻译过程中，为处理得当，处处小心，反复体会原文，一次次斟酌、修改译文，力求为读者呈现一部优秀的作品。但令笔者感到遗憾的是，本书的译稿远未臻完美，一定会存在不少纰漏，敬请各界读者不吝赐教。

在翻译本书的过程中，笔者得到了许多热心人士的鼎力帮助，特在此表示诚挚的谢意。他们分别是：李丽颖、赵玉洁、张艳、冉伟严、于颜花、李丽辉等。

译者

2009 年 12 月

前　言

清算之日

佛罗里达州，坦帕市，美国地区法院

1990 年 3 月 26 日

几名全副武装的警卫将我带入坦帕市美国地区法院大楼里一个没有窗户的小房间。透过光滑的红木墙壁，传来律师们低沉的辩论声和一群人嘈杂的议论声。房门的对面就是法庭，在那里，我即将与几个辩护律师交锋，他们都是可以用金钱收买到的最好的律师。自从鲍勃·穆塞拉——我参与国际洗钱案的化名——被曝光之后，那六个被告才逐渐意识到我并非他们的同伙，而这次开庭是事发后他们与我的第一次照面。

时间过得很慢，仿佛停滞了。我想着我的妻子和孩子们，几年来，因为我工作的缘故，他们受了很多苦。是他们给我勇气来面对这次审判。卧底行动结束后，我们都期待着恢复过去正常的生活，最终却获悉，在第一轮被指控的 85 人中竟有人将一份总额为 50 万美元的合同栽赃到我的头上。尽管我和家人已经搬了家，过着隐姓埋名的生活，但是如果因我参与了捣毁卡特尔联盟以及为其服务的银行家们的行动而给我深爱的人带来伤害，我是不能安心的。而且，我在过去四年里所做的艰苦努力和承受的巨大痛苦也将毫无意义。因此，我下定决心，要全力以赴地在证人席上度过接下来的三个月。

1

"他们在等你，"一名执行法警推开房门对我说，打断了我的思绪。他将我带进审判庭，里面挤满了几百名记者和观众，还有几名被告的家属和孩子们——我曾与他们共度过那么多的时光。他们默默无语，但脸上的表情分明是在质问："你怎能这样？"六名被告挤在审判席上，他们的周围是一群律师。

鲁迪·阿姆布莱切特是麦德林①卡特尔主要的组织者，曾与卡特尔董事会全体成员并肩工作，共同策划了该集团在美国的一些绝密行动。如果卡特尔需要购买多架飞机或者评估全球洗钱计划的可行性，都会前去拜访鲁迪，倾听他的意见。鲁迪看上去就像疯子杰克·尼克尔森②，却拥有汉尼拔·莱克特③超常的智慧和哲学天赋。阿姆布莱切特的老板杰勒德·蒙卡达——也称唐·切倍，是由巴勃罗·埃斯科瓦尔精心挑选的，替他掌管着他的可卡因帝国的大部分事务。阿姆布莱切特作为我的密友，是唐·切倍、埃斯科瓦尔和我之间的联络人。我站在证人席上看了一眼阿姆布莱切特，他面部表情疯狂，手里抓着领带，挥动着向我表示"问候"。

阿姆布莱切特的旁边坐着阿姆加德·阿万。他是国际商业信贷银行（BCCI）④ 的一名高级主管，做事八面玲珑，曾为世界上一些臭名昭著的犯罪分子洗过钱。他的客户包括：巴基斯坦的齐亚总统、巴拿马的曼纽尔·诺列加将军，以及美国的大毒枭们。身为巴基斯坦三军情报局（ISI）——在巴基斯坦的地位相当于美国的中央情报局（CIA）——前任局长的儿子，阿万资助着一个过去称为"阿富汗自由战士"，现在称作"塔利班"的组织。阿万一向沉着冷静，他不会做出挥动领带的疯狂动作。他穿着剪裁十分得体的西装，头向前倾，眼睛向下看，似乎我的出现侵犯

---

① 麦德林（Medellín）：哥伦比亚第二大城市，安蒂奥基亚省首府。麦德林在 20 世纪八九十年代曾因臭名昭著的麦德林贩毒集团和居高不下的犯罪率成为世界上"最不安全"的城市。——译者注

② 杰克·尼克尔森（Jack Nicholson）：美国演员，先后以《飞越疯人院》和《猫屎先生》获奥斯卡最佳男主角，以《亲密关系》获男配角奖。他以出演带邪气的绅士角色著称。——译者注

③ 汉尼拔·莱克特（Hannibal Lecter）：美国悬疑小说作家托马斯·哈里斯系列小说《红龙》、《沉默的羔羊》、《汉尼拔》等中的主要人物。——译者注

④ 国际商业信贷银行：Bank of Credit and Commerce International，简称 BCCI。——译者注

了他至上的权力。

坐在阿万旁边的是他的好朋友兼他在国际商业信贷银行的同事阿克巴·比尔格拉米。他与阿万一起负责发展国际商业信贷银行在整个拉丁美洲的业务，搜罗任何一位进入视线的黑钱主人，公开地与之建立联系。比尔格拉米出生在伊斯兰堡并在那里长大，能讲一口流利的西班牙语。他曾在哥伦比亚工作过很长时间，正是在那儿，遇到了他的第三任妻子。比尔格拉米盯着我，目光咄咄逼人。他坐立不安，焦躁地搓着双手。即便在我做卧底时，也很难使他完全放松警惕。显然，他早就预料到这一天终会来临。

伊恩·霍华德是国际商业信贷银行的一名官员。他出生于印度，管理着该银行在巴黎分行的业务，为其老板纳西尔·奇诺伊从事着肮脏的交易。在这家拥有 19 000 名雇员的银行里，奇诺伊位居第三，欧洲和北非所有分行的事务都归他管。我在巴黎赢得了奇诺伊的信任，之后他拉霍华德入伙。奇诺伊本来也应坐在审判席上，但是他几经周折偷渡到了伦敦，被当地警方抓获并无条件地羁押起来。破旧的伦敦监狱使他痛苦不堪，相比之下，美国的大多数监狱更像四星级宾馆。奇诺伊的心腹霍华德对我怒目而视，但面部和身体却纹丝不动。

同样来自于巴黎的斯波特·哈桑是霍华德的得力助手。他不知不觉地被卷入了我们的卧底行动。哈桑的作用犹如一只铺钱的手，奇诺伊指向哪儿，他就把钱铺到哪儿。比起他的同事来，哈桑年轻且缺乏经验，在被捕之前从未踏上过美国的土地。他对于上级的依赖甚至一直延续到审判庭。他不停地窥视着其他被告，判断自己应该如何表现。

被告席上的最后一位是赛义德·侯赛因——国际商业信贷银行巴拿马分行的客户主管。侯赛因从我这里学到了一种简单地应对银行危机的方法，即只要能够增加资产负债表的底线①，银行就可以吸纳任何形式的钱财。特工逮捕他时，他正要去参加一个单身派对——他一直坚定不移地认为那是为我组织的单身派对。手铐"咔哒"一下铐住了他的手腕，他却笑

---

① 指资产负债表上资产总额与负债及所有者权益总额。——译者注

了。执行逮捕任务的特工感到很奇怪，问他是什么事让他觉得这么好笑。"我以前也参加过这样的单身派对，女士们都化妆成警察，扮成要拘捕你的样子，"他一边说，一边笑，"可女士们在哪?"特工们也咯咯地笑出了声，摇着头说："老弟，醒醒啦。这可不是演戏。你是真的被捕了!"

多年来，我伪装身份，参与国际黑社会洗钱活动，并逐渐渗入到这个犯罪集团的最高层。一群不法银行家和商人庇护着这个犯罪集团，在全球范围内暗中进行着权力的再分配。我化名鲍勃·穆塞拉，伪装成一个与黑社会有染的美国富商，过着与他们一样富有的生活。我们在每晚 1 000 美元的酒店套房举行派对，住豪华别墅，驾驶劳斯莱斯敞篷车，乘坐协和飞机和私人喷气式飞机前往世界各地。鲍勃·穆塞拉简直与他们是一丘之貉：经营着一家效益很不错的投资公司；在华尔街一家经纪公司也有股份；还开着一家珠宝连锁店——这就是他们所知道的关于我的一切。而他们不知道的是我并非真正的鲍勃·穆塞拉。那个名字和那样的生活方式仅仅是我为了卧底而编造的谎言，我藉此介入了黑社会犯罪团伙的秘密生活。

在我的阿玛尼西装和伦威克公文包里藏着微型录音机，记录下我们合伙犯罪的确凿证据，随后我会将其递交给政府相关人员进行处理。我们的卧底行动在一场假婚礼（当然是我的）上戏剧性地告终：四十多人被拘捕，罪名成立，并被判入狱。从卧底行动结束到一审开始之间一年半的时间里，我和几个敬业的特工同事每天几近狂热地工作 18 个小时，将 1 400 多盘秘密录制的录音带转录成文字材料。这些微型磁带就是这次审判中击败对方的杀手锏，而"C-Chase"行动也成为美国历史上最成功的执法部门卧底行动之一。

我执行这次秘密行动的故事几年来一直是杂志封面和报纸头版的热点新闻。《纽约时报》"捣毁地下银行"；《华尔街日报》"国际商业信贷银行官员被控洗黑钱"；《纽约邮报》"联邦特工假扮花花公子颠覆国际大毒枭"；《旧金山检查人报》"缉毒警察假扮银行家揭秘国际毒贩洗钱黑幕"。然而，与站在被告席上的这几个人源源不断塞进他们的辩护律师口袋里的钞票相比，连篇累牍的媒体报道却显得逊色得多。后来，据政府官员估算，共有 4 200 万美元从国际商业信贷银行的股东们——富有的沙特阿拉伯的石油大亨们——的腰包涌入辩护律师的保险柜，目的就是为那些曾经满足了我所有的洗钱需求的银行家们开脱罪责。

而这笔钱比起每年毒品交易产生的收益来，又相形见绌。据美国和联合国估计，毒品交易每年的收入可达 4 000 亿～5 000 亿美元。如此庞大的一笔财富，美国政府却连其 0.5% 都追踪不到。除了瑞士、巴拿马、列支敦士登等国家的银行，以及一些传统的庇护机构继续为清洗黑钱提供庇护之外，根据我卧底时获得的情报，新式的洗钱途径正在涌现，且呈上升趋势。卡特尔正在开始将他们的黑钱转移到阿布扎比、巴林、迪拜和阿曼这样的国家。这些国家的银行只在阿拉伯国家范围内开展业务，并拒绝西方执法部门的调查。美元的现金交易业务使得这些国家的银行业发展欣欣向荣。

所有这些国家的不法银行家们都参与操控拥有几十亿美元资产的毒品走私帝国，负责经营它们的下属机构，如公开招股公司等。会计、律师和金融顾问在集团内部的根基都很深，他们每年清洗数十亿美元的黑钱，操纵复杂的国际金融体系，为国际毒枭、腐败政客、偷税漏税者和恐怖分子服务。他们圆滑老练，隐匿身份，为清洗黑钱提供一流的服务——不管这些钱有多肮脏，上面沾有多少鲜血——并从中大发其财。而他们每次总能逍遥法外。

接下来的故事讲述了我协助捣毁这些犯罪团伙的真实经历。从中，你可以了解到卧底特工如何被提拔任用、亿万美元如何流出空壳公司并跨越边境、线人如何被培养，以及情报人员藏身的安全站点如何被建立，等等。故事不但宽泛地揭示了国际毒贩洗钱案中的骇人真相，还详尽地呈现了诸如犯罪分子如何惊人地逃脱法律制裁，特工人员如何费尽周折却差点一无所获，以及正义如何伴我左右而我如何一点一滴地为本案收集证据的诸多细节。

在此之前，我从未向别人披露过这个故事——故事开始于一杯香槟酒。

目　录

一、初露锋芒

美国纽约州，斯塔滕岛[①]

20 世纪 50 年代

　　我小的时候，母亲向我讲述过一个故事，希望对我有一定的警示作用。我的曾祖父拉尔夫·切法罗在曼哈顿下东区经营着一家假货贩运公司，在禁酒令时期[②]专为查理·卢西安诺贩运走私的威士忌酒。查理·卢西安诺，江湖人称"福星"，是美国最臭名昭著的黑帮头目之一。

　　我的祖父乔和他的兄弟们就在这家贩运公司听差，共事的其他伙计都是"福星"黑社会组织的成员。当激进的检察官托马斯·杜威穷追不舍地搜集"福星"和他的整个黑社会组织犯罪的证据时，贩运公司里"福星"的一个有前科的伙计被抓获了——当然并不是因为贩卖私酒——因为是累犯，他将被重判。我祖父是个讲义气的人，他主动做了替罪羊。服刑出狱后，他举家从东十四街迁到了斯塔滕岛上干船坞[③]附近一套小公寓的二层居住。当时那一带的许多人都有绰号，我祖父也赢得了一个——"两杯啤

---

① 斯塔滕岛（Staten Island）：纽约市五大区中的一个。——译者注
② 美国在 1920—1933 年间规定酿酒或售酒为非法。——译者注
③ 将水抽掉，使船舶在此进行出水检查、修理的封闭的船池。待出售的船舶通常在干船坞让有意向的买主查看。——译者注

酒"，因为每当船舶修造厂拉响汽笛，他当班结束后，都会直接前往当地人经常聚会的"友谊"俱乐部，到那儿后立即点两杯啤酒喝。

我们全家一致认为我是祖父的最爱。正因为如此，我刚刚五岁时，祖父就开始带我去"友谊"俱乐部，向他的朋友们炫耀。像当时所有意大利乖男孩一样，我会拉手风琴。祖父总是迫不及待地将我举到吧台上，这样，他的朋友们就能看见我拉琴时不用看活页乐谱。酒吧里啤酒杯碰撞得"叮当"作响，香烟的烟雾缭绕，他总是站在中间，环视一下四周，用他的眼神告诉大家：嘿！别吵啦！该听这个小鬼演奏啦！酒吧里的嘈杂声戛然停止，所有的人都会把注意力立即转向我，聚精会神地听我生涩地拉出一首曲子。曲子很难听，但没有人敢取笑"两杯啤酒"切法罗，他们可不敢对他孙子的演奏说三道四。

他去世十多年后的一个夏天，我在布鲁尔斯干船坞找到了一份暑期临时工作——木匠兼油漆工，也干点为船舶装配索具的活。第一天上班时，一个在船舶修造厂工作了二十年的伙计问我："嘿，小老弟，你到底是怎么弄到这份工作的？"

"喔，我祖父多年前也在这儿工作过，他有许多朋友。"我怯生生地说，"认识他的一个人帮了我的忙。"

"哦，是这样，那么，你祖父是谁？"他歪着头问。

"嗯，他已经去世一段时间了，别人都叫他'两杯啤酒'切法罗。"

"你开玩笑吧，"他吃惊地答道，"谁都认识'两杯啤酒'！他可是个了不起的人。"

我是"两杯啤酒"的孙子的消息马上传开了，不久，我所属的美国劳联—产联（AFL-CIO）的工人代表史蒂夫来找我了。"嘿，老弟，我们今天需要你帮忙。"他说，"见工之后，到茅房找我。""见工"是码头行话，指每天早上到码头找负责我们手艺的工头——就我而言，就是木工头——由他分派我们一天的活计。他说的"茅房"指的就是船坞修造厂中央的卫生间。

见到史蒂夫后，他解释说，他们需要我在卫生间外面放风，如果看到有不是修造厂的人过来，就敲墙通知他们。我望风时，当地的赌注登记经纪人刚好来了几次，我听到他们在卫生间里分别就数字、马匹和比赛下了赌。史蒂夫挑了几个心腹轮流为他望风。但是，这次之后他再也没有机会找我做这事了，美国劳联—产联被另一个联盟取代了，而史蒂夫也因此失去了他的权力。这是我上的关于忠诚和尊重的很重要的一课——虽然它无关痛痒。

几年后，我在斯塔滕岛瓦格纳学院偶然发现了一则招聘告示，美国国税局情报署求征一名实习生。我并不清楚那是什么性质的工作，但是接受它就意味着暑假期间能够受聘做一份专职工作，开学了可以继续做兼职，而毕业后就有机会得到这份全职工作。

在收集关于这份工作的信息的过程中，我有机会与情报署的一个特工聊了聊。按照他的描述，他们的工作并不是稽查和侵扰普通老百姓。他们佩戴枪支和警徽，并与其他机构如美国联邦调查局等，联手执行任务。他们将学到的会计学专业知识应用到所处理的违法税收案件中，打击那些贩毒分子、黑帮成员和手段高超的偷税漏税分子。谈话过程中他好几次引用了那个古老的谚语：笔墨胜刀剑。结束谈话时，他说道："你知道，艾尔·卡彭①就是因为违反税法被关进了监狱。要不是我们努力为这个案子搜集证据，他永远也不可能知道阿尔卡特拉斯岛监狱②是什么样子。"

那时，我已经选修了会计学和商务课程，这份工作听起来比当一名整天埋头于枯燥数字的注册会计师有趣多了。几年前，大通曼哈顿银行和位于曼哈顿中心的一家名为蒙哥马利·斯科特的经纪公司曾聘我做行政文书——而我恨透了那份差事。我想拥有一个能够引以为豪的职业，一个让我一直兴趣盎然的职业，一个不会陷我于每天墨守成规、深感索然无味的

---

① 艾尔·卡彭（Al Capone）：（1899—1947），又译卡邦，美国知名罪犯。他出生于纽约布鲁克林，父母原籍是意大利那不勒斯的美国移民，表弟查理·卢西安诺也是美国纽约著名黑帮老大，是拉斯维加斯开山祖师。艾尔·卡彭虽长期犯罪，但美国联邦政府却因始终找不出他犯罪的证据，而无法加以顺利逮捕。直至1931年，美国政府才借用逃税罪嫌疑对卡彭逮捕。翌年，他被审判宣告有罪，依逃税诈欺等罪入狱，之后辗转进入美国最有名的旧金山恶魔岛监狱。——译者注

② 阿尔卡特拉斯岛（Alcatraz）：又称"恶魔岛"、"监狱岛"，位于旧金山渔人码头北方，曾是军事重地。1907年该岛成为军事监狱。1934年因其得天独厚的位置，被设为戒备森严的联邦监狱，囚禁恶性重大囚犯。已于1963年关闭。现是旅游胜地。——译者注

职业。毫无疑问，在大通曼哈顿银行和蒙哥马利·斯科特经纪公司单调无聊的经历让我下决心接受了国税局的这份工作。

第一天到莫雷街12号上班，我心中充满期待，想象着那天结束前我们有可能抓到什么样的歹徒和关键罪犯。的确，那天发生的事让我感到有些意外。熟悉情况后，特工莫里斯·斯克尔尼克慢吞吞地向我走过来，他看上去足有七十多岁。他对我说："嘿，小家伙，我来教你两手吧！"他从桌上抓起一把2号铅笔，慢慢地走向一台手摇式的削铅笔器。他一边费劲地摇动机器削铅笔，一边看向我，叹着气咕哝着说每天工作开始前将铅笔削好有多么多么重要。

接着他把我拽到复印机前，在上面放了一张日程表，按下了"开始"键。随着复印机的机头部分前前后后地滑动，他又向我解释制作"真正"的副本有多重要，还不停地将原件与复印机印出的复印件相比较。我一头雾水。不是说要将坏人绳之以法吗？为他们设计的圈套在哪？又有何冒险之处？这明明不是广告中的那份超级警察工作嘛！我有一种上当受骗的感觉。

当天晚些时候，情报署一个年轻主管托尼·卡尔皮内拉消除了我的疑虑。他向我解释说，我们的机构人员分成两类：一类是像斯克尔尼克这样的桌面操作员，另外一类则是像他自己这样的具体办事人员。托尼负责的部门当时叫"打击黑势力小组"，是鲍比·肯尼迪任司法部长时组建的一批行动小组之一。分派到托尼小组的特工们现在正着手调查涉及纽约市大多数黑帮头目和腐败政客的案件。托尼将我介绍给他的一些同事，其中包括汤米·伊根，他正在与美国毒品管制局的特工和纽约市警察局(HYPD)[①] 负责34号管辖区的缉毒小组的督察员们联手工作，收集一家银行的犯罪证据，这家银行为纽约州头号大毒枭弗兰克·卢卡斯清洗了数百万美元的贩毒黑钱。

卢卡斯带领着一伙儿堕落的军人，将海洛因藏在越战阵亡的美国士兵的装尸袋中运回美国。他运回的海洛因摧毁了数万人的生活，而他也因此大发其财。他和他的同伙们拖着装满几大帆布袋的、足有几十万美元的小

---

① 纽约市警察局：New York Police Department，简称 NYPD。——译者注

面额现钞走进了纽约化学银行位于威切斯特广场的一家分行。汤米将所有证据收集齐全，成功地起诉了那家银行和它的几个高管。化学银行因此支付了几十万美元的罚款。这个案子在当时轰动一时，然而，最终的结果却不尽如人意。银行所受到的惩罚微不足道，他们为从事肮脏的洗钱交易所付出的代价也不足挂齿。本应该设法让那些涉黑银行家们面对更大的风险，因为他们在毒品交易中起到的作用是举足轻重的，如果没有他们的帮助，卢卡斯堆积如山的黑钱将会成为他的累赘——这些黑钱无疑会吸引过多的目光。我逐渐开始意识到，毒品交易中的"阿喀琉斯的脚踵"原来就是提供清洗黑钱业务的银行。我朦朦胧胧地对未来的生活有了一点点认识。

在纽约市做特工期间，我和妻子的第一个孩子出生了。孩子很健康，但妻子伊芙琳患了严重的产后并发症。她要接受几个月的治疗，在这几个月里，我请了所有的带薪假和病假照顾她和孩子。出院回到家后，她仍需要照顾，于是我将我的情况汇报给了国税局我的上司，申请预支我的假期，以便将妻子和孩子开车送往坦帕市，因为我的哥哥和嫂子住在那里，并愿意照看他们。

第二天，上司告诉我他们的决定时，我十分震惊。他们说："嘿，你真是个幸运的家伙。刚好坦帕市有一项为期三个月的特别任务，我们就派你去吧。"根本没有什么特别任务。他们开后门设计了这项任务，只是为了帮我解决困难。

于是我去了坦帕市，处理了几个案子，三个月后又带着家人返回纽约。回来之后，情报署主动提出将我永久地调到坦帕市工作，我同意了。

在阳光充足的佛罗里达州，贩毒者和洗黑钱的人就像当地的棕榈树一样多。针对这种情况，美国国税局情报署与美国海关联手成立了一个叫做"美钞行动"① 的特别小组，追查为毒贩清洗黑钱者。行动小组在侦破案件时，经常需要特工打进毒品集团和洗黑集团做卧底，但是情报署的特工如果不经过华盛顿特区一个间谍学校的培训，是不能胜任卧底工作的。事情

---

① 美钞行动：Operation Greenback，见专有名词表。——译者注

开始变得越来越有趣了。

一想到扮演一个罪犯，而且他在瞬间做出的决定就能影响一个案子的侦破，甚至影响我整个的生活，我就感到十分刺激。那样的工作可以将我推到战斗的前线，而那正是我梦寐以求的。

在我的软磨硬泡攻势下，我的上司让步了。他们答应给我一个机会，并且给我找了一个参加培训的名额。当我走进华盛顿特区间谍学校的教室，看到我们的教员就是纽约情报署的老朋友乔·辛顿时，你能想象我有多吃惊吗？乔和其他在那儿任教的特工教给我们他们熟知的所有卧底把戏。他们讲的两点重要内容引起了我的注意，至今仍记忆犹新。

第一，尽管总部的特工可以帮助卧底特工获得假身份证明文件，乔认为"尽可能不要用总部准备的文件，自己编写那些文件"。如果你自己编写文件，你就会清楚，文件的信息是确凿的，任何一个细节你都没有忽略。如果你的那份身份证明是华盛顿特区间谍部门的某个人为你准备的，而他恰好有亲戚在一家银行或者一家信用卡公司上班，那么，这些公司的档案里肯定会有"与政府有牵连"的记录——以防账户被盗用。如果你的对手拥有复杂的关系网，那么那些细小的行政疏漏完全会要了你的命。

第二，当你伪造身份时，尽可能地利用你真实的生活经历，以便减少绞尽脑汁说谎的次数。你本来是纽约人，在金融界工作，那么你新的身份也应该如此。如果你对自己的卧底背景不熟悉，就不要提供给别人。祸从细节出嘛。

回到坦帕市，我开始准备我的第一份卧底身份文件。我读了大量书籍，了解到如何伪造新的身份以及如何识别假身份证等相关知识。在华盛顿特区的鼎力帮助下，我编造出了罗伯特·曼吉欧尼这个人——恰在此时，我接到了一个意外的任务，我的第一次卧底行动就这样开始了。

坦帕市的"美钞行动"特别小组与美国联邦调查局和美国毒品管制局合作，暗中打入一个庞大的海上大麻走私集团。该集团位于旧金山，但为其洗黑钱的不法分子将总部设在了萨拉索塔①南 60 英里处，以方便他们干

---

① 萨拉索塔（Sarasota）：美国佛罗里达州西部城市。——译者注

违法勾当。

在一个线人的帮助下，行动小组为我和另外两名卧底特工制定了一项潜伏计划，让我们假冒一个可卡因集团的主要头目，寻求帮助以清洗贩毒获得的钱财。巴迪·温斯坦是来自于毒品管制局芝加哥办事处的特工，他精瘦结实，心直口快，扮演起我们的集团总裁来，惟妙惟肖。吉姆·巴洛是联邦调查局的黑人特工，有着一副浑厚的嗓音，是个彪形大汉，他扮演我们的打手。我就是罗伯特·曼吉欧尼，集团的"账房先生"，听命于温斯坦。

温斯坦去旧金山执行任务，所以我和巴洛就留在萨拉索塔，与杰克·杜博律师和查理·博朗会计师谈生意。就像许多我未来卧底行动中的搭档一样，吉姆不需要身份证明文件和空壳公司做掩护来获得犯罪分子的信任。他的模样就足够了。吉姆性格粗犷，不拘小节，不善于掩护自己的身份。不止一次，在我们驾车外出时，他竟然准备用政府工作人员的信用卡加油，后被我及时发现并制止了。就在我们飞往旧金山，拜访我们准备暗中潜入的贩毒组织的头目时，他居然还想带上枪和他的警徽。我总是替他捏把汗，不得不时时提醒他。我俩真有点像老动画片中的小猎狗切斯特和牛头犬斯巴克——切斯特总是为斯巴克提心吊胆[1]。

我和吉姆花了一个月的时间渐渐与博朗和杜博混熟，他俩正在为旧金山的布鲁斯·珀洛文清洗一大笔黑钱。我想考验一下他们的能力，于是给他们提供了一个机会，让他们带我去拉斯维加斯赌场见他们的联系人。正如他们允诺过的，拉斯维加斯的服务生真能将我们声称贩卖毒品获得的小面额的钱——5元、10元以及20元面值的——兑换成崭新的百元钞票。

在拉斯维加斯，博朗和杜博还介绍我们认识了"皇家"赌场的老板乔·斯莱曼。据博朗说，拉斯维加斯还有其他的赌场同样经营清洗贩毒黑钱的业务，如杜尼斯赌场等，相比之下，皇家赌场的规模要小得多。听到我说我们的可卡因生意需要他的帮助时，斯莱曼甚至连眼睛都没眨一下。他安排赌场的经理将我们的零钱兑换成百元现钞，还伪造了一些票据，这

---

① 华纳兄弟娱乐公司出品的动画系列片《乐一通》和《梅里小旋律》中的卡通人物。——译者注

样，我们表面上看起来就像是幸运的赌徒将所赢筹码兑成了现金。

博朗和杜博帮我们与他们在拉斯维加斯的联系人牵上线后，我们还需要在佛罗里达州物色一个律师，让他帮忙寻找并利用一些境外公司，以便在美国境外开账户。很快，这一切都如愿以偿。

大开曼岛上的华盛顿国家银行热情欢迎了我们，并接纳了我们一摞摞的百元钞票。博朗乘坐一架商用飞机将钱偷运到大开曼岛，精心伪造了贷款票据，然后似乎是合理合法地将这笔钱作为一笔清白的贷款转移回我名下一家美国公司。就这样，一箱子的零钱摇身变成了美国一家合法公司的筹措资金。

我们设法让博朗和杜博了解到，我们正在为数吨优质的大麻寻找销路。我告诉他们，如果他们能够帮忙寻找到销售渠道，我们就可以给他们一笔提成。他们随即将我们所有人和旧金山分部的头目召集在一起，举行了一个会议。

布鲁斯·珀洛文是个天才人物，他身体虚弱，戴着眼镜，脑后拖着马尾辫，看上去更像一名心理学专业的研究生。谁能想到，他居然是一个犯罪集团的头目，经常利用远洋货船、拖船和捕鱼船从泰国和哥伦比亚将好几百吨的大麻运往美国。好莱坞绝对不会选中他做演员。在萨拉索塔的一家宾馆，他第一次走进房间与我们见面的那一瞬间，丝毫没有引起我们的注意。但是，他张口说话时，表现出来的思维水平却远远超出了大多数人的想象。

"我第一次赚到 10 万美元的时候还是个小屁孩。"他吹嘘道，同时承认，在迈阿密经商时，他经营的卸货公司是美国历史上最大的卸货公司之一。他拥有许多高速游艇、捕虾船和拖捞船，他曾花 300 万美元买下了六艘船，而这六艘船只是他庞大舰队的一小部分。后来，由于佛罗里达州的毒品交易遭到了严厉打击，他几年前就离开了迈阿密。

在旧金山他开办了一家新的公司，公司每周仅花在日常管理上的费用就高达 50 万美元——购进船只，开辟码头，修建毒品藏匿处所以及聘用职员等。在加利福尼亚他逐渐确立了自己的地位，曾先后 17 次出海贩运毒品，而且没有一次失手。他的合伙人经营着一家拥有 3 000 万美元资产的合法公司，在过去的两年里，该公司每年都要进口 4 万磅的大麻，从而获得资金。按照布鲁斯的说法，"我们知道海岸巡逻队的确切位置……我们早就得到了关于他们的所有消息。我还知道西海岸每艘船的位置。去年，我们曾有一次'T'（泰国大麻）之旅。因为海岸巡逻队大规模地封锁检查，我们的船在近海岸边停泊了两个星期。他们封锁海岸线是为了查找一艘来自墨西哥的大船，船上装有海洛因。我们得到消息，他们找的是一艘名叫'塞勒斯'的货船。我们了解海岸巡逻队的两架飞机在哪里飞行。我们知道他们飞行的具体路线。我们清楚海岸巡逻队的船停在哪儿，他们出来巡逻的船只也多于平常。我们不相信他们能出海巡逻检查那么长时间，因为在外面巡逻那么久，他们通常是负担不起的。但是那次，他们做到了。于是我们就在港外等着他们出港——然后，我们就进去了。"

我和温斯坦表示了与其结识的喜悦。珀洛文也表示与我们谈话他无拘无束，因为直觉告诉他我们不是警察。于是，温斯坦有些失控了——他真应该去做喜剧演员而不是特工。"我看上去像不像埃德加·胡佛[①]?"他开玩笑道。（他说这话时，安东尼·萨默斯写的传记《美国联邦调查局局长埃德加·胡佛秘史》还没出版，其对异性服装的评论也尚未公之于众，但胡佛这个名字当时已经家喻户晓。）

珀洛文双腿盘成莲花状坐在宾馆的床上，头向后仰靠着，目光透过镜片俯视下来。他仔细观察着我们俩，头转动着，就像坦克的炮塔。我如坐针毡，那一刻是我一生中度过的最长的几秒钟。

"你们不是雷子，"他终于说道。"不是你们看上去不像，是感觉不像。如果你们是雷子，我会知道的。我的直觉很准确。"

珀洛文邀请我们所有人去加利福尼亚州尤齐亚他的家中做客，温斯坦、巴洛和我在他隐蔽的高墙宅院里度过了几天。这所庭院坐落在加利福尼亚北部群山的顶部。正是在这里，珀洛文监管着数量巨大的大麻的运送任务。这些大麻被藏在驳船里，而驳船就停泊在金门大桥的桥下——刚好

---

① 约翰·埃德加·胡佛（John Edgar Hoover，1895—1972），是美国当代历史上掌权最久的一位政治人物，担任美国联邦调查局局长达四十八年之久，被戏称为美国的地下总统。——译者注

在警察的眼皮底下。珀洛文的想象力真是远非这些警察可比。

我们居住的这幢小楼里布满了先进的电子装置，其精巧的程度足以让中央情报局的技术人员们汗颜。藏在地毯下面的通电铁丝网格能够击昏入侵者。小楼的顶层有一个指挥中心，被钢板墙壁围着，装有免费的国际电话线路以及精密的无线电装置，可以与驶自哥伦比亚和泰国海岸的运毒船上的船长取得联络。隐藏于整幢房子的摄像仪器让房内每个人的行为暴露无遗，密布于各处的传感器可以探测到房内发生的一切。珀洛文在其住宅的一间仓库里停放着一辆房车，里面装配有电子设备。在危急时刻，珀洛文可以将房车派遣到旧金山半岛上，沿着"天际大道"① 一直开到山顶，在那里，房车可以帮助钢板墙内的指挥中心与哥伦比亚的联络人以及太平洋上的船长们保持联系，同时监视美国海岸巡逻队船只的行动。

在半年的卧底工作中，我们多次记录下与博朗、杜博和珀洛文会面的经过，已经掌握了非常多的证据，足以把他们三人送上审判席——当然还有他们集团中的许多其他人。在这起案件中，我最后要面对的挑战是设计一个抓捕圈套。博朗和杜博去了密西西比州的拜洛希，正准备在那里开展酒店业务。我需要与他们密切接触，以便探听出珀洛文的藏身之处，这样，我们就可以首先逮捕珀洛文，之后再对他两人实施抓捕。

在拜洛希，博朗和杜博真的铺开了红地毯。他们正在组建"红地毯酒店"的全国总部。他们猜测我马上要去拜访他们，因为我曾告诉他们，我的——也就是说，曼吉欧尼的——赞助人很乐意与他们直接会面，以最大限度地汇聚他们的才干。博朗和杜博当然相信我是为纽约的一些聪明人工作的，帮他们将现金清洗干净然后进行投资。我告诉他们，我会先到一步，而我的老板们第二天就到。

来到博朗的家中，他的妻子和杜博的妻子正在准备丰盛的宴席。博朗与我拥抱问候，然后我们都坐下来准备享用这顿精心烹制的、南方口味的家宴。我受到贵宾的礼遇。大家落座之后，分坐在我左右的查理和杰克伸

---

① 天际大道（Skyline Boulevard）：加利福尼亚州 35 号公路著名的山岭道路，沿途风景优美。——译者注

出了他们的手。查理低下头，非常严肃地说道："让我们握住彼此的手，低下头来。主啊，感谢您将鲍勃这样出色的人带进我们的生活。我们如此幸运，能够得到他仁慈、深情和忠贞的友谊。主啊，我们发自内心地感谢您。阿门!"随后，我们抬起头，睁开眼睛，我也非常诚挚地告诉桌旁的每一个人，我同样深感幸运，并且会一生珍惜他们的友谊。

家宴之后，查理·博朗向我透露了珀洛文的一些情况，那正是我想要得到的关于他的消息。珀洛文第二天要飞往芝加哥。博朗提供的情况非常具体，我们的特工足以据此实施抓捕方案。

第二天，我驾车先后将博朗和杜博送到附近的一家宾馆，他们以为是去秘密会见我纽约来的老板。他们到达后不久，一群特工突然出现，将手铐套在了他们的手腕上。博朗和杜博被捕之后都马上决定合作，这使我如释重负。搜捕任务成功完成，我们的特工举手击掌，互庆胜利。但由于某种原因——无从解释的原因——我一点也高兴不起来。

第二天早上，我打电话给伊芙，告诉她发生的一切。说着说着，我的眼泪顺着面颊滚落下来，声音也颤抖了。我知道那不是因为悲伤，但我不知道究竟是什么原因。这种感觉我以前从没体会过。

在过去的六个月里，我逐渐赢得了博朗和杜博的信任，在这个过程中，我——鲍勃·马祖尔——本人的一小部分已经不知不觉地融入了鲍勃·曼焦内（曼吉欧尼），成为他的一部分。[①] 这两个人犯了罪，应该受到指控。然而，使这个案子顺利侦破下去的唯一办法只能是我一次次地对他们撒谎。我曾欺骗自己，让自己相信我喜欢他们，于是我不得不付出情感代价。与鲍勃·曼焦内融为一体的那部分我意识到，他们以及他们家人的生活从此永远改变了。我背叛了他们对我的完全信赖，而这与我从祖父那里学到的完全背道而驰。

但我只是在执行我的任务。我从来不会忘记我是谁以及我为什么在那儿，然而与他们的密切接触几乎让我对他们的痛苦产生恻隐之心。从某种程度上说，我的确关心他们；这是永远无法伪装出来的。有人认为这是做

---

① 鲍勃、鲍比是对罗伯特的昵称。——译者注

特工这个职业的致命缺点，而我把它当做伸张正义的代价，一种附加伤害。而正是我的这种恻隐之心帮助我赢得了对手的信任。

布鲁斯·珀洛文被捕之后也很合作。根据他的供词，又有其他一百名罪犯落入法网。但还是查理·博朗在协助调查上立了大功。因此我和涉及该案的其他特工都完全赞成为他减刑。他最终被判五年监禁。原本对他的惩处要严重得多。

帮助博朗建立海外公司和伪造大开曼银行往来账目的律师也受到了指控。但是在检察机关起诉之后，法官却做出了如下裁决：博朗和杜邦提供的与该律师谈话的证词无效。法官拒绝受理该案，我们由此得到了一个颇有价值的教训——虽然有些令人难以置信——即证人必须采用记录谈话内容的方式来获得所发生事件的可靠证据，并作为犯罪的法庭证词。而且，为了让案件无懈可击，录制谈话的证人还必须是卧底特工。否则，不会有哪个法官相信一个律师会知法犯法，帮助清洗数以百万计的美元。

案件还清晰揭示了美国国税局烦琐的办事程序。与海关的那种无序状态相比，国税局的特工们面对的是极其恶劣的官僚作风。海关特工直接有权去做的事情，国税局的特工却需要获得五个方面的批准才可以。所以，当美国海关坦帕市办事处的处长保罗·欧博文来找我，问我是否愿意加入他的办事处时，我欣然应允。这份新工作需要我再次参加培训，而且薪水还要减少。但我认为值得，因为我有机会做更多我最愿意做的事情。这是个轻而易举的决定，却改变了我的人生。

二、罗伯特·穆塞拉的诞生

佐治亚州，圣玛丽，克鲁克德里弗国家公园

1983 年 9 月 26 日

他不知道那个检举人身上带着窃听器。

坦帕地区的知名律师乔治·梅诺斯一直在暗中支持着一个大的走私集团用远洋捕虾船偷运大麻，已有几十万磅的大麻被运到了美国东南部。他不仅出资进行大麻交易，帮助毒贩们清洗赚到的黑钱，而且将在瑞士银行清洗干净后的数百万美元用于在当地海滨修建一座大型的度假别墅。

史蒂夫·库克是我在美国国税局工作时的老战友，他后来也加入了美国海关，成为一名特工。他在海关系统网站上查询梅诺斯的情况时，发现我正在追踪调查他。于是库克打电话给我，向我提供了一个检举人的线索。这个人现在正被关押，他手中有一些极有价值的情报，成为侦破该案件、起诉这个堕落律师的突破口。

我们通知那个检举人的妻子，让她与梅诺斯取得联系，告诉他，她的丈夫马上要从南佐治亚一间舒适的监狱被转移到坦帕市。在坦帕市，他将受到一个大陪审团的审问，追究他进行毒品交易的资金来源。梅诺斯迫不及待地前往佐治亚安抚那个检举人，但他没料到那个检举人身上安装了窃听器。很快，这个案子成为了我们工作的重心。

在几个办事机构和比尔·金——美国历史上绝无仅有的最富智慧的助理检察官——的鼎立帮助下，我们派了几名特工前去监视梅诺斯的律师事务所，与此同时，我起草了一份宣誓陈述书，申请搜查梅诺斯的办公室，看能否找到他多年来涉及非法投资的记录。申请获得了批准，我们找到了高度确凿的证据，其中有瑞士银行往来账目单据以及一份内容全面、有计划、有步骤的手写洗钱方案。我们搜查到的这些证据和六个被吓破了胆的毒贩的供词最终让梅诺斯被判 40 年监禁。

在侦破该案件的过程中，我一度陷入工作狂状态。为了不让身体垮掉，我和我的上司保罗·欧博文一起开始慢跑锻炼，同时开展一些社交活动。他喜欢打垒球，于是他强迫办事处几乎所有人，包括我，一起组队参加比赛。事实上，我政府工作生涯中最离奇的一段小插曲由此发生了。那是个晚上，按计划我们要打一场垒球比赛。我们队的两名特工因为要执行抓捕任务，不能按时到场参加比赛。他们抓到罪犯，给他戴上手铐，然后扔进车的后座，但是，他们始终惦记着保罗的指令，即团队至上。在押解罪犯前往地方监狱的途中，他们的车恰好驶过比赛场地，他们发现我们队在场上缺了三个队员，马上就要输掉这场比赛了。

其中一个特工转过头问那个囚犯："你会打垒球吗?"

囚犯答道："当然会打，而且他妈的打得很好。"

"那就好，"那个特工说。"给他打开手铐。让他去打球。"然后他转向罪犯补充说："听着，我们身上都带着枪。如果你敢跑，我们就开枪毙了你。"

他们为他打开手铐，给了他一件队服，让他打游击手的位置，这样，在一垒手和三垒手的垒线上都有人把守，以防他逃跑。这个家伙居然是个出色的垒球手，当最后一局比赛快结束时，对方掷出的一个球远远地超过了外场手的头顶，而这时，他是我们队在垒上剩下的唯一队员了。为了得到这决定胜负的一分，他跑得太卖力了，以至于拉伤了脚筋——你几乎可以听到他的脚筋突然发出的"噗"的声音。队员们将他扶到球场休息区，跟他开玩笑说，他在球场上的英勇表现使他荣获了减刑权。随后，他们再次给他戴上镣铐，送他去备案。

在侦破梅诺斯案的过程中，我与欧博文讨论了建立一套缜密的卧底身份文件——凭借这套文件，我可以把自己伪装成一个洗钱分子——的诸多好处。由于我到任以来的出色表现，欧博文向我开了绿灯。尽管如此，他还是派我去海关间谍学校再次进修——以工作需要为由，虽然我曾在美国国税局间谍学校学习过。

梅诺斯被捕之后，我们花了近三年的时间对他和他的毒贩客户立案取证。在这三年的大部分时间里，伴随我们的是无休止的行动：申请搜捕令、执行抓捕任务、采访、听证、准备一系列的证据，等等。我忙中偷闲，开始计划着在梅诺斯案结束后，我的工作应如何开展。经欧博文批准，我开始着手创建我的假身份：一个意大利裔的美国商人，掌管着多家公司，并通过这些公司掩人耳目，清洗巨额黑钱。

伪造一个假身份就像酿造陈年葡萄酒一样，你不可以仓促，必须要遵循一定的步骤。其中最为重要的是，你要打好坚实的基础：一份出生证明。而要获得一份出生证明，只有两种方法。第一，你可以去公墓转一转，查看夭折婴儿的墓碑，记录下他们的名字和出生日期。你需要找出与你的出生日期接近、而且名字体现的种族背景与你一致的那个。得到这些信息之后，你再与墓地所在县的人口统计局取得联系，定制一份经核准的出生证明副本。如果这个办法不可行，你还可以找一个好的实验室伪造一份——但一定要伪造得惟妙惟肖，因为出生证明的版式和印章是最容易引起怀疑的，所以伪造品要像恺撒的妻子①，必须能经受得住检验。

我们从布鲁斯·珀洛文家中查封的档案里，有一些文件夹，里面装有他的手下编造出来的两百多个假身份文件。其中有一份假身份文件制作得天衣无缝：罗伯特·穆塞拉。他是意大利裔美国人，与我年龄相仿，出生地也很接近。最重要的是，他的名字也叫罗伯特。（紧急情况下，你会对自己的真实名字非常敏感。）并且，他的姓也是以"M"开头的。（与我的名字的首字母相同，别人叫起来我容易接受，因此不容

---

① 英语中有谚语：Caesar's wife must be above suspicion. "身为恺撒妻，必须无可疑。"恺撒是古罗马的著名将军，其妻与某一案件有牵连，遭其遗弃，以证明自己与犯罪无关。后来这个谚语常用来指与伟大人物交往的人不可有秽名。——译者注

易暴露身份。)

于是，我利用了珀洛文手下人制作的这个假身份，并对他加以完善。这个过程是在华盛顿的联邦调查局和中央情报局实验室的帮助下完成的，他们专为我们这样的卧底特工提供伪造服务。美国国税局的一个朋友利用我本人社会保险号①的几个数字为这个新身份伪造了一个社会保障总署尚未发布的新号码。这个新号码帮我在佛罗里达州拿到了驾照。然后，通过几个在银行工作的可信赖的朋友，我分别在几家银行开设了支票账户、存款账户和信用卡账户。

根据美国海关的规定，我可以获得这些文件和账户，但是颇具讽刺意味的是，无人为我提供资金。卧底行动迫在眉睫，所以我感觉有必要将我个人资金中的几千美元挪用一下。我把这笔钱以穆塞拉的名义存入新开的账户上，并用其作为一笔银行贷款的抵押。与此同时，我开始以穆塞拉的名义使用信用卡。这一切都为我的这个新身份建立起了信用记录。通过另外一个朋友，我又伪造了一个居住地址和一份工作经历。在一年的时间里，数家银行主动提出为我办理信用卡，我收到的信用卡的数量甚至超过了我和妻子两个人在过去多年里收到的信用卡的数量总和。

特工生涯的成败在很大程度上取决于他们线人的素质，而线人们来自社会各个行业。在我的特工生涯中遇到的最可靠的线人都是一些被策反过来的——那些被我起诉，然后决定与我们合作的人。一旦他们下决心百分之百与我们合作，就会终身履行合作义务，就像与我们订立了契约。他们不会再去犯罪，完全靠协助我成功侦破案件为生。他们如同我安插在黑社会里的眼睛和耳朵。如果提供的情报是我们的特工或者情报机构不容易搞到的，他们还可以拿到红包。

我对此深信不疑，因此同纽约两个主要犯罪集团里的小喽啰发展起了合作关系。我绝不会将他们的真实姓名透露出去的——而且，正如我在本书版权页上所说，为了保护他们，我对他们真实身份的某些细节做了改

---

① 相当于中国的身份证号码。——译者注

动——而他们对我来说，的确是无价之宝。他们不是什么"名人"——具有意大利血统，曾雇用职业杀手搞过暗杀，作为加入某犯罪集团的见面礼——但是，他们曾经与不同性质的犯罪团伙合作，干过贩卖毒品、偷运枪支、敲诈勒索以及担任保镖等勾当。这两个人表面上对人似乎很友好，但骨子里却工于心计，心狠手辣，往往能置人于死地。出现在他们作案现场的死者总是仰面倒地，脑后中数枪。

多米尼克是梅诺斯资助的一个贩毒集团的凶残的打手兼执法人，负责为该集团讨要欠账。我与多米尼克的第一次会面是在他的庭审听证会上。在治安法官的审判室里，我们隔着桌子相互打量着对方。他是一个狂妄自大、天不怕地不怕的匪徒，体格健壮，总是小心翼翼地将乌黑的头发笔直地梳在脑后。我们掌握着指控他屡次犯罪的电话谈话录音——他对此心知肚明。听证会一开始，我们就告诉法官，我们手中有多米尼克的电话录音，实际上，这个多米尼克与辩护律师描述的那个慈爱的父亲和忠于家庭的男人大相径庭。随即，我们播放了磁带，法官听到多米尼克说："你给我转告那个小无赖，我以我孩子的名义发誓——听着，在我进监狱前，你给我听好，我他妈的会把你们一个个地都揪出来……我要提醒他，让他别忘了。明白我做了什么吗？他他妈的一出房门就被我逮住啦。我在那些矮树丛里蹲了两个星期……告诉杰夫我要在他父亲的新宅子里恭候他。我们要先进游泳池走一趟。我要光着身子进去，那样他就不会担心我身上带着枪。因为我要把那个混账东西的鸡巴咬下来吐进他老婆的嘴里。"

法官听了录音，气得眼睛都鼓了起来，他将多米尼克交给执法官在押候审，这就给我留了一个制服他的机会。我为此花了很多时间，但当他表示完全愿意与我们合作时，我彻底信任了他。他粗鄙的外表之下隐藏着的某些东西让我相信，他虽然嘴巴尖刻，内心却并不恶毒。

在我帮多米尼克准备对梅诺斯及其"客户"不利证词的过程中，我们彼此逐渐加深了了解。得知多米尼克一直渴望吃到他最喜欢的早餐——汉堡王的烤肉、鸡蛋和乳酪三明治——每次我去监狱听他讲述犯罪经历时，都会偷偷给他带进一套。作为回报，他给我讲的事情比电影《教父》里的故事还要精彩。有段时间，他曾埋伏在劳德戴尔堡酒店①顶层公寓的一个指挥中心。那是个极为有利的地势。从那里，他居高临下地帮助指挥装载大麻的货船到达指定地点。在那个指定地点，集中等候的几十艘快艇迅速将毒品转运到几处卸货地点，而那些卸货地点分别由他们事先买通好的警察看守着。作为贩毒集团的收债人，他总是随身带着一个哈里伯顿手提箱，他亲昵地称它为"谋杀工具箱"，里面有一支装有消音器的全自动 Mac-10 冲锋枪，一颗手雷，一支 380 式自动手枪和几副外科手术专用手套。

有一次，受梅诺斯委托，多米尼克把一个赖账不还的分销商骗到了斯塔滕岛上埃尔廷威尔②的内森饭店参加一个午夜聚会。他将那个家伙带到了近旁的一辆凯迪拉克车旁，然后……他向我娓娓道来。多米尼克讲话声音低沉、严峻，浓重的口音暴露出他的成长经历——虽现居住在斯塔滕岛，但在布鲁克林出生长大。"带那个混蛋快走到车尾时，我突然拉开汽车的行李箱，飞起几拳打在他的鼻子上，将他扔进车里，猛踩油门向托特山上的一个墓地开去。我和我的同伙将这个傻瓜带到一个新掘的墓穴边，把他扔了进去。那个家伙尖叫着恳求我们放过他，我们开始铲土朝他身上扔去。我告诉这个吓得屁滚尿流的家伙，其实我并不想杀他，但不幸的是，上面已经下令让我将他干掉。"

毫无疑问，多姆（多米尼克的昵称）收回了那个人所欠的债务，然后把他放了。

到穆塞拉准备出场的时候，多米尼克刚好出狱。他作为政府的一个主要证人，在全国范围内出庭作证，为梅诺斯案件和一宗涉及某些知名成功人士的案件提供证词，将几十名罪犯绳之以法。这个人真的像猫一样有九条命③。他帮助警方将纽约的一个犯罪家族的首领送进了监狱，而自己却毫发未伤。在我的一再追问下，他声称，那些成功人士参与贩卖和制作毒品，破坏了他们自己家族的两条重要家规，家族成员都不会饶恕他们，所

---

① 劳德戴尔堡酒店（Ft. Lauderdale hotel），位于美国佛罗里达州的著名酒店。——译者注
② 埃尔廷威尔（Eltingville），位于斯塔滕岛的南海岸。——译者注
③ 英语中有谚语：A cat has nine lives，猫有九命。形容命硬不会容易死掉，或者指运气好。——译者注

以，也不会对他的所作所为进行报复。

要想让线人发挥作用，你必须成为一个业余心理学家。对于不是真心实意愿意帮你的人，你不能信任。说服像多姆这样的人把你视为朋友，同时又在你们之间划上一条绝不能让他逾越的感情界限，需要很高的技巧。他只是提供消息的人，他说的或者做的每件事都需要经过核实。然而我对他说的任何话都不能暴露出我对他的怀疑，虽然这种怀疑是完全必要的。他没有理由要在情感上效忠于我。因此，当我告诉他我有意组织一次大规模的卧底行动时，他说："鲍勃，我感谢你为我做的一切，如果有什么需要我帮忙，只要你开口，我肯定照办。"我感到无比欣慰。

我告诉他，我想与哥伦比亚的几个重量级人物做毒品交易。我需要以一个与黑帮有染的商人形象出现在众人面前。这样做的原因有两个。首先，这样的身份可以让我在正在寻找可靠洗黑途径的黑社会成员眼中增加可信度。第二个原因同样重要，我将会为那些残酷无情的人处理大量钱财，尽管他们可能试图除掉我。我要让他们知道我不是好惹的。我对多姆说，如果他能假扮我的表弟兼打手，将会给我帮大忙。因为他浑身上下散发着一股黑社会分子的气息。于是，两分钟后，他又变回了那个无人敢惹的暴徒，速度之快令我诧异。

我向他解释说："我所在部门的办事员不喜欢像你这样对旁人比较敏感的人。你这样的家伙，还有那些哥伦比亚毒贩，能够在一英里外就嗅到警察的踪迹。我办公室里没有一个人能演戏演到你这样的功夫，因为你不是在演戏，你也不用演戏，你骨子里本来就是这样。"

多姆失望地看着我。"鲍比，你不用绕圈子。我之前就告诉过你：我愿意为你做一切事情。不论你要做什么，一定把我算上。"

多米尼克有个朋友，叫弗兰基，曾与他一起做贩毒生意。我和弗兰基见面时，他已经被抓捕，罪名是运送大麻，因为他将整整一货车的大麻运给了美国司法部毒品管制局的一个卧底特工。取保候审之后，为了减轻刑罚，他努力与毒品管制局合作。但与多姆不同，弗兰基是个老练的商人，受过良好的教育，做事从不张扬——华尔街中常见的那类商人形象。他留着稀疏的胡须，指甲被精心修剪过，有着地中海地区居民特有的纤长的体形，这一切自然都很好地掩盖了他的犯罪行为。除了偶尔运送毒品外，他与多姆共同参与了"劳德达尔堡行动"，在几十万吨大麻的交易中，他的"贡献"丝毫不亚于多姆。

因涉嫌贩毒被逮捕之后，弗兰基搬回斯塔滕岛居住，他重操旧业，在他叔叔开的一家华尔街经纪公司工作。因为有前科，他不能担任注册经纪人，但他的家人还是让他负责管理公司的账目。像多姆一样，弗兰基也对几个幕后操纵"劳德达尔堡行动"的贩毒公司的重要人物进行了指证。他正在取保候审期，经过法庭的许可，他也成为协助鲍比·穆塞拉完成卧底任务的出色人选。

我向弗兰基解释说，我希望暗中打入"哥伦比亚的大毒枭"以及为他们提供洗钱服务的组织内部。待他明白了我的用意后，我说："弗兰基，如果只靠政府能够提供的帮助，这次行动是不可能成功的。我们准备追踪的这些人之所以能够猖獗几十年，就是因为他们比政府更聪明。所以，要想成功，我需要得到像你这样的人的帮助，因为你有那样的真实经历。"

"多米尼克准备参加进来吗？"

我不能对他撒谎。"是的，"我说，"但与你扮演的角色不同，所以你不会直接与他接触。"

"嗯，"他慢慢地回答道，"先说说我能帮什么忙吧，但是我不想让多米尼克知道我与此事有关。"

"听着，"我说，"他必须知道你是我们的人，但仅此而已，他没必要知道太多。像多米尼克一样，我希望你能扮演我的表兄弟。从你这方面看，如果那些哥伦比亚人以及帮他们清洗黑钱的人看到我在你们这家经纪公司拥有一席之位，而且能够将我的客户的大量钱财放进公司的户头上，会对我们的行动大有帮助。坦率地说，如果我们能说服他们将他们的黑钱存进你这家公司，那么在行动结束时，政府就能掌握他们的账目情况。除此之外，弗兰基，法官为你量刑时，会充分考虑这些对你极其有力的因素。"

"我想我可以办到，"他说，"但我必须征得叔父的同意。我想他不会有太大问题，因为这么做也是在帮我。"

不久，弗兰基打电话给我，说他的叔父同意了。我告诉他，扮演我的表兄，将会有许多机会与我们卧底行动中的对手面对面直接接触，但是，我要他保证，他或者他公司一方的其他所有人都不能企图与我带来的任何人单独联系。如果他那样做了，为他量刑的法官就会被告知。弗兰基是个商人，以签订合同的方式跟他解释合作条件比拔剑警告更加有效。

随后，我去找了帕姆国家银行首席执行官兼总裁埃里克·威尔曼。几年前，当他还是坦帕地区银行的一名普通官员的时候，我为起诉他的老板曾找过他。当时，坦帕地区银行曾不断接纳与黑帮有染的客户的美钞，总额达到数百万，当然，他们没有依照法律要求上报那些交易情况。作为银行的中层管理人员，埃里克为人正派，忠心耿耿，出于爱国之心，对于我们即将失败的这场"对毒品的战争"①颇有微词。得知自己的老板们的所作所为之后，埃里克提供了不利于他们的证据。尽管那些证词只是他老板棺木上众多钉子中的一颗，却成为判定他们有罪的一个有力证据。

那次审判结束后，埃里克当上了另外一家银行的总裁。之后，又就职于一家公司的管理总部，这家公司在东海岸拥有珠宝连锁店，其管理总部依然设在坦帕市。

我们刚一开始谈到卧底行动，埃里克就对我说："鲍勃，我很想帮你。你知道，我已经是几个孩子的父亲了。我真的关心他们未来的生活。我帮你所做的一切也是在帮助他们。我有一家注册了但还未正式运行的投资公司，叫做'金融咨询公司'②，文件齐全，可供查询。如果它能对你有帮助，你尽可以利用它。如果你想装作在商界很有根基，我也可以帮忙。我们可以再进一步谈谈，从多方面想些办法。"

他还同意在他的公司里偷偷给政府留出一套办公套房，并安排我——

---

① 由于可卡因及其派生药物对犯罪率的影响日渐上升，尼克松总统首先发起了"对毒品的战争"（war on drugs）。里根总统上任后，继续将该战争计划付诸实践，旨在削减美国的毒品需求，力图防止儿童成为潜在的吸毒者。但雷声大雨点小，该运动结束时美国仍有 2 000 万～4 000 万吸毒者。——译者注

② 金融咨询公司：Financial Consulting。——译者注

罗伯特·穆塞拉——以管理人员的身份受聘于他的一个公司。他向下属隐瞒了我的真实身份，专门为我在公司电话总机设了专线，而且吩咐他的雇员们听命于我。我还可以随时使用公司的会议室、电脑，甚至他的劳斯莱斯汽车。埃里克和他的妻子继续掌管这家"金融咨询公司"，但把穆塞拉以副总裁的身份添加进公司的花名册。接着，他动了真格的，成立了"动力抵押经纪公司"①，一个注册的抵押贷款公司，由我、他和他的妻子共同负责经营。

为了使我的假身份更为合理，我接下来要做的就是找一处豪华的住所，配以能够体现一个年轻的黑帮成员生活方式的装修，可以用来招待我们精心设计的抓捕圈套中的对手。我海关的老板倾向于以每月400美元的租金租住一套公寓，但那并不合适。在最理想的情况下，那个价钱只够我们在机场附近的低收入租房区租住一套蟑螂满地爬的小匪窝。设想住在这样的贫民窟里，我怎能说服国际大毒枭将他们手中的数百万美元交给我去投资？

我把这个问题说给欧博文听。当涉及政府资金问题时，人们往往会犯丢了西瓜捡芝麻的错误。他建议我对我的对手们如是说：这个地方很安全，为了安全起见，我是不会将人们带到我真正的住处的。是的，那么说肯定能一时蒙混过关。**可是，他有没有想过，如果我那样做，他们是否还愿意带我去他们的家，让我了解他们头脑中的真实想法呢？**

我绞尽脑汁琢磨可行的解决办法，这时，我突然想到了多姆，或许他可以帮上忙。"你知道，"在坦帕市他的家中，我对他说，"我们现在需要一幢房子，从表面上看，它的主人应该是一个重要而且富有的人物。更确切地说，它看上去应该就像你的这个家，漂亮的装潢，隐秘的环境，精心的维护。"

"没问题，"多姆听出了我的话外音，他笑着说道。"你什么时候需要用它，它就是你的。只要你提前说一声，我，安娜和孩子们就能在一天之内搬离这里。你可以把我们安置在旅馆里，随便多久都没问题。"

---

① 动力抵押经纪公司：Dynamic Mortgage Brokers。——译者注

多姆的那幢房子是一个具有西班牙殖民复兴风格的建筑，有着瓦砌的屋顶和圆形砖砌的私家车道。走进房子里面，娱乐室里醒目地摆放着一台大屏幕电视机，酒吧台和台球桌也格外引人注目。主卧室里装饰有圣徒的雕像，壁橱里藏着一个巨大的保险箱，几乎可以走进一个人。华丽眩目的地中海式家具外面一律都罩着这种家具必备的透明塑料套。整幢房子似乎透着黑手党人的庸俗造作之气，但它让我想起位于斯塔滕岛上高级住宅区内的黑帮们的家。这幢房子正是我们需要的。

"实况 24—7"是一套绝对安全的监视系统，一台摄像机架在三脚架上，就隐藏在前窗的窗帘后面。多姆定期取出录像带，仔细查看是否有人曾趁他离开时窥探过房子。一切都几近完美。我、多姆和我的上司都同意，如果有重要的罪犯要来家里拜访我，我们先将多姆和他的家人安置到附近的一家宾馆，然后就利用他的房子上演一台好戏。

为了收集我们需要的证据使犯罪分子罪名成立，我需要质量好、可信赖的录音设备，必要时可以把它藏进公文包中，而我还必须全面了解它的功能。任何一个称职的卧底特工都应当了解如何操作和维修录音设备。你不可能在办案过程中打电话给联邦技术助理询问一个小小的机器故障问题。美国一家最好的隐蔽电子设备私人供给商——米内尔夫电子设备公司的索尔·米内尔夫——在斯塔滕岛开了一家商店，出售当前最新款的、质量最好的录音设备。他在他们这一行是个天才。我和索尔集思广益，设计出了一套能够隐藏在兰威克鹿皮公文包里的全新的立体声录音系统。我们选用的这款公文包内部深处有一个不同寻常的盖子，那是索尔在原有皮包的结构中增加的，有 3/8 英寸长，这样皮包里就多了一个假的隔层，在隔层里藏着一台微型盒式磁带录音机，一组立体声扩音器，以及一个遥控开关装置。

索尔建议我们使用 SME 700 录音机，这种录音机能以每秒钟 0.7 厘米的低速运行，因此在录音时，一盘磁带可使用长达三个小时。罩在录音机外面的金属外壳是由一种特殊的合金制造的，可以抑制偏置振荡器频率波的发射，而所有马达驱动的录音机都会发射这种频率波。老谋深算的罪犯可以利用手持装置探测出这样的频率波，当有录音机在现场时，他们就能及时得到警告。这种录音机还有特殊的电路和过滤器，能够减少背景噪音，即使有多人在场，也能提供最佳录音效果。

索尔将扩音器的线路布在公文包的衬里当中，将两个扩音器都藏在公文包表面的锁孔后面。由于使用的是立体声装置，音频技术人员事后可以利用一种装有分贝调节过滤器的回放装置播放录制下来的声音，将环境噪音进一步降低。即便有人坐在公文包上的任何一侧，两个独立的扩音器也能确保获得最佳的录音角度。

在我准备卧底行动的过程中，一个资深的哥伦比亚线人向我们办公室的一名特工提供了关于小冈萨洛·穆拉的一些情报。小冈萨洛·穆拉是麦德林集团里一个三流的货币经纪人。这个特殊的线人经常为我们提供的都是些关于香蕉船船员走私五到十公斤可卡因到坦帕市的无关紧要的情报，但偶尔也曾带来过关于穆拉参与清洗贩毒黑钱的信息。欧博文听说了这个线索，他说："嘿，这个叫冈萨洛的家伙有可能是你清洗黑钱卧底行动的一个好目标啊。去听听那个线人的汇报吧，然后跟我谈谈你的想法。"

与我同去听线人汇报的搭档是艾米尔·阿布鲁，他是一个杰出的、经验丰富的海关特工，波多黎各的阿瓜迪利亚人。他可能不像有些特工那样上过大学，接受过多年正规教育，但他已从生活这所大学荣获了博士的头衔。当他被派驻一艘航空母舰前往越南时，他获悉他的所有直系亲属——父母和弟弟——因汽车坠入迈阿密一条运河而全部溺水身亡了。他的父亲是一名飞机机械师，他遗传给艾米尔许多天赋，其中最为出色的是，他能够敏锐地洞察人的心理。他如此精通此道，到了令人难以置信的程度，这也是他能够成为一个出色卧底特工的原因之一。美国没有另外一个人比他更适合出演一个善于在都市中生存的罪犯。

他还是我见过的最善于搞恶作剧的人。他曾和一群联邦调查员一起去参加一场棒球比赛，那里的啤酒很便宜，阳光十分热辣。做热身运动时，艾米尔开始拿自己证章上的照片与同队其他人的进行比较，其中有我们的好朋友麦克·米勒。麦克不加任何怀疑地将他的证章给了艾米尔，然后继续与别人攀谈。艾米尔迅速但小心翼翼地将一张牙齿几乎掉光了的拉斯塔法里派成员①的照片粘在了麦克的照片上面，然后将证件还给了麦克。麦克丝毫没有觉察。几天后，麦克去地方监狱会见一个被关押的犯人。他将证件塞进监狱接待室的防弹玻璃窗里，骄傲地宣称自己是一名联邦特工，要求会见某某囚犯。坐在玻璃窗后面的警官打开他的证件，上上下下打量着他，与证件上的照片进行比较。

"这不是你，"她说着，将他的证章递还出来。

麦克满腹狐疑地看向他的证件，脸马上涨得通红。"一定是艾米尔干的，"他一边嘟囔着，一边红着脸将那张拉斯塔法里派成员的照片撕了下来。

迄今为止，艾米尔无数次卧底参与毒品买卖，而且在多次枪战中幸免于难。从这次一起听取汇报之后，我和他之间开始了密切的工作关系，这种关系后来进一步发展成为将我们终生联系在一起的兄弟情义。

听取了线人的汇报之后，我和艾米尔一致赞同欧博文的意见，冈萨洛应该成为我们长期卧底行动的第一个追踪目标。冈萨洛是哥伦比亚一个参与贩毒的小人物，他的家人曾一度在洛杉矶和迈阿密的街头贩卖过十公斤这样小数量的可卡因。在遇见我们之前，因为没有真正的渠道，冈萨洛甚至不能将每周贩毒赚到的5万多美元现金安全地转移出去。为了把从美国毒品生意中赚到的美元现金兑换成哥伦比亚比索，他让他在美国的家人驾车跑遍全城的银行，每次用现金购买不超过3 000美元的银行本票——远远低于政府要求上报的一万美元的最大额度。他在美国的家人和朋友将那些本票存进银行的个人账户。冈萨洛掌管着那些账户的支票簿，这样，当他的家人提醒他某个账目上已有5万美元的时候，他就为这5万美元开具一张空头支票。然后他将那张支票卖给一个持有比索、但需要美元的哥伦比亚商人。哥伦比亚有好几万的进口商经常需要购买美元，因为在他们经常交易的自由贸易区，用美元付款更受欢迎。就这样转了一大圈，冈萨洛最终才能够用哥伦比亚比索支付毒品供给商或者日常开支。

---

① 牙买加黑人教派一员，宣扬西印度群岛的黑人将返回非洲。其精神领袖是前埃塞俄比亚皇帝海尔·萨拉西。——译者注

　　如果通过线人让冈萨洛慢慢知道穆塞拉这个人，了解到他是个老练的、与有组织犯罪有牵连的洗黑钱分子，而这时穆塞拉故意装出不肯合作的样子，那么穆拉可能会成为最合适的、毫不知情的联络人，将我们引荐进一个大的哥伦比亚卡特尔联盟。一旦打进集团内部，我们就可以摸清他们整个的清洗黑钱体系。

　　然而此时时机尚未成熟。我计划先与家人和朋友前往佛罗里达珊瑚礁群岛去度假一周。于是，我们动身了，带着潜水的装备和玛格丽特鸡尾酒，当然还有我的公文包，里面装满了我需要的策划卧底行动的材料。

　　在伊斯拉穆拉达岛上，我和四个朋友乘着两艘小渔船在几天里打上来150只龙虾。你如果知道自己在做什么，就没有什么可以难倒你。这一周的其他时间，在尽情享用源源不断端上桌的龙虾肉和玛格丽特酒的同时，我写了一份关于利用穆拉的需求开展长期卧底行动的建议。

　　当我的家人和朋友们品味我们打捞龙虾的丰硕成果时，我却坐在草坪上的一把椅子里，手中握着笔和便签本，构思卧底计划。我忘记了所有的人和所有的事情，脑子里想的全是如何将我们的"特洛伊木马"搬进卡特尔的大门。我没有注意到有一双敏锐的眼睛总是好奇地瞥向我，它们想知道究竟是什么事情如此重要，可能破坏了本可以过得十分完美的假期。

　　"你知道，"伊芙说。"我们没有太多的机会来这样的地方玩。难道不能回去后再做这些吗？"

　　"亲爱的，你不知道，"我努力想解释。"我们要马上交上这份提案，希望尽快得到批准。这次的机会很难得，如果不抓紧时间，它就会中途夭折。对不起，宝贝儿，我必须尽快完成这份计划，并且尽快实施它。"

　　她虽不太高兴，但还是尽全力支持我。

　　制定这份计划时碰到了一个问题，当时，按照海关规定，如果我们申请一项行动的活动经费达到60 000美元或者更多，就必须接受华盛顿总部的审查和监督。经验告诉我们，凡事一旦与华盛顿总部的官僚机构扯上关系，就等于宣告失败。那些监管之流将会把它看作他们晋级的通行证，他们是不会根据这个案子的实际情况和需要作出决定的。所以，一旦我们有成功的机会，他们就会百般干涉，让事情朝着对他们的事业有利的方向发展，或者让位于他们认为重要却完全不相干的事情。因此，我们的预算最多只能是 59 000 美元，靠这笔钱来完成在佛罗里达州的所有行动计划。万幸的是，我们所在办事处的政策允许我们利用在卧底行动中赚得的利润来支付行动费用。这就叫做善有善报吧，因为通过清洗黑钱生意，毫不夸张地说，我们将会挣得丰厚的利润，同时，那些犯罪分子也将为他们自己的垮台付出金钱上的代价。

在计划预算里还有一项没有列上，那就是"服装费"。政府不惜花上数千美元购买价格昂贵的设备，却不情愿多掏一角钱用于购置合适的服装。你甚至不能向上司提起这个话题，否则，你就会失去他们的信任。他们可能会怀疑你在欺骗他们以牟取个人私利。

然而，多米尼克曾警告过我。有经验的罪犯往往从各个方面观察初来乍到的人，哪怕是最小细节上的疏漏都会将刚刚建立起来的关系断送掉。而那些所谓的细节，毫无疑问，包括服饰。

"在你的衣服，尤其是鞋子上，你可不能吝啬，"多姆警告我。"毒品生意中那些举足轻重的人经常一掷千金，花 1 000 美元买套西服对他们来说是家常便饭。至于你的鞋子，一定要记住，你或许就坐在一张矮小的茶几旁与对面的那帮家伙闲扯，当你跷起二郎腿时，你的鞋子正对着那些人的脸。你的鞋底上不能有洞，也千万不能露出鞋子上的商标——如果那是在凯马特①买的便宜货。记住：当你与这些家伙一起旅行时，你在宾馆房间里遗留下来的一切都将成为他们检查的对象。你不知道他们是否在宾馆保安部安插了他们的人。别给自己找麻烦。弄点漂亮的衣服穿。"

"还要注意你的身体语言。一些警察有某些似乎难以改掉的特殊习惯。我记得，过去曾有个缉毒刑警试图接近我，有一次，他从汽车驾驶座位出来时，让门半开着，将右臂架在车门框上，另一只手叉在腰间。我曾多次见到州警察摆过这个姿势，就因为这个，我停止了与他接触。"

---

① 凯马特公司（K-Mart）是美国国内最大的折扣零售商和全球最大的批发商之一。凯马特公司的经营项目包括传统的凯马特和凯马特大卖场以及凯马特超市，在美国、波多黎各、关岛和维尔京群岛等地区的 50 个州提供方便的购物。多年来"凯马特"的名字一直是"低价格"的同义词。该公司已于 2002 年宣布破产。——译者注

"哦，还有，不要说警察话。你们这些人喜欢使用某些词，如'违犯者'、'十一四'、'已收到'、'邻近地区'等诸如此类的屁话。不信下次你可以在你的办公室里留心听听。你可不能犯这样的错误。你不是懂点意大利语吗？就说它好了。"

在多姆的建议下，我在一家叫做萨利的高档服装店买到了全套的装备：几套凯罗帕里的西装、一双意大利摩里斯基的皮鞋、真丝领带以及与西装相匹配的口袋方巾。我们配发的半旧的新秀丽包实在拿不出手，所以我买了一套哈特曼皮箱。整个包装花去了我 5 000～10 000 美元——那时候，我和伊芙靠两个人的薪水勉强度日，略有结余，甚至不能攒下孩子们上大学的教育费。

每次收到一张新的信用卡账单时，她就会被气得失去理智。我自私地辩解说，这个案子有点与众不同，有可能一生中只能遇到这一次。

"真难相信你竟然花了这么多钱！"她冲我嚷道。"你要知道我才是帮你买单的人。你到什么时候才能明白，海关没有人真正关心你的账单。"

后来发生的一切证实她是正确的——但是，罗伯特·穆塞拉已经准备好，马上要登场了。

三、哥伦比亚人"粉墨"登场

佛罗里达州，坦帕市，卡利博蔡斯公寓大厦[①]
1986 年 9 月 28 日

但是，还没等冈萨洛·穆拉踏上美利坚合众国的土地，我们的整个行动就险些暴露。

在一个线人的安排下，冈萨洛的兄弟杰米以及他的父亲老穆拉与化名为埃米利奥·多明戈斯的艾米尔见了面。在接下来的几个月里，在迈阿密哥伦比亚人聚居的街区，他们先后把少量的贩毒黑钱转交给艾米尔，艾米尔把这些钱兑换成支票之后返还给他们。与此同时，艾米尔向穆拉一家透漏了他老板的一些情况：一个与黑社会有染的神秘人物，他的家族掌控着一个小型的"商业帝国"，包括华尔街上的一家经纪公司。他们又惊又喜地倾听着，贪欲渐渐地蒙蔽了他们的眼睛。没过多久，冈萨洛就开始请求与罗伯特·穆塞拉见面。

在秋日里一个温暖的星期天晚上，我刚从坦帕湾海盗队[②]的橄榄球比

---

　　① 卡利博蔡斯公寓大厦：Caliber Chase Apartments，坦帕市的一个著名公寓大厦。——译者注

　　② 坦帕湾海盗队：Tampa Bay Buccaneers，是一支位于佛罗里达州的坦帕湾职业橄榄球队，是国家橄榄球联盟（NFL）的其中一支球队。——译者注

赛现场回来，正喝着啤酒让激动的心情平静下来，艾米尔打来了电话。他准备与老穆拉和一个线人在闹市区的一套公寓里会面。那套公寓是专为卧底行动准备的，我曾帮忙在公寓里一间储藏室的假墙内秘密安装了一套内置的录音系统。艾米尔不知道如何操作录音系统，于是他想让我尽快赶到那儿，趁老穆拉尚未将 25 000 美元当面交给他让他帮忙清洗之前，打开录音装置。

虽然极不情愿，我还是赶去了。我刚到，艾米尔就报告说，他和线人约见老穆拉的时间不会超过 30 分钟，随后他们会将他安排在附近的一家宾馆住下。考虑到这次见面时间不会很长，而且那间储藏室的门锁可被反锁住，我对艾米尔说，我可以把自己反锁在储藏室里，亲自操作录音设备。

会见按照计划顺利进行着——或者应该说，似乎是顺利进行着，因为，那时候，我会说的西班牙语少得可怜。半个小时后，艾米尔、线人和老穆拉离开了公寓。我关掉录音设备，处理好录像带，等着艾米尔回来。然而，直觉告诉我要谨慎，所以我没有公然走到外面去，只是坐在储藏室的门槛上等待。

门再度被推开时已是整整一个小时之后。俗话说，谨小慎微总要强过抱憾终生，所以我迅速跳回储藏室，反锁上房门，然后打开监视器查看。艾米尔、那个线人，还有老穆拉，三个人居然全都回来了。我将另外一盘磁带塞进录音机备用。不久，艾米尔向储藏室隔壁的盥洗室走去，一边走一边笑着唱道，"老人今天要住在这儿啦。"事后，他告诉我，因为要举行一个会议，那晚坦帕市的每个宾馆都爆满。因此，我被困在了储藏室里。

时间一分一秒地过去，后来，艾米尔离开了。老穆拉和线人又闲扯了一个小时，漫长的一个小时啊——终于——线人也去睡觉了。但是，老穆拉似乎患有失眠症，他又拿起报纸读了起来，我躲在里面，感觉就像过了一辈子。幸好，储藏室地板上扔着几个空铝罐，帮我解决了过量饮用啤酒造成的内急。

到了凌晨一点钟，老穆拉熄灭了所有的灯，跌跌撞撞地穿过客厅。我听到他的脚步声来到储藏室门口，接着，他将肥胖的腰身抵在门上，开始转动门把手。我屏住呼吸，心一下子提到了嗓子眼儿。门在他身体的重压下凸了进来——但是，反锁插销顶住了门。他摸索着到了盥洗室，方便完，又返回客厅，倒在沙发上睡着了。他误以为储藏室的门可以通向盥洗室。这时，我才长出了一口气。

我不再提心吊胆，但还要继续等待，伺机溜出去。我又在里面等了一个小时，不敢发出一丝声响。直到听到他鼾声四起，我知道该出去了。我脱下身上的白色 T 恤，以便与周围的黑暗融为一色，然后轻轻地推开"吱吱"作响的储藏室门。我伏在地上爬过大厅，又爬过客厅，侧耳听着老穆拉起起伏伏的呼噜声。随后，我爬进线人睡觉的那间卧室。

心中总是惦记着赏金的人往往睡觉很轻。我关上身后的房门，慢慢地靠近他的床，心里祈祷着他的枕头下面没有藏着枪。接着，就发生了动画片《泄密的心》里一模一样的一幕：他的一只眼睛突然睁开了。他一下子蹿起来，身子几乎触到天花板，后背在半空中拱成了弓形。他的双脚落回到床垫时，摆出了像是马上要向后逃窜的姿势。随即，他上上下下疯狂地在床垫上跳动，伴之以尖叫声，那是我听到过的最高分贝的尖叫。

我扑向他，抱住他一起摔倒在床上，同时捂住了他张得像喇叭一样大的嘴巴。他渐渐镇定下来，我告诉他，如果那个老家伙进来，就对他说刚刚做了一个噩梦。他一脸的困惑。我忽然想起，他的英语与我的西班牙语一样糟糕。事不宜迟，我担心那个老家伙已经在向这里走，所以赶紧俯下身，试图冲到床底下——但床帮离地面只有几英寸宽。

我们一时无计可施，僵在那里，一言不发。

那个老家伙根本没醒。

从窗户往外爬的时候，我的脑子像方程式赛车一样飞快地转着。如果有人看到我，他们一定会叫警察来。我朝四处张望着，迅速爬进我的汽车，打着火，一溜儿烟地驶离了那幢大楼。

那时已是凌晨两点多，我将车开到最近的一个公共电话亭给艾米尔家打电话。我对他描述了发生的一切，我听到他和全家在扬声电话里哄堂大笑。不过，艾米尔听出了我的不快。"鲍勃，别着急，"他说。"我已给你妻子打过电话，告诉他你可能晚些回家，因为你被锁在了储藏室里。但是，我感觉到她不太相信那个理由。"

很好。那正是我现在需要的，我想。

我匆匆给她打了个简短的电话。回到家后，她听我再次讲述了一遍我的故事，然后用沉默来表达她的不满。这件事使家里的气氛紧张了好几天，但这只是暴风雨来临前的一个小序曲罢了。

往美国销售数量巨大的可卡因给以南美为基地的贩毒集团带来了巨额现金收入，这些现金收入来自美国几个主要的城市，并且在这些城市分别藏匿着。将这些现金兑换成哥伦比亚比索主要是通过一个人所共知的被称作"比索交易黑市"（BMPE）的网络。"比索交易黑市"不像纽约证券交易所，它没有交易大楼或者任何交易场所。它是由一群组织松散的经纪人组成的——一些经纪人是像穆拉那样的小人物，但还有一些大人物——他们设法发展起数量相当的供给与需求客户，就像其他所有高效企业的做法一样。他们的供给客户就是南美洲那些持有大量美元但需要兑换成哥伦比亚比索的人。他们当中绝大多数是将毒品销往美国的南美洲毒贩。与之相反，"比索交易黑市"里的需求客户则是那些手中握有大量哥伦比亚比索，需要兑换成美元的南美洲商人。因为美元已经成为世界合法贸易中备受青睐的现金形式，如果你是一个哥伦比亚商人，想要到哥伦比亚境外购买商品，那么美元当然是你必需的。而获得美元的途径一般有两种。你既可以通过哥伦比亚政府直接购买，但要同时损失掉 40％的个人所得税、关税和交易费，还可以去一个"比索交易黑市"经纪人那里仅以 10％甚至更少比例的损失购得。

这种情况就促成了非法毒贩持有的美元与哥伦比亚商人持有的比索之间的有利可图的黑市交易。对于像穆拉那样的经纪人来说，如果拥有同等数量的需求客户和供给客户，他只需要将供求客户们的现金合理安排交换，就能从供求双方分别获得多达 10％的交易费，这意味着，在一场交易中，他不用花掉自己的一分钱，就能赚得 20％的回扣。在一个 200 万美元的交易中，那就是 40 万美元的利润。

有一些其他问题可能会使这些交易变得复杂，但那些操纵"比索交易黑市"的人一般是不会参与可卡因的销售的——他们只是购买和销售别人在可卡因生意中赚得的美元。这种现金交易黑市遍布全世界。在中东和近东，人们分别把它叫做"豪哈啦"（hawhala）和"亨笛"（hundi），但不管在哪里，它其实只是一个非正式的货币兑换经纪人的协会，这些货币兑换经纪人通过错综复杂的进口和出口交易掩盖了非法的货币流通。

那年12月一个寒风凛冽的晚上，我买了故事开头时提到的那瓶香槟酒。艾米尔、穆拉和线人一起度过了一整天，穆拉心急地提出想见穆塞拉。我来到了那套不大的公寓，他们以为那是埃米利奥·多明戈斯在坦帕市的家。我与艾米尔互相拥抱之后，他将一只胳膊搭在我的肩上，引我走向穆拉，我伸出手礼貌性地与他握了握。我故意让穆拉知道，他有必要先推销一下自己。

穆拉的个子不高，精瘦结实，这证实了他曾当过半职业足球运动员的经历；他脸上带着银行低级职员的那种神情，也说明了他在他们麦德林集团所从事的生意中的地位。他经营着一家合法的利马豆进口公司，而事实上，他真正的收益来源于其货币兑换经纪人的秘密职业。通过买卖在美国贩毒交易中赚得的美元，他获得了丰厚的利润。正如穆拉自己所说，"我的小生意就是清洗黑钱。"

穆拉迫不及待地向我讲述了他在"比索交易黑市"中的经历。他从事买卖贩毒黑钱已经两年，他的生意很不错，因为他有几个兄弟姐妹居住在美国，为几个相当大的贩毒组织贩卖可卡因。穆拉暗示说，他在麦德林集团兑换现金的主要联系人是一个股票经纪人，他后来才确定他叫吉列尔莫·瓦尔加斯。这个人与佛罗里达州和加利福尼亚州的银行保持着很好的关系，而且与麦德林集团的贩毒老板们关系密切，不仅为他们清洗每周在洛杉矶、迈阿密和纽约赚到的大约100万美元的黑钱，还帮助他们将这些钱进行投资。

穆拉主动提出给我50%的回扣。他希望我的组织为他处理美国方面的一切业务。我们需要从贩毒集团或者现金持有者的代表那里聚敛贩毒黑钱，将这些钱存进银行，兑换成美元支票或者直接电汇提供给他，这样，在偿付了我的佣金之后，他就能够将这些美元支票和电汇与现金出售者进行交易了。

我告诉穆拉不要心急，安排他先在美国玩上一周，这样他就有更多的机会了解我们之间合作的潜力。我以穆塞拉的身份告诉他，我的首要工作是打理我们家族在美国分公司的财务，但我也有权通过拓展在南美的业务来增加公司的利润。我对他解释说，与他做生意只是我们组织要做的一个大蛋糕上的那颗小樱桃，我不愿因此辜负家族赋予我的重任，否则，即使我们之间的交易为我带来了利润，我也不能心安理得地享用。他明白了我话中的意思。

正当我用极其严肃的口吻对穆拉说，如果事情被搞糟，就会危及到我的身家性命时，艾米尔，这个爱搞恶作剧的家伙，站在离穆拉只有几步之遥的地方，对我直翻白眼，还不停地做鬼脸。我努力控制着自己不笑出来。他这么做的确很冒险，因为我们现在从事的这桩生意如此危险，我们随时可能被绑架甚至被碎尸万段，但他的这些滑稽的举动经常为我们紧张的心情带来一些难得的慰藉。

这场会面应该在愉快、乐观的氛围下结束，所以，我拿出了那瓶冰镇香槟酒。我们举杯祝酒。"在我们这次会面洽谈结束之际，我希望，过不了几天，我们就能彼此完全信赖，开诚布公地讨论所有的事项，"我说。言外之意，一旦穆拉证明了自己的诚意，坦白地说出一切，我们之间就可以开始合作做生意了。

穆拉用西班牙语对艾米尔说："告诉他，我很欣赏他处理问题的方式，我向他保证，在我的国家存在着很大的交易空间，一定能为我们带来丰厚的利润。"他寻求合作过于心切，正是这种迫切的心理蒙蔽了他的眼睛，让他放松了警惕。

穆拉在坦帕逗留期间，我们安排他住在清水海滨的一幢公寓大厦里，他以为那是我的房产。艾米尔带他去了一个码头，我们在那儿吃了午饭，然后登上了一艘全长52英尺的哈特勒斯豪华游艇。他以为这艘游艇也是为我所有。穆拉看了看这艘船，直视着我的眼睛说："它让我想起了《迈阿密风云》①。"

---

① 《迈阿密风云》是迈克尔·曼（Michael Mann）执导的一部惊悚电影，是由巩俐主演的首部纯好莱坞制作大片。——译者注

他完全被蒙在鼓里。

游艇由参与我们卧底行动的海关船只管理人员驾驶着出了海，不幸的是，游艇一路遇到激流。在水上航行了一个小时后，穆拉跌跌撞撞地回到船舱，吐得到处都是。管理人员气坏了：他们爱这艘哈特勒斯游艇就像爱自己的孩子，况且他们知道，清理这些呕吐物的任务肯定会落在他们身上。

返回岸上后，艾米尔带穆拉回公寓大厦梳洗更衣。那天夜里，我们三人到城里闲逛。吃过晚餐后，我们去了几家在坦帕地区声名狼藉的脱衣舞夜总会。夜色渐浓，穆拉在一个夜总会与几个女招待尽情地寻欢作乐。回到我们的包桌时，他满脸笑容，充血的眼睛呆滞无神，他用西班牙语含糊不清地对艾米尔说了些什么，目光越过艾米尔的肩膀看向对面。一个妖冶的女人正站在那儿等候，艾米尔向我解释说，穆拉已经付钱给她，让她陪我到一间密室，施展她所有的魅力让我高兴。

我顿时手足无措。一个黑社会分子这时该怎样做？他会毫不迟疑地走进那个房间，尽情享受片刻的欢愉。但我如果那样做了，终将受到谴责，无论是在法庭上，还是在自己的家里。我们都必须牢记，尽管我们需要演好我们的角色，但是决不能借故使我们作为联邦特工的真实身份蒙羞，我们所有的行为都要对陪审团负责。

在最后关头，我的脑中突然闪现出一个托辞。我直视着穆拉的眼睛，让艾米尔替我翻译，告诉他，他的这个举动让我感到很荣幸，但我也想让他分享我的一个情感秘密，那就是我疯狂地爱上了一个女人，并打算与她结婚。我还提醒他，他一定还记得第一次遇到他妻子时的美妙感觉。我还解释说，我打算在这几年内结婚，到那时，如果他能来参加我的婚礼，我将感到不胜荣幸。对我们所有的人来说，这个情急之下编造出来的谎言能否蒙混过关，会关系到我们整个行动的成败得失。

"我明白，罗伯特，我明白，"他用西班牙语笑着说。抛开他的罪行不说，穆拉还真能称得上是一位绅士。他没有再追究这个话题，在那晚余下的时间里，我们互相开着玩笑，玩得很尽兴，同时也挥金如土。

第二天，艾米尔和线人将穆拉带到我们为卧底行动准备的另外一间办公室——这间办公室位于圣彼得斯堡清水机场附近。多亏了多米尼克的帮助，我在"太阳鸟航空公司"取得了国际金融部经理的头衔，这就是我的办公室。公司的主要业务是提供包机服务，负责预定往返于当地和巴哈马群岛之间的44座的喷气式飞机，满足乘客往返和货运的需要。穆拉以为我就是利用这家公司的飞机包租服务将钱运出美国转到境外的账户上的。

当着穆拉的面，我安排一个卧底特工拿来了20万美元的现金货款。将这些钱塞进我的公文包后，我、艾米尔、穆拉和线人一起去了当地的一家银行。他们等在车里，我进去将现金交给了银行的一个职员。我如此轻松地处理掉这笔钱，这让穆拉充满敬意。我告诉他，为了掩护真正的生意，我们经营着许多经手大笔现金的公司——我与埃里克·威尔曼合开的珠宝连锁店就是其中的一个。

穆拉不知道的是，那个接收我送来的现金的银行职员是我五年前就认识的，当时我正在"美钞行动"特别小组里与其他成员共同调查另外一个洗黑钱案件。她的名字叫丽塔·罗赞斯基。经银行首席执行官的许可，丽塔帮助我们这些卧底人员以假身份在这家银行建立了账户，办理了贷款和信用卡业务，其中当然包括为罗伯特·穆塞拉办理的那些业务。

第二天早上，我、艾米尔和穆拉一起搭乘一架商务航班飞往纽约。我们先入住世界贸易中心的威斯达国际饭店，然后前往美林证券公司①总部拜访我大学时的一个好友克雷格·甄慈。他是那里的一名证券机构交易员。他事先同意，假装与我谈一桩十分重要的生意，做样子给穆拉看。我走向克雷格，与他拥抱，然后秘密地交谈了几分钟，这一切都被站在交易大厅一侧的艾米尔和穆拉看在眼里。穆拉不会想到，不久之后，当我们再次拜访这个金融区时，这场小把戏将会引出一场精彩得多的好戏。

之后，我、艾米尔和穆拉步行到布鲁诺证券公司②，那是弗兰基在百

---

① 美林证券（Merrill Lynch）是世界最大的证券零售商和投资银行之一，总部位于美国纽约市。美林集团曾在世界超过40个国家经营，除了传统的投资银行和经纪业务外，还包括共同基金、保险、信托、年金和清算服务。2008年9月，美国银行与美林达成协议，以约440亿美元收购后者。——译者注
② 布鲁诺证券公司：Bruno Securities。——译者注

老汇和华尔街附近开的一家经纪公司。在那里，我受到皇室般的礼遇。公司40名员工中，有十几个依次走向我，与我要么拥抱，要么握手，嘴里还说着，"嘿，鲍比，真高兴你从佛罗里达回来了。我们这里真的很需要你。"除了亲吻我的戒指，他们几乎行了臣子对皇室的一切拜见之礼。

弗兰基把我们带到他叔叔、公司总裁卡迈恩的办公室。按照来之前我们已经商量好的，卡迈恩、弗兰基和我谈论了他们正准备上市的几个新公司的情况，以及他们需要我帮忙做的主要工作。我向他们引荐了冈萨洛——只介绍了他的名字——并且说，我预计他和他哥伦比亚的几个客户不久将会与我们合伙做生意。弗兰基向穆拉强调，我是唯一有能力与他一起处理我们家族的金融事务的人。当弗兰基带我们来到纽约证券交易所的交易大厅时，穆拉的眼睛睁得像南瓜那么大。他从来不敢想象，他能与这样一群黑手党党徒在一起，他们的势力如此强大，居然在证券交易业占据了一席之地。通过艾米尔做翻译，弗兰基向他解释了股票交易是如何运作的，穆拉认真地倾听着他的每一句话。

我们三人来到附近的一家饭店喝酒。我说，我必须返回纽约证券交易所参加一个投资研讨会，商讨成立一家开采金银矿的新公司和买卖贵金属的事宜。应当让穆拉了解，他不是城里唯一上演的好戏，我们之间的合作不能影响我在我们这个神话般的犯罪家族中的其他责任。这一招就叫欲擒故纵，诱使他为了争取我的信任，尽快说出一切真相。同时，还能向他表明，我还有许多更重要的事情要考虑，这些事都远远优先于满足他的需要。

我告诉穆拉："你必须明白，我对我们的组织负有责任，我家族的公司有义务将我们所有的资源整合在一起，以保护整个组织的资金安全。我们的公司正在组织开采金银矿的项目，我有义务让一切安全运行。我已经被授权与你合作，但那只是我的副业。我主要的工作是清洗我们自己公司在美国的现金收入。"

穆拉欣然接受与我一起去参加那个研讨会。我们回到纽约证券交易所的宴会俱乐部，耐着性子听完一个实在很无聊的陈述，它可以进一步加深穆拉的印象，让他知道我和我的家族不可小觑。弗兰基也在聚会上发言，这更为我的卧底身份增加了确凿的可信度。研讨会后举行了见面会，到处飘溢着香槟酒和鱼子酱的香味，穆拉穿梭于人群中，像一位国际要人，他一边不停地提问，一边大口吞咽着开胃小吃——连同我们设下的诱饵。

第二天上午，我和艾米尔在我宾馆的房间与穆拉又见了面。磁带在录音机里滚动着，穆拉滔滔不绝地说着。他显然对我们合作的前景充满了辉煌的想象，所以，一股脑儿道出了可能会吸引我与他做交易的所有细节。用我们执法界的行话说，就是，他脱掉了裤子。到我们离开纽约的时候，他几乎已经没有秘密可言：他承认，他能公开摆到桌面上的钱有 80％ 来自于贩毒商人，他还将他大多数联系人的具体情况告诉了我们。

待他说出秘密后，我靠向椅背，装出一副拿不定主意的样子。在一个漫长的、戏剧性的停顿之后，我告诉穆拉，"我愿意与你合伙做生意，但是你要接受我们的几个条件。"我答应与他连续合作 45 天，45 天的期限结束时，如果营业额没有大幅度增长，我们的合作关系就告结束。我告诉他，我对他说的 50％ 的分成不感兴趣，分成只有达到 60％，我才肯干。而且，他要抓紧时间说服他的客户们授权于我，允许我拿他们的钱进行投资，因为单纯清洗黑钱的风险太大。我解释说，我必须躲在幕后，伪装成一个专门针对南美客户的投资顾问，如果不这样做，联邦调查局的人很容易猜到我在做什么。

那天下午，我、穆拉和艾米尔在布鲁克林桥附近的杰里米啤酒屋吃午餐。趁我离开餐桌之际，艾米尔向穆拉探过身去，告诉他，我仍有些顾虑，不能确定他在毒品和洗黑集团的联系人是否值得我们去冒险。要想赢得我的信任，全靠他穆拉本人，所以他不能对我有任何隐瞒。艾米尔这样说道："如果你让我们老板相信你是认真的，你肯定能得到一大块儿蛋糕。"艾米尔就像史特拉第瓦里①拉提琴那样将穆拉耍得团团转。

我回到餐桌后，穆拉迫不及待地向我一再强调他在毒品集团认识和共事的那些人的详细情况。他将他的兄弟姐妹在洛杉矶和迈阿密销售可卡因的情况全盘托出。还说出了他们老板的姓名以及联邦调查局的人从他们那

---

① 史特拉第瓦里：意大利提琴制造家。——译者注

里缴获的大麻的具体数量。他甚至告诉了我们接受他妹妹的贿赂、保护他们做非法贩毒生意的迈阿密警察的具体姓名。

那天夜里，我们三人来到小意大利①，在桑树街上的卡莎贝拉酒店用餐，然后又到几个街区以外的费拉拉面包咖啡店喝卡布奇诺咖啡，吃意大利煎饼。我们在街上闲逛时，刚好经过温别尔托蛤蜊酒吧，1972 年疯子乔·加洛正是在这个酒吧被枪杀的。

我用严肃的语气给穆拉讲述了这个故事：加洛千方百计地想从当时的家族头目约瑟夫·克洛博手中夺过普罗法齐—克洛博家族的统治权——该家族是自 20 世纪 30 年代以来一直掌控着纽约有组织犯罪的五大黑手党家族之一。正当加洛庆祝他的 43 岁生日之时，两个持枪人闯了进来并开了火。加洛企图逃跑时，中了五枪，倒在街上。在加洛的葬礼上，他的妹妹伏在棺木上痛哭，她当时说的一番话后来一直被大家传说："街道马上要被鲜血染红了，乔伊！"

沉默了一会儿，通过艾米尔做翻译，穆拉问我："美国真的有黑手党吗？"

"黑手党只是电视剧里编出来的，"我似笑非笑地回答道。"我们不想出名——只想拥有他们那样的势力。"

艾米尔将我的话翻译给穆拉听，他看起来有点不知所措，一时哑口无言。我放声大笑，他也跟着笑起来，从他的眼神能看出，他对我们的安排很满意。

我和艾米尔把穆拉送回威斯达饭店，然后去了当地的一个酒吧。我们一边喝着啤酒，一边推想着这些天的行动会有什么样的结果。穆拉准备将哥伦比亚的几个大人物介绍给我们，但是他们接受我们之后事情将怎样发展，我们很难预料。

我和艾米尔漫步回到宾馆的房间，让客房服务送两个特大号的汉堡过来。一眨眼的工夫，宾馆服务员就把夜宵送来了。我们狼吞虎咽地吃完汉堡，打着饱嗝，想把客房服务的移动餐车从房门推出房间。但不知怎么

---

① 小意大利：纽约意大利裔人居住区，有点像中国城（Chinatown）。——译者注

的，餐车的台面太宽了。我们借着酒劲儿，一边朝各个方向转动餐车，一边打趣说，服务员真是个魔术师，居然将这么大个餐车搬进了房间。我们的努力完全白费了，车上除了台布，所有的东西都被掀翻，餐车倒向一边，车头倒进走廊。我们把它扶正，这时候，台布滑落下来，我们这才发现，餐车的台面带有几个活动的侧翼，一推螺栓，侧翼就能收起来。我们酒意朦胧，禁不住自嘲地大笑，我们能轻而易举地操作秘密录音设备，甚至连洗黑集团也在我们的操控中，但一个小小的移动餐车却把我们难倒了。

第二天上午，我们全体回到坦帕市，按计划举行穆拉返回麦德林集团前的最后一次会议。

首先，为了安全通知现金的交取地点，我们建立了一套电话密码。每个城市都有自己固定的代码。"La Playa"（海滨）代表迈阿密；"Los Torres"（城堡）表示纽约市；"La La"（姑妈）表示洛杉矶——这些是"比索交易黑市"中的标准行业代码。我们又为芝加哥、底特律、休斯敦和费城确定了类似的代码。

穆拉告诉我们，他永远不会在电话里说明他需要兑换的现金的具体数量，相反，他会说，一张发货清单——即现金——将会被送到指定地点需要对方清付。发货清单的编号本身，后面略去三个尾数——通常是三个零，就表示他需要兑换的现金数量。

穆拉说，他会尽量设法把美国有清洗黑钱需求的人的传呼机号或手机号提供给艾米尔——穆拉用了"尽量"那个词，因为有时候，他在哥伦比亚的客户不愿意透漏此类信息。另外，他也会把艾米尔的传呼机号码告诉给他的一个客户——一个毒贩。这名毒贩在哥伦比亚，但他的现金被在美国的联系人持有。然后，那个毒贩会将艾米尔的传呼机号码提供给他在美国的那个联系人，该联系人会遵照严格的指令，即传呼艾米尔时，必须在他自己的号码后面加上代码"55"。那个代码会提醒艾米尔，呼叫他的人是穆拉的人，呼者准备马上安排一次放货。

穆拉给自己起了个代号叫"布鲁诺"，并让我也选一个。我选择了"马克西姆"这个名字。这样，穆拉说，如果他想通知我们一桩 50 万美元的交易已经在迈阿密准备就绪，他就会给艾米尔打电话说："布鲁诺从海滨发出的 500 号发货清单需要马克西姆清付。"果然，没过多久，艾米尔就收到了一个尾号是 55 的传呼。他回电话时，呼叫他的人核对了城市名、钱数以及代码——"这批货是代表布鲁诺交给马克西姆的。"于是，艾米尔确定了他或者另外一个卧底特工前去与打电话的人见面接款的地点和时间。

接下来，为了给麦德林集团的客户支付现金，穆拉让我签发十几张空白支票给他。如果我们做的是 50 万美元的交易，扣除给我们的回扣，他可能要为这笔钱开出十张支票，因为他的客户不希望拿到面额巨大的支票。

在每笔交易中，我和穆拉一起分享大约 8% 的酬金。因此，在一笔 50 万美元的交易中，我俩将得到 4 万美元的酬金。而根据我们约定的六四开的分成，我最终将拿到 24 000 美元。如果穆拉的客户需要的是比索支票，而不是美元支票，他将赚到更多的酬金，而这笔额外的酬金他会向我隐瞒。这样，通过把我开具的美元支票卖给哥伦比亚商人换取比索，然后将比索支票卖给他的客户，他可能再赚到 10% 的酬金。穆拉不可能知道我了解他的把戏，因为他以为我在他们这行完全是个新手，但这没什么——我干这行不是为了赚钱——尽管最后我的确为联邦政府赚了几百万美元。

对我们的每笔交易，穆拉都建立了分类账户，详细记录下每笔交易的总量、我们得到的酬金数、支票清单列表、每张支票的收款人，等等，每笔交易在账面上都做到收支平衡。每个月，穆拉要么亲自将分类账户送到我的办公室，要么把它夹在一本大开本的杂志黏合的书页中间寄到我的办公室。

穆拉此行圆满结束。在他离开前，我警告他说，我的身家性命掌握在他的手中，我完全指望他凭借着他在这一行娴熟的技巧来合伙赚钱。他对我千恩万谢，发誓说，他不会让我失望，同时向我保证，他将把他的关系介绍给我认识。

时间证明，他没有食言。

四、银行疑云

哥伦比亚，麦德林市
1986 年 12 月 11 日

穆拉一回到麦德林集团，就开始向他的客户们极力宣传我们。能与我们合作并且担任我们在哥伦比亚的独家代理让他感到格外骄傲，所以他立即开始为我们招揽生意。他需要我们兑换的现金数量一般从 25 000～250 000 美元不等——这就意味着，我们要在迈阿密、纽约、芝加哥和洛杉矶等城市安排许多特工，扮演艾米尔派去接收现金的工人。

艾米尔经常飞往指定的交货城市，在当地卧底特工的帮助下，每次都能接收到几箱子的现金。麦德林集团的老板们通常不把这些偷运现钞的低级别的工人们当回事。一般情况下，这些工人要将现钞收集、清点、打捆以及递送，但每个月只能挣到几千美元。我们亲切地称他们为"T 恤衫"，因为，尽管表面上他们为卡特尔集团处理数以百万计的金钱，却连自己身上穿的 T 恤衫都几乎负担不起。他们留在哥伦比亚的亲属常常被当作抵押品——事实上，就是人质——以向那些老板们保证他们不会携巨款逃跑。

而从我们这一方来看，地方海关的所作所为也使得我们与"T 恤衫"的现金交接活动充满了风险。海关的特工们想要根据每次交接款过程中获得的少许情报顺藤摸瓜，通过识别和跟踪递款人，最终得到最全面的情报。但我们的办事处却坚持让盯梢的特工待这些递款人将现金交给艾米尔或另外一个特工后跟踪他们——具体讲，就是盯梢的特工尾随那些"T恤衫"返回他们的家或者公司，之后就对这些地点分别实施监视，当发现他们与其他清洗黑钱者接头时，一举将其抓获。这听起来似乎是个好主意——偶尔也很奏效——然而一旦奏效，就会将罗伯特·穆塞拉和埃米利奥·多明戈斯的卧底身份暴露无遗。

办事处的官员们往往低估了他们对手的智商。在哥伦比亚犯罪集团稳坐第一把交椅的那些人可不是傻瓜。事实上，他们经常雇用一些密探进行反侦察活动，寻找联邦特工正在监视他们的蛛丝马迹。一旦他们的密探发现我们正在监视他们，哥伦比亚的贩毒老板往往就会立刻命令改变战术，将他们的生意转移到别的地方。为了减少由于递款人被捕可能造成的损失，卡特尔不会让他们了解到与毒品运输相关的任何信息。我们的计划是通过穆拉去接近现金的主人和他们的顾问，若在"T恤衫"们身上做文章将会适得其反，只能引起怀疑，而且不利于卧底行动。但是我们头上的那些官僚们的字典里没有"耐心"这个词，我猜想，他们也不相信我和艾米尔能够将穆拉搞定。对他们来讲，循规蹈矩是最安全之举。

一开始，我们的交易进展得很顺利。芝加哥有两名兼职的卧底特工帮助收集现金，一个叫弗兰克·塞拉，五十来岁，经验丰富，他深知这次在坦帕市的卧底行动事关重大，所以从来不会将当地的官僚作风凌驾于我们的行动之上；另外一名特工叫托尼·马西斯科，是个聪明的年轻人，迫切地想向弗兰克学习，以他为榜样。

在多米尼克的帮助之下，我开办了一家出售点钞机的公司，将点钞机卖给那些哥伦比亚人。这同时向穆拉他们说明我们很明智，知道开家合法的公司就可以名正言顺地拥有地下银行的交易工具这样的把戏。如果你们开的公司从事的不是银行、赌场或者金融性行业，那么你们要点钞机干什么？"因为你们涉嫌毒品交易，"警察就会这样说。但是经营一家零售公司，合法销售点钞机则不会让警察们产生这样的猜疑。这还能为我们的卧底特工提供一个打破僵局的话题，避免他们在与"T恤衫"们接头时，注意力总是局限于装满现金的箱子上。当然最重要的是，清点现金需要十分

43

精确——而我们过去很难做到。用手清点数十万的美元现钞不仅单调乏味，而且经常出错。虽然大家都知道，交易时以我们清点的数量为准，但是如果"T恤衫"的手中都有点钞机，我们之间的矛盾就会大大减少。

我给了弗兰克和托尼一台点钞机，让他们卖给偷运现钞到芝加哥的一对哥伦比亚夫妇。这对夫妇不像其他大多数"T恤衫"，他们提出，希望在旅馆的房间交货。于是，芝加哥海关办事处租了两套相邻的房间：在一个房间内交货，在隔壁的一个房间里秘密安排了一班人马为他们的接头进行录像，同时，一旦发生危险，还能在第一时间保护我们的人不发生意外。

那对夫妇到达后，西服革履的托尼为他们演示了点钞机的用法，他将一叠20美元面值的现钞放在了进钱托盘上。弗兰克坐在一边，悠闲地看着他的徒弟应付整个局面。托尼一边滔滔不绝地推销着他的机器，一边俯下身子按下了"开始"按钮。但是他靠得太近了——机器将他的领带一并吞了进去，几乎把他的脖子也拽进齿轮里。多亏了丝绸领带上那个几英寸宽的领带结，他才与"提前退休"擦肩而过。但是，因为提前没读说明书，他不知道怎样操作机器才能将他自己解脱出来。不得已，他将点钞机端起到胸前，像是戴着一个20磅重的领带夹，一边在房间里乱转，一边琢磨怎么对付那台机器。这时，那对哥伦比亚夫妇已经笑得倒在地上爬不起来了，隔壁房间里的特工们从监视器里看到了发生的一切，也禁不住狂笑不已。但是他们的笑声太大了，弗兰克隔着墙都听到了。他立刻警觉起来，害怕他们的笑声也被那对哥伦比亚夫妇听到。他走到监控镜头前，一边左右摇动着头，一边用一个手指做了个切喉的动作，提醒监控的特工们不要发出声响。

最后，托尼终于将已经铰烂的领带从机器里拽了出来——然后，他成功地卖出了两台点钞机。从那天起，艾米尔一见到马西斯科，就忍不住叫他"领带托尼"，而托尼总是简单粗暴地回上一句"滚你的"。这是行动中一个轻松的插曲，但随着穆拉送来的钱数不断增加，每次的接款任务就不再那么轻松了。

除去睡觉的时间，穆拉每一天的每一分钟都在计划着如何利用我们来发大财。他向我们强调说，如果我们不再从美国的银行账户上支付支票，转而从巴拿马的银行开具支票，我们的生意会更加兴隆。有些国家制定有严格的银行保密法律，哥伦比亚的毒贩们更愿意接受那些国家的银行开具的支票。穆拉在麦德林集团的朋友们对巴拿马的银行情有独钟，因为在那些银行的工资单上甚至都印有曼纽尔·诺列加将军①的名字。

要在国外开辟账户，我们有两种选择。一种是通过海关的帮助，我们与一家在巴拿马设有分行的银行取得联系，让他们安排一个秘密账户。但这样做存在着诸多不利：我们要面对烦琐拖拉的公事程序，而且银行官员或者巴拿马政府中必然有人会泄密给那些哥伦比亚人。最终会导致什么结果？当然无异于自杀。

还有另外一种选择，罗伯特·穆塞拉本人走进佛罗里达州的一家国际银行，直接打听如何在巴拿马开账户。迄今为止，穆塞拉一直是个没有任何不良记录的商人，而且在美国的商界拥有一张庞大的关系网。我的所有身份证明禁得住任何一个银行家的详审细查。正如我经常告诫那些年轻的特工们的：做卧底工作时，搞点偷偷摸摸的小动作是绝对有用的。

我开着海关为我配备的绿色奔驰500 SEL，正沿着坦帕闹市区的阿什莉大道缓慢行驶。透过路边高大的棕榈树缝隙，一座大厦映入我的眼帘，那是国际商业信贷银行（BCCI）的高级办公大楼。巨大烫金的"BCCI"几个字母在大厦的二层闪闪发光，似乎在为办理海外账户的业务做着广告，于是我叫来了一个银行官员，办理了开户预约手续。

几天后，在那幢大厦的一间私人会议室，国际商业信贷银行坦帕市分行的副总裁瑞克·阿古多仔细地盘问着我的经商历史和个人背景。依照预约时他们提出的要求，我带来了我的介绍信，信里简要介绍了我的几个从事对外贸易业务的公司。我还带来了我个人和公司的银行结单副本。我向他解释说，我在哥伦比亚的合伙人正在巴拿马银行账户上不断积蓄财富，他们有意定期汇给我一些资金让我为他们投资佛罗里达的房地产业。

① 曼纽尔·诺列加（1934—）：1983—1989年统治巴拿马的军事领袖。1990年1月，因涉嫌贩毒，被带去美国受审。1992年，迈阿密的一个陪审委员会查明诺列加犯有阴谋制造和分配可卡因的八项罪行，判处他40年徒刑。——译者注

　　阿古多同意帮我开这个账户。我通过了他的考验，很明显，他认为与我公开谈话是安全的。他一边跟我聊天，一边飞快地填写开户表格，与我说话丝毫没有影响他几乎疯狂的填写速度。他低着头，笔在手下潦草地写着，说："你认为你将来需要将钱朝相反的方向转移吗？我的意思是说，从美利坚转移到巴拿马，因为我们这里有许多客户需要秘密地将资金存在国外的账户上。如果你需要，我们也能帮你办。"接着，他又说道："过去，我们经常帮助客户将他们的资金存进我们在大开曼岛的分行，但是现在，我不建议你那样做，因为大开曼岛与美国国税局签署了一个协定，允许美国联邦政府获得那里的账户记录。"阿古多说，现在，他和他的老板们建议他们的客户将资金存进他们在巴拿马的分行，因为联邦政府不会到那儿去寻踪觅迹。

　　我一动不动，等着阿古多抬起头来，与我有目光接触。他抬起头看着我时，我紧闭上嘴唇，点着头表示赞同，并且说："你知道，瑞克，我对你说的很感兴趣。下次如果有机会在一个随意的环境下见面，比如说哪天我请你吃午饭，我想好好跟你谈谈。"

　　根据我过去的经验，有利益的地方就会有危险。我忍不住想让他说出更多的细节，但是直觉告诉我，耐心会更有效——尤其在阿古多尚未提到他自己的经历和能力的情况下。毕竟他只是告诉了我他的银行能够提供的一种服务类型，表面看来那也只是一项标准化的全球业务。我对阿古多表达了感谢之意，将我的各种表格的副本收集在一起，然后驾车离开了。

　　"你肯定不会相信，我去了国际商业信贷银行，在那里的一间办公室里会见了他们的一个官员。"第二天，我对戴夫·伯里斯说。戴夫是国税局派到我们行动组的一个特工，虽然对卧底毫无兴趣，但做事总是一丝不苟，对工作从不畏惧。我迫不及待地想告诉他我与阿古多见面的事。"当时我想，如果运气好，我就有机会为我们的卧底公司开个账户，而且还不会暴露我的联邦特工身份。说服那个家伙相信我就是真正的罗伯特·穆塞拉后，他就开始一刻不停地向我介绍他们银行的业务——如何使我的交易躲开国税局以及其他银行监管机构的调查，我拦都拦不住。真是不可思议。"

　　戴夫答应与其他机构联系，核查国际商业信贷银行是否有过与毒贩的接触史。没到一周，他就报告说，他与佛罗里达州"打击黑势力"小组的一个律师对过话了，国际商业信贷银行的确曾为一个毒枭清洗过资金，而且在接收那笔钱之前就可能知道那是笔贩毒黑钱。他还向我保证，他没有向那个人透漏他询问那些问题的原因。在海关和国税局，只有很少的人知道 C-Chase 行动①，我们也不想让太多人知道。这应该感谢马克·杰克沃斯基，他是这个案件中的一个联邦检察官，他比我们任何人都更能保守秘密。行动开始时，我们所有人就达成一致意见，不要把卧底行动的细节写成调查报告（ROIs）。因为按照日常操作规程，坦帕市呈交的调查报告会一路走进许多政府机关，包括华盛顿总部。杰克沃斯基支持我们的提议，同意我们把卧底活动的相关报告记录在证券纸上，并且留在坦帕市保存。现在才知道，当时他无权批准我们这样做，但他的言行让我们每个人都相信了他。

　　马克在法庭上英勇善战，就像一只斗牛犬，他如果受雇于被告，可以挣到比现在高出十倍的薪水，但他对此并不感兴趣。有时候，为了一个庭审，他不得不整夜呆在办公室做准备。他总是默默地去做这一切，毫无怨言。第二天，在坦帕市联邦办公大楼上班的人如果来得早，常常会看到马克穿着汗衫短裤走出他的办公室，头发蓬乱，嘴里叼着香烟，手中握着牙刷。到我们卧底行动的这一阶段，只要我们需要，马克就会毫不犹豫地帮忙。可当时我们还不需要他的有力决断，尽管不久以后我们就要体验到了。

　　艾米尔继续在全国各地接收穆拉联系人的现金，我负责将其全部兑换成支票或者电汇给穆拉。我与穆拉曾有过约定，他要说服他的客户不仅利用我的公司清洗黑钱，而且允许我代表他们的集团将他们的部分资金进行投资。时间过得飞快，很快就到了我们约定的最后期限。穆拉又要来佛罗里达拜访我，很显然，如果让国际商业信贷银行的阿古多和穆拉同时来参加我和艾米尔安排的一次会面，我也许能够同时赢得他们两个人的信赖。

---

　　① Operation C-Chase："现金追踪"行动。C 指 cash。见专有名词表的解释。——译者注

为了在穆拉到来之前安排好一切，我给阿古多打了电话，约他在坦帕湾豪华的凯悦酒店秘密见面。

白色的亚麻桌布上摆着熏石斑鱼和东方的牛肉，我和阿古多继续着我们猫和老鼠的游戏，试图寻找一个两人都感觉舒服的方式开始我们不加任何隐瞒的谈话。阿古多是波士顿大学的研究生，在加入国际商业信贷银行之前，曾在危地马拉他自己家的香蕉园工作过。他了解中南美洲商人的需求，也知道如何逃税以及规避外汇管理条例。他在哥伦比亚已经发展了几个客户。

我告诉阿古多，穆拉想让我帮忙在美国接收现金，将其存入银行，然后再转移到巴拿马，他镇定地说："那就是人们所说的'黑市'。"他了解美元和比索非法交易的所有内幕，而且在国际商业信贷银行如何帮助那些地下货币交易市场，如何将交易风险降低到最低这些事情上颇有高见。

阿古多探过身来，镇定自若地警告我说："你处理这些现金时一定要谨慎，因为美国银行会把所有超过1万美元和略少于1万美元的现金交易记录下来，交给美国政府存档。"他还保证说，如果我能有一家公司做掩护，表面上合法地收入现金，那么我就能安全地为我的哥伦比亚客户处理存款了。他面带微笑，晃着头补充道："只有傻瓜才会被抓到。"

为了使他提供的秘密银行业务听起来更加完美，阿古多建议我以绝密的方式在美国境外开户。他提议说，我可以到坦帕市他舒适的办公室找他，在那里，他帮我填写恰当的表格，拿到我需要存入的款目，将它们都打成捆，通过他们银行的内部办公邮件寄往巴拿马或者我选择的其他国家。接收邮件的分行会为我开这个账户。支票、存款单以及其他的票据仍然先通过内部办公邮件寄回坦帕市，然后再转交到我的手中。美国的这家银行不会保留这个国外账户的任何记录，也没有任何一个联邦政府机构能够从这家银行在美国的任何分行获得关于这个账户的任何信息。

这就是他们所谓的服务。

午餐接近结束时，我们眺望着坦帕湾，阿古多从杯子里啜饮着人头马白兰地。我告诉他说，我期待不断扩展我们之间的商业合作关系，而且为了我们的合作，我们有必要下周一起吃一顿午餐，届时，除了我俩，艾米尔和穆拉也会到场。

没过一周，穆拉就来到了坦帕市。我和艾米尔到机场接他，随即诱其进入我们设置的新一轮圈套。穆拉向我们吐露，他在哥伦比亚的朋友警告他一定要当心，也许我们是毒品管制局的特工。他虽对此不以为然，但他希望我们能够理解，这些不确定性可能会延迟他赢得他的客户们的信任。

为了消除他提到的"顾虑"，我和艾米尔把他带到了我的房子——也就是多米尼克的家——在那儿款待了他三四天。为了使一切看起来都是真实的，我提前与多米尼克和他的全家（我的卧底亲戚们）合了影，而且把照片安放在房子中最醒目的地方。这是一张小小的保险单，以防穆拉那些神经紧张的客户之后来这里侦查时，发现有外人住在这里。我是这样对穆拉解释的：我太忙了，经常外出，为了保养这幢房子，在我出城期间，我让我的表亲来这里住。

只要艾米尔与穆拉在一起呆上十分钟，过后我就能寻根究底地向穆拉提出更多的问题。艾米尔非常擅长于让穆拉放松警惕。艾米尔对穆拉旁敲侧击，他说，他背着我向穆拉透露点信息，如果穆拉不能很快给我与他的客户接触的机会，我将马上结束与他的合作关系。我不能总是满足于靠帮他们转移资金赚钱。那样，联邦调查局的人很容易发现我扮演着一个中转渠道的角色，根本无意经商。这些黑市交易需要有合法的投资基础，否则寸步难行。艾米尔还胡编说，如果黑社会的人发现，我正在不记后果地帮助穆拉的客户清洗黑钱，我将有人身危险。他对穆拉说的原话就是："不管能否成为一家人，穆塞拉先生都会付出代价。"

穆拉过去曾听我说过，"我不想听到你说你不能说服你的客户来我们的公司投资。给我领来听众是你的工作，然后由我自己向他们推销。即使那时我们遭到拒绝，你的任务也已经完成了。"我当然不在意他的客户是否投资给我们——尽管那可能会给我带来一大笔红利。我想要的是与穆拉背后的人会面，这样，我就可以辨认他们的身份，把他们记录在案。

穆拉道出了他最亲近的朋友和客户的名字，其中包括哥伦比亚国会议员塞缪尔·埃斯克鲁斯瑞尔。塞缪尔·埃斯克鲁斯瑞尔与他的父亲——哥伦比亚的一个参议员，共同参与贩毒生意。埃斯克鲁斯瑞尔父子与洛杉矶的一个被称作"珠宝商"的人合作。那个珠宝商不仅偷运毒品，还帮埃斯克鲁斯瑞尔父子清洗贩毒利润。

我们的努力终于有了收获：穆拉邀请我和艾米尔陪他去西海岸见那个珠宝商。

第二天，我们带穆拉进行了一次皇室般的巡游：首先去了"金融咨询公司"；然后到了塔米珠宝行的总部，该珠宝行管理着整个东海岸大型购物商场里的70多家批发商店；最后去了一个能同时提供250个座位的饭店。作为"业内人士"，穆拉亲眼目睹了这些现金流转额度巨大的公司，它们为巨额现金的存款提供了无懈可击的理由。我甚至卖给他一件华丽的人造珠宝样品，希望他能成为塔米珠宝行在哥伦比亚的独家代理人。每当我向穆拉提到让他担任某种商品的哥伦比亚独家代理人的时候，美元的符号就会在他的眼中飞扬。

生意观光游结束之后，我、艾米尔和穆拉在一个小型的私家飞机场停下来。在一个拥有私人飞机的线人的帮助下，艾米尔和我带着穆拉从距地面几千英尺的高度俯瞰坦帕市。当飞机突然倾斜飞行的时候，我指给穆拉看几个贸易大楼，宣称它们为我们集团所有。艾米尔使劲转动着眼睛，将我们所谓的佛罗里达商业帝国的故事翻译给穆拉听。紧接着，穆拉的眼睛也滴溜转了起来——尽管带着他在哈特勒斯豪华游艇上曾经有过的表情。如果飞机不是很快就降落了，他连早餐都会吐出来。驾机的线人是在偏僻丛林的狭窄跑道上学会驾驶飞机的，他迅速下降，趁穆拉失态之前将飞机降落在了坦帕国际机场。

我们驾车穿过飞机场，到万豪机场酒店顶层的CK旋转餐厅与瑞克·阿古多会面。我们品味着夏敦埃酒①，谈论着穆塞拉家族和哥伦比亚穆拉的朋友们之间即将进行的商业合作，这时，阿古多轻松地谈到国际商业信贷银行如何帮助我们促成合作。他提出可以为我们在全球范围内开设账户，并通过巴拿马的银行做中转站，为我们的交易保守秘密。他甚至建议，穆拉和我伪造一些发货单使资金合理合法地流向海外。他还提了一个

---

① 一种无甜味白葡萄酒。——译者注

高明的建议——与其来来回回单纯地转移资金，不如考虑在海外的存款单上存入几百万作为同样数量贷款的抵押。如果有联邦特工想要追踪我们被转移资金的源头，他们会误以为我们转移的资金是用来支付贷款资金的。

第二天上午，在飞往洛杉矶安排我们与珠宝商见面之前，穆拉到艾米尔的公寓来见我们。在卡特尔，穆拉为之服务的哥伦比亚人有数十个，为了获得关于他们的情况，我们需要精心设计一场骗局。否则，我们的角色只能是洗黑钱——而不是卧底。我带来一堆已经注销的支票，这些支票都是由穆拉在哥伦比亚签发的，然后被兑换成我们在全美境内接收过的一批批现金。我告诉穆拉，如果联邦特工忽然对他的任何一个客户在巴拿马的账户感兴趣，我就会很危险，所以我需要他帮忙审核一下这些已经作废的支票，以便更多地了解经手这些支票的人——我的借口是，有了穆拉的帮助，我就可以估计我的危险几率。因为穆拉准确地了解谁曾经兑现过这些支票，而且他们当中是不是有人正在引起哥伦比亚当局的关注。

穆拉浏览着这些支票，证实了他在哥伦比亚四个客户的名字，还有一个匿名为吉列尔莫·瓦尔加斯的哥伦比亚股票经纪人，他专为卡特尔集团清洗黑钱。穆拉表示，他所有的这些客户如果得知我与国际商业信贷银行的关系以及我准备在巴拿马开账户的消息，将会非常兴奋。他迫不及待地想告诉珠宝商，他们马上有机会与罗伯特·穆塞拉和埃米利奥·多明戈斯合伙做生意。

穆拉被彻底说服了。接下来，我们需要做的工作就是说服穆拉的客户相信我们。

五、神秘的珠宝商

加利福尼亚州，旧金山，波那文奇酒店

1987 年 4 月 13 日

美国主要城市的联邦办公大楼随时都有可能处于卡特尔的监视之下。既然穆拉并不知道我们住在哪里，所以，会见前来支援我们的特工的比较安全的地方，应该是在我们下榻的波那文奇酒店的房间里。共有六名特工和主管前来参加这个情况通报会，部署下一步的工作。

我没有料到会有这么多人来参会，实际上，海关、毒品管制局以及联邦调查局一直在追踪调查"珠宝商"罗伯托·阿尔凯诺，但他却一直逍遥法外。执法部门都把他当做国际贩毒领域的头号人物，美国司法部的"有组织犯罪与缉毒工作组"也曾多次调查他，但始终一无所获。然而，与穆拉的几次见面就帮助我们了解到了阿尔凯诺的许多情况，比上述所有机构在这之前掌握的所有情况还要多，这真要感谢穆拉了。

穆拉证实，阿尔凯诺是直接与卡特尔的巴勃罗·埃斯科瓦尔、法比奥·奥乔亚以及其他成员合作的主要人物。阿尔凯诺曾在纽约和洛杉矶交给过我们现金，要求清洗。其中的一小部分，大约 17 万美元现金的接取工作最近是由"口香糖"杰西·伊瓦拉和康拉德·米兰完成的。这两个人是海关安排在洛杉矶的卧底特工，扮演艾米尔派去取钱的接头人。如果我们能够赢得阿尔凯诺的信任，他肯定会向那些地下组织的精英们大力宣扬我们，那么我们清洗黑钱的业务量就会飙升。

情况介绍会上，我们部署了一个计划。按计划，第二天，我和艾米尔将在艾米尔的宾馆房间会见穆拉和他的弟弟杰米，套出关于阿尔凯诺以及他的公司的详细情况，整个会面我们会全程录音。那天晚上稍晚些时候，我们要带穆拉兄弟去看一场道奇队的棒球比赛，同时邀请伊瓦拉，让他借此机会和杰米混熟。杰米常在这个地区贩卖毒品，递送黑钱。看完比赛的第二天，我、艾米尔与穆拉、杰米一道去会见阿尔凯诺，那将是我们的第一次会面，我们也要全程录音。当然，我们希望在这次会面之后还有更多的会面。然后，为了了解到更多的内幕消息，我们计划在会见完阿尔凯诺的第二天，再次约见穆拉和杰米。

会议接近尾声时，坦帕的一个特工向我扔过来一个小包裹。"马祖尔，你和艾米尔执行卧底任务需要的护照已由总部转递过来了。你们可以随时出境执行任务。"我打开包裹时，乔·辛顿那番充满智慧的话又回响在我的耳边。华盛顿的天才们为我俩伪造的护照几乎一模一样：都是华盛顿特区签发的；签发日期是同一天；两份护照的编号是连续的；而且护照上竟然没有一个能够证明我们曾经出过境的印章。

"别开玩笑了，"我摇着头说。"做这东西的人难道是榆木脑袋吗？我们根本不可能使用这样的护照！我要去趟迈阿密，用我的假出生证明和驾驶执照办理一份护照。然后，再把它寄到我们在伦敦、波恩、圣何塞①的大使馆，在上面分别盖上相应地区的印章。我可不能让自己看上去就像一个从没出过家门的生瓜蛋子！"

情况介绍会后，我和艾米尔凑在一起，共同商讨下一步的行动策略。在宾馆的房间里谈话有被窃听的可能，所以我们选择了在大街上或者饭店里进行我们的谈话。在波那文奇酒店附近，我们经过一家高级男装店，我对艾米尔说："嘿，我们进里面看看吧。穆塞拉先生需要置办几套新行头了。"

---

① 圣何塞（San José），哥斯达黎加的首都。——译者注

　　我挑选了一条深蓝色的意大利羊毛宽松长裤、一件深蓝色和白色相间的双排扣人字呢夹克衫、一件法式袖口的纯白色西服衬衫和一条海军蓝的阿玛尼丝绸领带。这时，我的耳旁又响起多米尼克的警告。对，我还需要买双新鞋子。我找到了一双深蓝色的西班牙软皮鞋。艾米尔突然笑了起来，一边像芭蕾舞女演员那样踮着脚尖扭来扭去，一边操着他那浓重的波多黎各口音唱道："哎呀，穆塞拉先生，你要穿着这双蓝色拖鞋去参加阿尔凯诺的舞会吗？"

　　"好啦，讨厌鬼，你还笑，"我有点不好意思，脸红了。"阿尔凯诺会从各个角度来评价我们。那个家伙可不傻。他甚至会注意到每个微小的细节——包括鞋子。我这一千美元如果能对我们的行动有所帮助，也值得了。与这个家伙打交道，我们稍有疏漏，他就会躲得远远的。如果真是那样，我们就前功尽弃了。"

　　第二天，我和艾米尔按计划在艾米尔的房间会见穆拉和杰米。前一天，穆拉花了一整天的时间做阿尔凯诺的工作，让他来见我。他再次证实，珠宝商，用穆拉的话说，是卡特尔"非常人物之一"。穆拉向我们透露道，在最近三个月的时间里，阿尔凯诺总共运送了 2 400 万美元的现金，但由于洛杉矶的警察比其他大城市的警察更难对付，阿尔凯诺正计划着将他的公司迁往东北部。穆拉强调道，我完全符合阿尔凯诺的要求——我的集团总部设在纽约，还拥有像布鲁诺证券公司这样精心谋划的"幌子"公司。

　　接着，穆拉透露说，阿尔凯诺很关注近期在洛杉矶从他那里收集现金的那两个人——伊瓦拉和米兰。阿尔凯诺曾对他说过："冈萨洛，那两个人问了太多的问题，而且就把车停在我珠宝店门口的禁止停车带上。谁会这样干？他们要么是莽撞，要么就是警察。"

　　我的心跳几乎停止。

　　"冈萨洛，"我说，汗差点流了下来。"无论什么时候你听到我这边的人惹了麻烦，一定要告诉我详情。"

　　穆拉说，他认为我们明智的做法是，明天与阿尔凯诺见面时，把这件事直截了当地对他解释清楚。这时，艾米尔巧妙地将话题引开，他极力奉承着穆拉，诱使他透露更多的消息，而我心里却火冒三丈。伊瓦拉曾向我们保证按照我们说的去做，然而实际上，他做得刚好相反。我和艾米尔几乎是请求他们，让他们在阿尔凯诺面前保持一种低调形象——拿上钱，不要与他谈话，赶紧离开。如果我们还想继续调查这件案子，任何一个参与进来的特工都不能像警察那样行事。狡猾的罪犯会把车停在五个街区以外，然后朝十个不同的方向步行到见面地点，以确保他们没有被跟踪。看起来，伊瓦拉似乎没计划与珠宝商打持久战，只想尽快抓他立功。

我们说好过一会儿再见面，一起去看道奇队的比赛。穆拉和杰米快返回来之前，伊瓦拉到宾馆与我们汇合。他对阿尔凯诺的话很不以为然，认为他是在夸大其词。

比赛场的热狗和啤酒让我们放松下来，同时也提供了与穆拉和杰米发展感情的机会。穆拉总是紧紧跟在艾米尔的屁股后面。我与他们保持着一定的距离，想让穆拉知道，我在我的集团里，就像阿尔凯诺在他们的集团里一样，有着更高的权威。伊瓦拉努力想与穆拉交朋友，但在这方面艾米尔显然胜他一筹。

第二天早上，我和艾米尔很晚才起床，我们一边吃着早餐，一边商量着如何对付即将到来的会面。我想以一个繁忙的经理的形象露面，当时正忙着参加另外一个会议，暂时脱不开身，等阿尔凯诺和穆拉兄弟来到艾米尔的房间交谈一会儿后，艾米尔再给我打手机，问我为什么还没到。相互见面的时间被错开，这样，阿尔凯诺就可以一次只见一张陌生的面孔，从而尽快适应这张新面孔。

在与我们的支援小组简短会面之后，我们返回各自的宾馆房间做准备。这时，我意外地接到艾米尔打来的电话，问我是否能给他帮点忙。我听出了他的话中似乎有恶作剧的成分。果不其然，当我走进他的房间时，他递过来一条领带，说："鲍比，能帮我戴上这玩意儿吗？我不知道该怎么打结。"

我帮他系着领带，故意让他很难受。而这样的情景日后出现过无数次。"别胡说八道啦！一个 42 岁的老东西居然不会打领带？"

"嗨，你还指望一个从波多黎各阿瓜迪亚走出来的孩子能做什么？"艾米尔反击道。"整个阿瓜迪亚只有一条领带，我还没轮上用它呢。系你的领带吧，少废话！"

我们俩都哈哈大笑。

到了约定的时间，穆拉和杰米走进了艾米尔的房间。几分钟后，阿尔凯诺也来了，他们闲扯着，话题围绕着一个荒谬的哲学问题：可卡因成吨成吨地流入美国完全是美国人自己的错，因为没有需求就没有供给。

我刚一到，阿尔凯诺马上就向我做自我介绍。他说的英语带点智利口音，他还能流利地说西班牙语和意大利语。他引导着整个谈话，就像在指挥一个乐队，他的自信弥漫在整个房间。

"那么，告诉我——你是干什么的？"他尖锐地问我。

我耐心地向他介绍了我们的投资公司、抵押放款公司、珠宝连锁店、飞机包租业务和经纪公司的简单情况，明确表示我首先要效忠我的家族，而且单纯地向境外转移资金会引起 Los Feos 的注意——我故意说了几个西班牙语词，是"丑陋的人"的意思，在他们的行话里指联邦特工。那天刚好是 4 月 15 日①，再加上我们手里还有阿古多这张底牌，我特意强调说，如果我未来的客户在报税时遇到麻烦，不能为他们在美国的财产找到恰当的理由，我可以帮忙建立一张安全网，先将他们的贩毒利润存进我的抵押放款公司，然后再按照表面上看似贷款的流程返还给他们。这样操作后，他们的财务就像穿上了防弹衣一样，完全能禁受得住国税局的任何检查，同时，还能为他们的地下生意做掩护。

当然，这些话完全是我胡编的。我所说的这个过程还能帮忙在卧底行动结束时识别并抓住一些有利条件，毕竟，与他们接触得越多，我就有越多的机会搜集他们的情报，录下与他们的谈话。

国税局一直是阿尔凯诺的一块心病。他们对他构成的威胁比联邦调查局还要大。国税局现在正在追捕他从事毒品生意的几个朋友，因为他们不

---

① 每年的 1 月 1 日至 4 月 15 日是美国的报税季，美国人不论多忙都要挤出时间赶在报税截止日前自行报税。因此，每年的 4 月 15 日——个人报税截止日也成为美国人的"忙碌日"。——译者注

能说清楚自己的财产来源。艾尔·卡彭的悲惨结局还在继续上演着。

阿尔凯诺对股票市场投资的想法嗤之以鼻——认为那就是一种赌博，他和他的合伙人不愿冒任何风险——但是他愿意帮忙促成通过我的公司进行投资的想法。他用眼睛死死地盯住我说："投资要以信任为基础。我是可以信任的，同时我也信任你，但我们都不喜欢出现差错，我们也不能允许出现差错，一旦出现差错就要付出代价。有时候，代价会很大，不仅仅是钱能解决的问题。"

他的意思再清楚不过：如果我出卖他和他的朋友——只有死路一条。但是阿尔凯诺觉得这还不够，他继续念叨着如果我食言要承担的后果。

"不要忘了，"他说。"这些人将信任全部倾注在我的身上。一旦出现差错，他们饶不了我。当然我也不会饶了你。"接着又说："我们喜欢争取主动，不愿意被牵着鼻子走。我们从不相信'差错'那类的鬼话。如果那些洗钱人骗了我们，我会当面告诉他们我感到很遗憾，但不出两天，我就让他们躺着出门。"

我既不能表现出吃惊的样子，也不能显得太过担忧。我礼貌性地点着头，眼睛却在告诉他，说点我不知道的事吧。

于是他很自然地说到了伊瓦拉的举动，那件事让他坐卧不安。阿尔凯诺说的跟穆拉告诉我们的一模一样：停车、追问，等等。艾米尔为此道了歉，并保证说，这样的事情绝对不会再发生。伊瓦拉的确严重地阻碍了我们与阿尔凯诺建立合作关系的进程。

阿尔凯诺表示，他最担心的事就是，在帮哥伦比亚合伙人把钱洗白的过程中，会将他们的钱损失掉。正如阿尔凯诺所说，将毒品运到美国需要跨越很多障碍，就像下西洋棋一样。你拿起一个棋子——一定数量的海洛因——千方百计走到了棋盘对侧的底线，你赢了这盘棋，正如黑钱被洗白了，所以如果把他的合伙人好不容易赚到的钱损失掉，合伙人会很难接受。

这次见面快结束的时候，我们商定，如果阿尔凯诺为我们拉来新的清洗黑钱生意，我将从我得到的酬金里分给他一部分。我们还商定，如果阿尔凯诺能够配合我们对投资专用款的配置，那么，每笔交易赚得的酬金我将与他对半平分。反过来，阿尔凯诺也表态说，他感觉能够说服他的朋友按我说的去做。他要故意传出话去说，我们提供一种有趣的服务，卡特尔集团应该认真考虑。照他的说法，这只是个"教育"的问题。

随后，穆拉提出是否需要写下书面的协定，对此，阿尔凯诺吼叫道，他不想要任何书面的东西。我后来听说，阿尔凯诺在离开房间时评论说："除非这狗娘养的在这儿给我们录音，否则，说过的话就等于放屁。"

穆拉相信，阿尔凯诺会去争取他的合伙人的，所以他们兄弟俩一想到我们的合作前景就非常兴奋，他们已经制定好各自的计划，准备马上返回麦德林集团去见他们的客户，好好"教育"他们，接受我们的服务。

终于只剩下我和艾米尔两个人，我们步行着出去找了个公用电话。几个坦帕来的积极参与我们在洛杉矶行动的特工正等候在波那文奇酒店里，我给他们打了电话。"事情已经办妥，"我在电话里说。"我们全程录了音，一切顺利。一会儿没人跟踪了，我和艾米尔会到房间找你们。公文包录音机我也会带去。"

我们一直在大街上兜着圈，直到确信没有眼睛盯着我们。走在路上，我俩一致认为，阿尔凯诺有意与我们合作，我们完全可以攻破他。实际上，有了这盘磁带和我们已经从他那里接收到的一百万左右的现金，他已经逃不出我们的手心了，但是为了让他为我们做担保，为了收集更多的情报，为了潜入犯罪集团的核心层，我们还需要耐心等待。

回到波那文奇酒店，我们悄悄溜进劳拉•谢尔曼特工的房间。我认识她已将近十年了，因为办事处规定不允许特工在同一个案子既当卧底又做管理工作，所以我请求由她来负责这个案子的行政管理方面的事务。她没有大学学位，但是她非凡的才干使她成为一名优秀的特工。我们将阿尔凯诺的录音交给了她和房间里的其他特工。

我们准备前去拜访穆拉兄弟，就这段时间以来我们的合作情况做个总结，为此我做了一些准备。我把微型录音机粘在了胯部，将麦克风的线粘在了衬衫里面心脏上方的位置。最好不要带公文包去。公文包比较适合办公室或者宾馆那样的场合，而这次我们去的是杰米的家，位于加利福尼亚安大略的一幢房子，是他用一批毒品从原来的主人那里换来的。就在我们到达之前，我把手伸进口袋里，通过里面的一个小洞，打开了录音机的遥控电源开关。

这幢房子坐落在一个富裕的中产阶级住宅区，房子所有的门和窗户上都装有防盗栅栏。显而易见，它是用来藏匿的好处所。杰米骄傲地向我们炫耀着他的车，他就是用这辆车在整个加利福尼亚州偷运毒品和现钞的。在车的仪表盘下有一个开关，他扭动了一下，后座下面露出了一个隐藏的隔间，里面的空间可以轻松地容纳 20 公斤的海洛因。他的这个小小的"展示和讲述"游戏①提供了我们所需要的所有证据，让我们在行动结束时有充足的理由查封这幢房子。

谈到未来的合作，穆拉提醒我们说，阿尔凯诺在未来的两天不会有太多的行动。复活节马上要到了，阿尔凯诺和穆拉都是非常虔诚的教徒。像阿尔凯诺和穆拉这样的人，尽管为一个全球性的贩毒组织卖命，他们的组织为了将毒品传播到全世界，甚至不惜杀人无数，但这并不妨碍他们对上帝的忠诚，甚至每天把上帝挂在嘴边。

穆拉对我们说，一旦阿尔凯诺打开大门，需要我们清洗的黑钱就会源源不断地流进来。我立刻表示拒绝，严肃地看着穆拉，通过艾米尔当翻译，我缓缓地用沉着谨慎的语气说道："只有那些答应借我们公司进行投资的客户才能得到我们无条件的帮助，随时将他们的资金转移出美国。否则，我们太暴露了。对于不愿通过我们进行投资的那些人，我每月至多只收他们 25 万美元。"

穆拉明白了我的意思，但是他催促我赶快与国际商业信贷银行联系，因为那些"非常人物"们迫切需要购买巴拿马银行签署的美元支票。我答应在巴拿马开账户，同时告诉他，我还准备去纽约拜访阿尔凯诺，这样我们就能更好地彼此了解。

到我和艾米尔返回坦帕市时，洛杉矶和纽约方面已经准备好随时从阿尔凯诺那里接款。在纽约，有个叫纳尔逊·陈的友好的年轻人扮演着艾米尔派去的接款员的角色。像我一样，陈也是国税局出来的，看上去也不像

---

① 一种小学生课堂活动，是学童们以所带实物展开讨论的一种课堂练习形式。——译者注

个警察。与我不同的是，他有着中国和波多黎各的混血血统——而且能流利地说英语、西班牙语和汉语。因为他的老板汤米·洛雷托曾与我在国税局情报署曼哈顿办事处并肩工作过，我感觉，他会听从我们的安排，我们可以信任他。

陈的代号是"中国人"，他在纽约接收 35 万美元的时候，按照我们的要求，伊瓦拉特工与穆拉会面，并从阿尔凯诺那里接收了 17 万美元。

第二天，穆拉给艾米尔打电话，他直截了当地说："我记得你说过洛杉矶这儿的这个家伙为你工作，而且我们可以信任他？"

"当然，"艾米尔说，穆拉的问题让他有点措手不及。

"好吧，"穆拉说。"他把我和杰米带去看湖人队的一场篮球赛。到那儿后，他告诉我们，虽然你和穆塞拉先生都是不错的人，但是他知道一个更好的办法让我们的客户在洛杉矶得到更好的服务。他说，除了穆塞拉集团，他还在为另一个更大的集团做事，而那个集团可以向我们收取更低的费用，提供更快捷的服务，他想让我们将洛杉矶所有客户的生意都转到他所说的那些其他人那里。我绝不想做破坏与你和穆塞拉先生之间关系的事情。我只是想让你知道他说了什么。"

艾米尔气得脸都红了。"冈萨洛，谢谢你。我希望你在洛杉矶先按兵不动，我要与穆塞拉先生谈谈这件事情。我会很快答复你的，兄弟。"

"这个狗娘养的！"他"砰"地放下电话，大声骂道。他马上给我打电话，我当时正在金融咨询公司。"鲍勃，我们需要谈谈。'口香糖'在耍我们。他告诉穆拉终止在洛杉矶与我们的合作，而让他'口香糖'的人接手所有洛杉矶的生意。"

"该死的，埃米利奥！"——这是我在打电话时对艾米尔的称呼。通常，我们的对手会监听电话，尤其会注意我们的名字——"我们见面再详细谈。"我跳上车，飞快地开往艾米尔的卧底公寓。见了面，了解到具体情况，我们都怒火中烧。

"艾米尔，我们还得给这个家伙擦屁股，"我说。"他想要的无非就是抢走这个案子，愚弄大家。我们可以借阿尔凯诺说事。他告诉过我们所有人，他要把他的公司搬离洛杉矶，因为那里的警察各个像西部牛仔。我们可以借用他的这个说法，告诉穆拉，我们也要开始逐渐退出洛杉矶。他需要知道，不久，在那座城市，我们将拒绝接收一分钱，所以他最好开始在其他城市扩展业务。"

艾米尔点了点头："与我想的完全一样。一想到像穆拉这样的罪犯都比我们自己的人要忠诚，我就感到不舒服。"

但是，我们不能面对面地与伊瓦拉对质，因为在办事处里，没有人有足够的证据让他承认他做的那些事。对于他违规行为的检举很快就会变成一场关于道听途说的辩论，很快，伊瓦拉就会知道我们正想办法开除他，他就会报复我们。最好还是微笑着对他说，下次来洛杉矶需要他的帮忙时，我们一定会找他。我们不得不对自己人说谎，而要继续我们的行动也唯有如此。这是第一次——当然不是最后一次——我们能够信任这个案件中我们的对手，却不能信任我们自己的人。

没过多久，阿尔凯诺那里就有了结果。他要求在两个星期内到纽约见我。我和艾米尔搭乘商用班机到了纽约。我们先住进国际贸易中心的威斯达国际宾馆，然后邀请阿尔凯诺过来。他第二天上午就过来了，带着一个公文包，里面鼓鼓囊囊地塞着许多记录。

"鲍勃，我的几个朋友遇到一点麻烦。你的关系多，我想你可能能帮我们解决掉。他们拥有两架飞机，小的那架大约值10万美元，它被扣在了得克萨斯州，一起被扣的还有机上所装的货物。"——可卡因——"第二架，也就是那架大点儿的飞机，一架塞斯纳500，是他们花了55万美元的银行本票买来的。现在这两架飞机都被联邦特工查获了。我的朋友是哥伦比亚人，但是那架塞斯纳是以加利福尼亚一家公司的名义买进的。我想让你跟我的一个律师谈谈。他为哈罗德·格林伯格做事，是我认识很久的一个朋友。"

我问阿尔凯诺，我能否向他的律师公开身份，让他知道我们正在做的事情，阿尔凯诺明确表示："他是我们的人，所以完全可以。他很会装聋作哑。他就是那样一类人。"阿尔凯诺认为他的律师很聪明，而且是个很棒的演员。

阿尔凯诺还交给了我一项任务，就是帮他将他的价值500万美元的房产合法化，那是他"一时冲动"购买的——也就是说，用现金直接购买的。

他喋喋不休地介绍着他生意的详细情况，我们几乎插不上嘴问他任何问题。他计划每周在纽约交给我们 20 万～30 万美元，他解释说，他在西西里岛的父亲在波士顿有一些保守派朋友，他的大部分毒品都卖给了波士顿一些有组织的老买家，以及纽约的一些客户。

接下来他讲述了自己的经营之道。他只雇用那些年长的、穿着考究的人，因为他们很容易被当作真正的商人。年轻的、穿着花哨的小混混儿他绝对不会用。他的职员们不会在电话里公开谈生意，而是在私下里下工夫计划好每一步行动。他的许多重要的经销商都是西班牙裔的商界职业女性，她们受过良好的教育，年龄都在四十岁左右。

卡特尔买通了墨西哥的政府官员和军队的将军，因此他们的货可以销往整个墨西哥。"集团在那里的活动得到了联邦政府的许可。如果没有警察和军队的参与，你不可能成功。他们会直截了当地告诉你，将货运进去要花很多钱，出境时要花很多钱……飞机到达墨西哥后，你需得到一位将军的批准——然后，你付钱，然后，你的飞机就可以飞离了。在墨西哥军队管辖的飞机场里，事情就是这样。如果你与非政府的人做交易，他们会杀了那些人，然后将飞机没收充公，并编造出拒捕的罪名。随后，他们会把飞机里装的货全部卖掉……墨西哥没有一个诚实的人，那儿的环境培养不出来老实人。墨西哥人生来就是堕落的。"

阿尔凯诺预测我们的合作生意将蒸蒸日上。"每周都有数以千计的人将数百万美元的交易款带进美国。"但是他仍然想尽快地将他的公司迁出洛杉矶。"呆在那里像呆在风口浪尖。每天都有那么多的警察，而且洛杉矶的警察从不接受贿赂。他们有着西部牛仔的精神，像一律被洗过脑，认为抓捕犯罪嫌疑人是他们义不容辞的责任。而波士顿、纽约和迈阿密的警察要容易贿赂得多。"

我邀请他到佛罗里达做客，并答应马上给他的律师打电话。

卡茨对那架飞机的说法与阿尔凯诺的截然不同。他正努力说服当地的政府释放它，但阻力很大。这架塞斯纳飞机是花 55 万美元现金买来的，而送现金的人送完现金之后，就在另一架载有可卡因的飞机上被捕了。在这个时候保持缄口不语肯定行不通了。他说出了一切真相。

几天后，卡特尔内部就像引爆了一颗原子弹一样炸了窝。毒品管制局"双鱼座"秘密行动①开始了大规模的起诉活动，使得这项行动由地下转为了公开。特工人员在美国收集到了现金并将其转移到与卡特尔集团有合作关系的人控制的巴拿马银行账户上。贩毒集团每个人的行动都转入地下，暗中观察是否有他们的联系人受到这次大规模起诉的牵连。我也没有别的选择，只好跟风走，静观事态发展。生意暂时处于停滞状态。

随后，麦德林集团传出话来说，许多人怀疑我也在组织并领导着另外一场卧底行动。穆拉的客户们需要了解关于穆塞拉和他的公司的更有意义的细节情况。按照穆拉的要求，我准备了一封信，具体列出了我们家族所拥有的每家公司的详情，以及美国六家银行出具的可核实的银行证明。在信的末尾，我向他们说得很明白，我提交的书面资料不可能再详尽了。如果这还不能让那些老板们满意，我们只有见面进一步讨论这个问题，或者他们再去寻求其他的合伙人。

"当水流变得湍急的时候，可以把你的船停上岸，休息一下。"谈到"双鱼座"行动，阿尔凯诺这样说道。他警告我先不要去巴拿马，因为所有参与"双鱼座"行动的特工都在那儿办理了秘密的银行业务。与阿尔凯诺的行为形成强烈对比的是，穆拉则请求我尽快去巴拿马开立账户，因为他知道那会有助于扩大我们的生意。

为了让穆拉满意，我打电话给阿古多，约他见面，却发现他不久就要调到另外一家公司上班。他先与我谈了我和穆拉如何使用巴拿马账户的问题，然后让我去找国际商业信贷银行的另外一名官员，他叫戴恩·米勒，这个人向我做了与阿古多完全一样的保证。国际商业信贷银行将为我的交易保守秘密；对于我的黑市现金交易，他们会帮助我保持低调形象；他们会为我在全世界开账户，而且保证不会让美国当局发现。米勒以一家纸业

---

① "双鱼座"行动：Operation Pisces。见专有名词表。——译者注

公司的名义为我在巴拿马开了个支票账户，那家纸业公司是南非工业发展国际公司①在巴拿马的一个子公司。

穆拉把我的支票转给了他的客户，他们本人或者他们的同伙终于与国际商业信贷银行巴拿马分行扯上了关系，他们可以将支票存在那里或者兑成现金。这一次的安排非常完美。那些毒贩们了解到我与洗黑银行的关系，而那些银行家们也看到我的客户都是些社会渣滓。现在，我要做的就是给穆拉施加压力，迫使他把一直躲在阴暗处的客户们拖出来，直接与我谈生意。

"双鱼座"行动之后，阿尔凯诺每周送来的贩毒款缩减到80万美元。通过穆拉我了解到，我们拿到的钱款只是阿尔凯诺所有钱款的三分之一，其余的大部分钱他都交给了另外两个与我们竞争的洗钱集团。阿尔凯诺预计，因"双鱼座"行动造成的交易速度减缓的风头过去后，他会将每周的贩毒款恢复到过去的200万美元，但是他的客户中仍然没有一个站出来让我帮忙投资。穆拉对阿尔凯诺讲了我写的那封信的事，但是，珠宝商只是冷冷地看着我说："我们还是不太了解你的家族情况啊。"

阿尔凯诺的不愿合作和生意上的暂时停滞被海关的几个特工和管理人员当做了证据，认为我根本不可能拉拢高级别的毒贩让我帮他们处理投资生意。他们似乎忘记了我这么做是为了与高级别的人物会面，录下他们犯罪的证据。即使全世界的阿尔凯诺之流都决定不投资，引诱他们走上谈判桌无疑可以将他们从隐蔽处驱赶出来。这场游戏刚刚进行到这个时候就对我们的做法妄加评判还为时过早。优秀的罪犯往往会施展无穷无尽的伎俩，所以初来乍到的人必须要有耐心。但这对于我们机构的总监来说，可不是份容易的差事，因为他们的老板每隔几周就会追在他们的屁股后面问："最近事情进展得如何？"行政主管们的考核和提升与他们管辖的特工完成了多少次逮捕和查封任务直接挂钩。如果一个案子没有涉及那么多的逮捕和查封任务，那么它的主管要充分说明理由。相比而言，派特工去办理许多小案子要容易得多，因为那些小案子最终会带来一系列的对次要罪

---

① 工业发展国际公司：IDC International。——译者注

犯的抓捕、起诉、定罪等的行动。行动的次数多了，主管们就不用总是发愁如何回答那些他们不知道答案的问题了。这也是我们的这场"对毒品的战争"总是不能取胜的原因之一吧。

我现在急需好的建议。当我把我的困境讲给多米尼克听的时候，他的眼睛一亮。

"鲍勃，这很容易，"他说。"如果我遇到一个人，我对他充满信任，而他却对我举棋不定，这时候，我会给他送一件非常精美的礼物，对他解释说，我和我的人送给他这件礼物，保佑我们共同签署的协定顺利进行。同时告诉他，我们为此已经做好了准备。这会让他感觉这是一桩注定要做的生意，他不得不去朝着这方面去努力。"

我的老板们是不可能批给阿尔凯诺一件礼物的。他们会把这看作是软弱的表现。

"你所说的'非常精美'是什么意思？"我问。"你一般愿花多少钱？"

"该死的，"他说，显得十分恼火。"知道这个狗屁畜生对你有多重要吗？你是要让他感觉他在你的眼中微不足道呢？还是要告诉他你已经做好一切准备，非常在乎他的决定？可以给他送这样的东西……"他拿出一个小首饰盒，首饰盒的表面覆盖着一层棕色、金色和黑色相间的佩斯利涡旋纹花呢布①，打开它，里面是一个实心的黄金十字架，有四英寸高、两英寸宽，上面镶满了钻石。

"这值多少钱？"我天真地问。

"至少 25 000 美元，"他说。

我的老板绝对不会允许我花 25 000 美元给一个毒贩买一枚金十字架的，尽管他的身价可能是数百万美元。

"好吧，小朋友，"多姆说。"告诉你的老板们，我会签署一些文件把这个十字架借给你们。你们什么时候抓住那个狗屁畜生，再把它还给我。如果行动结束时找不到它，你们可以给我 25 000 美元，作为对我所有帮

---

① 佩斯利涡旋纹是一种以涡旋纹组成泪珠形或者松果形图案的花呢布，因其设计者佩斯利而得名。——译者注

忙的奖励。你知道，我做这些都是为了你，因为我欠你的，而且我不想你们用钱来偿还我对你们的帮助。如果到时候这个东西真的找不到了，我们正好就两清了。"

我们的办事处根本不可能同意多米尼克的计划，但是布鲁斯·珀洛文曾经说过的一句话在我的脑中回响着：**你不可能是警察，因为你的行为做派和思维习惯都不像个警察。**机会就在面前，只有通过密切接触阿尔凯诺，赢得他的信任，才能将我们的行动继续下去。因为这个人曾经直接与巴勃罗·埃斯科瓦尔、法比奥·奥乔亚以及罗德里格斯·加切打过交道。

这是个千载难逢的机会。

六、金色的渔钩

佛罗里达州，清水湾

1987 年 9 月 2 日

受贪欲驱动，穆拉请求阿尔凯诺接受我的邀请，到佛罗里达州拜访我，同时看看我在纽约的公司。八月份，刚好距我们在威斯达酒店见面三个月，阿尔凯诺同意了。

为了让穆拉的客户更加相信我，我需要有家人作"抵押"。海关给我们派来了两名卧底女特工：阿黛拉·阿斯奎，她伪装成艾米尔的临时女朋友，还有凯茜·厄兹，她假扮我的女朋友和将来的未婚妻。凯茜从没执行过重大的卧底任务，但这次她准备全力以赴。

我们领凯茜和阿黛拉参观了所有被选中用来卧底的住所和公司。她们呆在多米尼克的家里，熟悉整个房间的布局和所有秘密机关的使用。我和艾米尔向她们简要介绍了穆拉和阿尔凯诺的情况，然后交换我们伪造的身份背景文件以方便彼此了解，其中包括以往住址、工作经历、家庭背景、姓名和年龄、喜欢喝的饮料、喜欢做的运动、业余爱好、父母的姓名、政治观点，等等。一圈下来，我们对对方的假身份都了如指掌了。我们还预演了几套应酬话和话题，准备日后应用在谈话中，以便营造和谐的氛围。然后，我们向劳拉·谢尔曼和坦帕的其他几个幕后特工简要汇报了情况，这样，在穆拉到达坦帕之前，他们就能了解到我们的全盘计划。

这让我想起……

"劳拉，这个案子可能会发展得非常迅速，说不定哪天我们就得出境办案。我重新办理的卧底护照前一段时间已被寄回总部，我想让总部帮忙把它送到国外，以便在上面补盖上几个印章。不知办得怎么样了？"

"总部希望用他自己的方式来处理你们的护照，"她说。"联邦调查局实验室里多得是能工巧匠，他们完全能搞定这件事。你要求在护照上显示的国家和日期他们都弄到了，我们应该很快就能拿到护照了。"

"我真搞不懂，我只是想在上面盖上几个印章，为什么会这么难？"我说。"但是现在追究这个已经没用了。护照一到马上通知我。"

穆拉早阿尔凯诺一天到达坦帕市，这又为我们多留出一天的时间来"演练"我们之间的关系。我们带他乘坐我的——应该说，是埃里克·威尔曼的——劳斯莱斯去兜风，最后一起来到清水海滨开派对，喝香槟王酒①，一直到次日凌晨才摇摇摆摆地回到住处。女士们睡觉去了，我和艾米尔趁着穆拉醉意朦胧之际跟他攀谈，想从他嘴里套出更多的消息。

穆拉提到，他的几个客户仍然担心我可能是联邦特工，但是他正在想方设法说服他们。我上次写的信起到了一定的效果，但是我们确实还必须把阿尔凯诺争取过来，让他为我们做担保。穆拉建议，对阿尔凯诺拉过来的任何生意，我们可以给他1%的回扣。这当然不成问题。他还特别提到，我要花大概四个工作日的时间才能将现金兑换成支票，这也让他的几个客户感到不安。那些从事黑钱清洗的重量级人物自己拥有数百万的流动资金，在接收到客户送来的现金之后能立即付清钱款。经验告诉他们，政府派来的缉毒刑警往往囊中羞涩，只有他们不能一边洗钱一边付款。穆拉说得没错，的确存在着这样的问题。

联邦政府绝对不可能给我500万美元的周转资金来满足那些哥伦比亚人的要求。我和艾米尔反驳说，我们不会考虑资金如此快速地运转——除非穆拉本人愿意为伪钞和清点错误承担责任。没想到，穆拉竟然觉得我们

---

① 一种名贵的法国香槟酒。——译者注

的这个托辞很有道理。

接下来，我们从穆拉嘴里了解到，为什么像他这样无足轻重的小商人能和贩毒交意中的"大鲨鱼"混在一起。他曾经和吉列尔莫·奥乔亚一起在麦德林大学学习过，吉列尔莫是卡特尔集团董事会成员之一乔治·奥乔亚的亲戚，而乔治的儿子法比奥与阿尔凯诺是合伙人。穆拉正是利用所有这些关系说服阿尔凯诺和奥乔亚一家与我们合伙做生意的。穆拉建议，为了巩固合作关系，我可以前往哥伦比亚会见奥乔亚一家以及卡特尔集团的其他成员。我告诉他我会考虑他的建议。于是我向海关提出了申请，但没有获得批准。

两年前，毒品管制局的特工安立奎·卡马雷纳在执行卧底任务时曾被墨西哥毒贩抓获并严刑拷打。海关不希望那幕可怕的惨剧再次上演。况且，我的申请还要同时得到毒品管制局和驻波哥大大使的批准，这就意味着一系列烦琐的官僚程序。此外，当时毒品管制局还有明文规定：禁止在哥伦比亚采取卧底行动。

阿尔凯诺一来到坦帕市，我们就为他安排了一次皇室般的巡游——这让我感到有些紧张。坦帕虽然是个大城市，但我还是担心会撞上某个熟人。阿尔凯诺跳上我的奔驰 500 SEL，开始了对我的第一轮考验。

"你真该和我去麦德林呆上一个星期，"他说。"我会给你找上六个漂亮的女人，在我带你认识那些大人物期间，她们会始终伴你左右，满足你的各种需求。"

我回答阿尔凯诺说，我不知道我的未婚妻对那样的一次旅行会作何感想。前一天晚上，在推杯换盏喝香槟王酒的时候，我已经向穆拉宣布，我和凯茜订婚了。阿尔凯诺又迅速将头扭向艾米尔，问他是否结婚了，是否有孩子。他还是担心我们会是联邦特工，因此正在寻找蛛丝马迹检验我们。

到了家里，那辆劳斯莱斯汽车吸引了阿尔凯诺的注意。

"我有一辆劳斯莱斯'险路'，黑色的，1979 年出厂。我喜欢你的这辆敞篷车。"他打开后门，向车里窥视着。转回身时，他手里举着一个香槟王的空酒瓶，那是我们昨晚扔在车上的。"这车一定跑得不错，因为你用的汽油是最昂贵的!"

当晚,我安排阿尔凯诺和穆拉住在了一套海滨高级公寓里。第二天上午,我、艾米尔、阿黛拉和凯茜到公寓接他俩一起去吃午餐。恰在此时,我的电话响了起来,这是我们事前安排好的。

"是,多姆,好的。你可以顺便过来。我们和几个朋友在老地方。我想听听你那边的情况。过来吧。"

放下电话,我解释道,我的表弟要过来向我汇报我们一个新公司遇到的几个小问题。"罗伯托,"我说。"我保证不会耽搁太长时间,但我想让你认识一下我家族里的几个人,他们对我们的成功非常重要。多米尼克负责我们新公司的业务发展,但更为重要的是,他是我的好管家。没有他办不到的事,你见到他就知道了。"

多米尼克人还未到,他刺耳的声音就"隆隆"地响彻整个餐厅,他怀里抱着满满一抱衬衫和一大袋防晒霜出现在我们的桌前。

"嗨,老板,还好吗?"他一边说着,一边与我做了个传统的"教父"①式的拥抱。"不好意思,打扰了。占用你们点时间。这是'加勒比海的太阳'防晒系列的一个产品,马上就要投入生产了。多亏了你的资助。这些衬衫送给你的朋友吧,还有这些防晒霜。吉米接受了你的出价,所以现在我们占了多数控股权。我们预测,不出一年,这些产品就能销往全国。"

阿尔凯诺的眼睛和耳朵锁定在多米尼克身上,似乎在寻找什么。多姆将礼物分发给大家,然后转向我,表情变得严肃起来。他趴在我的耳边低语,但他近乎咆哮的声音让阿尔凯诺可以听清楚他说的每一个字。"鲍比,那件事情已经办妥。你真应该看看那个肥杂种见到我们时脸上的那份表情。他不敢再回来了。"

看着多米尼克离开,阿尔凯诺转过头对我说:"他祖上是西西里岛人,他在布鲁克林长大,恐怕12岁就开始偷车了吧。"

我笑了:"你几乎全说对了——但是他偷车可是从11岁就开始了。"

阿尔凯诺笑得肚子一颤一颤的。多米尼克的这次临时拜访很显然达到

---

① 这里指模仿电影《教父》中的拥抱动作。——译者注

了预期的效果。

艾米尔之前已经听说，因为纽约是阿尔凯诺毒品生意的一个行动基地，珠宝商不久会前去。多米尼克离开后，我向阿尔凯诺提起，我和凯茜准备在他的拜访结束之后前往纽约正式宣布我们订婚的消息。于是，他建议第二天晚上我们三个一起乘坐同一架班机，飞往拉瓜迪亚机场。

"那太好啦，"我说。"不过，我和凯茜准备乘我们自己的一架喷气式飞机去纽约，你知道，我的家族拥有一家飞机包租服务公司。为什么不和我们一道走，我们会直接把你送到纽约。"

阿尔凯诺咧嘴笑了。"好极了。明天下午我们再与穆拉和埃米利奥开个会吧，然后我们就飞往纽约。我觉得离开之前，还有一些要事需要谈一谈。"

在第二天下午的会上，阿尔凯诺再次透漏，因为"双鱼座"行动中暴露了很多人，麦德林的一些重要人物担心我是联邦特工，正在布局调查他们。阿尔凯诺表示，他没有那样的担心。同时他还表示，如果能赢得他的合伙人的信任，我们就可以放手大干一场了。

"但是，如果这真是你精心设计的圈套，"他说。"那么穆拉和我的脑袋就得搬家，还有我们的家人。"阿尔凯诺说，他不久就要回哥伦比亚，他建议我跟他一起去，帮助他去说服他的同事们，证明我不是缉毒警察。他仔细思忖着，如果我真的是个特工，会是什么样的结果。"有时，你必须要铤而走险。那有什么了不起呢，你只不过损失掉三十年。三十年一晃儿就过去了。三十年过得很快，是不是？"

大家谁也没出声。

他忽然爆发出一阵笑声，笑声弥散在整个房间。

他渐渐止住了笑声，说出一串儿数字来。

"每隔十天，一些大人物就会将3 000'件'带到这里——一'件'相当于1 000克的海洛因——那么，每个月就是9 000件。"虽然在某些个别月份，那些毒贩什么也不做，但即便如此，他们每年平均至少也要卖上50 000件。"假设他们只以12 000美元的价格批发出去，"——每公斤——"那么就是50 000乘以12。那是多少？一年就是6亿～7亿美元。

从中你可以获得 40％的利润。如果按每年 6 亿计算，它的 40％就是 2.4 亿，也就是说，你一年的利润就可以达到 2.4 亿美元。"

那是一个令人惊愕的数字，而它还只是按批发价计算的。

会后，艾米尔开车送我、阿尔凯诺和凯茜去一号停机坪，那是坦帕国际机场的私人机场服务区。我们登上了一架塞斯纳飞机，机舱里全部配有米色皮制坐椅，坐椅有柚木镶边，看起来非常雅致。两个海关的飞行员——他俩最初极不情愿佩戴航空公司飞行员制服上的黑色肩章和金色条纹——驾机飞往纽约。

途中，我告诉阿尔凯诺，第二天上午我要参加一个会议，因此有些准备工作要做。我坐到另外一排座位上，假装在仔细阅读一些看起来像账目单似的文件。利用这个时间，凯茜开始向阿尔凯诺灌输一系列的假话，说什么我为我的家族如何辛勤工作啦，什么我们要如何认真地一起创建我们未来的生活啦，等等。凯茜学习过艺术，法语口语相当出色，而且旅游经历丰富，阿尔凯诺应接不暇地听她讲着她小时候的故事，她对未来的期望，以及我们的卧底生活中一些有趣的细节——她讲得栩栩如生，就像昨晚刚刚经历过一样。

她甚至帮阿尔凯诺看了手纹，声称他将来会飞黄腾达，功成名就，这让他很高兴。当阿尔凯诺毫无顾忌地讲述他的生活的时候，凯茜一抓住机会就恭维他。可以看出，阿尔凯诺很喜欢她，在这些忙碌的日子里，我终于得到了一次难得的喘息机会。

到我们着陆的时候，凯茜已经了解到阿尔凯诺许多的生活细节，比阿尔凯诺对我的了解要多得多。他自诩是一个艺术品收藏家，他喜欢美酒佳肴。他有两个女儿，其中一个在读高中，性格有点叛逆。他的这些生活细节给我提出了一系列可供研究和利用的宝贵资料。

第二天上午，我们来到布鲁诺证券交易所，在那里，将近 20 名经纪人分别上前与我拥抱，抱怨我们太久没有见面了。弗兰基道歉说，他的叔父卡迈恩不能马上出来迎接我们，因为证券交易委员会有两个审计员突然来了，要求与他谈谈。我们只等了一分钟，门突然被推开，卡迈恩大叫着让那两个证券交易委员会的审计员滚出公司。

"你们这帮混蛋都一样!"他咆哮着。"就因为我的名字是元音结尾的,你们就以为我们是不良市民。都给我滚出去。"门被关上后,卡迈恩深深地吸了口气,面带微笑,说:"请原谅我有点激动,我才不管他们是谁。没有人敢侮辱我和我的家族。如果那些混蛋还来找茬,我就给其中的一个一点颜色看看。"

卡迈恩随即紧紧拥抱了我。"小克孜! 你真不应该离开这么长时间。我们的家族需要你,你工作得太辛苦了。来吧,我们好好谈谈。"

他带领我、弗兰基和阿尔凯诺来到他的办公室,我们喝着咖啡,他谈论着我们的生意以及我对于他们的成功有多么重要。每一步都被安排得完美无缺——甚至包括那两个仓皇而逃的证券交易委员会的假审计员。

从他的办公室出来后,一辆豪华的黑色房车送我们去伍尔沃斯大厦的哈里餐厅吃午饭。阿尔凯诺谈论起他的珠宝生意,他将钻石和宝石销给全世界的批发商——这是他藏匿贩毒利润的一种方式。

像平常一样,他的话题又转到女人身上。"我有三个妻子,"他说。"一个在纽约,一个在洛杉矶,还有一个在厄瓜多尔。"其实只有其中的一个女人嫁给了他。他的理论是,持续与其保持性关系的女人都可以被称作妻子。

在乘车返回阿尔凯诺位于联合国大楼附近公寓的途中,他说:"我想去那儿。"——他指的是哥伦比亚——"就在接下来的十天里吧,我想和那里的人们谈谈。我要看看他们的反应,回来时再给你们打电话。"然后,他转向凯茜说,他希望不远的将来凯茜和我去洛杉矶他的家中做客,那样他就可以答谢我们对他的盛情款待了。

突破性的进展!

我们终于赢得了他的信任。像阿尔凯诺这种层次的人,如果对他的客人是否是联邦特工有丝毫的怀疑,是绝对不会邀请那位客人到他的家中去的。如果把打入卡特尔集团核心层的进程比作"爬天梯"的话,在这架天梯上,我们的脚步又迈进了一个台阶。

房车停在"滨河门"的门口,那是位于纽约东区 34 号大街的一幢公寓大厦，是阿尔凯诺在纽约的住所。他准备下车，合适的时机来了，我跟随他一起从车上下来。

"罗伯托，"我说，冲凯茜所在的方向点了点头。"我从不当着她的面谈生意。我不想让她参与这些事。"然后，我轻轻地抓住阿尔凯诺的双肩，直视着他的眼睛，发表了我的宣讲："罗伯托，我希望你不久后就会了解到我们都是好人——"

"但是，我已经了解到了。"他打断我说。

"那么，我是否现在就把你当作合作伙伴来看待了。"我说。

"当然了，"阿尔凯诺回答道。"谢谢你。我就是这么想的。"

"好吧，那么，"我说着，从口袋里掏出点东西来。"我有一件礼物想送给你。我从来不会轻视与别人的重要关系。珍视各种类型的关系是我们家族的传统。这些关系是伴随我们终生的，我们会誓死捍卫它们。这是我们家族的规定之一。正是这些关系使人们加入到我们的行列，分享我们的传统，共同打造我们的未来。我想送你这份礼物，让它来为我们的友谊和合作祝福。"

他打开那个小盒子，镶满钻石的黄金十字架在纽约秋天阴沉的夜空下闪闪发光。珠宝商满脸堆笑，显然很欣赏我的做法。

"鲍勃，你真没必要这样。它太美了，会成为我一生都要珍爱的东西。"他拥抱了我，在感谢我的盛情款待的同时，也收下了这枚"诱饵"。

阿尔凯诺是个守信用的人，他在哥伦比亚为我大力宣传——虽然花的时间比预期的长了些。有人在纽约杀了他的一个职员，还有人在麦德林杀了他的一个合伙人。许多人认为是阿尔凯诺幕后指使的。总之，他延期了他的哥伦比亚之旅，暂时没有传来任何消息。

阿尔凯诺乘飞机总爱选择头等舱，而且总是轻装上阵，所以当他拖着一大组黑色软皮镶边的行李箱费劲地从飞机上下来的时候，我知道一定有什么事发生了。

"鲍勃，我在麦德林很想念你，所以挑选了这套行李箱送给你。你经常旅行，要是能有几件上等的哥伦比亚皮箱该多好。"

"谢谢，罗伯托。你想得真周到。欢迎回到坦帕。我们先上车吧，凯茜在等我们。"这组行李箱的价钱和那个镶满钻石的金十字架相比是小巫见大巫了——但它只是个开始。

我和凯茜将阿尔凯诺带到里奇新港镇滨水地区的一个新住所，金融咨询公司就在那个镇上，距坦帕市只有一个小时的车程。海关在那个住所里安装了一套最新型的隐蔽式监视系统，它可以捕捉到高质量的声音和图像。为了确保他始终呆在房子里——以便能记录下他的一切活动和声音——我们让一家餐饮公司派去一个厨师在房子里为我们准备了盛宴。饭后，凯茜陪阿尔凯诺出去散步，我则留在房子里开启和调试监视系统。他们回来后，艾米尔和凯茜借口有事离开了，给我留出机会与阿尔凯诺开始了一场私人的谈话。

他述说了他在麦德林期间发生的事情。他与卡特尔集团的四个老板见了面——尽管有很多人在等候向老板们汇报情况，但老板们最先接见了他。他向他们详细介绍了他所知道的关于我的一切：我的公司和业务，以及在我那里投资的条件。虽然事情还没有最后敲定，但是按阿尔凯诺的说法，"第一次见面，你必须要对他们有耐心。就像与意大利人打交道那样。"

为了加强我们之间的合作关系，他一一列举了我们可能得到的合作机会。

首先，他想让我知道，卡特尔集团已经决定将大部分产品销往欧洲，那里的市场远远没有达到饱和，而且每公斤都能赚到 1.7 万美元的额外利润。现在，他已经储备 150 公斤的货在那儿，可以计算一下，他很快就能赚到 400 万美元，他想把那笔钱运回巴拿马或者哥伦比亚。而他的那笔钱比起"那些大人物"从西班牙、法国和意大利偷运出来的贩毒利润来，只是一点小钱而已。

他正与在美国的一个以色列朋友谋划着建立一家海洛因进口公司，可以处理每月数百万美元的纯利润。他还准备给另外一个投资商创造一个机会，而只要我开口，那个投资商就是我。

最后，他说，他感觉自己很快就能说服卡特尔让我每周为他们处理

70 万美元。但问题是，"有个叫莫利纳的家伙"每个月都在纽约为他们转移 2 000 万美元，如果想从莫利纳的那个大蛋糕上分到一小块，也就是280 万美元，那还需要去哥伦比亚跑一趟。路易斯·卡洛斯·莫利纳是为卡特尔集团服务的头号洗黑大户。

作为回应，我告诉阿尔凯诺说，尽管我很高兴有这样的机会，但因为尚未得到直接让我进行投资的承诺，我还是感到失望。所以，我计划削减针对那些大人物的业务。阿尔凯诺支持我的这个决定。

第二天，阿尔凯诺为他自己以及我和凯茜买了头等舱的机票飞往纽约。我们在那儿的联系人是海关监理汤米·洛雷托。动身前，我给他打了电话，报告说我们将要飞往纽约肯尼迪国际机场。洛雷托不赞成我和凯茜单独与阿尔凯诺相处，但我坚持不让他派监视小组在我们到达后保护我们。阿尔凯诺仍然在试探我们。如果他发现有人在监视，我们将前功尽弃。我随身带着手机和传呼机：呼叫一个安全的号码随时报告我们的状况对我来说不成问题。为我与阿尔凯诺在美国的接触提供安全保障的同时，却拒绝我与他同往哥伦比亚，这看起来有些自相矛盾。洛雷托勉强同意了。

到肯尼迪机场接我们的是阿尔凯诺的得力助手华金·卡萨尔斯。即使站在远处，也能看出这个魁梧的、曾是美国海军陆战队队员的古巴年轻人，在他们贩毒集团里担任着重要的角色。还没等我们从范威客高速公路下来，我们就了解到了他的全名，在哪所学校就读过，在哪里拥有房产，甚至过去的几个星期去哪里旅游过。

在纽约尽人皆知，前往曼哈顿的途中道路有几处坑洼地带，为了避开它们，卡萨尔斯将车驶离了高速路到了皇后后街。他似乎是在试探车后是否有人盯梢。当我们驶过科罗娜的时候——一个暴力活动猖獗的城区——凯茜看上去有点紧张。接受过警察培训的她，已经想到了最坏的可能。此时此刻，监视小组不可能来解救我们。他们能做的只是很快找到我们的尸体。

狡猾的罪犯像猎狗一样能嗅出你的恐惧，而且一旦嗅出你的恐惧，他们就会像猎狗那样张口咬人。快接近曼哈顿的时候，我开玩笑说，皇后街总是让我回忆起我小时候住过的案件频发的地区。继而打趣说，凯茜从小到大一直过着特权阶级的生活，是一个被外交官父亲宠坏的小公主。于是凯茜接着我的话茬儿给阿尔凯诺讲起她的特权生活，将小时候她在欧洲旅行的故事填满了阿尔凯诺的大脑。等我们到达赫尔姆斯利宫的时候，大家都放松了下来。阿尔凯诺坐卡萨尔斯的车离开之前，吩咐我们晚上8：30到宾馆大厅与他见面，他接我们去吃晚饭。

宾馆的套房里只有一个卫生间，我和凯茜只能轮流梳洗准备。我先向洛雷托做了汇报，然后直奔宾馆大厅。电梯门打开了，阿尔凯诺穿着他笔挺的双排扣西装笑吟吟地向我走过来。

一起等凯茜下来的时候，我们的话题转到了赫尔姆斯利宫上，阿尔凯诺问我，它是否能盈利。他的问题一下子让我想起布鲁斯·珀洛文的会计师兼红地毯旅店的经理查理·博朗曾经对我说过的话。查理说，即使他的宾馆里几乎没有几个客人，他的手下也会假造一些记录，显示整个宾馆爆满。这样，他们就可以将贩毒黑钱冒充宾馆的营业收入放进来。然后随着宾馆的注销，他们不仅不用缴纳任何税款，而且贩毒黑钱也因此被合法化了。

我刚把这个故事讲到一半，听到大厅另一侧有人大叫我的名字。我迅速将头转向发出声音的地方，查理·博朗正站在那儿，一身西服，一头桑德斯上校①的波浪卷发，满面笑容。

真该死！查理一直在服刑，很明显，现在他已经刑满释放重新回来了。他朝我冲过来，眼睛里闪烁着惊讶的光芒。

时间似乎凝固了。

那一刻让我感觉就像过了一个世纪。刹那间，我转头对阿尔凯诺说："一个老朋友。稍等我一会儿。"

我健步如飞地走向查理。与他紧紧拥抱的时候，我在他的耳边轻声说："我又在做卧底，查理。配合一下。"

松开双臂时，我发现阿尔凯诺跟我一起走过来了。他就站在我的身后。

他听到我说的话了吗？

没有。我说话的时候他距我们还有一段距离，只是现在我不能再对查

---

① 肯德基创始人的名字。——译者注

理说什么了。我的后背冷汗直冒。卡萨尔斯就在大厅的门外，他肯定带着枪呢。

令我大为吃惊——同时也感激涕零的是，查理也像我一样，装出我们曾一起工作过多年的样子。拖着密西西比鼻音，他慢声慢气地说："哦，鲍勃，拉斯维加斯的伙计们很想念你啊。你干嘛这么辛苦地工作？你应该出来跟我们一起放松一下啦，就像过去那样。你的弦绷得太紧了。我知道你总是在给大家帮忙，但你也得抽出点时间给自己啊。"

我们开着玩笑，再次相互拥抱，我答应查理，第二天早上在宾馆里与他共进早餐，然后他走开了。

凯茜下来后，卡萨尔斯开车将我们送到"小意大利"桑树街上的"庭院"饭店，那是一家经常有黑社会成员出没的高级饭店。那顿饭极其奢华，阿尔凯诺向我们介绍了他最喜欢的叫做"palafitta"的一道菜：薄薄的馅儿饼皮裹上龙虾尾、蚌肉丁、大虾、蛤肉丁、鱿鱼丁和章鱼——抹上厚厚的一层大蒜番茄酱。卡萨尔斯在门外等候着我们，汽车一直发动着。

从饭店出来，我们又去了"蓝色音符"酒吧——格林威治村一个高级爵士乐俱乐部。我们喝着路易十四白兰地，欣赏着城里最流行的爵士乐，谈论着生意以外的事情，一直聊了几个小时。凌晨2点时，我们吃了意大利面，喝了卡布奇诺咖啡和意大利苦杏酒，然后阿尔凯诺将我们送回赫尔姆斯利宫，同时邀请我们第二天在他飞往巴黎前与他一起共进午餐。

第二天早上，与查理共进早餐时，我向他简单介绍了我们的行动，他立刻表示愿意全力支持我们。

"听着，鲍勃。我昨天没有让你难堪，因为我已经不是你过去认识的那个查理·博朗了。我感激你过去那样对待我。在监狱里的时候，我读了参与'水门事件'的查尔斯·科尔松[①]的书，我现在是一名基督徒了。对我来说，忠诚于上帝比一切都重要。你是一个好人，而且在做重要的工作。我在拉斯维加斯仍然有一些很牢固的关系，尤其是在恺撒宫。所以，

---

① 曾经因为是美国总统尼克松的重要助理，涉及水门事件而入狱。在服刑期间，重生得救。假释出狱后，他创立了"监狱团契"（Prison Fellowship）。在全世界各地都有这组织的分部。目前担任美国"监狱团契"理事会主席，曾著作《完全的自由》等九本书。——译者注

如果你需要我帮你招待那些哥伦比亚人，安排他们在那里享乐一番，跟我说一声就是了。"

"查理，你是个好人，"我真诚地说。"真是太感谢了。过些日子我可能真会找你帮忙的。"

阿尔凯诺带我和凯茜去纽约西区第 56 号大街的阿普瑞提餐厅吃午餐，那也是一家专营意大利式饭菜的餐厅，他经常光顾那里，所以餐馆里的人都与他很熟。

吃过午餐，我与阿尔凯诺在 56 号大街闲逛，我对他说："罗伯托，我正在寻找一个体面而又强大的南美客户。我知道我们还需要进一步相互了解，但我也知道在过去的三个月里你做了大量的生意，却没有与我合作。为什么你不能分一点生意给我？"

阿尔凯诺笑了："好的东西总会姗姗来迟嘛。我们有能力也有机会一起做更大的生意。"

该与他严肃地谈谈了。

"我们有很多共同点。比如，我们都有能力，忠诚，并富有同情心。我们都把我们的家族置于至高无上的地位。我们都尊重并懂得回报我们生活中的女人。罗伯托，关于我的工作和生活，该说的我都说了，接下来的就是继续我们目前的交易，并且补充进投资的业务。我已经让你走近了我的私人生活，包括我未来的妻子，这些都是信任的标志。能够得到哥伦比亚人足够重视的人不多，而你是其中之一，你还能够真正说服他们通过我的公司进行投资。哥伦比亚的穆拉兄弟看重的只是利润，而且他们不切实际地认为他们不会承担任何危险，因为他们身在异地。现在我只有两个选择，要么与你结成联盟，要么放弃你的市场，回去继续为我的家族效忠。"

阿尔凯诺看着我，就像一个父亲。"鲍勃，这个过程是必需的。等我从欧洲回来之后，就能实现我们的协定了。那时，我将带给你大约 200 万美元，其中一些钱要转移出去，还有一些钱就让你拿去投资。与那些大人物在这里一起做的毒品生意中，我分得的那部分是每个月 200 公斤，也就是说我个人在这里每个月能挣到 500 万美元，我会将那笔钱的绝大部分都交给你去投资。另外，我会动员那些大人物们像我一样做。我也要让我的人为你所用。乔（卡萨尔斯）不光是司机，他还擅长做很多事。"

他将手比划成一把手枪的形状，然后重重地落下大拇指。卡萨尔斯还是个刺客。

过后，我接受了查理·博朗的好意，邀请阿尔凯诺去拉斯维加斯玩了一趟。为了答谢我，阿尔凯诺也邀请我和凯茜去帕萨迪纳①，在他的豪宅里与他和他的家人共度了一段时光。

"鲍勃，相信我，"他说。"我们会在一起做大生意的。你要对我有信心。你的耐心将会以你永远想象不到的方式得到回报。"

事实的确如此。

---

① 美国加利福尼亚州南部、洛杉矶东北郊的住宅卫星城市。——译者注

七、魔力之城

佛罗里达州，里奇新港
1987 年 11 月

生意兴隆，但我却被监视着。

通过账户追查现金来源，检查已兑现的支票以发现更多线索，监督每个月成千上万的卧底开支，接听对手们打来的电话，写卧底报告，向老板汇报，制定潜入卡特尔的行动计划，等等——即便是对一个全职工作者来说，这些任务的工作量都远远超标了。每周我都要给住在偏僻旅店或者安全藏身地点准备接款的特工们传递消息。但是，我很快就发现，哪怕是一点点的不慎或者毛躁都会给我带来危险。

芝加哥办事处报告说，电话监控录音显示，阿尔凯诺的递货人打来电话的地方都是里奇新港镇金融咨询公司附近的公共电话亭。我的汽车也几次被人撬开进入。我猜测，一定有人到车里翻找过，试图发现证据证明我是警察。在回自己真实的家的路上，我像一个惧怕警察盯梢的毒贩那样提心吊胆地开车——而实际上，我却是一个提心吊胆的警察，害怕被卡特尔的人盯梢。我将车开进死胡同，然后停下来看是否有人在尾随我。我在公路上突然调转方向行驶，甚至见到红灯也不停车。

每次离开卧底房子的时候，我都会将我不在时打来的电话转接到由电话公司保卫部和我们办事处的特工在我家里装配的一条电话专线上。这条电话线连接在藏在我家壁橱里的一部电话上，并与录音机连在一起。我在起居室里安装了一盏闪光灯，每当壁橱里的电话响起来时，它都能及时提示我。

有一段时间，我尽量抽出时间参与家里所有最重要的活动：健身，生日宴会，度假等。但即使我的人呆在家里，我的心也没有真的在那儿。每当我的手机或者壁橱里的电话响起来，无论正在做什么，我都会立刻放下来去接电话。一个假期的夜晚，我与亲人们一起吃晚餐，正当我父亲准备做饭前祷告时，闪光灯突然在我们面前闪烁起来，破坏了当时的气氛。我冲向壁橱。十分钟后当我返回时，发现整个房间寂静得令人发冷。每个人都在用身体语言告诉我，我犯了一个大错误。

我们的成功也给艾米尔带来了麻烦。他和其他几个特工每个月分别从纽约、费城、底特律和洛杉矶等地的递款人手中接收数以百万计的美元。但是海关的官僚们一直设法派特工监视并跟踪"T恤衫"，希望趁他们将钱递送给其他黑钱清洗人的时候，连钱带人一同抓获。他们的这个做法是在拿我和艾米尔好不容易才逐渐在卡特尔建立起来的信任去冒险。还好，艾米尔拥有不可思议的演技，总是能机智地躲过那些愚蠢行为带来的后果，让我们化险为夷。

一个寒冷的秋日，他飞到洛杉矶去见一个叫索尼娅的递款人。为了取悦洛杉矶海关办事处，艾米尔试图将她引诱到一家宾馆，这样守候在隔壁套房里的特工就可以将见面的过程进行录像。"索尼娅，我们最好私下里在我的房间见面，因为我不想当众讨论我们未来的合作生意。"

索尼娅立刻警觉起来。"不是我不信任你。只是那样会让我感觉非常不舒服。"她一想到在一间封闭的宾馆房间将几十万美元的贩毒钱款交给一个完全陌生的人，就会不寒而栗。这样狭小的空间让她无处藏身，也不容易找到逃跑的途径。像索尼娅这样聪明的递款人更愿意开着一辆破得没人愿意偷的旧车，到一家快餐店门前。他们把汽车钥匙放在地毯下面，然后进去与像艾米尔这样的人接头。他们会选择一个可以看见那辆车的座位坐下，告诉他，他要取的货在汽车行李箱的一个帆布行李袋里。然后告诉他哪里可以找到钥匙，还让他取走货后把车停回原处，而他们会一直呆在饭店里等他回来。他们不会公开地对他说出具体事情，只会跟他打哑谜。总之，在这样的游戏中，他们不需要说那么多话，但却可以让自己远离递送的现金，同时减少了自己的谈话作为犯罪的证据被录音的机会。

见索尼娅犹豫着不肯答应去宾馆，艾米尔就说服她在宾馆外面见面。她坐着一辆破旧的丰田花冠车来了。为她开车的是她 18 岁的儿子，胖滚滚的，看上去像是正在逃学的高中生。

他们的汽车慢慢地停在宾馆门口的檐蓬下。艾米尔对她说："我不想在大街上取货。我不知道是不是有人在盯我们的梢儿。我们还是去宾馆的房间吧。"她还是坚持不去，他说："听着，如果你们的人听到消息说，我不愿接收那狗屁玩意儿是因为你昏了头，那么真正难堪的是你自己。你应该清楚，他们会不高兴的。"

索尼娅一时哑口无言。艾米尔打开车后门，后座地板上放着两个黑色的运动提包，他抓起其中的一个。提包下面露出一挺乌兹冲锋枪，毫无疑问，索尼娅知道如何使用这把枪。

"走吧。"艾米尔咆哮道。

索尼娅下了车。她的儿子把车停好，然后手里紧紧抓着另外一个运动提包过来了。

在宾馆的房间里，艾米尔努力让他们放松下来，但索尼娅的儿子像一头困在笼中的狮子一样在屋中走来走去。艾米尔没理睬他。忽然，通过眼角的余光，艾米尔发现了一处致命的破绽：在他们所在的房间与隔壁监听房间之间的大门柱上，特工们用胶带粘上了一个有线麦克风。但胶带松了，麦克风的线从门柱垂落到艾米尔他们所在的房间，离门的顶部大约有六英寸。艾米尔不得不努力抓住他们的注意力，否则，他们就可能发现那根线。

"索尼娅，"他几乎喊着说道。"你可以告诉你们的人，这笔钱几天后就能到达哥伦比亚。你认识冈萨洛·穆拉吗？"她看上去有些迷惑不解，摇了摇头。"他将与你在哥伦比亚的人联系，钱到后，他会通知你的老板们。希望将来我们一起做更多的生意。"

母亲和儿子匆匆跑回他们的汽车，艾米尔赶紧向监听的特工汇报了他们手里有一挺乌兹冲锋枪的情况。艾米尔走出房间来到阳台上，看到那辆花冠车从停车位慢慢地开了出来——接着，他痛苦地发现，六辆汽车排成一列紧追其后，明眼人一看就知道，那些都是没挂标识的警车。

"那些混蛋会害死我们！"他一边说着，一边难以相信地摇着头。但是，他知道，坦帕来的任何人都无法阻止洛杉矶的特工采取这样不计后果的冒险行动。这两个地区的行政长官只负责自己管辖区内的事务，致使特工只根据各自的地方利益做出自私自利的决定。这对于一起国际案件的侦破无疑大为不利，因为处理这样的案件需要的是全方位无私的配合。

没过多久，穆拉就给艾米尔打电话，在电话里疯狂地大叫："究竟是怎么搞的？客户派到洛杉矶的人说你们都是警察。他们说，一出你的宾馆房间，就有 Los Feos 跟踪他们。"

艾米尔知道，他担心的事情终于发生了。他深深地吸了一口气。"你知道，冈萨洛，这个女人有点儿问题。如果你的大脑总是处于紧张状态，而且把每一个看你的人都当成警察，那么你知道会发生什么？我们连半个街区都走不出去，因为每次我们抬头看的时候，都可能看到某个人。那个人可能在擦车，于是我们就会想——**哦，他一定是毒品管制局的特工**。"

穆拉接受了他那一番胡编乱造的理由，平静下来。

随后，艾米尔打电话给我。"鲍勃，假如我们在这次行动中没有受伤，我们一定要感谢上帝。我们要祈求伟大的天使的护佑，因为我从来没见过这样的人。"——洛杉矶海关的特工们——"他们根本不把我们的性命当回事儿。"

他说的没错，但是我们心里都清楚，我们现在正在走的这条路是以前的卧底特工连见都没有见过的。我们一定要坚持走下去。

我们收到的需要清洗的黑钱越来越多，穆拉继续用国际商业信贷银行巴拿马分行签署的支票支付他在卡特尔的客户。卡特尔的银行经纪人，如胡安·吉列尔莫·瓦尔加斯、奥古斯托·萨拉扎尔、伯纳多·科雷亚等，将我们的支票转给他们从事贩毒生意的客户。那些恶棍们转而回到巴拿马城的国际商业信贷银行将我们的支票兑换成现金，这提升了我们在那些银行官员眼中的形象。接着，一个不经意的错误居然侥幸地成为这次行动的突破口。

冬日里一个寒冷的早晨，金融咨询公司的一个接待员打电话告诉我说，有一位侯赛因先生从国际商业信贷银行巴拿马分行给我打过电话——但是，在国际商业信贷银行里，我不认识什么侯赛因先生，我只认识瑞克·阿古多和接替他的戴恩·米勒，但他们两个都在坦帕市。这个侯赛因想要做什么？

侯赛因直切正题："穆塞拉先生，我是赛义德·阿夫塔卜·侯赛因，我负责工业发展国际公司支票账户的监察工作，我检查了你在我们公司的账户。你的一个顾客到我们这儿兑换你开具的两张支票时碰到点儿小问题。一张支票上的收款人一栏是空白的。另一张支票上写下的大写数字合计为'十一万零三百三十美元'，但同一张支票上的小写数字却只有'＄110 000'。我应该按照哪个数字付钱给你的客户？"

不能让他知道我签署的都是空头支票，是被偷偷带到哥伦比亚的。我必须拖延时间。"我要复核一些文件才能回答你的问题。我马上去复核，然后给你回电话。"

"好吧，"他回答道。"我有一个建议，可以帮助你避免将来再次出现这类问题。当你签署一张支票时，你可以打电话给我，让我知道你想要承兑的具体细节，我将确保支票上出现的任何错误都会得到及时修改。"

我的大脑疯狂地转着，想把思绪理清。侯赛因知道我在支票上没有写入金额。正如我们期望的那样，让支票在同一家银行流通给那里银行的官员们发出了一个信号：我是黑钱清洗行业的一个玩家。然而，银行并没有撤销我的账户，相反，他们想要帮我更有效地经营我的生意。

我打电话给艾米尔，他又打给穆拉，穆拉查清了支票上的数字并答应，每开一张支票都预先给我们提供相关的信息。

侯赛因听了我的答复后，在电话里几乎耳语地说："我们是一家提供全方位服务的银行，我很愿意同你谈谈我和我们国际商业信贷银行与你的公司的合作事宜，以便我们的生意做得更好。我们最好见个面，我给你介绍一下我们的办事能力，那样对每个人都有好处。我把我在迈阿密的电话号码给你吧，希望我们十二月初在那里见面。"

在与他约定见面的前几天，我和弗兰基乘坐卧底飞机来到迈阿密。弗兰基介绍我认识了那儿的两个古巴人，他们建造快艇卖给从巴哈马群岛偷运可卡因到佛罗里达的毒品走私贩。这两个古巴人正寻求资金支持以扩大他们的生意。

一个星期六的上午，我走进迈阿密布瑞肯基公寓的大厅，侯赛因正在那里张开双臂迎候我。他是一个健壮的、谦逊的年轻人，巴基斯坦卡拉奇人。他的家人在卡拉奇从事银行业和保险业，但是他浓重的巴基斯坦口音使得他的英语很难听清楚——而且，他身上穿的不是量身定做的意大利西装。我们在一楼一个偏僻的角落找了个舒适的座位，刚刚落座，他就直切正题，谈起我们的生意。我公文包盖子里的微型录音机不停地转动着，记录下他说的每一句话。他和他的银行想要保护我的客户，为了达到那样的目的，他可以提供给我许多建议。

他警告我说，"双鱼座"行动中抓捕到的那些人也像我一样给客户签发支票，他鼓励我立即撤销我在国际商业信贷银行巴拿马分行的支票账户。那个账户在过去这段时间里过于活跃，签发了太多的支票。他建议我将客户的资金存入他为我在国际商业信贷银行卢森堡分行开设的定期存单上。他还向我索要房地产证明文件，用作向国际商业信贷银行巴拿马分行贷款的虚假抵押物。尽管卢森堡银行愿意提供贷款抵押，但国际商业信贷银行还是伪造了自己的记录，表明卢森堡的账户是不存在的，这些房地产提供的是巴拿马银行贷款的抵押。那笔贷款资金与我在卢森堡存款单上的总额是相等的，它随即被转入巴拿马银行另外一家公司开设的支票账户上。在那里，他将根据我的口授指令将那笔钱分发给不同的客户。一个世界最大私有银行的官员正向我传授如何用最好的方式清洗贩毒黑钱！

他提醒我，给他打电话时说话一定要注意。"只有当涉及一些机密事件时，我们才会在电话里谈论我们的客户。而且必须要用只有我们的客户才能听懂的秘密语言交谈。"他保证他的这个计划可以防止美国当局追踪我转移的钱款。而更为重要的是，他想把我介绍给国际商业信贷银行迈阿密分行的高级主管们。照他的说法，"他们知道如何讲话，也知道何时该讲话。他们不会随便乱讲话。"

为了在最大程度上做到保密，他强烈要求我不要再开支票，而是写一封委托书给我的客户。侯赛因见到客户送过来的委托书后，就可以执行转移黑钱的任务。那样，当局日后不会找到任何支票以及与我签名有关的任何线索。他方方面面都想得很周到。

我告诉侯赛因："我知道你只是为银行做事，顺带帮我获得利益，但让像你这样的人亲自花费那么多时间来照顾我的私事，我仍然感到受宠若惊。"我问他是否私下里需要我帮忙为他做点什么。如果他暗中索要报酬，他只是一个渴望将自己腰包填满的劣迹职员。如果他不要报酬，那么这无疑就是一个整个银行范围内的业务发展策略。

"不，谢谢你，"他毫不犹豫地回答道。"我唯一希望你做的事，是赶在十二月之前将资金放入银行。这对银行有利，以便银行能够帮助你的那些客户。"

清楚啦——这是整个银行的行为。

四天后，我们又在国际商业信贷银行迈阿密分行见了面。接踵而来的事情让我和侯赛因在接下来的两天里不得不一直呆在一起。

布瑞肯大道是一条著名的大道，大道两旁是巨大的棕榈树和众多的能够容纳数百家国际银行的摩天办公大楼。国际商业信贷银行就坐落在这条大道上的一幢高大的黑色玻璃大厦里。这些国际银行替成千上万个阿尔凯诺这样的人保守着秘密，并且几十年来悄无声息地为他们保管着大量的贩毒赃款。

玫瑰色花岗岩的墙壁上几个烫金大字赫然写着：国际商业信贷银行。在巨大透明玻璃门的里面，一个迷人的接待员站在一张庞大的花岗岩石桌后面迎候我。她让我稍等一会儿，同时通知侯赛因我到了。银行里一派生气勃勃的景象。几十排款式相同、制作精美的木桌整齐地摆放在地板上，数台电话机像蜂窝一样嗡嗡作响。

侯赛因陪我来到一个宽敞无比的会议室，会议室中央摆放着一张大桌子，宽大的桌面几乎可以与一架小型飞机的跑道相媲美。桌子全部用樱桃木制成，宽阔的桌子四周可以轻而易举地坐下五十个人。会议室的一侧设有一个休闲区，摆放着长毛绒的椅子和一张送餐桌。会议室的这个角落成为银行高级官员招待我的理想之地。就是在这个角落，我策划了全世界范围内的交易；就是在这个角落，我一边品尝着精美瓷器中的意大利进口咖啡，一边与银行的核心人物会面；还是在这个角落，银行的核心人物编织出错综复杂的银行文件网，将我资金的真正来源深深地隐藏其中。

我坐进一张长毛绒长椅，感受着它的奢华，侯赛因迅速帮我处理着一系列的书面文件，将我的 1 185 000 美元以贷款抵押的形式隐藏进一张定期存款单里，而这笔钱最终会进入到巴拿马的一个支票账户上。他向我保证说："存款单将被送到其他地方保存，而且只有银行和你才知道。"如果美国当局询问起这件事，银行绝不会交出有关这份存款单的任何记录。"他们会到这来问'你们有它的存款单吗'，我们会说'没有'。"

侯赛因满脑子都是建议。他警告我不要再使用真实姓名给他往巴拿马打电话，建议我使用"约翰"这个简单的名字。如果怕认错人，我可以在自己的名字之后加上他的姓——约翰·侯赛因。当我给他往巴拿马打电话时，我们只泛泛地谈话，没必要说出公司或账户的全称，让所有听着的人都感觉一头雾水。

银行文件被一页页飞快地填写着，现在我完全可以确定侯赛因已经了解到我的资金来源于美国的毒品交易。我很清楚他知道这些情况，但一个好的辩护律师为了制造案件的疑点，在陪审团面前甚至可以将一根铁棍拧得弯曲打结。接下来我要做的事情可能会出乎他们的意料，但我必须得做——而且要以一种不让他们怀疑我是"联邦特工"的方式去做。

"除了钱以外，还有更加生死攸关的事，"我严肃地说。我将一份关于阿尔凯诺以前的合伙人拉斐尔·萨拉查被黑帮杀害的文章给他看。"这笔钱是南美洲几个大毒枭的贩毒款。"

"但是我认为，我们应该把这笔钱存进卢森堡的银行，"侯赛因连眼都不眨一下，就回答道。接着他提出将我介绍给国际商业信贷银行巴拿马分行的经理，补充说："你没必要提这些，没必要说这笔钱与贩毒有关这些事。通常情况下，人们把钱存进巴拿马银行的原因只有两个。要么它与贩毒有关，要么，呃，因为税收。没有其他的……任何原因，呃……巴拿马银行一年收到的美元存款可以达到 130 个亿！"

他大笑起来。

帮我处理完所有的银行文件，侯赛因对我提起一个人，这个人与许多靠国际商业信贷银行清洗贩毒利润的人——其中包括曼纽尔·诺列加将军——的命运息息相关。根据侯赛因所说，这个人是这家银行的一个地区高级官员，曾经担任国际商业信贷银行巴拿马分行的前行长。事实上，他现在仍然从迈阿密操纵着巴拿马银行。与现任国际商业信贷银行巴拿马分行的行长不同，我可以与他公开谈话。我可以信任这个人，因为他是这家银行里专门处理我这类账户的团队中的一员。

这个人就是阿姆加德·阿万。

我乘商务飞机返回坦帕市。当飞机起飞，盘旋在这个光彩夺目、具有魔力的城市上空时，我开始思索下一步与侯赛因如何交往。他必须将阿万拉进来。那样，鲍勃·穆塞拉在迈阿密就会有一个心腹朋友，担任他的领路人和问题解决人。那也将给我——一个联邦特工——提供机会，逐渐发展与他们的关系，并且把与这家银行团队里执行清洗黑钱业务的更多官员的会面谈话记录在案。但是，在实施这个计划之前，我必须先巩固与阿尔凯诺的关系。现在又该是接受查理·博朗提议的时候了。

"查理，帮我在拉斯维加斯演场戏吧。我需要让贩毒集团的一个大人物知道，我在你这里有重要的关系网。"

"没问题，"他允诺道。"我会向恺撒宫的伙计们谎称你是一个一流的大玩家。我将安排你和你的所有客人免费住在宾馆里。你们的房间、食物以及你和你的客人需要的其他任何东西都将免费提供。你们将享受国王般的待遇。我对你的唯一要求是要在赌桌上出手大方。没人会计较你的输赢，你只需将钱押上。"

一次五天的旅行，三套房间以及一日三餐，我们三对儿——阿尔凯诺和他的合法妻子，艾米尔和阿黛拉，我和凯茜——总计费用至少要 2 500 美元，于是，我说服海关的会计给我们拨了 2 500 美元放到赌桌上装样子。对于恺撒宫的伙计们来说，那是太不起眼的一笔小钱，因此没人会把我们当回事，也不会再邀请我们重回赌场。但对于每天从家里带午餐盒去上班的海关人员来说，这可是一大笔钱。

阿尔凯诺和他的妻子格洛丽亚加入了我们的行列。他们充分享受着赌场套房的奢华，无论他们想要什么，打一个电话就可以办到。格洛丽亚衣着讲究，谈吐得体，魅力十足，面对赌桌上令人眼花缭乱的财富和惊心动魄的冒险，她表现得游刃有余。阿尔凯诺没有参与赌博，但他此刻已经看到了我们之间合作的真正前景。

抵达那儿的第一个晚上，一辆加长豪华房车载着我们离开霓虹闪烁的赌场前往"铁匠乔治斯"① 具有古朴法国乡村客栈风格的"西柚"餐厅。用餐时，我与格洛丽亚谈着天，争取她的好感，凯茜则与阿尔凯诺一起聊着阿尔凯诺最喜爱的画家夏加尔②，以及阿尔凯诺最喜欢喝的他的老家智利出产的米埔谷葡萄酒。我们像一架上足润滑油的机器，兴致勃勃地侃侃而谈，而阿尔凯诺夫妇对他们所听到的一切都确信无疑。

晚宴即将结束时，阿黛拉耍了个小把戏，更加深了我们在阿尔凯诺心目中不法之徒的形象。我买单的时候，披着一条黑色披肩的阿黛拉，缓缓地走向一个装满昂贵葡萄酒的酒架。汽车刚一驶离餐厅，她就大声宣布道："谁想享用拉斯维加斯免费提供的最上等的红葡萄酒？"说着从披肩下面掏出一瓶'西柚'餐厅里价格最昂贵的葡萄酒。阿尔凯诺大笑不止。我不禁想到，她这一招对于消除阿尔凯诺认为我们是联邦特工的顾虑是多么有效啊！我们拔开酒瓶的软木塞，一起尽情享用这座罪恶之城里最好的免费葡萄酒。

第二天，我和艾米尔到赌桌上赌 21 点③。学着查理的样子，我只兑了100 美元的筹码。仅仅一个小时的时间，我就赢了几千美元。但是，由于害怕被人监控，我得表现得像个真正的玩家——不是在显示聪明智慧，而是在挥霍钱财——于是，我输得血本无归。

---

① 铁匠乔治斯：Georges La Forge。——译者注
② 马克·夏加尔（Marc Chagall，1887—1985），俄国出生的超现实主义代表画家。——译者注
③ 在赌场里用来赌钱的 21 点牌戏。最早出现在 16 世纪，起源于法国，后传入英国并广泛流传，如果玩家拿到黑心"A"和黑心"J"，就会给予额外的奖励。英文的名字叫黑杰克（Blackjack）。——译者注

我们都笑容满面，但是，待阿尔凯诺和他的妻子一离开我们的赌桌去其他的地方，疲倦感就会涌上来。海关担心的是账单上的价钱，而我和艾米尔时刻提心吊胆的是每一处细节都不能出现一丝一毫的差错。稍有疏忽，整个行动就会付诸东流。我们表面上装作轻轻松松，与他们以知己相称，但我们的脑子就像疯狂运转的车轮，一刻不停地在预测，在推断，在记录发生在我们周围的每一个举动。我们的微笑背后隐藏的压力只有你亲身体验后才能够想象得到。仅仅一个眼神，或者一句似乎让人扬了扬眉毛的尴尬的话，就足以让我们心里的预警系统从完全的松懈状态直接上升到高度警戒状态。但是，这一切都是旁人无法觉察的。说来也怪，这些思考和行为方式逐渐演变成了一种直觉，我们对此也变得习以为常了。

我并没有逼阿尔凯诺说出什么新的消息，相反，我主动向他透漏了一些重要的事情。"罗伯托，"我说。"上次你对我说了你的合伙人最近的不幸遭遇之后，我发现了这篇关于拉菲克被谋杀的报道。"

阿尔凯诺证实，那的确是一篇关于他的密友的报道，然后主动说起，最近他的欧洲线路出了点问题，被中断了。但是卡特尔希望在一个月之内重新开通通往西班牙、法国和意大利的线路。他们的货不久就会抵达美国，而我将被授权去处理这批货款。

这是个好消息，但是接着，阿尔凯诺又提出一个棘手的问题。上次我们清点他交给我们的现金时发现少了 6 万美元，而我不准备把错儿承担下来，让他认为是我们清点时出了错误。我将穆拉转给阿尔凯诺在麦德林合伙人的五张支票的号码告诉了阿尔凯诺，让阿尔凯诺给他的朋友们打电话了解一下情况。

阿尔凯诺立即拨通了卡萨尔斯的电话。"乔，冈萨洛会给你打电话告诉你具体的情况，但是有五张支票先停一停。鲍勃告诉我，我们在数钞时出现错误。我们交给他的 36 万美元，到他那里只有 30 万美元。"

放下电话后，阿尔凯诺坚持说错误发生在我们这边，但是我仍坚持我的立场。他不像是在考验我。争论了半天，最后他承认是他们出了错，而我们的清数是正确的。我建议阿尔凯诺从我这里买几台点钞机，以确保不会再发生类似的事情。

他迫不及待地告诉我，他在纽约已经有了点钞机，他将它们放在远离他纽约公寓的地方。"有一次，我告诉我的女朋友索尼娅：'别把这台机器放在这儿：把它放在它应该呆的地方。'——她问我：'有什么不同吗?'我说：'有十五年的不同!'"

全屋的人哄堂大笑。

我们乘私人飞机返回坦帕市，这次成功的拉斯维加斯之旅暂告结束。假扮成我的接款人的特工们一直在全国各地接取装满现金的箱子。穆拉马上就要从哥伦比亚来我们这了。但是如果我们不能在通往卡特尔核心层的天梯上再上一个台阶，我们的行动就要被终止。

我还不知道，接下来发生的事情将会消除我对攀登那架梯子的担忧。我要去见一个人，这个人的重要性超乎了我的想象。从佛罗里达到华盛顿，所有执法部门的工作人员都一直对他的身份充满兴趣。

八、陷阱重重

佛罗里达州，清水湾，海滩假日酒店冲浪沙滩
1988 年 1 月 6 日

时机已到。

应我的邀请，穆拉和他的家人从麦德林飞到迈阿密国际机场，准备到清水湾海滩和迪斯尼世界游玩。他们住在冲浪沙滩的假日酒店，酒店周围有一片一百码宽的白色柔软的细沙带，而他们住的套房隔着细沙与墨西哥湾遥遥相望。

穆拉的妻子露茜热情但多疑，总是提醒穆拉谨慎行事——完全可以理解，因为在她的身边站着他们 9 岁的儿子和 7 岁的女儿。我笑着与他们嬉戏打闹来掩饰心中对这两个孩子的惋惜之情，他们的生活即将被永远地改变。但重要的是，要让他们记住，正是他们父亲的盲目贪欲造成了那样的改变。

与穆拉一家、凯茜和阿黛拉一起吃过午饭，艾米尔将穆拉介绍给乔斯·科德罗——坦帕海关的一名卧底特工，经常与艾米尔一起去底特律、休斯敦和洛杉矶接收现金。艾米尔向穆拉介绍了乔斯，他们相互寒暄了五分钟后，乔斯、凯茜和阿黛拉都找借口离开了。我、艾米尔和穆拉坐下来开始谈正事。

穆拉一直认为我对他很满意，毕竟他精心安排了他的客户每周把几百万美元的现金交给我们清洗。所以当我对他表示失望时，他大为震惊。我对他说，他未能给我带来愿意投资的客户。在巴拿马银行接连不断地存进和提取巨款会让我们完全暴露。虽然国际商业信贷银行的确制造了烟幕来掩护我们，但是由此引出的花费已经削减了我应得的利润。所以，我一定要削减接收的贩毒款，而且60天后，他的客户必须同意，我们在接收他们送来的一批现金后十天之内，只返还那笔现金的75％。其余的25％将在接下来的六个月后带息返还。我知道，穆拉的客户不可能接受我提出的这些条件。一旦他失败了，我计划给他提供另外一个选择：为我寻找合适的机会，安排我亲自游说他的客户，让他们接受我的这些条件。如果那时他们仍然拒绝接受，我会考虑让步的。不管怎样，穆拉都要为我争取与卡特尔高层人物面对面交流的机会。因为只有这样，我们才能录下那些人的犯罪证据，才能达到起诉他们的目的。

穆拉投降了。哈维尔·奥斯皮纳是麦德林集团里一个有着复杂关系网的人，穆拉答应两个月内在哥斯达黎加的圣何塞安排我们与他见面协商。

陷阱已经布置好了。

第二天，我们来到迪斯尼世界的波利尼西亚旅店。正当我们从车中出来，穆拉走向他的孩子们的时候，一个行李搬运工突然冲着艾米尔大叫起来。

"Coño!"① ——艾米尔咕哝着。"鲍勃，我得过去看看。真让人难以相信。"艾米尔把那个行李搬运工拉到一边，我们则去办理入住手续。那个行李搬运工将行李送到我们的房间时，我给了他10美元的小费。他显得很紧张，用颤抖的手抓过钱，然后跑了出去。

我对艾米尔说，那个人的样子看起来很怪，像心脏病突然发作似的，艾米尔摇了摇头。"那个行李工曾在波多黎各的圣胡安机场工作过，为'王子'航空公司做机票代理人。他那时就知道我是海关特工，刚才，我们到达这家旅馆的时候，他冲我大叫：'嗨，艾米尔！从你离开机场后我就没见过你！'谁会想到十年之后我们居然在这个该死的旅馆里狭路相逢！

---

① 西班牙语，意思是"他妈的！"——译者注

我把他拉到一边告诉他说：'不要再提我的名字。装作根本不认识我。我正在执行秘密任务，与我一起住在这家旅馆的都是一些大毒枭。你可能会害死我。'他一定以为你也是一个大毒枭。"

接下来的两天，我们游玩了迪斯尼世界。一切都按部就班地进行着，直到穆拉拿出他的35毫米照相机，坚持要为我们和他的孩子照合影。我们找不到理由拒绝——但是，那些照片很快就会传到卡特尔的唐·切倍、奥斯皮纳、奥乔亚以及其他每一个有影响力的人物手中。我必须要想个应对的办法。要快。

"告诉他我很想为他和他的家人在半空中拍照，"当我们慢慢地走向"空中步道"缆车时，我对艾米尔说。"把他的相机要过来。"

我们乘坐的缆车摇摇摆摆地升起到半空中，我按动快门给坐在后面缆车上的穆拉和他的家人拍了几张照片。随后，趁他们的缆车从平台上升起之际，我把相机放到缆车地板上，打开相机盖，把胶卷从相机盒里抽出来，拉开胶卷曝光，合拢后装回相机盒，然后将胶卷快进。这时，我们乘坐的缆车缓缓进入对面的缆车站，正当服务员向我们的揽车门走过来之际，相机的标志盘刚好"咔嗒"一声回到原来的位置。仅几秒钟后，穆拉紧跟着也到了，他立刻拿回了他的相机。

我们去"明日世界"印第安赛车场的途中，穆拉为相机重新换上了胶卷。哦，不，他该不是还要照相吧？果然不出所料，穆拉一张张地给我们照个没完，把我们当成了摇滚明星似。我得想个办法了——一定要一次性地结束这样的"威胁"。

"告诉他我想休息一会儿，但是我可以为他们一家在赛车道上拍照，"我对艾米尔说。艾米尔从穆拉手中一把夺过相机包递给了我。迪斯尼世界里人山人海，在人群的掩护下，我左转右转来到男洗手间。相机包里至少有八个装着胶卷的黑色塑料盒，我飞快地一一打开，将胶卷全部拉出来，然后重新卷好。十天后，穆拉返回麦德林。直到那时他才发现，他在美国买的胶卷质量竟然如此之差。他照的所有照片似乎都曝了光。

"神奇王国"之旅刚刚结束，就到了与侯赛因在国际商业信贷银行迈阿密分行见面的时间。他要将我介绍给他们银行的"内部团队"，他们服务的对象也都是像我这样的客户。他们有必要把我看成是一个披着好人外皮的狡猾恶棍，以便为自己留出回旋的余地，一旦案发，他们就可以找到合理的借口逃避责任。毫无疑问，侯赛因已经告诉他们我正在做清洗黑钱的生意，实际上，任何一个有经验的银行家仅从我账户的活跃程度就能看出这一点。他们可能想要衡量一下，他们要为我的钱承担多大的风险。如果直言不讳地与他们谈话，他们会觉得我过于鲁莽，或者像个警察。况且，日后对他们坦言相告的机会还有很多。见面时一定要让他们感到轻松自在。这就意味着，我自己首先要放松下来，所以我在心里预演着可能发生的对话，编排着不同版本的台词。

我告诉穆拉，第二天的整个上午我都要在国际商业信贷银行参加一个重要的会议。我告诉他，开会期间，我将收到经由我的巴拿马账户签署的25张支票。我邀请他到那里找我取回支票，而且将他过来找我的时间定在会议开始半个小时后。这样一来，可以一箭双雕：那些银行家们将会看到我与麦德林集团的一个哥伦比亚人交往密切，而穆拉也能看到我在这家银行的地位。没有哪一个卧底特工能成功地扮演穆拉这样的角色，这个角色只能由穆拉这个来自于麦德林集团的纯粹的哥伦比亚人亲自扮演。虽然那里的大多数银行家都是中东地区人，但是他们都能讲一口流利的西班牙语，所以他们能辨别出地道的哥伦比亚口音。穆拉是完美的人选。

在侯赛因的陪同下，我来到会议室的休闲区，坐到长椅上。趁其他人还没到，我对他说："我不想问他们太多问题，否则会让他们认为我正在试图验证他们作为银行'内部团队'的身份。不要将我置于那样的尴尬境地。我希望他们自己说出我想听到的一切……你找到机会告诉他们，为什么我的账户需要特别关照了吗？"

"是的。我已经——我已经告诉他们了。你最好再提一下。告诉他们……我需要你们对它特别关照，而且应该由侯赛因先生全权处理。"

阿克巴·比尔格拉米突然推门进来，他神经质的笑声就像装了消音器的机关枪发出的声音。他戴着一副笨重的黑边眼镜，几乎有潜水镜那么大。他看起来活脱脱一副唯利是图的银行家模样，脑子绝对够用，又可能因为爱耍些小把戏，经常被人们戏谑地称为孩子。

随后，阿姆加德·阿万也悄悄地走了进来。他的身上似乎笼罩着一圈优雅自信的光环。他的头发和胡须都精心梳理过，手指甲也修剪得十分整齐。

"这是阿万先生，"比尔格拉米宣布，然后解释说，他和阿万将在迈阿密或者世界的任何一个地方随时听候我的吩咐。侯赛因已经向他们说明了我的情况，他们正期待着帮助我管理我的事务。

"我们的银行遍布七十二个国家，"阿万说。"所以，你看，无论你的客户是哪个国家的人或者对哪个国家情有独钟……"他的英式发音中偶尔混杂着一些巴基斯坦口音，揭示了他的巴基斯坦血统。

这时传来敲门声，打断了阿万的"推销演说"。一个秘书进来通知我说，有一位冈萨洛·穆拉先生正在外面等我。我告诉他们，穆拉是我的一个同行，他正准备返回麦德林集团，走之前有事情要找我谈。我之前曾冒昧地告诉他，如果着急动身，可以在贵银行找到我。我向他们解释，只会耽误他们几分钟的时间，说着起身准备走出去。阿万和比尔格拉米却坚持让穆拉进来见我，而他们到会议室外面去等。

比我预期的还要理想！现在，银行家们将与穆拉谋个面，而穆拉看到银行家们离开会议室时，也将明白我在这家银行的重要地位。而且，这间会议室可能已经被安装了窃听器，因此也给银行家们一个机会，让他们能偷听到我究竟在说什么。

穆拉和他的侄子法比奥进来了，我将事先签好名的 25 张空头支票交给穆拉。穆拉想告诉我在芝加哥为阿尔凯诺接款时的联络方式，我打断了他的话，让他与艾米尔联系，同时道歉说，我与那些银行家们正在谈论解决一些敏感的问题。当他们缓缓地离开会议室时，穆拉回头环顾了一下四周，将会议室内豪华的装潢尽收眼底。

阿万、比尔格拉米和侯赛因回到会议室后，当即表示他们同意将我客户的资金偷偷存进存款单里，用作同等数量的贷款抵押。他们同意伪造一些文件证明这些贷款是以房地产所有权作为抵押的。接着谈话转向了我的身份背景情况，阿万和比尔格拉米两个人都就此问了几个尖锐的问题。我强调说我一直与他们银行的坦帕分行有业务往来，这使他们放下心来。随后，我老练地给了他们一些暗示，以博取他们的进一步信任。我说："我们最好把更多的事情留到日后再谈，随着我们之间的关系日渐成熟，我相信事情会朝着我们双方都感到非常满意的方向发展。今天，侯赛因和在座的各位绅士让我感到很愉快。关于我在这里的生意，最重要的一点就是严格保密，这一点你们已经让我满意了。毕竟，我的客户不是这里税收制度的狂热追随者。"

他们三个人突然齐声大笑起来，阿万说："我们在这方面不能过于苛求他们，不是吗？"

我解释说，我正在存入的资金归我的客户所有，根据侯赛因的建议，国际商业信贷银行每个月可能有望从我这里收到大约500万美元的现金，所有的这些钱都需要被当作同等价值的贷款转存到欧洲的存单上。而那些贷款的收益将间接流入我在巴拿马的账户上，从那个账户上我将支取现金付还给我的客户们。每笔交易既要保证不易觉察，又不能过于频繁，可能会涉及30天到60天的贷款周期。

"不用再讨论这些细节问题了，"比尔格拉米说。"侯赛因先生已经把具体的操作程序告诉我们了，所以我们才安排了这次会面。你尽管放心，我们会随时准备好处理你的业务……尽可能地间隔开来，并且保证非常隐蔽。"

阿万希望他们的银行直接与我而不是我的客户们谈生意，我欣然允诺。卢森堡的一个控股公司拥有他们这家银行的七十二个分行和大开曼岛的若干家子公司，以及卢森堡的一个二级控股公司，阿万向我解释了这家银行错综复杂的运作模式。而这家银行幕后真正的所有者和操控者则是阿布扎比、巴林、迪拜和科威特等国家的一些权贵家族。阿万曾经就职于加拿大的蒙特利尔银行，是国际商业信贷银行的总裁阿伽·哈桑·阿比迪的顾问劝诱他加盟国际商业信贷银行的。阿伽·哈桑·阿比迪与他的顾问一起编织出了这个由众多海外公司构成的错综复杂的网络。他们愿意接纳我的客户的现金，来多少他们接纳多少，最大限度地满足我的客户们的要求。

在这家银行东侧一个街区之外有一个大型停车场，停车场里设有十多个投币式公用电话亭，穿着考究的拉丁美洲商人们可以逍遥自在地在那儿打匿名电话。他们可能像我一样，担心他们的手机谈话被人监听——只不过他们担心的是政府的窃听器，而我担心的则是卡特尔的人。我从口袋里掏出一卷25分的硬币，不禁想起布鲁斯·珀洛文的那句格言："一天一卷，特工离远。"①——不同的是，让我担心的不是联邦特工，而是阿尔凯诺或者唐·切倍的人。我给特工主管劳拉·谢尔曼打了电话。

"劳拉，我刚参加完国际商业信贷银行的一个会议。我新结识的人中有一个叫阿姆加德·阿万的，是这家银行的高级主管，曾在他们的巴拿马分行担任过经理。"

"你不是在开玩笑吧！"她说。"那可是个响当当的人物。"很显然，大毒枭们都知道阿万是为诺列加将军转移受贿钱款的首选联系人。阿万是世界上的贩毒分子清洗黑钱的头号目标之一。我挖到了金子。

劳拉正与马克·杰克沃斯基一起调查诺列加的案子，同时马克也间接地监管着我们的行动。按照马克后来的说法，我们已经"深深地潜入了美国有史以来最大的黑钱清洗组织之一。无论你们有何需要，我随时恭候。这可是千载难逢的机会。"

但是，在安排与阿万和比尔格拉米第二次见面之前，我必须再给阿尔凯诺添把火，让他们这两方都忙碌起来。如果得不到卡特尔的黑钱，我就不能满足国际商业信贷银行的业务需求。而如果没有国际商业信贷银行的帮助，我也不能为卡特尔集团转移巨额现金。我变成了中间人。

在纽约期间，我在中央公园东南角的雪莉荷兰酒店租了一套三室的公寓。公寓里有一间宽敞的起居室，一个壁炉，装有枝形吊灯的餐厅，宽大得可以放进餐桌的厨房，三间卧室，三间浴室和一个宽敞的门厅。更令人瞠目的是，公寓里摆满了高档的古典家具。我和艾米尔邀请阿尔凯诺到这里吃了一顿酒店提供的午餐。我们一边吃着续随子酱鲑鱼②、鱼子酱等各

---

① 英语中有谚语：An apple a day keeps a doctor away. "一天一苹果，医生远离我。"这里是布鲁斯套用了这个格言。——译者注

② 续随子，又称刺山柑、马槟榔，是一种多年生有刺半蔓性灌木，原产于地中海，果实腌制后可作调味用。——译者注

式各样的美食，一边谈论着卡特尔遍及全世界的业务。藏在我公文包里的录音机记录下我们说的每句话。

阿尔凯诺向我保证，在一周之内，他将把 45 万美元转到纽约市。他已经与巴勃罗·埃斯科瓦尔和其他卡特尔的领导人谈过话，他们有意投资美国的房地产业。阿尔凯诺说，他很快就能说服集团领导同意借助我的公司投资美国的房地产业。他还透露说，他和卡特尔董事会花费了大量的时间并且投入了巨额钱财，正试图开辟欧洲市场。不过，让我震惊的是，他说，他决定回到洛杉矶重新打开市场，并且需要我们将那里的钱转移到哥伦比亚。我同意了，我的脑子立刻飞速运转，琢磨着将来如何对付"口香糖"伊瓦拉。

与此同时，穆拉做通了奥斯皮纳的工作，于是我们与奥斯皮纳的老板唐·切倍之间的交易大幅增加了。仅仅三周之内，艾米尔和乔斯·科德罗从唐·切倍在底特律的两个一等雇员手中接收到了将近 300 万美元。这两个雇员分别是杰米·希拉尔多和诺贝托·希拉尔多，艾米尔与他们兄弟两个逐渐建立起友好的关系。他们来自于麦德林集团，谦逊有礼，而且对工作兢兢业业，他们和家人过着简朴的生活——但是，却为麦德林的那些"非常人物"贩卖了数千公斤的海洛因，同时还聚敛了数千万美元的现金。

艾米尔对他们总是平等相待，最后甚至开始给他们提建议，教他们如何更高效地安排他们的行动。因为艾米尔总是在宾馆的房间与他们见面，所以他说服他们过来递送现金时要用新买的"新秀丽"手提箱来盛放现金。艾米尔每次都让他们将手提箱留下，所以希拉尔多兄弟每次送款时都要购买新的手提箱。这当然为底特律的特工监视他们提供了便利的条件。每当看到希拉尔多兄弟走进西尔斯商店买新手提箱的时候，特工们就知道他们手中的现金和可卡因马上要被转移了。

一月里一个寒冷的冬日，在底特律，负责监视的特工发现希拉尔多兄弟走进一家麦当劳餐厅见了两个人，随后，那两个人开着杰米·希拉尔多的汽车来到停在几英里外的一辆十八轮大货车前，货车挂着佛罗里达州的车牌。他们从大货车上搬下几个大箱子放进汽车的行李箱，然后将车开回麦当劳餐厅。接着，那辆车又从麦当劳餐厅被开到一间出租仓库前。即使一个工作不到一年的特工也能猜到他刚刚目睹的是一场倒运可卡因的行动。这批货第二天就被希拉尔多兄弟从那间仓库里拉出来：两大箱约 220 磅的可卡因。它们要被送到底特律迦勒底人①秘密组织领袖哈伊里·"哈里"·卡拉什尔的手中。该组织以伊拉克为基地，因其在这座汽车城街头的血腥谋杀而臭名昭著。

他们这次的运送行动明目张胆到几乎令人难以置信的程度。希拉尔多兄弟在一个小停车场与那些伊拉克人见了面。他们站在杰米·希拉尔多打开的汽车行李箱前。杰米·希拉尔多将可卡因一袋一袋地递给卡拉什尔，每袋一公斤左右，卡拉什尔则一袋一袋地将其塞进箱子。在光天化日之下！特工为那次交易录了像，但是执法官员没有采取任何行动来阻止随之而来的毒品配销活动。这就是现实，像底特律的冬天一样冰冷。

坦帕海关办事处主持召开了几次季度工作会议，所有涉及我们这个案子的特工、监管人员和检察官都参加了会议。我们制定了明确的指导方针：不要采取任何行动或者存放任何文件以防危及整个行动计划的安全，但一定要想方设法把有关犯罪和毒品走私的情报提供给其他的联邦、州或者地方政府，让他们及时采取行动。底特律的同行可以联合当地执法部门在不危害整个行动的前提下逮捕那些毒贩们。但是底特律办事处却按兵不动。底特律办事处的负责人决定与坦帕和华盛顿特区协同办案，声称对毒贩放任自流是保护整个行动的唯一办法。我才不相信他们的鬼话呢。底特律办事处这样做很可能是不想将收集到的证据轻易地拱手相让，因为这些证据能够帮助他们日后缉拿希拉尔多兄弟。到时候，办事处就可以凭借自己在缉拿行动中的杰出表现而邀功请赏了。

为了防止再次让罪犯逍遥法外，我们酝酿了一个监视那辆大货车的计划。当下次它开出佛罗里达向北行驶通过一个载货重量检查站时，我们的人员将假冒当地执法部门，在假装检查车辆是否超重时，将可卡因查获。

当这一系列的闹剧在底特律上演时，我正在去见阿万和比尔格拉米的

---

① 迦勒底人是古代生活在两河流域的居民，是闪米特人的一支，曾建立起新巴比伦王国。——译者注

路上，准备让他们帮忙将 50 万美元通过他们在世界各地的分行最后转移到巴拿马。见到阿万之后，我说，我之所以迟到，是因为前段时间正好有个机会去了一趟多伦多，我在那里接收了几百万美元，而目前我正在处理这些现金产生的物流问题。我告诉他，如果能够缩短将现金存进账户所需的时间，我就能处理更多数量的现金了，同时也就能为国际商业信贷银行带来更多的存款。

阿万笑了。"那是你的事情，"他说。"我不想知道。"看来以我们现在的关系，谈论这些细节问题可能还为时过早。但是，这并不能掩盖这家银行正在帮助客户存进大量未经报告的现金这一事实。

他们计划以我在巴拿马的一家幌子公司——南美拉蒙特麦克斯韦公司的名义，将我这 50 万美元电汇到瑞士。这笔钱成为他们瑞士分行一笔贷款的抵押，而贷入的资金则被转移到国际商业信贷银行巴拿马分行我的幌子公司南非工业发展国际公司的一个支票账户上。如此一来，从南非工业发展国际公司的账户上提取的支票一旦受到仔细审查，特工们追踪这笔资金的来源时，查出的结果只会是它们是另外一家公司的贷款。因为需要转移的这 50 万美元还没有到达国际商业信贷银行，所以我正在签署的一些文件仍然是空白的。

比尔格拉米离开房间去接电话，我找到了一个与阿万私下谈话的机会。要想起诉他，我必须获得最关键的证据：对于他正在转移的资金是贩毒黑钱这个事实，他完全知情。过于委婉不会起作用，但直截了当又会吓跑他。无论如何，我们一定要掌握确凿的证据，以防将来他们高价聘请的律师钻空子篡改证词。

我公文包里的录音机不停地转动着，记录下我们交谈中的每句话。我对他说："我已经完全信任你了。通常情况下，我是不会签署空白文件的，但这里所有的人都让我十分满意，我是靠着这份感觉与你们交往的。"

"随着时间的推移，"阿万认真地说。"我相信我们之间会建立起一种很好的关系。我们保证为你提供非常优质的服务。我相信你不会有任何的不满。"

太含糊其辞啦。该狠狠敲他一下了。

"有些事情，我承认，不需要说出来，"我说。"但是偶尔有些事情必须要说时，我认为，就要单独拿出来说一说。我要冒的风险有很多，不仅仅是放在这里的钱。我的一些哥伦比亚的客户对于我们这个商业圈知之甚少，坦白地说，他们根本就不了解你我之间的关系。一般来讲，毒品生意中的'绅士们'只靠'信任'行事。如果他们感觉他们的信任遭到了亵渎，他们就会……所以，你，也只有你……我绝不会在其他任何一位绅士面前讲这番话——"

阿万的电话铃突然响了起来，打断了我还没讲完的话。该死！我还没有达到目的。只能重新再找机会了。

阿万接完电话，解释说，国际商业信贷银行在美国的代理是"美国第一银行"①——一个基地设在华盛顿特区的著名机构。"美国第一银行并非为我们正式拥有。我们不公开这个事实。应该说，我们银行的一些股东以某种方式收购了它。"

真是有趣。国际商业信贷银行秘密地拥有和控制着国内一个大型的金融机构。我不知道他提这一点是何用意，但这却引起了我的注意。一旦阿万变得健谈起来，就能从他的谈话中录下点什么了。

阿万警告我，我与他们银行的业务联系只限于他、比尔格拉米和侯赛因之间。也许这个话题就是我要寻找的机会。

"对我来说最为重要的事情，"我说。"正是你刚刚谈到的，关于为存单保密的问题。而第二重要的是，从我与你见面谈一定数额的现金到这笔现金被转到巴拿马——这个流程所需的时间。我不想再谈论这个问题，但是正在与我打交道的这些人毕竟都是哥伦比亚最有权势的大毒枭。"

阿万又开始闪烁其词。"我想非常明确而且尽可能坦率地告诉你，"他说。"我对此毫不关心……你的顾客是谁或者诸如此类的问题与我无关。我是与你做生意。只要我们之间有一定的关系，只要我们之间的关系清晰明确……只要你们送来的资金是合法的，干净的，等等，我们就能接受。除此以外，我任何事情都不关心，因为，你知道，我对于你的顾客的道德

---

① 美国第一银行：First American Bank，见专有名词表。——译者注

问题不负任何责任。我只与你交易。只要你与我之间做的生意是干净的、直接的、正当的，我们就能为你提供绝对安全的服务，各种安全和匿名的服务。除此之外，我什么都不想知道。"

在离开之前，我向阿万和比尔格拉米提议那天晚上我们共进晚餐。他们建议去一家叫布绍尼①的时尚意大利小饭店。饭店隐藏在椰树林28号大街茂密的大榕树树冠下面，很幽静。吃饭时，我尽可能避免与他们谈论我的客户问题。但是他们主动要求我说。我又夸大其词地对他们讲述了我对于我的"家族"的责任，我的意大利血统，以及忠诚和尊重的重要性。与此同时，我还谈到了体育、旅游及其他许多事情，让他们感到轻松自在。他们一定感觉到了我的良苦用心，因为最后他们抢着付了账。

比斯坎湾②的温迪克西商店门前有一排公共电话亭，那里成了我夜间联络我的主管、其他特工和伊芙的主要去处。我的老朋友、来自佐治亚州的史蒂夫·库克担任了我的现任主管职务，比起几位即将到坦帕赴任的新老板来，他更支持我的工作，而且给予我更多的信任。保罗·欧博文得到了晋升，成为都柏林的海关专员，接替他的是邦妮·蒂施勒。她过去是华盛顿特区的一个工作人员，曾与史蒂夫一起协助我们完成过任务。

汇报完情况之后，我打电话给伊芙了解她和孩子们的情况。我总是设法每天往家里打一次电话，但有时情况不允许，我四五天才能打一次。她和孩子们很快就适应了家中没有我的生活。晚上和周末，伊芙忙着付账单、修剪草坪、修车、维修房子、教导孩子以及接送孩子们去参加各种实践活动和聚会。她还继续做着全职小学教师的工作。我们尽量适应着对方，但是我们之间的关系开始变得有些紧张。

"鲍勃，"她说。"我从来没有干涉过你，不让你去做你认为重要的事情，但是现在事情开始发展得超出了我们两个人的预想。这一切还要持续多久？"

"我正在接触的这些人都是犯罪集团的顶级人物。我不能准确地说还

---

① 布绍尼：Bouchoni's。——译者注
② 比斯坎湾（Biscayne），位于美国佛罗里达州的东南部。——译者注

要持续多久，但我必须要坚持到底。"

"你以前就曾这样说过。"

"好啦，亲爱的，一切很快就会恢复正常了。明天我就回去，会在家里住几天，我们那时再好好谈谈。我爱你。"

我们真的谈了，的确也起到了一定的作用，但潜在的问题仍然没有得到解决。长期从事卧底工作不允许我有任何分心，否则将会导致致命的错误。我生存的本能要求我只能专心致志地办这个案子，因此我的个人生活被完全忽略了。并不是我不为我的亲人们着想，不想与他们倾心交谈，而是那样做对我来说过于困难，因为我经常将百分之百的注意力都集中在那个卧底的世界里，观察每一个细微之处，甚至每一个肢体语言。我必须为一切提前做好充分的准备，而做好准备的唯一方法就是经常思考：他们下一步可能如何行动，我怎样才能领先他们一步。每一个我跟踪的目标都似乎让我着魔。

然而，我所爱的人们却被蒙在鼓里，对这一切全然不知。我似乎变得与以前越来越不同——从某种程度上看，的确如此。我的思绪总是漂移开去。在做卧底的时候，为了让自己的内心也能保留在卧底的状态，我习惯在自己的个人生活周围竖起一座高墙，强迫自己不要去触及。但是即使回到家中，我也不能摆脱掉这个习惯。

为了克服在长期卧底工作的不自然环境中培养起来的这种自然反应，你需要得到很多帮助。而意识到这个现象在你身上的存在是至关重要的，因为它帮助你指明方向，告诉你如何设法去解决。锻炼身体也非常重要。我几乎每天都跑四五英里，而且尽量合理饮食。如果不保持良好的健康状态，连续数日、甚至数月地每天工作十八个小时肯定会让你将事情搞砸。

另外一件至关重要的事情就是要有一名联络特工直接与你保持联系。他的工作就是听取你的汇报，帮你搜集证据，让你时刻了解方方面面的信息。联络特工不仅是你的心腹朋友，同时还能评定你的工作进展如何。显然，那样的一个联络特工必须有过卧底经历，因为如果你没有亲身经历过，就不可能评定另外一个卧底特工的工作做得如何。但是，坦帕海关没有一个人可以胜任这份工作。美国国税局刑侦组的戴夫·伯里斯最终填补了这个空缺，成为我传递消息的渠道。从某种程度上说，他完全是看在私人的交情上才做这份工作的。我们曾一起工作多年，他聪明能干，工作认真，而且值得信赖。

和伊芙谈过话之后，我给杰克沃斯基打了个电话。"真是让人难以相信。我直言不讳地告诉阿万，他正在帮我在全球范围内流转的钱是贩毒黑钱，他却无动于衷。后来他有点想打退堂鼓，但我确定已经记录下了他的犯罪证据。有趣的是，他主动提出把我介绍给国际商业信贷银行在欧洲的其他官员，他们和他一起为像我这样的客户服务。这样一来，这家银行的全部高层人物即将浮出水面。"

杰克沃斯基在电话那头深深地吸了一口烟，然后缓慢地吐出来，那声音听起来就像气球在撒气。"鲍勃，这他妈的可是一个重要的家伙。老弟，你可得把他盯紧了。阿万是追踪诺列加的重要线索。"

杰克沃斯基认为，我们进入了他人从未涉足过的领域。

几天后，在去国际商业信贷银行的途中，一个卖长茎红玫瑰的年轻女人拦住我，我买了她的一枝红玫瑰。

"早上好，"我一边向银行的接待员问好，一边将手中的玫瑰递给她。"我到这儿来见比尔格拉米先生和阿万先生。我的名字是穆塞拉。"

"谢谢你，"她说，微笑着。"先生，你人真好。"

有哪个警察会这么做？

当我正和阿万笑谈着前一天晚上超级杯冠军赛①红人队和野马队之间的比赛时，电话响了。

"喂？是的。星期五可以吗？是，我知道。嗯，什么？他会怎么说？不，那不是问题所在。关键是在那种情况下——我上周五就告诉他了——我们联系得越少越好，因为谁知道有没有人在监听电话？你知道，我已经提供了……是。因为，你知道，你永远不会知道谁正在这儿，谁在听电话。如果……不，我告诉他的是，你知道，从现在开始，只让玛赛勒打电

---

① 超级碗（Super Bowl）是美国国家橄榄球联盟的年度冠军赛，一般是在每年1月份的最后一个或是2月份的第一个星期天举行。——译者注

话联系我，不要——不要直接给我打电话，无论什么时候你有事找我，让玛赛勒给我打电话，我会等她的电话的。好的。星期五晚上，我会去的，啊，你认为我可以在星期五或者星期六见他，然后星期六离开？如果能够那样，是最理想的。"

他挂断了电话。"我的朋友最近遇到很大的麻烦。"

我完全明白他指的是谁。玛赛勒·塔森是诺列加的私人秘书，据说也是诺列加的情人。与阿万刚刚通话的人替塔森和诺列加捎来了口信。当时美国政府一直在对诺列加施加压力，这位将军一定是在召唤阿万前往巴拿马，共同商量如何将他的大量财产转移到国际商业信贷银行在世界各地的分行。

"是谁?"我问，装作毫不知情。

阿万轻声笑了笑。"诺列加。"

趁此机会，我告诉阿万，我正考虑推迟巴拿马的行程，因为美国政府的势力可能会危及我们在那里的秘密交易。事实上，我别无选择。我曾申请前往巴拿马，但是海关的管理人员答复说："毒品管制局说那样做过于冒险，在事情平息之前，他们不允许任何卧底特工到巴拿马开展工作。"

一派胡言。毒品管制局之所以拒绝了我们的申请是因为巴拿马是他们的地盘，他们不愿意支持一名海关的卧底特工到那儿去执行任务。就是在同一时间，毒品管制局却允许他们自己的卧底特工去巴拿马工作。非常遗憾，一个很好的机会就这样被浪费掉了，因为这次是阿万主动提出带我去那儿认识他的朋友们，其中一定包括诺列加或者他最亲近的顾问们。

我们已经打进了卡特尔的核心层，这是以前的卧底特工从没做到的。我们同时还秘密地打了一家资产达到400亿美元、作为世界上最大的黑钱清洗机器的银行，这在美国历史上也是绝无仅有的。从这次会面开始，我们就开始收集诺列加涉嫌腐败的确凿证据，并且坚持不懈地去搜罗可靠的情报，以发现他从麦德林集团接收的数百万贿赂的藏匿之处。

尽管前景是美好的，但我还是对接下来发生的事感到极为震惊。

九、政治之手

佛罗里达州，清水湾海滩，喜来登沙地钥匙度假村[①]

1988 年 2 月 10 日

华盛顿特区得到消息称，坦帕方面已经潜入了为诺列加提供服务的银行内部。

参加季度会议的人员不断增加，范围扩大至坦帕市、迈阿密、纽约、费城、芝加哥、底特律、休斯敦、旧金山等地的相关工作人员，以及来自华盛顿的海关和司法部负责人，还有一些地方官员。会议给人的感觉有点像黑帮们在纽约州北部地区召集的阿巴拉契亚会议：几乎每一个到会的人都高喊效忠于他们的事业，甘愿为他们共同的事业尽一切努力，但暗地里却个个心怀鬼胎：**我从中能得到什么利益？我如何才能控制住局面？**

季度会议上，各地的特工逐个汇报了迄今为止他们掌握的所有证据，随后大家一致允诺会为整个行动保密。之后，华盛顿特区和各地的老板们召开了秘密会议，商讨我们未来的具体行动计划。海关有一条规定，就是只要特工还在培养新的联系人或者正在发现新的犯罪行为，那么基于此的卧底行动至少还得再进行一个季度。卡特尔邀请我去哥斯达黎加、与阿尔

---

① 喜来登沙地钥匙度假村：Sheraton Sand Key resort。——译者注

凯诺正在发展着的关系以及国际商业信贷银行主动提出将我介绍给欧洲市场的主要人物等等，所有这一切都增加了整个行动的未来的不确定性，所以现在讨论它未免为时过早——至少我是这样认为的。

老板们的秘密会议结束后，我们的新任老板邦妮·蒂施勒将坦帕海关的人员召集在一起开会。过去，她在迈阿密海关担任特工时——当时与我的职位相当——我与她曾因几个迈阿密和坦帕共同办理的案子有过分歧。显然，就是因为我过去公然反抗过她，她对我一直充满敌意。别人告诫过我，她做决策时完全是看一个案子是否有利于她的仕途发展，而不是看她的决策是否有利于侦破这个案子。也就是说，她完全按照自己的意志作决策，这可是执法过程中的大忌。如果你俯首帖耳听命于她，她就对你特别关照。但如果她不喜欢你，你负责的案子从一开始就已宣告结束。

蒂施勒离开迈阿密海关时只是一个普通特工，但因为与华盛顿的一些重要人物的私人关系混得很好——如海关的教父级人物、执法司司长助理乔治·科科伦、海关关长威廉·冯·拉布等等。凭借这些关系，她平步青云。现在，她当上了海关坦帕办事处的负责人，而我仍然是一名普通的特工。我绝不是她和她那些华盛顿朋友的对手。

蒂施勒将坦帕办事处的人员集中在一个宾馆房间，在那个房间里——她根本不把我们放在眼里的一个小小的迹象——我们分坐在床上、椅子上，甚至地板上。没有经过任何讨论，她宣布了她的决定。

"我在华盛顿特区时就监管过这个案子，告诉你们吧，从一开始我就不喜欢它。如果不是因为你们已经打入了那家银行，我明天就想把它结案。尽管违背我的初衷，我还是留给你们一些时间，从现在起到十月的第一周，你们要结束这个案子。到那时必须结案。"然后她将目光转向我，瞪着我说："至于那家银行，你要盯住的是他们的贩毒黑钱交易。别把你的鼻子伸得那么长，他们正在做的其他任何事情都与你无关。"

我没有反驳她，但是我绝对不会按照她的话去做。了解那些银行家们其他的犯罪行为不仅直接为我们提供不利于他们的犯罪证据，而且还可以为侦破这个案子带来更多的线索。国际商业信贷银行在上层社会有许多朋友，与美国的许多银行都有秘密交易，谁知道还会有其他的什么行径。她说的"他们正在做的其他任何事情"我听起来似乎与中央情报局有关，可能是华盛顿并不想将这些详细情况泄露出去吧。

"邦妮，"我说。"如果在这段时间内，我们每周都要安排与新的对手见面，还要为新发现的犯罪行为搜集证据，那么还有可能按照规定的那样，每个季度都对我们的行动进程进行评估吗？还有可能基于实际情况制定最好的行动方案吗？为什么要定在十月份呢？"

蒂施勒的目光像利剑一样咄咄逼人。"听着，马祖尔，你应该庆幸还能得到那么多的时间。每件事情都有一个开始、进展和结束的过程。这个行动的结束时间比我认为应该的已经晚了许多，所以你们的案子只能到十月的第一个星期，一天都不可能拖。就这样。"

再与她争辩已经毫无意义。我只有九个月的时间，在这九个月里，我要完成两年的工作，而成功的唯一办法就是让自己完完全全地融入到卧底角色中去。于是，在离开那个宾馆房间之前，我的脑子就开始飞速旋转，琢磨起对策来了。

季度会议结束没有多久，就传来消息——诺列加遭到起诉了。旋即，他成为各大报刊的头版人物。国内的新闻广播都在播报有关他的消息。同时我得到内部消息说，约翰·克里参议员领导的反恐禁毒国际行动小组委员会正在全力以赴地调查国际商业信贷银行与诺列加的关系。

诺列加被起诉后不到两周，我面带微笑地穿过国际商业信贷银行迈阿密分行的玻璃大门，手中仍然拿着一支红玫瑰花送给接待员小姐。比尔格拉米总是显得焦躁不安，但是，当他为我处理银行文件，将120万美元经日内瓦转到巴拿马时，他透露说，他比以往任何时候都感觉更加提心吊胆。他说，美国政府正在督促几个欧洲国家签署法律互助修订条约，该条约将导致许多像卢森堡和列支敦士登这样国家的银行与美国银行之间的信息共享，而在此之前，这些国家都制定有严格的银行保密法律。

我紧张地笑了笑。"老兄，如果这两个避风港都被波及到了，那我们就无路可走了。这太令人震惊了。你们还能去哪儿——我们该怎么办？"

比尔格拉米看看我，好像我是个小孩。每当我在他面前故意装作一个天真的学生时，他就俨然一个阅历丰富的教授，这时他往往能说出更多的内情。"如果我们不能去中东地区——香港和巴林似乎……嗯，巴林相当安全，我会考虑……巴林真的很不错。那里的法律很简单，其实那里根本就没有什么法律规定。我的意思是，那是一个首选的中心。"

很好。如果他认为我是一个缉毒刑警，就不会建议把我的资金藏匿到更安全的地方了。

把业务从巴拿马的银行转移出去降低了国际商业信贷银行在巴拿马的风险。由于国际商业信贷银行为沙特阿拉伯人所有，该银行下属的众多分行遍及整个中东地区的各个国家，甚至包括位于沙特阿拉伯和卡塔尔之间的弹丸小国巴林。我想弄清楚的是，当下到底有多少位试图转移巨额流动黑钱的客户正在倾听他的这番"将生意转移至中东地区"的演说。

接着，比尔格拉米要求我把在巴拿马银行的贷款数额限定在900万美元以下，因为一旦我的贷款超出那个数量，"董事会将提出各种各样滑稽的问题……那些问题你根本无法回答。"他还提到关于我的客户的话题。"我们对你的客户是谁并不感兴趣，因为与他们打交道的人是你，而不是我们的银行。我们所做的一切都是照章行事，这你也看到了……'要与各种交易保持距离'——这是我们银行的明文规定，我相信其他银行也一样。"

接下来，他退了一步，承认他知道我客户的资金来自于毒品交易。"那是显而易见的事，"他说。"我的意思是，美国的法律规定，如果你从某个个人手中或者你的任何一家公司拿到现金……那么你必须要申报。你必须立即向当局申报。如果你稍微感觉那笔钱有点，呃，不干净的话，哪怕是仅有5 000美金，你也得申报。"

很明显，他仍然对我心存怀疑，因此说了这番模棱两可的话。我必须要让他放心。"就我而言，就你们诸位而言，就你们的银行而言，正在与你们做交易的人是我，从你们的角度来看，事情就是这么简单。但是，我毕竟要对一些人负责，而且这些人并不是那么的通情达理……所以，当你说到一些事情的时候……几乎把我吓得半死。"

"我，我必须，我必须如此，呃，呃，"比尔格拉米焦急地为自己解释着。"你是知道的，也许过些时候，当我们彼此更加了解的时候，你就能……但我必须要保护我们的利益，我们机构的利益。出于各种各样的考虑，我们不得不对我们所做的和所说的加倍小心。"

他承认了只是想掩盖自己的行踪，所以我眯起眼睛，给了他一个微笑，点着头继续听他往下说。"哎，随着时间的推移，到我们真正协调一致的时候，你充分信任我们，我们也充分信任你，情况就会真正好起来，会与现在有所不同……但我，我必须，我必须始终保护我的机构，这是……呃，这就是我正在做的事情。"

"我明白，"我微笑着点了点头。"哎，我现在感觉好多了——不，应该说，事情都说明白了。"

比尔格拉米大笑起来。"很好。"

一周之后，阿万在迈阿密又帮我通过日内瓦转移了 75 万美元到巴拿马，但他说，其中一些具体的细节需要做些改变。

"在接下来的几个星期，我们想放慢点速度，如果对你不会有太大影响的话。"由于从巴拿马分行贷出的款项数量过于庞大，银行董事会制定了一个政策，在批准新的贷款之前，先核查一下与巨额贷款有关的账户。为了规避这个政策，阿万建议，他想通过国际商业信贷银行巴黎分行来中转未来的交易。他与巴黎分行的高级官员交往甚密，而且法国仍然保留着银行保密法律，不会受到即将执行的法律互助修订条约的影响。貌似合理的解释，但我知道，他和比尔格拉米突然变得如此紧张肯定另有原因。

我告诉阿万，上次与比尔格拉米谈话时，我就已经猜出了他们的言外之意，很明显，"这样做对我们——我和我的哥伦比亚客户们——最为有利"；"如果我们同意让一部分资金在你们那里停留一段时间，情形就会变得与现在大不相同。"

"的确如此。"他说。

也就是说，只要我提高了国际商业信贷银行的资产负债表，并将巨额存款留在他们的保险库里，他们根本不在乎我带来的数百万美元是否是贩毒黑钱。但说起来容易做起来难。我正在游说穆拉，让他说服卡特尔留一些钱在银行账面上，但不知能否成功。我只有向海关施压，让海关向政府申请一笔资金用于存款。如果不能很快办到，我可能会失去阿万和比尔格拉米的信任。真正的国际黑钱清洗分子拥有大量的流动资金，能够轻而易举地满足这样的要求，而且他们知道如何礼尚往来，互相利用这样的潜规则。我一定要跟他们玩这个游戏，尤其是现在，由于在巴拿马的违法操作，国际商业信贷银行正倍感压力的时候。

阿万解释了为什么现在的形势尤其严峻的原因。"你可能已经在媒体上看到诺列加被起诉了。由于某种原因，国际商业信贷银行已经背上了从事各种行当的银行之一的恶名……我们的银行是一家出色的银行，因为它是与美国银行、花旗银行、大通银行齐名的……你知道，那些都是世界知名的银行。"由于出现了这些事件，他和比尔格拉米认为他们"可能会比平常受到更多的盘问……所以我们可能在接下来的几个月内放慢速度。待局势恢复正常再说。"

我表示同意，随之，他再次提到欧洲。"如果你碰巧在巴黎，要让我知道。我很想给你引荐几个我们自己的人。因为，如果你从那里开始做生意，巴黎分行的总经理和经理，他们都是我非常好的朋友……总经理是我以前的老板，但是，他是个比较懒散的人。"

我不能马上答应阿万存款的要求，我唯一能做的，就是向他表示我对这场游戏的谅解。"我完全理解你们所做的一切都是为了保证我们的生意能够完全正常地运行，如果有什么地方需要我帮忙，我会竭尽全力的。"

"非常感谢，"阿万笑了。"很高兴你能这样说。"

每一次我表现出对国际商业信贷银行的忠诚，他都会奖赏我，向我透露新的信息，让我更加深入地了解他们的银行在黑社会里扮演的角色。"一旦银行被法庭传唤，我们是可以预见些什么的。我们是能够从传票中预见出些事情来的……你知道，我正被国会和大陪审团传讯，当然这是我们不愿意看到的。"他刚刚从纽约回来，正竭力平息由于国际商业信贷银行蒙特卡洛①分行为阿德南·卡肖格进行的几笔交易记录而接到一张法庭传票的事端。亿万富翁阿德南·卡肖格是沙特阿拉伯的一个军火商，据

---

① 摩纳哥城市，尤以赌场闻名。——译者注

说与"伊朗门"事件①中的奥利弗·诺思有关联。国际商业信贷银行蒙特卡洛分行曾为卡肖格电汇了 10 万美元，但是他们正试图将这笔交易粉饰成银行的正常业务。

　　会面即将结束的时候，我和阿万达成一致意见，放慢我们的交易速度，我每月只交给他不超过 200 万美元，让他转到我麦德林客户控制的账户上。在得到国际商业信贷银行为我提供的一流服务之前——这是他们通常为黑社会提供的服务——我必须要为他们银行带来长期的、稳定的存款。

　　离开迈阿密后，我绕道去了趟费城，在途中我给我的主管史蒂夫·库克打了个电话。"在上周的周会上，我就告诉过大家，我们需要让华盛顿的钱包松一松，掏点钱出来啦。我们需要 500 万美元交给国际商业信贷银行放到他们安全的付息账户上。这是他们提出的要求。他们为清洗黑钱业务提出的交换条件就是存款。我从没想过让总部过问这个案子，但既然他们声称在领导这次行动，就应该做点什么。不管是你还是马克·杰克沃斯基，你们应该能够说服蒂施勒同意这件事，她有许多朋友在华盛顿，他们可以帮忙促成这件事。如果我们能得到这笔钱，国际商业信贷银行的大门将向我们敞开，我们就有更好的机会了解他们为诺列加这样的人是如何服务的。"

　　我停顿了一下，让诺列加这个名字在他的大脑中留下印象。

　　"除了这 500 万美元，还有其他几件对案件的确有帮助的事情需要解决。我最近一直在迈阿密行动，住宾馆的费用比起租住一套高级住所还要高。我想得到批准在比斯坎湾租套房子，并在里面装上窃听装置，这样，就可以高质量地录下与那些银行家——当然还有阿尔凯诺以及其他途经迈阿密的犯罪分子——的谈话。"

　　"另外一件事可能也会对我们的行动非常有帮助，就是我需要几件昂贵的珠宝。阿尔凯诺是个珠宝商。价格不菲的一块手表和一枚戒指戴在手

---

　　① 也称伊朗军售事件，是 20 世纪 80 年代中期发生在美国的政治丑闻。指美国里根政府向伊朗秘密出售武器，然后将军火交易得到的 3 000 万美元转移到自己支持的尼加瓜反政府武装手中，被揭露后造成严重政治危机的事件。——译者注

上将会大有帮助。我记得我们曾经没收过一款男式五克拉的钻石戒指和一块劳力士手表，他们现在就存放在我们的物证保险库里。你能帮我解决这件事情，让我从现在开始借用一直到行动结束吗？"

史蒂夫深深地吸了一口烟。"我明白你的意思。我会让拉多"——坦帕海关的特工主管助理——"考虑这些事。我们已经争取到迈阿密地区办事处的支持。我将协同他们、拉多和杰克沃斯基一起去办这些事。但是，马祖尔，你这家伙也得悠着点。你在总部可没交下什么朋友。"

"不管怎样，我从没想过要升官，成为他们中的一员。这个案子比仕途要重要得多。从现在到十月这段时间，只要有像你这样的朋友为我帮忙，我一定会有所收获。"

我一回到坦帕，阿尔凯诺就打来电话说，他正要来迈阿密，希望在那儿与我会面。我匆匆登上飞机，落地后租了一辆美洲豹汽车，与凯茜和迈阿密方面配合调查该案的马特·阿特里特工汇合。我曾劝阻过马特在我与我们的对手在迈阿密会面期间不要对他们实施监控，但这次是个例外。同阿尔凯诺一起从纽约飞过来的还有他的一个阿根廷来的联络人，那个人准备搭乘飞机飞回布宜诺斯艾利斯。这是一个绝好的机会，我们可以借此确认阿尔凯诺在南美关系网中的一个联络人。

阿尔凯诺告诉过我他将下榻在机场附近的希尔顿酒店，让我晚上10:30到那儿见他。我和凯茜到了那儿，却不见他的踪影。我给阿尔凯诺的得力助手华金·卡萨尔斯打电话，他肯定阿尔凯诺就住在希尔顿酒店。我们焦急不安地等了半个小时，阿尔凯诺终于打过电话来说，因为希尔顿酒店客满，他住到了万豪机场酒店。

一定有什么事发生了。

在我和凯茜回到车上之前，我问希尔顿酒店的接待员，酒店是否已经客满。

"不，先生，我们今晚有很多空房。"

肯定有什么事发生了。

"好吧，"我对凯茜耳语道。"阿尔凯诺刚才对我们撒了谎。可能有什么原因，他想让我们在这个大厅里耽搁半个小时。我们现在去万豪酒店见他。我将通知马特我们要去的地方，但我们可能要单独行动了。马特和其他人可能还在机场辨认准备飞往阿根廷的阿尔凯诺的朋友呢。"

我们来到万豪酒店，阿尔凯诺正在酒店门外满面笑容地等着我们。每一处细节都未见异样，甚至他头上的每一根头发都纹丝不乱。根本看不出他刚刚飞跃过整个东部海岸。热情寒暄之后，我借口要打个短暂的电话，让他先陪凯茜聊聊。我来到酒店大厅，打了那里的公用电话，告诉马特我们的去处。到我再次加入阿尔凯诺和凯茜时，监视人员已经到位了。

我们去了阿尔凯诺最喜欢的去处，椰林区梅菲尔广场的"猫"夜总会。凯茜拉着他去跳舞，絮絮叨叨地对他灌着恭维话，称赞他的聪明才智，让他非常受用。我计划第二天再开始与他谈正事，迫使他让我来管理他的部分财产。

我们一直玩到凌晨3:00，然后一起返回阿尔凯诺住的宾馆。分手前，我把他拉到一边，"罗伯托，我非常看重你的友情和智慧。明天，我想跟你私下谈谈我认为非常重要的一些事。我重视我们的生意，但是，你南边的朋友只要求我将他们的钱从这里转移到他们的账户上，这将置我于很危险的境地。我知道你有能力帮忙。现在我希望从你那里得到更多的东西，不仅仅是承诺。"

"别那么严肃，鲍勃，"他笑了。"你有许多值得高兴的事。你有一个美丽而热情的妻子，我们的未来也将非常美好。明天上午十点以前到这里来见我吧，我将给你带来好消息，它会让你再次微笑的。"

他说这番话时又提到了他那怪异的"妻子"逻辑。

第二天上午，坐在酒店池塘边一张棕榈树荫遮蔽的桌子旁——录音机不停地转动着——我当着他的面算了算过去一个月内为他清洗过的现金总量。

"罗伯托，我真的非常愿意和你做更多的业务……不需要那么高的智商也能计算出，上个月我们做了100万美元的生意，用这个数除以每一件的12.5"——每公斤可卡因是12 500美元——"结果只有80（公斤），我知道这点交易量对你来说是微不足道的……"

"另外，对于我的朋友提出的一些要求，我必须要做点什么了，我指的是我正在打交道的一个非常重要的银行，所以我指望你能有一些投资的举动——而不光是说说而已……能不能把这笔钱的 20％ 在我这里留上六个月的时间？如果你答应的话，之后我们会继续照顾你的生意。如若不然，我也不知道该怎么办了。或许我们还要再削减一下交易的数量。"

有几秒钟的时间，阿尔凯诺歪着头凝视着远方。他正在权衡我提出的条件。"好吧。我们就这样说定，从现在开始——无论我交给你多少钱，你都可以留下 10％。"他说，他本可以给我更高的点，但是他有一批价值570 万美元的可卡因被藏匿在西班牙，原因是在运送过程中他的一个雇员被抓捕了，不知道那个家伙会不会开口交代。即便有焦急的买家，他也不敢冒险动那批货。"我们一定要非常当心。欧洲对毒品交易非常敏感，所以毒品在那儿更能卖出好价……在这里目前的价格是 12"——按每公斤的批发价，以每 1 000 美元为单位——"但在欧洲则是 27。"

好消息不仅这些。阿尔凯诺正倾注大量的贩毒黑钱在洛杉矶市中心修建一幢公寓住宅，他决定通过我来周转所有的项目费用。他将立刻给我60 万美元，以贷款抵押的形式将其存入定期存单，作为项目的建设资金，还有更多的资金随后就到。另外还有一笔 50 万美元，让我将其伪造成一笔施工贷款，用于维修他在帕萨迪纳山上的寓所。

接下来还有更多的好消息。他正计划用他的钱来和他的一个朋友图托·萨瓦拉一起投资创建一家职业拳击宣传推广公司，他需要将他的一部分黑钱清洗干净，以便安全地用于宣传一场即将举行的世界冠军赛。

我问他怎么想起与萨瓦拉一起做起"拳击生意"来。

"你知道，我的脑子里始终有着疯狂的想法。犯罪分子的大脑是从不会停止思考的。"我们俩都大笑起来，他继续说："这个生意很难让我们赔钱，因为租场地的费用花不了多少，可能只需在电视、录像和闭路电视上破费一些……这里有个会议中心，可以容纳一万两千人，光门票就是十几万美元的收入。这样算下来，部分费用都由观众承担了，所以我们还能挣钱。"而且他还可以借此找到堂而皇之的理由往返于哥伦比亚。

接着，他让我同我的家族商量一下，看看我们能从一场拳击赛中挣到多少钱。他已经相信了我的卧底身份——完完全全地。我们对他大献殷勤的努力已经收到了回报，现在，像穆拉一样，他不知不觉地成为我们深入卡特尔集团全盘计划中的一颗棋子。

我们正谈论着拳击赛，阿尔凯诺向一个人摆了摆手，让他过来加入我们的谈话。"图托，我想让你见见我的好朋友鲍勃·穆塞拉。鲍勃，这是图托·萨瓦拉。"

萨瓦拉五十岁左右，是流亡到美国的古巴人，过去曾帮助建立了致力于推翻卡斯特罗①政府的古巴革命组织阿尔法66。在被卡斯特罗的安全卫队严刑拷问了十天之后，萨瓦拉于1961年8月逃离了那里。他看上去就像勤奋工作在迈阿密的一个普通古巴蓝领工人，不同的是，他戴着一个大金链子，上面用宝石镶嵌出大大的"图托"两个字。而且，他的脸上有一块伤疤，使他的右眼永远向右侧斜视着。逃跑之后，他曾到过牙买加和波多黎各，但现在在迈阿密为阿尔凯诺宣传拳击赛和零售可卡因——每次5~20公斤，卖给在芝加哥经营一家小食品杂货连锁店的古巴买主。

哥伦比亚籍世界冠军休格·罗哈斯和墨西哥冠军吉尔·罗曼之间的蝇量级②超级世界拳击冠军争夺赛按计划将于4月8日在迈阿密举行，届时，阿尔凯诺希望我、艾米尔和我们的客人将与他一起到前台落座，观看比赛。又是一个好机会，我们可以见到更多的在美国与他和卡特尔合作的人，并趁机与其发展关系。

阿尔凯诺已经明确表态。接下来我要做的不再仅仅是通过为他转账而赚取佣金了。他已经准许我担任起"他的银行"这一角色，管理他的一部分投资，并且帮他把贩毒黑钱投入到他的生意里。我们这个行动结束时，

---

① 菲德尔·卡斯特罗·鲁斯（Fidel Alejandro Castro Ruz，1926— ）曾领导发动反对巴蒂斯塔独裁政权的武装起义，失败被捕后流亡到美国、墨西哥，1956年回到古巴，在马埃斯特拉山区创建起义军和根据地。1959年1月，他率领起义军推翻巴蒂斯塔独裁政权，成立革命政府，1962年起担任古巴社会主义革命统一党第一书记。1965年该党改名为古巴共产党后，他担任中央委员会第一书记至今。卡斯特罗1976年起任国务委员会主席。——译者注

② 职业拳击分为17个级别，又可归为七项：重量级、中量级、轻量级、羽量级、雏量级、蝇量级、草量级。后三项影响较小，拳王名气不大，我们所熟悉的拳王几乎全部来自前四项。——译者注

他拥有的一切都将被没收——而所有的这一切都缘于一次会面。现在不需要再给他施加压力了，尤其当着萨瓦拉的面。我感谢了阿尔凯诺的帮助，我们商量好，两周后他再次从麦德林返回时，我们将在洛杉矶见面。

我与阿尔凯诺在万豪酒店会面的同一天，迈阿密和洛杉矶海关办事处开始跟踪监视以前曾给我们的卧底特工递送过现金的联络人。从确认联络人递送大批现金给我们的特工开始，再等待一周到十天左右的时间，只要联络人没有再次给我们递送现金的计划，他们就会成为被捕猎的对象。监视小组一直跟踪他们，当发现他们有正在运送现金的迹象时，配合我们行动的穿警察制服的警察小分队就会拦住他们的车辆，假装进行例行的交通停车检查。那些送款人总会流露出紧张不安的神情，这正好给警察们提供了合理的借口，要求搜查他们的车辆。送款人通常会同意搜查，但是随后会拒绝承认知道钱在车里的事实，钱的主人是谁他们也佯装不知。警察通常会把车里的钱没收，然后放走送款人。只要没有人提交可能会暴露我们行动的申请搜捕令的宣誓陈述书，就不会有人把我与这些没收行为联系在一起。

没有一个人前来认领过这些现金，所以这笔钱就自动"充公"到警察局的金库里，日后用来购买汽车和设备。在警察的行话里，这个过程被称为"一个漏洞"。一周之内，在上演的一系列停车例行检查行动中，卡特尔的大约100万美元的现金和13公斤的海洛因被"漏掉了"。

"漏洞"行动一直在进行，与此同时，美国政府为了给诺列加施加压力，冻结了巴拿马政府在美国的所有账户。由于巴拿马的中央银行不能再吸纳美元储蓄，所以关闭了所有的分行等待进一步的通知。这就造成唐·切倍的75万美元被冻结在我的巴拿马银行账户上。然而唐·切倍可不管是什么原因造成这种情况的。冈萨洛很快传话给我说，我必须想办法尽快将唐·切倍的钱交还给他——要不然就有我好瞧的。如果说有谁能将那笔钱弄出来，而且重新调整我在巴拿马银行的账户系统，那个人一定是阿姆加德·阿万。

我给阿万往银行打电话，但他不在那里。几分钟后，他回了电话，解释说，因为联邦特工们可能在那里监视他的行动和谈话，所以他不敢过于张扬。如果我想与他谈生意上的事情，他邀请我和凯茜去他椰林区的家中吃饭，饭后我们再谈。

阿万住的房子位于椰林区，占地足有几英亩，掩映在巨大的榕树树荫里，是一座美丽的牧场式豪宅。房子被养护得十分精心，庭院里建有一个大网球场和游泳池。他和他的妻子希林·阿斯加尔·可汗面带微笑，礼貌地对我们的造访表示了欢迎。虽然他们都是穆斯林，但并不避讳喝酒。阿万最喜欢喝的是加冰块的黑方酒①，凯茜在出发之前也明智地决定带一瓶皮埃尔—茹耶香槟酒②来赴宴。

整幢房子里弥漫着香料的香味。希林已经准备好一顿丰富美味的巴基斯坦传统咖喱鸡盛宴。她举止恭顺、优雅，很难看出她有一个过去曾指挥过巴基斯坦空军部队、现在是个受人尊敬的巴基斯坦政治家的父亲。阿万的父亲名叫阿尤布·阿万，曾担任过巴基斯坦警察局局长和巴基斯坦中央情报机构三军情报局（ISI）的局长，阿万和希林的婚姻从某种程度上是由他包办的。

阿万祖籍巴基斯坦克什米尔地区的背景使他成为银行里为数不多的几个掌管三军情报局账户的高管之一。三军情报局资助着一个名为"阿富汗自由战士"的组织，其成员有许多后来加入到"塔利班"和基地组织。

就餐前，我们一起参观了他们的娱乐室，那里陈列着许多阿万收藏的纪念品，包括一幅身穿白色制服的诺列加的照片。照片装在相框里，上面有诺列加的亲笔签名。照片上还有几行题字，是他们两个人在日内瓦时写上的："*A mi amigo Awan con gran aprecio a todo su familia.*"③ ——送给我的朋友阿万，向你的全家致谢。

用餐时，阿万夫妇不停地问我关于我的家庭、我的经商兴趣、我的就职经历，甚至我的旅行等问题。毫无疑问，他正在估量着一旦案发，他和他的银行如何能够最大程度地逃避责任。而我和凯茜则尽可能经常地将我们谈论的话题转向"我们对阿万很感兴趣"上来，例如阿万以前在国际商

---

① 一种高档的苏格兰威士忌酒。——译者注
② 法国著名香槟酒。——译者注
③ 西班牙语。——译者注

业信贷银行巴基斯坦分行、哥伦比亚分行、巴拿马分行以及华盛顿特区分行的工作经历。

饭后，我和他单独来到花园里悠闲地散步——我正好借此机会求助于他，让他帮忙将唐·切倍的钱从巴拿马银行拿出来存入另外一个国家的银行。我们走向网球场的时候，我轻轻按下口袋里的遥控电源开关，它控制着藏在我胸部的麦克风和粘在大腿内侧的录音机。阿万告诉我，目前没有任何办法来解救冻结在巴拿马银行的那75万美元。他让我耐心等待，直到大概一周之后银行业务恢复正常。可是，唐·切倍很快就会再次催促此事。

我们又争论了一会儿其他国家的银行在交易中的价值。"告诉我实话，"阿万转变话题说。"现在现金都分布在什么地方？"

"就在美国，"我说。"在底特律、休斯敦和纽约。"

阿万思索了一会儿。"能被运出来吗？"

我告诉他，可以，我的包机服务公司的飞机能将其运送出来。

他出了个主意。"如果现金能被运出去，比方说，运到乌拉圭……如果乌拉圭人对现金存在普遍的需求，我认为他们的确有这样的需求……大量的美元现钞被从乌拉圭走私到巴拉圭和巴西，因为那里的人们喜欢购买美元货币。要是我们能将现金运到那里，转而给你兑换成你希望得到的任何地方的银行存款……因为所有进入巴西的消费品都是用美元现金付款的。"

这可是个令人吃惊的提议。南美的银行将会接收用飞机运载来的走私现金，然后将其兑换成世界各地银行账户上的存款，而在现金本身和银行被增加了的存款之间不会留下任何痕迹，也就是说，现金和银行存款之间的关系无据可循。但是，我需要得到我的办事处所需的乌拉圭方面的批准，而这个过程将会过于冒险。这的确是个了不起的主意，但是只有彻头彻尾的犯罪分子才会接受它。所以，稍后我必须得找个恰当的理由回绝阿万。

看到阿万似乎很愿意谈论我们生意中黑暗的一面，于是，我继续告诉他，我的一些哥伦比亚客户想让我用飞机为他们运载美元现钞，因为它"能直接到达玻利维亚和其他地区，而那些地方正是实验室所在地"——加工大批量可卡因的实验室。

:

特工·走进银行洗钱案的幕后

特工·走进银行洗钱案的幕后

阿万连眼皮都没眨一下，就提供了几家可以替代巴拿马银行的银行名字，然后说："让我好好想一想，看看能想出点什么办法来，在我们各地的银行试一试。"

希林推开门冲我们喊道："要点绿茶或咖啡吗？"我们结束了谈话，在那晚剩下的时间里喝茶，喝咖啡，然后我们道谢，离开前我和阿万计划不久再次见面。

第二天，史蒂夫·库克通知我，财政部已经批准了我们将500万美元存入国际商业信贷银行。这是一个诱饵，我迫不及待地想将它投向阿万和比尔格拉米。

翌日近午时分，我与阿万在椰林区的格兰德海湾酒店会面，一起喝咖啡。前一天晚上，他是与巴基斯坦大使和几个朋友一起度过的，他们刚刚离开这里前往牙买加。这几天，他将全部精力都放在我的事情上，但是他需要去趟哥伦比亚，向他的客户们解释巴拿马银行的事情，打消他们的疑虑。

"我有个建议，"我说。"为了让你在每次去纽约的时候对我产生更多一点的好感，也许你近期就有前往纽约的计划，即使没有也无所谓，我为你准备了一架我们可以自由使用的私人飞机，它将大大节省时间。但是，也许如果……首先，我想请你在某天晚上去我家做客。然后我想，我们可以去……如果我们可以在一天之内做完这么多事情——快速赶往纽约，把你介绍给隶属于我们公司的其他一些人。"

阿万笑了："悉听尊便。"

接下来还有一个好消息足够让他受用。"我计划将我的一部分个人存款拿出来，所以在接下来的这几周之内，你得和我一起为我的大约200万美元找到安身之处——这是我在这一年之内，嗯，或者更多年头之内的计划。多长时间对我来说并不重要。我只是觉得应该表现出点儿诚意来。"

阿万对我们未来的合作前景简直要欢呼跳跃了。"好啊。你想把钱放到什么地方？"最后我们达成一致意见，认为国际商业信贷银行巴黎分行的保密工作做得最好，同意只要我的钱一到位，我们就开始商讨具体细节。

我告诉阿万，我的哥伦比亚客户在美国的几个城市，还有在马德里、巴黎以及罗马等地都有大量的现金递送业务。我问他，国际商业信贷银行能否帮我把这些现金存进银行系统。阿万要求我给他一些时间，他好与同事们商量一下这件事情，并许诺再见面时一定能为我带来一个好的提议。

接着我告诉了阿万我未来的行程。我要前往洛杉矶去见一个客户，他想要拿出 75 万美元的秘密存款作为一笔同等数量施工贷款的担保。这个客户还想让我们用类似的方式帮助他处理 50 万美元用于寓所维修贷款的担保。离开洛杉矶后，我还要到圣何塞去见几个手上留有滞纳现金的客户。

阿万喜欢施工贷款这个主意，他让我去拜访国际商业信贷银行洛杉矶分行的经理伊克巴尔·阿什拉夫。阿什拉夫能帮忙处理发生在洛杉矶的贷款——我听出了他的言外之意——阿什拉夫也是他们银行"内部团队"中的一员。

几天后，在坦帕市，我和十个海关人员碰了面。我向他们简要地介绍了过去一段时间发生的事情，并就将来可能会发生的意外情况进行了概括性的分析，同样，他们也向我简明扼要地介绍了本次行动在其他城市的进展情况。

艾米尔听说，下次那辆大货车到达底特律的时候，底特律办事处计划提交宣誓陈述书以申请搜捕令，以便他们到希拉尔多兄弟的住所和仓库搜缴现金和海洛因。这完全违背了我们邀请底特律特工参与行动时他们对我们的承诺。他们没有理由不效仿迈阿密和洛杉矶办事处的做法：让州和地方警察精心组织看似偶然的搜捕行动。很显然，底特律办事处正在收集各种犯罪证据，以期得到上级机关的嘉奖，从而获得提升的机会。这件事再一次证明了我们自己的人甚至还不如我们的对手可靠。而且，据史蒂夫说，蒂施勒竟然支持底特律的这种做法。

"难道没有人仔细考虑过吗？"我愤怒了。"如果他们提交那样的宣誓陈述书，那些文件会将我和艾米尔所做的一切都泄露无余。即使宣誓陈述书是密封的，那也只是意味着我们的秘密行动就被装在法官书记员办公室的一个密封的信封里。与我们打交道的那些组织甚至连国家总统都能买通，一个小小的书记员又算得了什么！他们的狗屁行动会将我们置于死地！"

我建议，我们强制执行一项计划——监视迈阿密的那辆大货车，当它开始向北行驶的时候，我们办事处可以协同公路巡警和农业部的检查员，在佛罗里达州—佐治亚州边界附近的一个检查站精心策划一场临时搜查，及时收缴他们携带的可卡因。

马克支持我们的回应方案，但是为了能够让方案实施下去，我们办事处还须向上级机关提交一份书面申请。

"史蒂夫，我没有任何后顾之忧，"我说。"在领导眼中我是个捣乱分子，所以还是由我把备忘录提交给你吧。你再把它一层层地向上递交，我想领导们肯定得处理这件事。我会在备忘录上详细说明为什么底特律的计划会破坏整个行动。"

当晚，我匆匆赶写了一份备忘录，第二天将它放在了史蒂夫的办公桌上。在这份备忘录一层层地上交至总部期间，史蒂夫告诉我，虽然他不以为然，但蒂施勒不喜欢我事事都写书面材料的习惯。可能这一点令她很难对实际发生的事情撒谎。华盛顿的海关和司法部的工作人员最终肯定要对坦帕和底特律之间的纠纷进行裁决，但我可没时间等那些官僚们作出决定了。

打回洛杉矶已是迫在眉睫。

十、洛杉矶的"非常人物"

加利福尼亚州，洛杉矶国际机场

1988 年 3 月 17 日

我们到达洛杉矶国际机场，走下自动扶梯的时候，看到阿尔凯诺正在外面等候我们。"鲍勃，凯茜，欢迎你们的到来。我的车就停在外面。"

我们收拾好行李，随他来到一辆老式的黑色劳斯莱斯"银影"旁边。可以看出，他对自己的这辆车颇感自豪。他开车带我们来到当地的一家饭店，他的妻子格洛丽亚也来到这家饭店与我们一起用餐。快吃完饭时，他隆重地宣布道："鲍勃，一会儿你们走的时候，请开上格洛丽亚的这辆保时捷汽车吧。在城里的这段时间，你尽可以使用它。明天早上，我们到特法里珠宝首饰店会和，那是我在市中心开的一家珠宝店。我们在那儿聊一聊，我再带你参观一下我的一些珠宝存货。如果你们愿意，明天晚上我们可以在外面吃饭。后天，我要带你们到市里逛逛，然后回我们家吃晚饭。"

阿尔凯诺正在使出浑身解数，试图打动我们。

凯茜感谢了阿尔凯诺夫妇的好意，然后补充说："我正迫不及待地想看看你们商店里的戒指。鲍勃答应给我买一件值得珍藏一生的特殊礼物，以此来纪念这次旅行，他可得兑现他的承诺呦。我猜这件礼物就藏在你们珠宝店的某个地方吧。"

阿尔凯诺忍不住捧腹大笑。"别着急，小甜心。我保证你能在我的店里找到你心中渴望得到的任何东西！"

也许如此吧，但是他为什么要让我们开他的这辆保时捷汽车呢？我们向那辆汽车走过去，我低声对凯茜说："不要在车里谈正事。它可能是个圈套。"

我们开车驶向宾馆的途中，凯茜在车里翻了个遍，但是没找到任何可疑的东西。无论如何，我们还是假定车里装了窃听器。

第二天，我们参观了阿尔凯诺的珠宝店，那是一家私营的专卖店，位于洛杉矶市中心南山大街一幢办公大楼的十一层。特法里珠宝首饰店的店面装有厚厚的防弹玻璃和高科技的安全系统，十分惹人注意。我们在那儿逗留期间，几乎没有顾客光顾，所以我们有机会做了一次深谈，当然整个谈话都被藏在我公文包里的录音机录了下来。

阿尔凯诺想让我以我的抵押放款公司的名义为他们的安地列斯拳击宣传推广公司伪造一笔贷款，他和萨瓦拉正利用他们这家公司宣传即将在迈阿密举行的拳击冠军卫冕赛。我建议他为他的价值数百万美元的豪宅设定一份留置权作为虚假的抵押，这样就能合法地将他的 5 万美元贩毒黑钱从我的抵押放款公司转到他的宣传推广公司。

接下来我们进入了下一个议程。阿尔凯诺在洛杉矶市中心计划修建一幢公寓大厦，为了帮他掩盖为该项目投资的第一批 50 万美元施工款的真相，我们需要创立几家幌子公司、伪造一些贷款文件和服务协议。他放心地让我全权安排这个投资项目以掩盖他真实的物主身份。

午饭前，阿尔凯诺给凯茜看了一些钻石和各式各样的戒指，鼓励她大胆从中挑选。阿尔凯诺眉开眼笑地悄悄告诉我，他将在两天之内把这枚戒指调整好尺寸，镶上钻石，这样，到去他家用餐时我就能及时地把这枚戒指送给凯茜了。

吃午饭的时候，我趴在阿尔凯诺的耳边问："罗伯托，这枚戒指我该给你多少钱？"

"不值一提，我的朋友，"他说。"我很乐意为你和你可爱的新娘带来快乐。这枚订婚戒指就算是我送给你的礼物吧。"

回到宾馆，我去公共电话亭打了电话，向办事处做了简要汇报，然后就关键的日期、时间和证词做了一些记录，随后把记录藏在我公文包的那个假的夹层里。等我们回到佛罗里达州之后，我根据这些记录写了一份备忘录，记录下了这次旅行中发生的大事。

当日余下的时间里，我和凯茜开着保时捷在城里颠簸了七英里，粗略地看了看风景，一直等到约好再次与阿尔凯诺夫妇会面的时间。一起吃过晚饭后，阿尔凯诺坚持带我们去当地的一家俱乐部，在俱乐部的舞池里，我和凯茜在我们各自的舞伴耳边说了一堆的恭维话，同时还有谎话。这太轻而易举了，你可能会这样认为，但事实绝不像你表面上看到的那样。任务一个个地接踵而至，令你应接不暇；面对面地与重要罪犯打交道时产生的巨大的身心刺激……所有这一切最终会让你的感觉麻木，因为原本不正常的环境要被做正常化的处理，而长年累月保持这样的状态会使你精疲力竭。你靠谎言为生。外表悠闲自在，内心却焦虑不安，一而再、再而三地检查确认自己是否不经意地表现出了一些迹象，从而暴露了真实身份。在很多时候，放弃伪装的角色似乎比坚持它更容易些，但你不能有一分一毫的闪失，因为你还得扮演"扫雷者"的角色，在装作享受上流社会生活的同时，时刻要想着收集周围的每一处犯罪线索。

"我要把你介绍给我在麦德林集团的一个朋友，他可是个重要人物，"在第二天吃午饭的时候，阿尔凯诺低声说。"他的妻子就是麦德林的一个'非常人物'的侄女。我想，你会发现他很……有趣。"

那么，也就是说，他要给我介绍一个重要的贩毒分子了。很好。

午饭后，阿尔凯诺建议女士们去疯狂购物，他则声称带我去拜访一个朋友——见了面才知道，那个人就是他的裁缝。

"我想给你提点儿建议，"裁缝说。"你的着装尚可，但还需提升点儿档次。我们进来看看吧，我给你介绍我的一个朋友，让他给你量身订制几套合体的新衣服吧。"

我现在身上穿的这套衣服价值数千美元，是我自己掏腰包购买的。很显然，在他的眼中这还不够档次。在阿尔凯诺的帮助下，我挑了两套衣服，裁缝将衣服在我身上比量着，用大头针别住，然后作出标记。阿尔凯诺站在一旁看着，说，"这几套衣服看起来好极了。我明天会派人帮你取回去。这些衣服很时尚，看上去更像迈阿密的沙滩休闲装，而不是华尔街的职业套装。"

当我们与两位女士再次见面的时候，我发现，同样的，格洛丽亚也为凯茜挑选了几样东西——但是我无暇顾及这些，因为我的脑子已经被当天晚上的会面占据得满满的。阿尔凯诺送给我们的礼物中，我最欣赏的就是他安排的这次会面，让我有机会见到另外一个与卡特尔集团合作的贩毒分子。

天黑之前，我和凯茜驾着阿尔凯诺的保时捷，沿着帕萨迪纳山丘之间的帕特尼路行驶。帕特尼路是一条狭窄弯曲的小路，路边尽是豪宅别墅。当我们接近位于阿尔凯诺的私家车道尽头的电子大门时，门缓缓地敞开了，在我们的面前出现了一条约一百英尺长的陡峭小径，小径向下倾斜延伸到一个大喷泉处，喷泉正对着的就是阿尔凯诺的豪宅。车道上停着两辆劳斯莱斯、一辆两门的奔驰跑车，还有几辆小轿车。一座独立的建筑是仆人们的住房，车库也是独立的，但被改造成了办公室。我们正要下车，两只巨大的杜宾犬①径直向我们窜了过来。在阿尔凯诺的大声呼喝下，它们停下不动了。

"哦，别担心，"阿尔凯诺看到我们有点惊慌，说道。"它们没有恶意。"

是啊，有没有恶意还不是你说了算！否则，几分钟之内我和凯茜就没命了！

"鲍勃，这是我的好朋友胡安·托帮。他到我这儿来做客，他在迈阿密也有家。胡安是麦德林的人。"阿尔凯诺还向我们介绍了他的两个十几岁的女儿，葆拉和克劳迪娅，以及他的女仆和另外一个佣人。

我们走进他的家——面积不会少于 4 300 平方英尺——格洛丽亚急忙出来迎接我们。"哦，凯茜，很高兴又见到你了，鲍勃，感谢你能过来与我们一起共度良宵。"

---

① 一种德国种的短毛猎犬。——译者注

阿尔凯诺家的室内装修非常精致典雅，呈现着一种东方的情调。木架上分别摆放着四个巨大的玉雕，每一个玉雕都超过二英尺长。房子里到处可以看到象牙雕刻的艺术品，我注意到，墙壁上挂着一幅夏加尔的油画和一幅米罗的铜版画。房子的整个后墙是一面透明的玻璃墙，透过玻璃可以看到对面的小山上有一个巨大的石头平台和一个池塘，从那里可以俯瞰"玫瑰碗"体育场①。

但是，整幢房子里最吸引我注意的建筑细节，应该是主卧室壁橱里藏着的一个四英尺高的保险箱。我想象着，到我们的特工搜查这套房子的那一天，一定会证实那个保险箱里藏着的是一座金矿。

"我想要你帮忙，"阿尔凯诺说道。"帮我伪造一笔 50 万美元的贷款，以此为借口，我要用这笔钱来改造我的这幢房子。我想修建一个高架网球场，一个地下停车场，还想再扩建 4 200 平方英尺的生活空间。我想我很快就能付给你现金来抵消这笔'贷款'。然后你就能伪造一些文件，通过你的抵押放款公司将这笔钱取出来。"

我用意大利语回应道："*Un pedazo de torta.*"——小事一桩。

我们在起居室里坐下来，品尝着他从老家智利捎回来的上等葡萄酒，吃着餐前小点心。之后，我们所有人来到餐厅，开始享用一顿包含七道菜的丰盛晚餐。

在整个用餐期间，托帮一直骄傲地宣称，他是萨泰里阿教的忠实信徒——萨泰里阿教是诞生于加勒比海地区的一门"非洲—古巴"宗教，即非洲的黑奴被运到西印度群岛后受到古巴天主教的影响从而产生了该教派。这个秘密教派在南佛罗里达许多从事毒品交易的人当中非常盛行。直到托帮公开承认他信奉萨泰里阿教，我才突然明白为什么他脚上穿的一只袜子里有个奇怪的鼓包。原来那是一个护身符，里面装着药草、死亡动物身上的器官，以及其他的宗教仪式用品。这下，凯茜看手相的嗜好派上了用场。她给在座的每个人都看了手相，让他们感觉非常有趣。

---

① 美国洛杉矶著名的大球场，可以容纳十万人。这个耗资数千万美元、由专家设计建成的巨型大球场，外观宏伟，内部设施科学。每年元旦，这里都举行美国橄榄球大赛，由美国各大学橄榄球队参赛。——译者注

托帮也没有隐瞒对 Los Feos 的仇恨。联邦特工侵犯了他的权利，因为他们在得克萨斯州没收了他的一架装有可卡因的双引擎飞机，还在加利福尼亚州没收了他的一架花费 75 万美元现金购买的喷气式飞机。

饭后，我、阿尔凯诺和托帮来到房后的那个石头平台，俯瞰坐落在山谷里的"玫瑰碗"体育场、布鲁克塞得高尔夫球场和山麓公路。在夜晚闪闪的星光下，阿尔凯诺和托帮敞开了心扉，向我述说了他们的毒品贸易情况。

"诺列加一定是个白痴，"阿尔凯诺说。"乔治·奥乔亚"——阿尔凯诺的合伙人法比奥·奥乔亚的父亲——"上周曾给诺列加送去一个里面藏有一张字条的袖珍棺材，警告诺列加，如果乔治的钱在巴拿马有任何损失的话，诺列加就能用上那个棺材了。字条上写的是'奥乔亚家族'。"

他们在谈话中还非常坦白地透露，托帮的妻子克拉拉是麦德林卡特尔最臭名昭著的成员之一乔斯·罗德里格斯·加切的侄女，"El Mexicano"①。

当我们的谈话转到诚信问题上时，托帮开始试探起我的"诚信"来。"鲍勃，我在麦德林拥有一片二百英亩的高山牧场。我们在牧场里养着马和牛。我很愿意邀请你和你可爱的妻子到我们的牧场做客，那样你就能亲眼目睹哥伦比亚的美景了。"

"还是让我告诉你吧，"阿尔凯诺插话道。"如果你和你的家人能到哥伦比亚与我们共度一段时光，我们大家都会感觉更加放心的。你知道，不愿去那儿的人最有可能是 Los Feos 了。而到那儿与我们会面不仅会让所有人都放下心来，而且可以为你的生意带来意想不到的收获。"

情况紧急，但我是有备而来。

"罗伯托，我爱你就像爱自己的父亲一样，所以我要像一个儿子那样向你坦白：我所做的一切都是为了我的家族利益。我与你合作的生意只是我们额外的收入。我的主要职责是对那些我为之服务了多年的人负责。我担心我的哥伦比亚之行会引起 Los Feos 的怀疑，从而危害到我家族的利益。即使我真的要去哥伦比亚，也必须要找到一个无懈可击的商业动机。如果我正为哥伦比亚的商人管理着几项投资项目，我就可以以此为借口。

---

① 西班牙语，意为"墨西哥人"。——译者注

你的人如果有诚意，让我来管理他们的一些投资项目，他们可以到一个类似于圣何塞那样的普通度假胜地等待与我见面。一但我得到通知，不出一周，我就能赶到那里与冈萨洛和麦德林来的客户们会面。欢迎你介绍的所有人到那里与我会面。"

"我完全理解，"阿尔凯诺开始回击。"但是，如果从哥伦比亚人的立场出发，我们不得不把方方面面都考虑周全。我们必须要把所有人都掌控在手中。我有一个朋友叫亚历山德罗，他曾派他的保镖去暗杀哥伦比亚的司法部长。虽然最终他的人被持有五架机关枪的哥伦比亚军队抓获了，但他也只是付了100万美元，就把一切都一笔勾销了。我们有这样的能力。我和胡安·托帮在麦德林拥有一座度假村，被称作圣杰罗尼莫。那里专门用来举办一些高端会议，'非常人物'们在那里会面感觉很安全。你应该到那儿去，然后我将安排你与那些掌控大局的人们会面。"

其实，我一直在等待着这样的邀请，但是海关绝对不会允许我接受它。我正不知该如何回答，格洛丽亚和凯茜来到房子后面，登上这个平台加入到我们的谈话中。看到她们朝我们走过来，阿尔凯诺悄悄地塞给我一个信封，里面装着那枚订婚戒指。我向凯茜求婚，将戒指送给她，在场的每一个人都信以为真。在此之后，免不了有些时候阿尔凯诺会怀疑我是个警察，但此时的场面日后总能让他否定自己的这个怀疑。

之后，阿尔凯诺开始大大方方地提要求了。"鲍勃和凯茜，我想邀请你们在4月8日那天到迈阿密，与我们一起到现场观看我正在为之宣传的世界拳击卫冕赛。鲍勃，我们能做点什么特别的事情来庆祝这个盛况呢?"

他想要我做出点别出心裁的事情。到目前为止，我们从这次行动中赚到了数百万美元的利润，如果从中拿出大约1万美元为罗伯托做点什么博取他的欢心，让他主动将他做贩毒生意的朋友带到我们面前，也是非常值得的。

"我很高兴，"我宣布道。"做东在比赛当天为你和你的二十五位客人举行一个派对。在比赛的前一天晚上，我和凯茜将在迈阿密举办一场晚宴，届时，如果能邀请到你和你的朋友们前来参加，我将感到不胜荣幸。"

听到我宣布这个决定，托帮也变得活跃起来，他问我："你什么时候回到迈阿密?"然后他邀请我回到迈阿密后与他一起去见他的一个朋友。

我不知道他是何用意，但还是答应了。

快接近午夜时分，派对结束了。那是非常有收获的一个夜晚。回到宾馆时，时间已经太晚，不能再给远在东海岸的办事处打电话了。于是我花了一个小时的时间记录下那晚谈话的主要内容，藏到我的公文包里，然后筋疲力尽地进入了梦乡。

第二天上午，阿尔凯诺打来电话告诉我们说，他是那么喜欢与我们在一起，而且，他对凯茜是那么一见倾心。"我们喜欢她，我们非常尊重她……现在你应该完全了解我们是什么样的人了吧。"

在我们离开洛杉矶之前，我给阿万的朋友、国际商业信贷银行洛杉矶分行的经理伊克巴尔·阿什拉夫打了个电话。在我登上返回坦帕的飞机前，我们在机场的休息室见了面。我一下子明白了为什么阿万和他能够相处得如此融洽。他们的模样和行为举止就像一对双胞胎。

我向阿什拉夫解释了国际商业信贷银行各地分行一直帮我进行的交易的实质，还向他挑明，我知道他能帮助我们在美国境外安排秘密用作贷款抵押的资金存款，然后将贷入的资金通过他的分行支取使用。我指出，我的客户是哥伦比亚人，他们在美国经营着能够产生大量现金的业务。我还告诉他，乔治·奥乔亚也在我的客户行列，他刚刚给诺列加送去一个藏有一张恐吓字条的小棺材。

阿什拉夫对这些毫不关心。他只是回答说，他希望我能安排好我客户的资金，将它们通过国际商业信贷银行的海外分行中转后，存入洛杉矶的分行。他乐意帮我先将这些资金隐藏在能够提供庇护的国家里，把它伪造成海外贷款的秘密抵押品，然后再带回洛杉矶，在那里，他的分行就能够操作这些资金了。他满面笑容地督促我，让我作好准备之后马上联系他。

底特律提交的宣誓陈述书未被批准，他们试图搜查希拉尔多兄弟住所的计划落空了。我们在洛杉矶的行动也取得了巨大的成功。现在，是在卡特尔集团内部结交几个新朋友的时候了。

十一、引"君"入瓮

哥斯达黎加，圣何塞
1988 年 3 月 23 日

在哥斯达黎加国家航空公司的莱克沙航班上，每一位乘客都可以随意地畅饮香槟酒。我和艾米尔在离开佛罗里达之前就已经制定好了下一步的行动计划，但是，当我们乘坐这架航班飞越墨西哥湾时，还是悄悄地又将它温习了一遍。

"你已经牢牢地牵住了冈萨洛的鼻子，他对你可谓言听计从，"我对艾米尔说。"在他看来，你较我对他更为忠诚，因此，我们可以充分利用他对你的这份信任。如果与哈维尔·奥斯皮纳的谈判陷入僵局，我们就提出休息一会儿，到时我会找个借口从你们几个身边走开。趁我不在的时候，你设法让他向你把一肚子的苦水全倒出来，借机搜集对我们有价值的内部情报。我必须采取强硬手段跟他们周旋下去。我敢肯定他们的洗黑渠道不止我们这一条，但是由于巴拿马方面的资金被冻结了，在他们眼里，我们应当是不错的选择。"

"这次旅行必须要完成两件事：首先，我们一定要赢得那些家伙的信任，让他们允许我们在更长的一段时间里持有他们更多的资金。这将有助于我们在最终结案时缴获更多的资金。另外，这也正是国际商业信贷银行

133

那些家伙们想得到的。他们太渴望获得那些存款了。第二件事是，设法得到奥斯皮纳的帮助，让他诱骗他的那些老板们去欧洲参加一个会议。我们要想办法录下他们在会议上的谈话。"

"奥斯皮纳的老板们肯定会把留给你支配的现金数额压到最低，"艾米尔接着说。"他们肯定会据理力争的，但我们也要尽量争取。目前巴拿马分行那边乱作一团，而对你来说，这是个好机会。不过，兄弟，我希望你带上你那双能够跋山涉水的大马靴，因为到那时候，你不得不施展你的游说技能，信口开河，滔滔不绝……地板上一定会因此堆积起一堆一英尺高的牛粪来。"①

我们哈哈大笑。

我们在哥斯达黎加顺利入关。之后，我们在一家偏僻的餐馆与海关安派在美国驻哥斯达黎加大使馆的一位特工短暂地见了一面。行动的基本原则已预先通知了他，但我们还是又重申了一遍。

除非确实需要帮助，我们在圣何塞期间不会再与任何执法人员有见面接触的机会。每隔六个小时，我必须要与当地海关的特工或者坦帕办事处至少通一次电话。我们事先制定好了计划，让坦帕的一名特工拿着我的手机，我每次汇报情况时都拨打那个号码。而每次我汇报的无外乎是"一切顺利，按计划进行，我们很准时"之类的情况。毫无疑问，我们住的宾馆房间里的电话被监听了，房间里也被装上了窃听器，卡特尔追查我们在宾馆房间里所打的电话记录，从而获得我们拨打过的电话号码。当不得不使用真实身份进行交谈时，我们只能另外找个地方，确保自己的谈话不会被监听、行动不会被监视。

出租车十五分钟后将我们送到位于埃雷蒂亚市②的海拉杜拉度假酒店。这是家豪华酒店，酒店内设有一家赌场，巨型游泳池配有池滨酒吧，还有健身房和各式各样的美味佳肴。我们的所有活动都安排在这家酒店里，足不出店可以避免在酒店外遭到绑架或者暗杀。穆拉和他的妻子以及奥斯皮

---

① 这里艾米尔巧妙地利用了 bullshit 一词的双重含义："牛粪"和"胡说"。——译者注
② 哥斯达黎加中部城市，位于圣何塞北面。——译者注

纳已经办理完入住手续。我们也马上办理了入住手续，然后在铺着蓝色瓷砖的游泳池旁找到了他们。他们正躺在休闲椅上晒太阳。

"鲍勃先生，"穆拉宣布道。"这是我的好朋友哈维尔·奥斯皮纳。"

"*Buenos tardes*①，哈维尔，"我用西班牙语打着招呼。"*Bienvenido a Costa Rica*②." 然后我对艾米尔说："请告诉哈维尔先生，对于他不辞辛苦远道而来与我们会见，我们由衷地表示感谢。大家今天都旅途劳顿，所以还是让我们先放松一下，生意上的事明天再说吧。"

两个多小时里，我们一起啜饮着冰镇果汁朗姆酒③，故意闭口不谈生意上的事。穆拉大谈特谈他曾陆续体验过的我们提供的服务：私人飞机、劳斯莱斯汽车、经纪公司、与国际商业信贷银行的交情、包机服务、投资公司——喋喋不休地。实际上，穆拉本人成了我们清洗黑钱服务的最佳免费广告。

晚上八点我们又在酒店大厅碰了面。虽然我更愿意在酒店里吃晚饭，但是这两位来自哥伦比亚的朋友却想去附近的餐馆用餐。晚饭后，我们乘出租车来到圣何塞市中心附近的迪斯科广场，这是个俊男靓女们聚集的高档娱乐场所。我和艾米尔轮流与露茜跳舞，奥斯皮纳则专门寻找那些吸引他眼球的女士。

他看上去很像《绅士季刊》④ 上的模特：身材不高，但穿戴整齐得体——这令他看上去颇有几分风度。在成为卡特尔的经纪人之前，他曾在麦德林的一家银行供职。尽管奥斯皮纳在舞场上接连与俱乐部里的许多女士跳舞，但其间他总会面带微笑地返回到我这里，偶尔还会把手放在我的后背上上下摸索，像是想摸摸我衣服里是否藏着窃听器，同时嘴里还咕叨着："鲍勃先生，咱们马上就有大生意做了。"

我们返回酒店时已经是凌晨三点了，我对艾米尔说："这家伙很多疑，在跳迪斯科的时候，他至少四次凑到我身边，一边和我说话一边不停地用

---

① 西班牙语，意为"午安"。——译者注
② 西班牙语，意为"欢迎光临哥斯达黎加"。——译者注
③ 一种用凤梨汁、椰子汁和朗姆酒调配而成的鸡尾酒。——译者注
④ "*Gentlemen's Quarterly*"或"*GQ*"，美国男性时尚杂志，由康泰纳仕出版。——译者注

手上上下下摸我的后背，好像是在找窃听器。"

"别瞎说啦！"艾米尔对我说，认为我的思维好像不太正常。"你太累了，快上床睡觉吧。"

第二天午餐过后，我们开始洽谈第一桩生意。我通过我的投资公司在美国的账户给穆拉签署了四十六张空白支票。这样，在巴拿马的账户被冻结期间，他可以通过这些支票来给我的哥伦比亚客户付款。

"鉴于巴拿马目前的形势，"奥斯皮纳这时开了腔。"可以肯定，巴拿马那边已经冻结了我们的账户。"

我告诉他我已听到了一些风声。"罗伯托告诉过我，乔治·奥乔亚曾经给诺列加送过一口棺材。"

奥斯皮纳答道："这就是他的哥伦比亚式处事方法，不管是谁给他制造了麻烦，他从来都是给那个人送去一口棺材。"

接着奥斯皮纳告诉我，我们有一个竞争对手——巴拿马的一家银行。"它就是西部银行，我的老板在这家银行里有一大笔美元存款。这家银行为他提供绝对安全的服务。"

西部银行是如何将巴拿马冻结的资金提供给他的呢？为什么国际商业信贷银行不能办到？我列出了阿万曾向我解释过的所有的借口，并且同样向他们保证，巴拿马分行在一周之内就能恢复正常。奥斯皮纳对此还算满意。但是为什么西部银行能够如此随心所欲地处理卡特尔集团的资金呢？——这让我很感兴趣。

奥斯皮纳这次来哥斯达黎加的目的，就是了解我的洗钱系统，并评估它的运作能力。他的老板现在有一大笔钱需要清洗。如果我能证明，我的组织有能力为其处理数额庞大——庞大到没有限量的资金，那么他的集团每个月将交给我清洗的现金将达到大约 5 000 万美元：休斯敦 800 万，洛杉矶 1 000 万，纽约 1 000 万，以及底特律 2 000 万。

我在脑中飞速计算着。以平均批发价每公斤 12 000 美元计算，这些数字意味着在上述那些城市，每个月至少有 4 116 公斤的毒品被交易——这还不包括芝加哥、迈阿密和费城。很有可能还有四到五个洗钱组织在同时运作，每个组织都吸纳同样多的现金。数额之巨大，简直令人触目惊心!

会谈中，奥斯皮纳做了件足以让他掉脑袋的蠢事儿——如果被他的老板知道的话。他用我的宾馆电话跟唐·切倍联系，因为是通过宾馆的电话接线员转接的，所以，他报出的几个电话号码都被录在了藏在几英尺以外的公文包中的录音机上。从他这方面来说，这个举动显然是愚蠢至极，但是我们却趁机获得了四五个唐·切倍在麦德林的电话号码。奥斯皮纳终于与唐切倍联系上了。

"告诉他我是哈维尔，我打电话找他有事……对，我是'宝藏'哈维尔。""'宝藏'哈维尔"是奥斯皮纳在麦德林的绰号，因为他替卡特尔管理着巨额财富。"最近还好吗，老兄？……好啊，老兄……听着，老兄，我现在正在与人会谈。是有关那些'文件'的事（'文件'是货币的暗号）……是的，就是那些'书'的事（一大笔钱）。昨天'太空人队'（休斯敦）那儿有个活动。你知道被转移的数额有多大吗？……好的。当然具体数字还没有清算出来。所以，我想知道下次谈判我们要处理哪批'文件'？……嗯……在哪个城市？噢，是的……但是你有没有跟你的父亲讲过，下一个替代地是哪儿？（暗号：由于巴拿马的原因，以后的钱应该通过哪里周转？）那么，是不是应该先在这儿把事情安顿好，然后再去那儿商讨？"

唐·切倍想把从休斯敦收集到的钱电汇到他在乌拉圭的账户上。这再次让我感兴趣。乌拉圭也曾是阿万首选的可以替代巴拿马的地方，而且在"双鱼座"行动之后，他在哥伦比亚的客户已经将账户转移到了那里。国际商业信贷银行与卡特尔的想法竟然不谋而合。但这绝非巧合。

我向奥斯皮纳进一步解释说，我们的组织提供的系统服务是世界上独一无二的。我们的许多公司受到列支敦士登基金会的庇护，而列支敦士登基金会拥有卢森堡信托公司，反过来，该信托公司的名下又有其他一些海外公司，而这些海外公司在隶属于我的投资公司的许多现金周转公司都持有股份。我们在纽约证券交易所的席位是举足轻重的，我们的抵押放款公司也一样。我们的飞机包租服务可以把钱从美国转运到巴哈马群岛。我可以把在国际商业信贷银行享受的一切服务提供给他，包括在全球范围内开辟多个账户，瞒天过海地转移资金，最后将资金注入到奥斯皮纳的组织。这一切只需几个小时就能完成。

听我介绍完所有情况，奥斯皮纳提出了一个延长洗钱周期的建议，时间由原来的十天增加到了三十天。由于我们每月接收的现金总额不会少于1 200万美元，所以他主动提议，在这三十天之内，我可以随意支配其中的1 200万美元的现金。我曾提过要求，在为他们清洗每笔黑钱时，抽取其中的25%，在我手中保留六个月的时间。他的这个建议就是卡特尔对我上述要求作出的反应吧。

我告诉他，支配多少资金并不重要，重要的是处理这些资金的方式。我们看上去要像投资顾问。我们不能像个洗钱机器那样，从美国吸入大量现金再将其运往世界各地。我们必须要做做样子，当联邦特工盯上我们的时候，要让他们看到，我们正在从事真正的资金管理生意。要想达到那样的目的，唯一的办法就是留出每笔钱的25%，在我手上呆上半年，其间我会将其存入定期存单或者拿它做点保守的投资。

"我想我很愿意考虑你提的条件，"奥斯皮纳回答说。"但不能是那么高的比例。"他提了个建议来反对我们的要价，他说，他的老板允许我们从每笔交易中抽取10%用来投资。我反驳说，不能低于15%。

这个比例对双方应该都合适吧，所以奥斯皮纳没有再继续讨价还价，而是提议45天之内到巴黎会面。届时，他和他的老板们可以与我一起坐下来敲定具体的细节问题。正合我意！我欣然接受，同时建议休息一会儿。该更换录音机的磁带了。

艾米尔走出房间时，奥斯皮纳警告他说："自打'双鱼座'行动以来，我的老板们就痛下决心，谁要是胆敢在洗钱生意中对他们做手脚，将必死无疑。"他的话绝非戏言，这些人可是心狠手辣，说到做到。

返回房间后，我们又就如何帮助卡特尔洗钱的问题讨论了两个多小时。我的抵押放款公司可以资助他们的购买和投资行为。下面的想法很合奥斯皮纳的意：卡特尔集团仅需做到把他们的巨额现金交给我，他们可能想用这笔黑钱购买像喷气式飞机这样的高价物品，而我要负责把这笔钱先清洗干净，伪造成表面上看起来就像是我的抵押放款公司贷给他们的款，然后他们再用这笔钱去购买飞机。

"听着,"奥斯皮纳摇头晃脑地说。"实际上,人们也可以通过我们集团做成很多生意,比方说,买汽车或者买飞机等。就在最近,大概两个月之前,我们还用现金买了四架飞机。我们集团现在拥有大约五六架直升机。维修保养及各种零部件,还有在迈阿密买的奔驰汽车……想想吧,哥们,这挺有趣的吧。"

奥斯皮纳还向我们解释说,驻扎在迈阿密的商务机驾驶员们正在将大笔的现金偷运到哥伦比亚和乌拉圭。这些人诚实可信,因此卡特尔集团让他们专门负责转移在迈阿密收集到的现金。在费城,奥斯皮纳的手下还没有找到洗黑钱的渠道,因此他们正用汽车把现金运送到休斯敦去做处理。

这场马拉松式的会谈结束前,奥斯皮纳特别强调了一点——穆拉下在我和艾米尔身上的赌注不仅仅是他的名声,他早已赌上了他的身家性命!如果由于我或者艾米尔的卷入而生出什么差错或者给他们造成任何损失的话,穆拉就死定了。穆拉在奥斯皮纳直言不讳地警告他之前很久,就知道可能会出现的结局了。他曾牵线把我们介绍给阿尔凯诺,现在又将我们介绍给奥斯皮纳。如果我们携款逃跑或者最终被证明是联邦特工,他必招致杀身之祸。当奥斯皮纳大谈穆拉面临的后果时,穆拉看上去一副听天由命的表情,他已经没有回头的余地了。无论如何,他对艾米尔是彻头彻尾地信任。毕竟,在他看来,埃米利奥·多明戈斯怎么可能会是联邦特工呢。

会谈结束后,距大家在酒店共进晚餐还有三个小时的休息时间。我和艾米尔到酒店外去散步,我们深一脚浅一脚地穿过一片墓地——这里正是我们要找的地方,不仅因为周围一片死寂,空无一人,我俩可以毫无顾忌地交谈,而且还因为刚刚奥斯皮纳非常严肃地预言了穆拉的死亡结局。

"这帮笨蛋动真格的了,"我说。"我们已经介入了以往的卧底特工从未触及的领域。我们的目标本是猎捕大海中最大的鲸鱼,但是现在我们已经被鲸鱼吞掉了,我们正在鲸鱼的肚子里。"

"我同意,"艾米尔回答说。"直觉告诉我奥斯皮纳的话可不是信口胡说。这家伙玩真的了,所以我们的处境险恶。这些家伙杀人不眨眼,我只希望关键时刻有人能助我们一臂之力,让我们能够顺利蒙混过关,因为这些家伙不是在开玩笑。一旦他们弄清楚咱们的底细，恐怕我们的尸体都没有人能找得到。这事变得越来越严重了。"

"这次巴黎会谈意义重大。随着与冈萨洛关系的日益亲近，你将成为他信任的不二人选，他会向你透露他们那边参加巴黎会议人员的秘密名单。提前从他那里挖出这个情报至关重要。我们回旅馆吧，在重返舞台之前，抓紧时间清净几个小时。回去我还要把我们与奥斯皮纳的谈话内容做一下记录，然后藏进我的公文包。"

做完记录，我顾不上沐浴更衣，便与他们一起到海拉杜拉饭店用餐。穆拉正满脑子盘算着他未来能挣到多少钱——既然他已经帮我们通过了奥斯皮纳的信任测试，他就能赚上一大笔了。第一瓶葡萄酒被打开了，我举杯提议道："为了我们的密切合作，为了忠诚和友谊，为了我们即将开始的美好明天，干杯！"我们手中的玻璃酒杯碰得"叮当"作响，一时间引起整个餐厅里客人的关注和好奇，但我们才不管那些呢。到了尽情享受的时候了。

一顿奢华的盛宴结束后，乘着酒兴我们再次前往迪斯科广场。巨大的扬声器里传出震耳欲聋的萨尔萨舞曲①和梅伦格舞曲②，我们必须扯着嗓子大叫才能让对方听清楚。在露茜·穆拉轮流与她丈夫、艾米尔和我跳舞之际，我看到奥斯皮纳舞动得比约翰·特拉沃尔塔③还要疯狂。休息期间，他又朝我走过来，像上次一样，他将手搭在我的肩膀上，然后滑向我的腰间，似乎又在我身上摸索窃听器。他仍然对我心存疑虑吧。

奥斯皮纳显然已喝得酩酊大醉，让艾米尔做翻译对我说："鲍勃先生，你在生意圈中认识一位姓特克的人吗？"

我回答说不认识。

"噢，他是芬兰驻哥伦比亚的一个领事。他负责为我们安排从美国和

---

① 萨尔萨舞（salsa）是一种热情奔放的拉丁风格的舞蹈。——译者注
② 梅伦格舞（merengue）是盛行于海地和多米尼加的一种交际舞。——译者注
③ 约翰·特拉沃尔塔（John Travolta），美国著名演员，1954年2月18日出生于美国新泽西州。20世纪70年代，他曾主演《周末狂热》和《油脂》等影片，因其在影片中出色的表演，掀起世界性的迪斯科舞热。——译者注

欧洲运送大笔美元现金。"接着又重复了一句:"鲍勃先生,我们要一起做笔大买卖。"同时又在我后背上摸索起窃听器来。**简直令人难以置信!**

凌晨三点钟,穆拉夫妇返回了宾馆。我、奥斯皮纳和艾米尔又消磨了个把小时才离开。我们拦了部出租车,我和奥斯皮纳坐在后排座位上。艾米尔则跳进前排座位,对出租车司机说:"我们想到海拉杜拉,但你能不能先带我们在市中心转转,让我们看看这里的景点建筑什么的。我以前从未到过圣何塞。"

司机极力想讨好我们,所以兴致勃勃地带我们开车驶过圣何塞的大都市教堂以及一些其他的建筑,这引起了艾米尔的浓厚兴趣。奥斯皮纳笑嘻嘻地看着我,又开始重复那句话:"鲍勃先生,我们要做笔大买卖了。"说着,他拍了拍我的肩膀,一丝淫邪的光忽然从他眼中闪过,这让我有些莫名其妙。

他醉醺醺地把手放在我的大腿上,嘴里含含糊糊地重复着那句话。我报之以微笑——但是,接着,他的手顺着我的大腿向上游动,猛地抓向我的裤裆处。这激起我的勃然大怒。我一直以为他想在我身上搜索窃听器呢,现在我才终于明白,他是想猥亵我!

千千万万个想法在我的脑子里碰撞着,是狠狠地踢他的屁股还是礼貌地让他停止他的下流行为,我犹豫着。毕竟,他是我们深入到卡特尔内部的关键人物。只要他一句简单的"是"或者"不是",就决定了我们在麦德林集团的命运。但是,我决不能受这份窝囊气——为了我祖国的荣誉,也绝对不能。

我厌恶地拉长了脸,两手紧紧地握在一起,将他推到座位的另一边,冷冷地瞪着他。"*Nada más*,哈维尔。*No para mi. No me gusta.*"① ——哈维尔,不要再那样做。那种事我不干。我没兴趣。

奥斯皮纳举起手做投降状:"*Lo siento, lo siento, Mr. Bob. No más, no más. Excusa me por favor.*"② ——对不起,对不起,鲍勃先生,不会了,不会了,请你原谅。艾米尔正聚精会神地观赏哥斯达黎加的建筑,根

①② 西班牙语。——译者注

本没注意到刚才发生的事。

回到酒店，我和艾米尔一起向房间走去，我说："那个狗娘养的企图在出租车后座上强奸我！你没看到吗？"

"什么?!"艾米尔半信半疑地说。"你喝多了，好好上床睡一觉吧。"

"我是认真的，我告诉你，那家伙是同性恋，我们有必要将此事告诉冈萨洛和他老婆。我不知道从现在起我们要怎么对付他，但是这几天他一直缠着我，就像一个高中生在班级舞会上发现了他的约会对象。我不管他平时都干些什么勾当，但与我们在一起时，我们一定要让这个混蛋老实点。"

"我们明天早晨再谈吧，"艾米尔打着哈欠说。"我几乎快睡着了。明早醒了我叫你。"

第二天一大早，我在房间就听到了敲门声。"这个狗杂种。"艾米尔咕哝着走进我的房间。

"发生了什么事?"我睡眼惺忪地问道。

"我正在淋浴时，有人敲门。我在腰间围了块浴巾，打开门一看是奥斯皮纳。他只穿着一套几乎透明的白色亚麻质地的衬衣和裤子。我记起你昨晚说过的话，从他脸上的神情看，我想或许你是对的。穿衣服吧，我们去找冈萨洛和他老婆聊聊，探探这家伙的底。"

没有找到穆拉和露茜，我们只好和奥斯皮纳一起吃早饭。他又恢复了热情友好的老样子。接着我们三人乘出租车到圣何塞市中心去购物。

趁奥斯皮纳正在一家商店里忙着买东西时，艾米尔拉住了我。"咱们把这个该死的家伙甩掉吧！我想去找穆拉和露茜，这样我们才能摸清他的底细。"

我俩跳上了一辆出租车返回宾馆，在大厅里找到了穆拉和露茜。

艾米尔直截了当地说："请原谅，露茜，不过，我不得不问一个私人问题，这样我们才知道有些事情该如何处理。据鲍勃先生讲，昨晚在出租车中奥斯皮纳对他动手动脚。是不是应该让我们知道关于他的有些事啊？"

穆拉夫妇都笑了起来，接着露茜回答说："你们知道为什么旅行时我一直陪在我丈夫身边？奥斯皮纳古怪变态，就像一张面值三块钱的纸币一样少见，而且他很主动，到处发骚。我绝对不会允许我丈夫和他一起出城去旅行，而我眼睁睁留在家里不管的。"

他们俩都突然大笑起来。

没有人关心奥斯皮纳的性嗜好，显然除了我以外，所有人都觉得那很有趣。但是，奥斯皮纳之所以认为可以胁迫我就犯，就是因为我需要得到他的帮助才能接触到卡特尔更高一级的头目。

"如果他不招惹我，我可以对他的所作所为视而不见。"我面无表情地转向穆拉，严肃地说。"但你必须告诉他，让他离我远点儿，如果他敢再那样做，我一定会让他后悔的。"

"没问题，鲍勃先生，我会把这件事处理好的。"

我们收拾好行李，又返回宾馆大厅和他们道别。

看见露茜从她的皮包里掏出一部相机，冷汗顺着我的后背流了下来。露茜说："鲍勃先生，冈萨洛，诸位，站到一起，对着我开心地笑一个！"迪斯尼世界那一幕又要上演吗？但这次根本找不到体体面面的后路了。我们已经做了太多冒险的事情，也说了太多冒险的话，这些足以将我们置于危险的刀刃上，几张小小的照片又能奈我何？于是，我和艾米尔用胳膊搂住穆拉和奥斯皮纳，面带微笑对准镜头。接着我、艾米尔和露茜又合了张影。这些照片用不了多久就会落到唐·切倍的手上。

在返回迈阿密的途中，我们的航班被临时滞留在尼加拉瓜机场。数架防空大炮排列在机场的飞机跑道上，尼加拉瓜军队正在保护机场免遭尼加拉瓜反政府武装的袭击，随时准备阻止任何未经机场安排的飞机突然降落。

回到家中的第一个晚上，家人对我都是冷冰冰的。但是，卧底工作正进行得如火如荼，在此期间试图向他们解释清楚一切，就像开胸手术后用绷带来包扎伤口，是阻止不了血液的外流的。

第二天我来到金融咨询公司。走进自己的办公室，锁上门，又像以往那样在里面翻腾了一番，检查看有没有窃听器。

我的心开始"砰砰"地狂跳起来，因为我发现，在我办公桌中间抽屉的下面竟然黏着一个看起来像监听器的东西。我小心翼翼地把它拆下来，放到盒子里，然后拿着它走进了埃里克·威尔曼的办公室。我打开盒子，不出声地指给他看我发现的东西。

我们俩一起凑上前仔细检查，然后都笑了起来。原来这个"监听装置"不过是一块手表的机芯。后来我才知道，公司里的一个职员留意到我总是有许多电话，来自巴拿马的，哥伦比亚的，甚至其他不知名的地方的。她和其他几个雇员开玩笑说我有可能是间谍，于是就想到，如果往我的办公桌底下黏上钟表机芯，一定会很有趣。这个毫无恶意的办公室恶作剧几乎引发了我的心脏病，同时也向我发出了警告：我的妄想症一定比我自己意识到的还要严重。

那天下午，卧底海关飞行员驾驶着我们的喷气式飞机飞往迈阿密，在那里接上了阿万和凯茜。当他们乘坐着飞机慢慢地滑行进入佩奇阿维杰特航空公司①的私人航站楼时，阿万指着另外一架飞机说："那是国际商业信贷银行的一架波音737飞机。我们将三架商务运输机改装成了豪华的私人专机，它是其中之一。飞机上设有生活区、卧室和厨房，并安排有全套的机组人员进行服务。"

真是令人惊叹！

接着他不经意地将话题转向了阿迦·哈桑·阿贝迪——国际商业信贷银行的总裁。"我的朋友阿贝迪先生，很不幸，他最近正遭受心脏病的困扰，现在还没有完全恢复健康，不能重返工作岗位。在今后几年内，我很有可能接替他的银行总裁职位……阿贝迪先生曾一度掌控着巴基斯坦最大的银行，这使得他与沙特阿拉伯和科威特的统治家族建立起了一定的联系。"

正是那些沙特阿拉伯人后来资助了国际商业信贷银行，并为他提供了资金支持，帮助他在全世界建立起分支机构。之后不久，阿贝迪亲手将阿万提拔起来并把他培养成为一名高级主管。

"欢迎光临坦帕，阿姆加德，"在坦帕"阳光海岸航空中心"，当阿万走下飞机舷梯时，我招呼他说。"你能来拜访我们真是太好了。你能成为

---

① 佩奇阿维杰特航空公司：Page Avjet。——译者注

我们的座上宾真是令我们三生有幸啊!"

至关重要的四天终于拉开了序幕。阿万一定会穷其可能地观察我们的一举一动,要让他看到我的确是一个高超的洗钱行家,正在与麦德林这样的黑社会集团合作。他和比尔格拉米最近显得有些坐立不安,也许是由于诺列加事件的影响。作为他们这个圈子中的一张新面孔,我准备在坦帕和纽约好好地款待阿万——给予他皇室般的礼遇,借此说服他和比尔格拉米相信我真的是桩大买卖。

我带着阿万和凯茜坐进我那辆奔驰 500 SEL 汽车直奔多米尼克的宅邸而去,这是我有意安排的。之后,我们参观了金融咨询公司和塔米珠宝店①。一路上,我向他说明,在国际商业信贷银行巴拿马分行我的账户上,有 75 万美元资金被冻结着,资金的所有人最近很不高兴,这是可以理解的,因为他能够将冻结在西部银行的资金转移出来,可是对国际商业信贷银行冻结的资金却无能为力。阿万解释说,如果诺列加倒台,美国政府就会掌控新的政权,到那时就可以要求国际商业信贷银行巴拿马分行开放账户了。假如他们银行现在违章解冻资金,那么他们的银行业营业执照就保不住了。或许还有其他的办法可以摆平这件事,他正绞尽脑汁琢磨,但还没有想出对策。

接下来,我和阿万相互试探,玩了好一阵子猫捉老鼠的游戏。

阿万听完我的所谓"家族洗钱"任务的叙述后,也向我透露,克里参议员领导的小组委员会正向他们施加压力索要银行账目记录。美国最大的毒枭之一史蒂芬·卡利什已经在国会面前指认,为诺列加提供洗钱服务的就是阿万和他的国际商业信贷银行。难怪阿万和比尔格拉米早就开始注意把握谈话的分寸了。不过,阿万透露说,他并没有特意这样去做,因为他可以得到参议院听证会传出的内部消息。国际商业信贷银行在政界有一些位高权重的朋友一直给他们通风报信。

我不得不将阿万透露的这个消息上报我的上级主管。小组委员会追得越紧,国际商业信贷银行就越清楚它为什么会成为众矢之的。我们必须要

---

① 塔米珠宝店:Tammy Jewels,见专有名词表。——译者注

让克里参议员的调查推迟到十月份再继续开展。对于阿万和他的死党们而言，参议院的质询只会打草惊蛇。

我带领阿万来到我们的金融咨询公司、塔米珠宝店和抵押经纪人发展公司，这些公司里到处是一片忙碌的景象。桌上好几部电话响个不停，多部打印机、传真机正满负荷运转，不停地打印和传送着文件，所有办公室里的人都忙得团团转。这一切并不是在演戏。那些职员们不过是些赚钱养家、老老实实过日子的人。他们对于我是联邦特工、或者阿万是涉黑银行家这样的事实毫不知情。一直给予我们巨大支持的埃里克·威尔曼告诉阿万，过去他曾在一家银行任总裁，并给他讲了在生意场上漫长而辉煌的历史。你知道，有些事是做不了假的。毫无疑问，国际商业信贷银行之前早已对我们俩相关背景的诸多细节进行了调查——他们调查到的一切此刻都得到了证实。我向阿万解释了我们的"生财之道"：我们的组织在全国范围内经营着经手大量现金的公司，目的就是通过这些公司巨额的进款来为洗钱当幌子。当阿万参观一家塔米珠宝连锁店时，他对我说的"生财之道"一下子就心领神会了。

后来，阿万解释了他们与"美国第一银行"的关系。国际商业信贷银行没有得到授权在美国设立能够接受美国公民业务的分行，但是他们想办法避开了这个难题。他们让国际商业信贷银行的股东们再次参股美国的几家本土银行，其中包括美国第一银行和佐治亚州国家银行，借助它们来代理其在美国境内的业务。据阿万讲，前任国防部长克拉克·克利福德曾经插手帮忙，秘密安排了银行股权的转让。真是个惊天大秘密啊！那么，沙特和巴基斯坦的利益集团们又是如何说服这样一位令人尊敬的政治家，让他帮忙在美国的银行获得那些隐形股份的呢？国际商业信贷银行的朋友在政界的地位之高已经完全超出了我的想象——而"环线圈内"[①] 有太多的人已经知道了我们的卧底行动。

---

① "首都环线"（Capital Beltway），简称"环线"（Beltway），是环绕美国首都华盛顿哥伦比亚特区的一条州际公路。由于该公路所环绕的华盛顿特区是美国政治的中心，所以美国社会通常用"环线圈内"（Inside the Beltway）泛指美国联邦政府（不包括国会众参两院）的政治圈子。——译者注

作为交换，我告诉阿万，诺列加和美国政府之间已经有麻烦了，如果他胆敢再出卖那些他曾经提供过保护的人，比如说乔治·奥乔亚，他的麻烦就更大了。我向他说了那口棺材的事。阿万强挤出一丝微笑，但很快又陷入了沉思。

第二天上午，在坦帕的阳光海岸国际机场我们见到了凯文·帕尔默和克雷格·摩根，这两位身着饰有穗带和肩章制服的飞行员是我们安插的卧底。他们驾驶着塞斯纳奖状机将我们送到新泽西的泰特保罗——一个位于曼哈顿西仅十二英里的小机场。到了终点站，一辆巨大的黑色房车正在那里恭候着我们。我曾事先通知弗兰基将我们接到经纪公司，但没想到他居然安排得如此隆重。来接我们的司机是个很迷人的黑发纽约姑娘，身着一袭合体的黑色套装，头戴司机帽，看上去更像是一名模特。

"您好！穆塞拉先生，"她说。"我叫莉迪亚，很高兴认识您，遵照弗兰基先生的吩咐，在接下来的几天中，由我负责你们一行人的全程接待。"

"喔，谢谢你！"我喜出望外地说。"回到家太棒了。这是我的未婚妻凯茜，这位是我非常好的朋友阿姆加德。我们先把凯茜放到雪莉—荷兰酒店，然后我和阿姆加德去经纪公司。"

"先生，没问题，"她顺手递给我一张名片。"在你们离开这里之前，我随时听候您的调遣。打这个电话可以随时找到我，我会随叫随到。"

汽车朝着纽约中央公园的东南方向驶去，雪莉—荷兰酒店就坐落在那里。那是家五星级酒店，建于 1927 年，从酒店高处可以俯瞰第 59 大街①和第五大道②的街角。离开了酒店，我们驱车前往位于百老汇 170 号的那座摩天大楼。像穆拉到访时一样，弗兰基远远看见我就跑了过来，好像见到了失散多年的兄弟一般，热情地拥抱我。

"鲍比，见到你真是太好了。"他的话音未落，旁边三四个员工像迎接超级巨星一样向我致敬问好。

"克孜，"我对弗兰基说。"这是我非常要好的朋友阿姆加德·阿万。

---

① 纽约非常繁华的商业街之一。——译者注
② 纽约一条最著名的购物街。——译者注

我以前告诉过你，阿万以及他的国际商业信贷银行的同事们在国际银行业务方面为我们提供了巨大的帮助。阿姆加德对我们在南方所建联盟的帮助也是无法估量的。"

"非常感谢你，阿万先生。"弗兰基笑着说。"真是百闻不如一见啊！鲍勃对你赞不绝口，对我们整个家族来说，那就意味着我们所有人都对你抱有同样的赞美之情。这边请，我带你大致参观一下我们的公司吧。"

弗兰基把公司里约一半的员工向阿万一一作了介绍，同时解释了他们在公司中的不同分工，还强调我们这家公司专门承揽 IPO 业务[①]，帮助一些具有发展潜力的私营企业上市。这是在华尔街的一项冒险投资，但是风险越大，收益越大。

我们带着阿万从那里步行来到纽约证券交易所。阿万比穆拉要矜持得多，但交易大厅里熙熙攘攘、摩肩接踵的人群显然给他留下了深刻的印象。弗兰基则不辱使命。他对交易所里所有的人正在做什么几乎了如指掌：哪些人在买，哪些人在卖，为什么那些人在尖叫，他一一向阿万做了解释。阿万竖着耳朵认真听着他说的每句话。

"太棒了，鲍勃。"他边点头边赞许地说。

在附近一家咖啡馆里，弗兰基把这一切继续夸大。他向我请示了许多项悬而未决的商业协议，仿佛我是公司制胜的关键。"鲍比，几天前我们与乔治谈了一笔交易，如果你能再支援我们十万美元的话，我们一定感激不尽。交易进展得不像我们想象的那样顺利，不过，一切将会在一周内办妥。"

"没问题，"我说。"交给我来处理吧。"

我们的经纪公司给阿万留下了深刻印象，所以他当场宣布这个公司就是国际商业信贷银行的发展良机。"我们没有精通证券交易业务的人员。虽然我更愿意我们的客户把资金放到我们银行，但如果有客户想把钱放到证券交易所，我会直接把他们介绍到你们这来。"

"当然好啦，"弗兰基说。"我保证给予他们特殊的照顾。对于你，阿

---

① IPO 是英文 initial public offerings 的缩写，即首次公开发行股票。——译者注

姆加德，介绍过来的客户，我们一定会全心全意做好服务的。我不想让你和我表弟鲍勃失望。"

回到公司，阿万坐在弗兰基办公室外面离房门不远的地方——但在可以听清办公室内谈话的范围内——我和弗兰基灵机一动，临时上演了一幕戏：信口谈起了六七个我们正在做的大买卖。这无疑可以为我们谎言做成的蛋糕裹上一层糖霜①。

我们随后返回纽约城北的雪莉—荷兰酒店。途中，我代表我的家族邀请阿万到位于纽约东区 69 号大街的一家高档俱乐部共进晚餐。那家俱乐部名叫"哥伦布遗产社交俱乐部"，有传言说，它只接纳黑社会成员和政治家为他们的会员。我跟阿万提到这个传言，他很高兴地接受了我们的邀请。

"鲍勃，有件事不知是否妥当，"阿万拨打我房间的电话试探着问。"我能邀请一位女性朋友来酒店与我过夜吗？我和你的家人的共餐计划不会改变，但我想吩咐酒店将我房间的另外一把钥匙留给她，让她在房间里等我。她现在正在华盛顿，所以她可以乘坐机场大巴来这儿，到我们返回酒店的时候，她也就到了。"

"阿姆加德，你可以邀请任何你喜欢的人到这儿来，"我说。"邀请谁都没问题。"

在哥伦布俱乐部，我、阿万和凯茜见到了弗兰基和他的妻子，还有弗兰基的叔叔——经纪公司真正的老板卡迈恩，以及卡迈恩的妻子。我们七个人用了约四个小时的时间尽享了一顿精美绝伦的意大利美食。除了阿万，桌上所有人都知道我和凯茜是特工，而且他们个个都配合我们，表演得天衣无缝。在他们口中，我俨然成了家族里的英雄，一颗冉冉升起的新星，我们家族未来的继承人。

午夜，我们一同返回雪莉—荷兰酒店，除了阿万，大家都径直来到了我的套房。十五分钟后，有人敲门。是阿万。

---

① 英语中有"the icing on the cake"的习语，直译为"蛋糕上的糖霜"，比喻"锦上添花之物"。这里指鲍勃和弗兰基继续对阿万撒谎，让他对他们的虚假身份坚信不疑。——译者注

"鲍勃，这是我非常亲密的朋友，来自华盛顿的罗赞娜。"

我们一起喝着酒，讲着各自的故事，不知不觉过了三个多小时。阿万的女友名叫罗赞娜·阿斯皮特拉，是个令人目眩的金发碧眼美女，具有委内瑞拉和意大利的混血血统。过去四年中，她一直居住在华盛顿的使馆街和教堂大道附近。她把她的电话号码给了我，说无论何时我和凯茜到华盛顿都可以找她。

第二天早上，阿万对我的态度来了个 180 度大转变，现在他很想讨好我，帮我解决我目前遇到的难题。"我一回去就会查明卢森堡与巴拿马之间是种什么样的局势，以及他们对我们的生意有多少兴趣……今天下午你还在这里吗？或者你愿意给我打个电话吗？……一切都恢复正常之后，你还愿意继续通过巴拿马交易吗？"

我婉言谢绝了他继续通过巴拿马交易的提议，建议将我们的钱通过日内瓦和巴黎运往乌拉圭。阿万很乐意帮忙。

接着我们谈到了我在洛杉矶的一个客户——当然就是阿尔凯诺，不过我没提到他的名字——如果国际商业信贷银行能帮忙隐藏他的 50 万美元存款，他很想用这笔钱来作抵押，贷出款来用于自己的施工资金。一切没问题。阿万打算让他的好朋友——国际商业信贷银行洛杉矶分行的经理阿什拉夫来帮忙解决这个问题。

"非常感谢你为我做的一切，"阿万说。"这是一次非常、非常令人愉快的旅行。真的很高兴能见到弗兰基、卡迈恩……和罗赞娜。"

漂亮的女司机莉迪亚驾车载着阿万来到附近的一家旅馆，接上我们的两位飞行员。几小时后，阿万就回到了迈阿密。当天傍晚时分，他打电话传来消息说，他和他的同事们已经找到解决我问题的办法了——国际商业信贷银行的各地分行帮忙把我巴拿马账户上冻结的 75 万美元的开账记录追溯到更早的日期。这样，一周之内，这笔钱就会趴在我日内瓦的账户上，我随时可以将其转走。

阿万打来这个电话时，我和凯茜正在市中心的一家宾馆向劳拉·谢尔曼汇报工作。

"我们有必要让参议员克里暂时放弃他的调查，"我对劳拉说。"但我们不能给他们提供太多的细节，因为那样会泄密，从而危害到我们的行动。阿万及国际商业信贷银行有秘密渠道可以获得内部消息，他们甚至连小组委员会知道些什么以及在想些什么都一清二楚。"

就在当天，坦帕的美国检察官办公室就把情况汇报到了华盛顿，同时提交了一份计划，向克里参议员的主任顾问杰克·布卢姆报告了我们的卧底行动。计划书中没有提到任何具体细节，只是想让布卢姆了解，在国际商业信贷银行内部正活跃着一个秘密的卧底行动小组，为了进一步推进该卧底行动小组的调查任务，要求小组委员会对国际商业信贷银行暂时采取不干涉的政策。

卧底行动竟然在政府内部被公开了，真是让我哭笑不得！小组委员会的调查依旧是政治行为，而 C-Chase 行动再也不能参与进任何政治权术啦。国际商业信贷银行正在想方设法从华盛顿搞到内部情报，可是现在，华盛顿官方的反应却是他们将听从司法部的要求。

为了这次卧底行动，我已经尽了最大的努力，该做的我都做了。所以，我得做好准备，随时出击。

十二、欧洲前夜　剑拔弩张

佛罗里达州，迈阿密

1988 年 4 月 5 日

时钟滴答滴答走个不停，转眼间进入了四月份。距邦妮·蒂施勒规定的结案时间只剩下六个月了。也就是说，在这六个月的时间里，我还需继续伪装身份，融入犯罪分子的日常生活，想方设法每天与他们中的两三个人会面，加速卧底的进程。目前我们急需一座房子。

迈阿密是哥伦比亚人进行毒品交易和通过交易聚敛数以亿计美元的聚集地。哥伦比亚的罗哈斯和墨西哥的罗曼之间的拳王争霸赛即将在这座魔力之城拉开序幕。阿尔凯诺带领着他的随行人员聚集到这里观看比赛之前不到一周，我们在位于比斯坎湾的东伊妮德大道找到了一个理想的处所——距国际商业信贷银行，以及我们在迈阿密的对手的住所只有几分钟的路程，离阿尔凯诺往返于哥伦比亚和美国时经常落脚的酒店也很近。

这处住所简直太完美了。周围郁郁葱葱的榕树就像一座天然的屏障将整幢三层楼的房子遮蔽得严严实实，幽静隐蔽。从前门径直走进去，对面是一架错层楼梯，分别通往上下两层楼：向下走的那一段通向一个地下的客厅，而向上走的那一段直达地上餐厅，站在那里，楼下一切尽收眼底。餐厅下方有一个中空的平台，恰巧为安装一个假的空调通风装置提供了理想的地点。我们可以在这个假的通风装置空壳内部隐藏一些扩音器、录音机、声控器、监视器以及其他的设备。技术人员在餐厅里装上了窃听设备，还将一个精密的声像摄录系统偷偷藏在客厅里。他们还在两个立体声扬声器上安装了独立的摄像头，这样在会谈期间，客厅里的每一个角落发生的事情都能被拍摄下来。这所房子的主人是位艺术家，屋里所有的墙上都挂满了她的作品，这恰好与凯茜的学生兼艺术收藏家的卧底身份相吻合。

尽管这幢位于比斯坎湾的房子从现在到十月可以为我们所用，我们还是另外选择了多勒尔海滨酒店作为我们的行动基地。该酒店距离拳击比赛现场——迈阿密海滩会议中心——要近得多。在多勒尔海滨酒店，我和艾米尔租下了顶楼公寓。公寓里有一个面积达到 1 500 平方英尺的宽敞起居室，足以容纳至少 25 位客人，正好可以用来为阿尔凯诺开一个赛前鸡尾酒会。我们又为穆拉夫妇租下另一个房间，以便尽可能多地录下与他的会谈。为准备晚宴，凯茜在珊瑚阁市①找到了一家不大的高档意大利餐馆——塔尼诺咖啡馆，在那里，她事先安排好所有的细节：菜谱，酒，以及座位等等。

阿黛拉·阿斯奎不能再继续担任艾米尔的女朋友了，因此，在阿尔凯诺携全家到达之前，一个来自曼哈顿的女特工接替了她。她叫琳达·卡德武波夫斯基。她的美貌、见识以及在纽约培养起来的都市生存能力，使她巧妙地将优雅与力量集于一身。我、艾米尔和凯茜花了一整天的时间与琳达在一起，向她讲述了我们的卧底故事，介绍了我们对手的主要情况、如何安排与犯罪集团的主要头目会面，以及我们未来的行程。

晚上八点半，客人们陆陆续续来到塔尼诺咖啡馆。先是艾米尔和琳达开车将冈萨洛和他妻子露茜·穆拉接到饭店，接着，罗伯托携妻子格洛丽亚· 阿尔凯诺和他们的女儿克劳迪娅以及克劳迪娅的一个朋友也到了。图托和卡明·萨瓦拉也随后入了座，还有胡安·托帮、托帮的父亲弗朗西斯科，以及墨西哥拳击手吉尔·罗曼的赞助商。

---

① 美国佛罗里达州迈阿密地区附近城市，是迈阿密大学所在地。——译者注

我举起手中的香槟，向他们致祝酒辞："感谢诸位能与我们热爱和尊敬的贵宾兼好友罗伯托先生一起共度这个特别的夜晚！罗伯托，我们祝愿，你、图托以及你们的安地列斯宣传推广公司，在此盛大赛事，即你们赞助的第一个世界拳击卫冕赛中能够马到成功！希望你们日后成功举办更多的比赛！"

饭店里的六七个服务生围着我们团团转，不停地奉上各种餐前葡萄酒，皮诺杰治奥酒[1]、嘉维的嘉维酒[2]以及桑娇维塞酒[3]。这顿七道菜的晚宴一直进行到夜里 11：30 才结束。一些客人告辞离开了，但阿尔凯诺呷着他最喜欢的餐后饮品——卡布奇诺热牛奶咖啡混合着意大利苦杏酒的饮料——他还余兴未尽。

"我们到瑞金再去庆祝一番吧。"他提议道。瑞金夜总会是个富贾名流聚集的豪华娱乐场所，在迈阿密、纽约、巴黎、伦敦及世界上其他主要城市都设有分会馆。几个月前，我办理了它的会员手续，并曾在它在纽约派克大道[4]上的一家分会馆与阿尔凯诺举杯共饮。我们一行十人来到位于格兰德海湾酒店顶层的分会馆，从那里，可以居高临下地俯瞰停泊在比斯坎湾里的一艘艘游艇。

大家开始跳舞，纵情狂欢，尽力奉承讨好阿尔凯诺，直到凌晨2：30。这时，阿尔凯诺又突发奇想："咱们再去纽埃酒吧去打发剩下的夜晚吧。"纽埃酒吧位于迈阿密海滩，是富商和地痞们经常光顾的另外一家豪华酒吧，离我们住的酒店不远。到了那儿，我们又是一番狂饮，肆无忌惮地跳舞，放声大笑，直到凌晨四点一刻。

幸亏阿尔凯诺上午还要参加几个会谈，于是，他决定回去抓紧时间睡几个小时。临走时，他拥抱了一下我说："Amigo[5]，这个'庆祝仪式'太

①　意大利著名的白葡萄酒酒名。——译者注
②　意大利著名的干白葡萄酒酒。——译者注
③　意大利古老的红葡萄酒酒名。——译者注
④　派克大道（Park Avenue）又称第四大街（Forth Avenue），是美国纽约市一条以历史悠久而享负盛名的商业街道，是世界奢侈品专卖店的聚集地和明星豪富们的经常光顾的地方，世界500强中的16家公司将总部设立于此。——译者注
⑤　西班牙语，意为"朋友"。——译者注

精彩了。谢谢你和凯茜，你们像亲人一样一直陪伴着我们。"

"罗伯托，这是我们的荣幸，"我说。"我们还得感谢你邀请我们一起分享这份快乐呢。我向你保证，明天会更精彩的。"

第二天吃完早饭，我、穆拉和艾米尔在多勒尔酒店我们的顶层房间里进行了私人会面。穆拉目前有许多值得高兴的事情，所以心情出奇的好。我和艾米尔准备趁机向他套出参加巴黎会谈的人员名单和一些具体情况。幸运的是，他真的说出了实情。

首先，他向我们提供了过去几个月里开具的所有支票的详细情况。他对我们解释了哪些支票上用的是假名字，并把每笔交易中涉及人员的真实姓名告诉了我们。接着，他又说，我们的哥斯达黎加之行结束后，唐·切倍召集他和奥斯皮纳去开了个会，在会上他才了解到，唐·切倍在毒品交易中掌控的份额丝毫不亚于巴勃罗·埃斯科瓦尔和乔治·奥乔亚。

接下来的消息正是我们期盼的。唐·切倍"已经同意将钱存入定期存单，第一笔是 70 万美元"。

他们终于让步了。

穆拉补充说，如果我们能把唐·切倍被冻结在巴拿马的那 75 万美元提出来，我们将成为他眼中的英雄。我迫不及待地抓起电话打给阿万。阿万当场表示，他有把握几天之内就将巴拿马冻结的款项转走。穆拉听了我们在电话中的谈话，异常兴奋，作为回报，又将他打探到的"独家新闻"透露给我们，那同样是个好消息：唐·切倍还答应派他手下的几个主要头目作为代表在五月份的欧洲会议上与我们会谈，制定出建立长期合作关系的具体细节。

穆拉恳请我们在休斯敦安放一个像艾米尔那样的全职人员。唐·切倍的贩毒组织在休斯敦通过大批贩卖可卡因而积累了大量现金，因此那里需要有个人，在他们提出交款给我们时，迅速作出回应，及时安排接收他们的黑钱。"他分给我们的不过是九牛一毛……实际数量要大得多呢……休斯敦一星期就能有 100 万美元的交易。"

穆拉又道出了另一个希望在休斯敦安插人手的原因。过去六年里，唐·切倍的清洗黑钱事务一直是由麦德林集团里的一个商人承担的。让这个人极为不快的是，我们从中插了一杠子，几乎夺了他的饭碗。于是，每次我们在"太空人队"①接款时稍有怠慢，他便跑到唐·切倍那里吹耳边风，说什么我们干事手脚太慢，根本就是外行或者——甚至更糟糕——我们也许就是 Los Feos。后来，我们花了六个月的时间才弄清楚穆拉提到的这个竞争对手是谁：爱德华多·马丁内斯·罗梅罗——卡特尔高层头目的首席助理兼财务顾问。罗梅罗与西部银行的巴拿马分行的关系甚笃。他们之间的关系就相当于国际商业信贷银行与我之间的关系。

我们的话题又转到了阿尔凯诺身上。穆拉证实，阿尔凯诺所负责的美国和欧洲的可卡因货源都是吉列尔莫·贝拉斯克斯提供的。按照穆拉的说法，贝拉斯克斯是阿尔凯诺的合伙人，同时也与法比奥·奥乔亚合作。

穆拉又向我们介绍了托帮的详细情况。据说，与他合作的人比巴勃罗·埃斯科瓦尔的势力还要强大。此人是犹太裔哥伦比亚人，在黑道上人称约翰·纳赛尔。根据来自各方面的信息综合判断，他实际上就是吉恩·菲加利。"纳赛尔做事强硬，"穆拉接着说。"他是一个非常难对付的家伙。不过昨晚托帮向我承认，与他合作，好处多多。"穆拉盘算着让托帮从中牵线，介绍他与纳赛尔认识，这样穆拉就能把纳赛尔也发展成我们的客户了。

一顿简单的午餐过后，托帮挨着我和艾米尔坐下，谈起他与纳赛尔的亲密交情。他声称，纳赛尔不仅是哥伦比亚最大的毒枭，还拥有哥伦比亚最大的几家纺织品进出口公司，并且得到了哥伦比亚的军界、警界、司法界和政界的全面庇护。

然而，托帮也给我出了道难题。在与我们合伙做生意之前，他想带我去拜访他的萨泰里阿教的祭司。据他讲，这个祭司能够洞察人的灵魂。还好托帮几天之后才去哥伦比亚，于是我说，等他从哥伦比亚回来后，我很乐意与他一同前往。我需要时间来想清楚该怎么应付他的这个要求。

开赛前夜，我们在酒店顶层豪华公寓的客厅里举行了鸡尾酒会。酒会的每张餐桌上都装饰着各种造型的冰雕和巨型插花，石蟹爪、牡蛎、肉

---

① 他们的暗号，指休斯敦。——译者注

干、奶酪、大虾以及你能想到的各色开胃小菜在餐桌上堆积如山。侍者们手里端着的托盘中，满是高脚杯装的泡沫四溢的香槟酒。阿尔凯诺一家率先到场，托帮、穆拉夫妇紧随其后。与裁判员约翰·托马斯一道来到的是四位世界拳击理事会的裁判。图托和卡明·萨瓦拉则与几个拳击赛赞助商一同到场。餐后八点整，我们准时到达举行比赛的会议中心。

我们刚到拳击场的门口，就有一大群摄影记者挤到我们身边，闪光灯对着我们拍个不停。赛场内外笼罩在兴奋的气氛之中。正是在这个赛场，1964 年上演了卡西乌斯·克莱[1]击败桑尼·里斯顿[2]的精彩一幕。也是在这个会场，1972 年召开了共和党全国大会，理查德·尼克松再次被提名为共和党的总统候选人，从此一步步走向了他的权力巅峰。当我们走向正面看台时，全场成千上万的观众站起来注视着我们。

这场比赛对北美洲的人们并不算什么重要赛事，但对于拉美人来说，它却是当年的媒体报道焦点。整个中南美洲国家各大电视台及有线电视台全都汇集于此，聚焦今晚的每一精彩时刻。比赛刚一开始，四面八方就响起了雷鸣般的呼喊声。哥伦比亚的世界冠军"宝贝"休格·罗哈斯先发制人，似乎他已将上半场的形势牢牢地控制住。他对吉尔·罗曼连续打出几个闪电般的直拳，其间还夹带着几个勾拳。

但随着比赛的渐渐推进，吉尔·罗曼这位以技术见长的选手，逐渐显示出了他体内蕴涵的能量，而罗哈斯渐渐似乎有些体力不支。比赛一个回合接着一个回合地紧张进行着，罗曼以一套套组合拳迅猛进攻。最后几个回合下来，罗哈斯被打得瘫倒在地上，成了一堆鲜血淋漓的肉酱。汗水与血水混在一起从他脸上、身上不停地往下淌——如小河一般，以至于罗曼在我们所在的拳台一角附近一拳打向他时，鲜血和汗水溅了我们一身。两位拳击手看上去好像刚从绞肉机里出来一样，裁判的蓝衬衫也早已被染成了紫色。

---

① 原名卡西乌斯·马塞拉斯·克莱（Cassius Marcellus Clay Jr.，1942—），即拳王阿里，是历史上第一位三次夺得重量级拳王称号的运动员，被奥委会授予 20 世纪最伟大的 25 位运动员之一。2005 年 11 月 9 日，在美国首都华盛顿，美国总统布什授予阿里"总统自由勋章"。——译者注

② 桑尼·里斯顿（Sonny Liston）：重量级拳击世界冠军。——译者注

比赛场里的空气仿佛凝固了一般，大家紧张地等待着裁判的最后裁决。终于，裁判在拳击场中央举起了罗曼的手臂，顿时，场上到处挥舞起了墨西哥国旗。哥伦比亚拳王与他的拳王桂冠失之交臂。

在赛后的一片喧哗吵闹声中，我、艾米尔、琳达和凯茜带着穆拉夫妇再次来到瑞金夜总会。穆拉，这个纯粹的商人对此心领神会。在他眼中，这笔钱应该为他而花，因为毕竟是他帮助我们逐步赢得了阿尔凯诺的信任。但是，对于美国政府的统计员们而言，我们在几天之内就花费上万美元去吃吃喝喝，款待那些恶棍们，这有些难以接受。不过，话又说回来，迄今为止，我们还从未动用过纳税人的一分钱来支付卧底行动的各项花费。我们正在越来越深地渗透到卡特尔和洗黑银行的内部，在此之前又有谁做到过呢？从卧底行动开始到现在，我们已经赚了100多万美元的佣金，还在路上直接截获了100多万美元的贩毒黑钱。接下来，我们还会没收阿尔凯诺以及其他许多人的巨额财产。而且，我们完全有理由作出乐观的预期——我们将从国际商业信贷银行那里收缴到数不清的罚款和财物。穆拉说的没错，这的确算得上是一项不错的投资。

第二天上午，阿尔凯诺在一批伪造的贷款文件上倒签了日期，借以掩盖用来赞助拳击赛的费用。然后，我们又想出了一些伎俩，伪造出类似的贷款单据，清洗出了50万美元用作他在洛杉矶市中心的那幢公寓的维修款。

待这些事情处理完毕，我们的谈话就转向了卡特尔的交易。即使关上门，我们也使用暗语来交谈，这个习惯是由圈内人打电话时发展而来的。如果有人被抓，那他就是"住进了医院"；若有人需要请律师，那他就是需要找个"医生"。可卡因则被他们称作"货物"、"产品"、"物品"或者"宝贝儿"。

阿尔凯诺解释说，他在西班牙的几个工人曾经"住进了医院"，但是在"医生"的帮助下出了院。他们把货弄丢了，游戏也就到此结束了。现在这些人已经乘汽车或飞机到达意大利。其间，阿尔凯诺曾派人给这三个被捕的工人每人寄去了10万美元的保释金。将被缴获的可卡因的成本和为工人所付的保释金加在一起，阿尔凯诺总共损失了五十多万美元。他原本可以从中净赚170万美元的——如果这笔买卖做成了的话。目前，他的目光正在瞄准即将运往欧洲的下一批货。这批货将取道意大利进入欧洲。

尽管阿尔凯诺在西班牙受挫，他与我在芝加哥和纽约的现金交易进展还是非常顺畅的。

比赛过去几天后，侯赛因从巴拿马来到了迈阿密。他想让我知道，尽管我的业务已经转到了其他分行受理，但与他的关系并没有中断，而且我之所以能与他们银行设在迈阿密的拉丁美洲总部建立起关系，是他尽了犬马之劳。侯赛因很清楚我的客户对巴拿马那边心存疑虑，如果诺列加企图逃跑，我的客户一定会找他算账。即使这样，他仍然答应每个月帮助我转移1 500万到2 000万美元。阿万曾经说过，纽约之行令他非常开心，也令他的同事们印象深刻。但是侯赛因并没有带来什么新东西，他只是担心我与阿万之间不断巩固的关系会挤他出局。

第二天，在国际商业信贷银行迈阿密分行门前，阿万跳上我的"美洲豹"汽车，与我一同前往椰树林区的一家路边咖啡馆。解冻唐·切倍在巴拿马的那笔75万美元的事遇上了一些麻烦。现在，国际商业信贷银行必须向巴拿马当局申请跨国银行业务许可证才能将这笔钱转移出来，因此，解冻那笔资金还得延期一周。

看到我脸上现出明显的失望表情，阿万被迫提出了另一个办法。如果申请跨国银行业务许可证失败，他就要在银行的账目上做手脚，无论如何都要把钱弄出来。从好的一面看，阿万已经为我在乌拉圭做好了安排。如果我愿意在蒙得维的亚①开设账户，让它替代我在国际商业信贷银行巴拿马分行的账户并且成为支付我客户款项的中心账户，他将为我安排好一切。我们可以把资金从美国转到欧洲，从欧洲转移到蒙得维的亚，再从蒙得维的亚转到西部银行或者其他任何巴拿马的金融机构，只要它们确实持有跨国银行业务许可证，没有受到这次资金冻结事件的影响。我们终于找到了一个变通的方案。

"我有个建议，"阿万说。"我们谈的任何事情……不要与侯赛因先生说起。并非有其他的原因，嗯，只是他还年轻，还有点儿不成熟。他容易把事情说露馅儿。"

---

①　乌拉圭的首都。——译者注

侯赛因曾经向他们银行的其他职员泄密说，阿万曾跟我一起到过纽约。阿万希望我和他之间的交往最好再隐秘一些。我答应了。

我俩一边呷着咖啡，一边品尝着牛角面包。阿万点燃了一支蓝色登喜路香烟，我对他说，既然国际商业信贷银行巴黎分行的总经理是他的好朋友，我希望巴黎能够成为我们在欧洲的一个中转站。于是阿万隐晦地谈到可以通过那家分行来处理业务。在那里，程序可以被简化，一切安排都会随我意。他许诺一定向他的朋友传过话去，让他张开双臂欢迎我。

随后，我们的话题转到了诺列加身上。

"现在他最担心的问题，"我说。"一定就是像我的某些客户那样的人，假如他想逃离巴拿马，很可能遭到他们的追杀。"

"我知道，"阿万回答道。"我想他也清楚得很，所以他不打算离开巴拿马。我认为他对美国政府的恐惧还抵不上对其他人的恐惧。"

这正是我的突破口。"没错，卡特尔里就有一群让诺列加感到恐惧的人，如果让这些人赔钱，诺列加是不会有好下场的。"接着，我干脆和盘托出。"我不得不承认那些人……就是跟我合伙做生意的那些人都像李·艾科卡①一样，精于经商之道。只是他们做的生意不同罢了：艾科卡销售汽车，而他们贩卖可卡因。就是这样。"

阿万大笑起来。

"他们真的把贩毒当做一门产业了。"我说。

像这样的谈话我们已经偷录了许多。这些录音足以证明阿万了解我的资金来自美国贩毒交易，从而为我们结案提供了关键的证据。大多数涉黑银行家面对这类谈话时往往显得如坐针毡。他们不愿意把那层窗户纸捅破，更愿意把话说得模棱两可。但阿万已经买了我的账，他认为他正在跟黑道上的人谈话呢。他完全信任我。

一星期后，在银行大会议室的长椅上，我、阿万和比尔格拉米最终就解

---

① 里度·安东尼·李·艾科卡（Lido Anthony Lee Iacocca，1924— ）意大利裔美籍企业家，前福特汽车、克莱斯勒总裁，福特经典车型"福特野马"（Ford Mustang）的开发负责人，素有"美国产业界英雄"的称号。近年来，亦开始常用"艾科卡"来比喻成"将公司经营亏为盈的企业家"。——译者注

冻唐·切倍在巴拿马分行的账户问题制定出了具体的方案。当谈到欧洲时，阿万提到了他在国际商业信贷银行巴黎分行的两个朋友：一位是总经理纳西尔·奇诺伊，另一位是分行经理伊恩·霍华德。这两个人都是他们"内部团队"的成员。因为我们的谈话一直进展顺利，所以我决定再推进一步，向他了解一下参议院小组委员会的调查工作到底进展得怎么样了。

阿万证实，局势已经稳定下来，银行高管们希望这件事不久就会被淡忘。我笑了——表面上正如国际商业信贷银行看到的那样，而事实上，是因为克里参议员的手下恪守了诺言，推迟了他们的调查，直到我们完成卧底任务。我接下来的提问让我有了全新的发现。

"但为什么参议院放弃调查了呢？"我问。

阿万和比尔格拉米相视一笑，告诉了我关于国际商业信贷银行的秘密，让我见识了它真正的实力。原来，国际商业信贷银行早已走出了一条与政界联盟之路，在华盛顿两个政党之间他们可谓是左右逢源，游刃有余。他们有前国防部长、民主党教父级人物克拉克·克利福德做靠山，这些我早已知晓。但是，克利福德同时兼任着美国第一银行的首席执行官，而国际商业信贷银行一直在暗中拥有和操控着第一银行。国际商业信贷银行出资为克利福德组建了他的律师事务所，事务所的成员之一是民主党的领袖罗伯托·奥尔特曼。国际商业信贷银行还参加了巨额的慈善募捐活动，将募捐到的款项捐给了前总统吉米·卡特领导的几个组织。并且，美国行政管理和预算局的前任局长伯特·兰斯也与另一家美国银行关系密切，而且这家银行现在是由国际商业信贷银行控股的。

国际商业信贷银行的另一个政治通道，就是与布什家族结成联盟。日后成为美国第43界总统的乔治·布什当时拥有一家经营重型钻孔及抽水设备的大型公司，专门为国际商业信贷银行大股东名下的几个公司供货。国际商业信贷银行的高管们与杰布·布什①的交情也非同一般，他们之间

———————

① 约翰·艾理斯·"杰布"·布什（John Ellis "Jeb" Bush, 1953—），美国共和党政治人物，第43届佛罗里达州州长（1999—2007），也是第一位以连任该州长职位的共和党籍州长。杰布·布什也是美国第41任总统乔治·H·W·布什的次子，他的兄长乔治·W·布什是美国第43任总统。——译者注

的牵线人是波卡拉顿市①一位神秘的黎巴嫩千万富翁商人乔治·巴伯。另外，国际商业信贷银行的总裁阿迦·哈桑·阿贝迪与中央情报局的局长威廉·凯茜的关系也相当密切。按照凯茜的要求，国际商业信贷银行正秘密地给阿富汗的叛军提供经费，援助他们抗击俄罗斯的入侵。

国际商业信贷银行的确是脚踩两只船。一方面，对涉黑洗钱交易是来者不拒，另一方面对政界要人百般讨好，极尽逢迎之能事，甚至不顾党派之分。通过在华盛顿特区的关系，国际商业信贷银行能够轻而易举地平息克里领导的小组委员会的调查。国际商业信贷银行的形象渐渐明朗起来。原来，我在坦帕第一天与它的一个官员谈话时感觉到的一切只不过是巨大冰山的一角。国际商业信贷银行通过洗钱以及建立与政界要人间的友谊，精心策划了一系列的腐败贿赂和钱权交易。

回到坦帕，我先将我们卧底行动的账册及录音提交给办事处，进行内部审计，等大家都下班回家了，我用海关的一台计算机上网登录到我们的私人飞机申报系统。通过该系统可以查询所有出入美国领空的私人飞机的详细情况，包括机上乘客的姓名、出生日期和国籍等。究竟是谁乘着国际商业信贷银行的波音737飞机一直在世界各地飞来飞去呢？

查询结果令我大吃一惊。飞机上的乘客居然有总统吉米·卡特及其家人；驻联合国前任大使和亚特兰大市长安德鲁·杨；还有理查德·尼克松和查尔斯·雷博佐，以及一个不认识的人名。我马上登录到我们的犯罪信息数据库，反复查对那个不认识的名字。果然找到了他的名字，他被指控参与洗黑钱并与犯罪集团成员有牵连。

这一下子激起了我的好奇心。我将每个坐过国际商业信贷银行飞机的人都输入我们的犯罪信息数据库进行查询。其中，有许多非政界人士都涉嫌参与黑钱清洗、毒品走私以及其他形式的犯罪活动。

阿万和比尔格拉米不是信口胡说，国际商业信贷银行的确不可小觑。

欧洲方面的事务迫在眉睫。我与奥斯皮纳之间也还有事情没有了结，

---

① 美国佛罗里达州南部靠近大西洋的一个城市。——译者注

他必须要兑现他的承诺。唐·切倍的代表们务必到场。尽管阿尔凯诺在拳击赛后曾做过许多承诺，但我们之间的交易却慢了下来，我想知道为什么。我已经赢得了他的信任，可以向他套取卡特尔的最新情报。阿万这方面，我必须让他确切无疑地表态，他们在巴黎和伦敦的"内部团队"将会接手我的生意。

为了确保奥斯皮纳和唐·切倍的代表们现身巴黎会谈，我给奥斯皮纳打了个电话，这让他感到很意外。他不太会讲英语，而我正试着学习西班牙语。我们俩费劲地想在电话里沟通，但是听起来他似乎是喝醉了。现在还没到中午啊。我用蹩脚的西班牙语告诉他，我期待着在巴黎与他和他的朋友们见面，打这个电话只是想确定一切是否进展顺利。

"鲍勃，哦……嗨，"奥斯皮纳终于含含糊糊地说出一句。"……我爱你。"

天啊！这家伙憋了半天竟然冒出这么一句。简直糟透了。我的脑子里立刻浮现出一个令人作呕的画面：在巴黎，他正沿着铺满鹅卵石的街道一路追着我，想要跟我接个吻。可是，我不得不暂且按捺住心中的这份厌恶。

"哈维尔，Buenos dias. Adios—"①

他还试图想说点什么。

"Adios，哈维尔。"② 我又说了一遍。

我挂断了电话。

听完我的这个故事，艾米尔直笑得上气不接下气。我让他弄清楚为什么奥斯皮纳变得如此反常。后来，穆拉报告说，奥斯皮纳经常吸食一种叫"火箭炮"的东西，那是一种将古柯膏和大麻混合在一起的毒品。如果唐·切倍得知此事，那么上周六就是奥斯皮纳的祭日。穆拉听说此事后，也笑了好长一阵子，但他认为，我无须担心。奥斯皮纳很清楚我的嗜好只限于做生意赚钱。

---

① 西班牙语，意为"哈维尔，日安。再见。"——译者注
② 西班牙语，意为"哈维尔，再见。"——译者注

落实这第一件事竟然遇到这么多麻烦。

阿尔凯诺从迈阿密火速飞往坦帕，在坦帕机场我俩边吃晚饭边交谈。

"一切正常，没有什么意外发生，"他指的是麦德林集团。"只是因为遭受了一些损失，有人在那里丢了 5 000 多公斤……政府一插手进来，所有的人，你知道，都往那儿施加压力，军队也……我们大约一个月前接到通知，这段时间我们什么也不要做，因为他们正……我们正在那儿跟政府合作。政府还提醒说有些特别的事情即将发生：'你们要小心，把房子清理了，把一切都清理干净。'所以，我们照着做了……现在，他们（麦德林集团）正在绑架一些外交官和工作人员。他们已经绑架了十四个家伙，不同国家的。"

接着，他小声给我讲了他正在筹备的一个秘密项目的相关细节。"目前我正努力做的是，建立自己的航线。不仅仅是空中航线，还有海上航线。人们把它叫'交通线'，属于我自己的'交通线'，通过它，我可以控制运输系统……我告诉你，鲍勃，你一定得加入，你只需要冒点风险投入10、20、60（投资数额相当于以成本价购买 10、20 或者 60 公斤的毒品），就没问题了，因为我说了算。"

阿尔凯诺提议的这桩投资可以说是世界上获利最多的投资。不管我在他的一批货中投资多少，只要这批货能被运到美国，在 45 天之内我就能获得三倍于原始投资的利润。正是利用这样的提议做诱饵，卡特尔将无数的"生意人"拉下了水。

阿尔凯诺用一部分我帮他洗白的钱购买了一架双引擎的塞斯纳"海鹰"飞机，用它来将玻利维亚丛林实验室配制的可卡因空运到阿根廷。然后将整批的货物用卡车运到一个商业机构，在那里分袋包装后再装船运到美国和欧洲。

"我们将首先把货运到纽约，"他说。"我们几乎已经到那了。我们已经为此准备了半年的时间。"

他早已买下了一家公司，由这家公司负责装船运货到美国和欧洲也有一段时间了。表面上，我假装饶有兴趣地权衡着一项颇有潜力的投资——但实际上，我还在琢磨着他刚才透露的情况。他的这条运输线能够产生暴利。如果能让阿尔凯诺告诉我他的这个公司在哪以及他们运送的是什么货，我们就可以截获一大批可卡因，进而切断卡特尔的一条贩毒大动脉。我一定要做得不动声色，以免打草惊蛇，引起阿尔凯诺的怀疑。

但是他对于交易放缓的原因已经给了我一个还算靠谱的解释，还向我透露了有关他的新"运输线"的机密。我对他承诺说，保证为他提供任何他所需要的帮助。我们相互拥抱，并彼此祝愿能够得到上帝的眷顾——上帝也会为魔鬼的所作所为提供保护吗？

与此同时，阿万和比尔格拉米又开辟了另外几条"路线"，他们的清洗黑钱活动又开始在世界各地活跃起来了。我准备在下次见面会谈时，带给他们一条特殊的消息。他们一直以来都态度明确，希望我不要总是把放在他们银行的资金都作为贷款抵押取出去。他们想要的是定期存款。为了满足他们的要求，海关关长威廉·冯·拉布已经说服了财政部为我们这次行动提供 500 万美元的应急周转金，这笔钱只许放在银行账户上，不能用于任何支出。这正是阿万和比尔格拉米想要的。哥伦比亚人迫于我的压力，已经掏了一些钱出来，因此，我准备在最短时间内将 600 万美元放到银行账户，交给他们去处理。

坐在银行会议大厅的长椅上，我们一边喝着茶，一边讨论着我下一步的行程安排。

第一站要到苏黎世与几个律师会面。这些律师已经帮忙在直布罗陀、利比里亚和香港建立了新的幌子公司，以便能够在日内瓦、巴黎、伦敦开立账户。国际商业信贷银行本来可以为我代办这些事情，但是重要的是，我不想让他们觉得我是个菜鸟，每走一步都要他们帮忙。况且，在瑞士找到对出售的公司做什么生意睁一只眼闭一只眼的律师并不难。

然后，我要去日内瓦。按照阿万的要求，到那后，我要前往国际商业信贷银行在那里的分支机构商业投资银行①。他提醒我，与商业投资银行的人谈话时不需要把一切都说清楚。我只需与他们见面，在他们的帮助之下开立账户，让他们感觉轻松自在即可。虽然他们就像车轮上的一个齿

---

① 商业投资银行：Banque de Commerce et de Placements，简称 BCP。——译者注

轮，是十分重要的一个环节，但他们并不在"内部团队"之列。

接着，我还要去巴黎，会见阿万的密友纳西尔·奇诺伊和伊恩·霍华德，他们将为我和我的客户在那里开立账户。最后一站是伦敦，在那里，阿万的同事阿西夫·巴克扎将为我做同样的事情。与最后这三个人接触时，我就不用处处设防了。

"我们以前曾经讨论过，"我顺着话题往下说。"当时你们说，当事情开始按照我们双方的意愿进行的时候，我们就都会感到满意了。现在，我感到彻底地满意了。"

"是啊，我们也是。"阿万和比尔格拉米齐声回答道。

"我准备，我计划，至少要放两……或许五百万美元到你们的银行，让它只趴在账户上。"

比尔格拉米立即喜形于色："哦，很好。"

阿万则无动于衷地跟上一句："我们将，我们想要的，鲍勃，实话告诉你吧，差不多要有 2 500 万美元。"

有一秒钟，我几乎认为他是认真的。但是，他脸上随之而来的微笑泄露了一切，招致大家一阵哄堂大笑。

比尔格拉米坦承，他们的银行正在寻求一点帮助，接着，阿万说明了原因。"每半年我们都要统计一些数字……要是你能增加些现金存款，或者有什么闲散资金，假如在 6 月 30 日那天我们能将其放进国际商业信贷银行集团的任何地方，哪怕只一天。当然，再多点更好……我们的半年度统计数字非常重要，因为，你知道，每到 6 月 30 日我们必须公布资产负债表。因此，如果在 6 月 30 日那天，我们的银行账面上留有大笔的现金，对我们会非常有利。正如我过去所说的，那就是粉饰门面。我的意思是，你甚至可以在 7 月 1 日把那笔钱提走。完全可以。不过，要是在此基础上你还能帮我们做点什么，在 6 月 30 日之前……对我们来说，500 万已经很不错了，但你知道，这种事……如果你能在 6 月 30 日当天再为我们做点什么，我们将非常感激。"

我告诉阿万，对我的那 500 万他完全可以放心，而且，我的一个客户刚刚交给我 100 万让我帮忙存进定期存单里，我也可以一并给他们。

　　大家都收起了笑容。阿万和比尔格拉米清楚地意识到了这笔交易的严肃性。对我而言，这 600 万美元的价值远远超过了存单上的存款数额。首先，它为我赢得了提问的机会，这些问题如果是在平常提出来，一定会引起他们的警觉。我已经为此预先买了单，而且他们也接受了。此时合理的好奇心是不会遭到怀疑的。此外，这 600 万美元还买到了关于银行吸纳黑钱的动机的铁证。这并非几个道德沦丧的无耻官员为了聚敛钱财私下里精心策划的阴谋——虽然这种事每天都在发生着。这是一个世界范围内的阴谋，而某个机构参与其中制定了游戏规则，即以给雇员提供晋升机会和奖金为条件，鼓励雇员从黑社会最隐蔽的玩家手中吸引巨额存款，目的是增加银行资产负债表上的数字位数。资产负债表底线上的数字越大，他们的权势就越大，他们手中肆意挥舞在世界各个角落里的那根魔杖就越长。这就意味着——他们与世界各国领袖之间的交情与日俱增；他们有更多的钱放贷，而贷款人会秘而不宣地回报以厚利。而所有这一切都会导致权力的大范围腐败。

　　以上的谈话内容都被我录了下来。

十三、欧洲攻略

纽约州，约翰·F·肯尼迪机场

1988 年 5 月 12 日

当波音 747 大型喷气式客机从停机坪上腾空而起，呼啸着直奔苏黎世时，一切都已准备就绪。阿万的欧洲同事们正对我们翘首以待；穆拉和奥斯皮纳也做好了唐·切倍手下人的工作，他们正备好行装随时准备加入我们的行列；海关的 500 万美元的应急周转金也已经到位。

一切都顺利得超乎了我的预想，而且从史蒂夫·库克那儿又传来了更好的消息。我提交的使用证据保险库中高级珠宝的申请得到了批准。于是，五克拉的大钻戒，顶级的劳力士手表，正好搭配上我精挑细选出来的价值 1 000 美元的高级时装——当然，是我马祖尔和马祖尔的家人为这些衣服买的单。近来事情发展得如此顺利，似乎我的所有要求都得到了满足。

近中午时分，我、艾米尔、凯茜和琳达到达了苏黎世，住进"都市萨伏伊·鲍尔"① 酒店，这是一个位于苏黎世市中心金融商业区的豪华酒店，内外墙壁全是精美的大理石装饰，高高的屋顶上悬挂着枝形水晶大吊灯。

---

① Savoy Baur en Ville 酒店，苏黎世知名酒店。——译者注

但长时间的旅途令我们疲惫不堪，我们已无暇仔细欣赏酒店的豪华装饰了。

迪特尔·詹恩是苏黎世州国际犯罪案件互助组织的地方预审法官——长长的头衔足以写满一张名片。在瑞士，州被称作"坎顿"（canton），相当于美国的州（state），不同之处在于瑞士联邦当局对每个坎顿的行政事务拥有较少的控制权。因此，如果得不到迪特尔·詹恩的点头认可，我们在苏黎世办事就不能像打个喷嚏一样简单随便。数不清的政府各级官员积极配合我们在苏黎世的工作，包括美国驻奥地利使馆的海关工作人员，他们主要负责与瑞士政府部门的协调工作，但是如果没有获得苏黎世毒品管制局特工的批准，他们也不能像打喷嚏那样随便擅自行动。尽管知道我们的旅程安排，我们驻奥地利的人员并没有前来欢迎我们。他们说，如果他们能抽出身来，他们会来见我们，但同时又说："给苏黎世毒品管制局的特工格瑞格·帕斯克打电话，他可以帮助你们尽快与詹恩取得联系，然后你将得到批准与雷纳进行密谈。"

帕斯克带来了令人失望的消息："鲍勃，今天我在机场有事，实在脱不开身，希望明天什么时候我介绍你去见詹恩。"

"我们的对手正在巴黎和伦敦等着我们，"我用怀疑的口气说。"我的坦帕办事处还以为我在阿尔卑斯山这儿悠闲地唱山歌呢。如果你能帮我们在瑞士尽快接洽完这几个会谈，我们将不胜感激，这样我们就可以很快离开这里了。"

接下来是不断地催促和等待。

我和艾米尔开始担心起来，可能是办事处之间的纷争引出了这样的麻烦。

"唉，我真的非常抱歉，"帕斯克第二天说。"我正忙着处理一件突如其来的事情，确实走不开。今天晚些时候我再与你们联系。"

我们的坦帕办事处和奥地利办事处正在努力促成这件事，但是我从罗杰·厄班斯基——派驻在奥地利，理应协助我们的一个特工——那里了解到的唯一一条新消息就是，他住在装有电梯的别墅里，过着帝王般的生活。因此得等他抽出空来，才会接见我们。

这时，我感到浑身的热血像沸腾了一样直往我头上冲。

以前我到瑞士追踪证人、追缴毒资时，曾有幸与乌尔斯·弗雷建立了深厚的友谊，他是苏黎世坎顿豪尔根区的一名瑞士地方法官。

"我有个主意，"我对艾米尔说。"在苏黎世我有个好朋友是起诉人，如果他认识詹恩，或许他可以帮忙引荐我们与他见面。"

"我们那样做能行吗？"艾米尔眯着眼左思右想。

"除了这个办法以外，我们唯一的选择就是老老实实坐在这儿，等着这些官僚们取消那些没完没了的鸡尾酒会，只有那样，他们才能抽出时间，抬起屁股来找我们。我敢向你保证，蒂施勒一定认为我们在度假，如果我们不尽快将事情办妥，后果将不堪设想。我们在日内瓦和巴黎的约见不能再等下去了。我宁可事后向上面做检讨也不愿意现在浪费时间等待批准。"

弗雷一听到是我，声音里一下子充满了喜悦，仿佛一棵圣诞树被突然点亮："鲍勃，你好吗？听到你的声音太高兴了……没问题，鲍勃，我认识迪特尔·詹恩，我先打几个电话联系一下，然后给你回过去。"

几个小时后，我和乌尔斯、詹恩和艾米尔已经坐在豪尔根区一家偏僻餐馆外边的庭院里了，它坐落在阿尔卑斯山的山顶上。楚格湖的美景与远处瑞士境内的阿尔卑斯山连接在一起，绮丽的湖光山色构成了一幅绝美的明信片般的图画。借这个天然的幕布为背景，我们举起啤酒杯感谢詹恩能给我们这次机会，使我们得以简要地向他介绍此行的目的。海关和毒品管制局已经简要向他作了说明，因此他没有过多表示出惊奇。喝到第二杯啤酒时，他答应为我们帮忙。

像当初在坦帕的国际商业信贷银行与瑞克·阿古多交往一样，早在半年前，我与迈阿密的瑞士信贷集团①就打过交道了。当时，瑞士信贷的官员就像阿古多一样痛快，马上给我开了账户。但是正当我想进一步"扩展业务"时，国际商业信贷银行、穆拉、阿尔凯诺以及他们的联系人等等接

---

① 瑞士信贷：Credit Suisse，《财富》500强公司之一，总部所在地为瑞士，主要经营银行业。——译者注

踵而来，使我一时无暇顾及瑞士信贷这边的事情。如今，当我向瑞士信贷提出想要建立众多海外公司的要求时，他们介绍我去找他们苏黎世分行的塞缪尔·萨摩海尔德。

刚开始，萨摩海尔德让我给瑞士的一个律师打电话。那个律师问了我一大串问题，想让我说出我管理的这些资金主人的真实姓名，还要我保证这些钱来自于合法渠道。当他了解到，我正在找的律师需要毫无条件地帮我在美国境外建立公司，而且还要为我准备授权书，他支支吾吾地推诿说，他不认识能满足我这些条件的律师，然后建议我再与萨摩海尔德进一步商讨一下这件事，或许他能为我找到合适的人选。于是，萨摩海尔德又给我介绍了另外一名苏黎世的律师。这名律师答应为我准备好我所需要的全部文件——以5万美元作为交换条件。这些文件是必不可少的，没有它们，我们就不能在欧洲的国际商业信贷银行分行开立可以由我和唐·切倍的代表鲁道夫·阿姆布莱切特共同控制的账户。

我在苏黎世见到这名律师时，他交给我厚厚的一叠文件，这些在香港、直布罗陀、利比亚建立起来的公司的文件授权我代表他们在全球范围内做生意。他精心组织了这些公司，将其真正的所有权和控制权隐藏起来。我曾经要求他建立一个列支敦士登基金会作为每家公司的股东，但是他提醒我绝对不能做那样的安排。从前有个客户让他将其所有的公司都放到一个基金会的名下，结果，在政府当局发现他其中一家公司参与贩毒牟取暴利后，就开始对他所有的公司穷追猛打，没收了所有公司的全部财产，这就是多家公司共用一个共同所有权的结果。雷纳的建议是：让这些公司各自独立，这样，我那些哥伦比亚的客户们就不会因为一人落马而导致全军覆没了。

在苏黎世的下一步行动是再次拜访塞缪尔·萨摩海尔德，我要向他致谢，并告诉他，当我准备以雷纳帮忙建立的那些公司的名义开立新账户时会再与他联系。后来发生的一切证实这根本就是个谎言。没有太多的时间了，已经到了五月中旬，距我们结案的时间已不足五个月了。

一列井然有序、纤尘不染的瑞士火车把我、艾米尔、凯茜和琳达火速送到了日内瓦。布里斯托酒店是一家四星级豪华酒店，位于日内瓦市的古城区。从酒店顺着狭窄的石子街道走出不远，就到了英伦公园。公园里洁白的雕像和美丽的喷泉随处可见，五颜六色的鲜花围成一束束彩虹般的花环环绕在日内瓦湖畔。很难想象，在这座风景如画的城市里，竟然进行着将亿万毒资转移到世界各地的罪恶勾当。

在商业投资银行，我和艾米尔、凯茜、琳达见到了商业投资银行的个人业务部经理弗朗茨·麦森，以及银行的总经理阿齐祖拉·乔德利。雷纳已经为我们准备好了几份委任书，一旦将其呈递给商业投资银行或国际商业信贷银行，凯茜就有权将账户里的资金转走。这个策略无疑又为这些毒资购买了一份保险单，以防有朝一日罪犯银铛入狱，在警察查封他的资产时，他不能及时将钱转移到新的藏匿地点。这也代我向他们发出了一个信号，即我知道怎么玩这个游戏。谈话进行到关键阶段，凯茜和琳达借口无法抑制去日内瓦城内那些最高级的珠宝店购物的欲望，中途离开了。

这正好给我和艾米尔提供了与他们谈生意的机会。我们就南美客户的资金管理问题与他们详细地交换了意见，但是对我的客户是一群把成箱的现金交给我们的毒品贩子一事我没有坦言相告。像麦森和乔德利这样经验丰富的银行家，根据他们过去经手的交易，不可能猜不出这一点。

为了迎合像鲍勃·穆塞拉这样的恶棍，银行通常会提供一项高端服务，即为其保存银行账户产生的全部信件以防落入外人之手，从而避免了执法部门由监视犯罪嫌疑人的信件入手进而顺藤摸瓜追踪到银行。在商业投资银行，我收起最近这五个月收到的银行信件，这些都是很关键的记录，里边包括一张由哈桑、阿万和比尔格拉米制定的毒资转移的路线图——还包括一些将为我们在法庭上提供重要证据的邮件。

为了将一些银行记录和财务信息隐藏起来，罪犯们也可以去一些提供庇护的国家，像瑞士，在那里的银行开办银行保险箱业务。麦森和乔德利为我和艾米尔开了个保险箱，我已经为它预付了现金，避免任何牵连上我账户的事情发生。在他们银行的秘密保险库里，我从公文包里抽出一堆票据塞进保险箱里。这些票据上记录着一些假密码，银行代码，账号，账户名称以及联系信息等。一旦银行打开保险箱检查，一切看上去都很正常。

我正要把保险箱滑回原位，艾米尔一把抓住我的胳膊。

"我也想让你帮我把这张纸放进我的保险箱。"

艾米尔在一张纸上描出他拳头的轮廓，中指依然伸在拳头外①。"这就是我必须要对这些混蛋讲的，"他说。"他们让我恶心！"

我大笑起来，把纸叠好放进衣服口袋，然后告诉艾米尔让他失望的消息："我们不清楚是否会有其他人打开这个保险箱。另外，我也不想让他们的律师有朝一日向我们出示这个。"

这个银行的保险库里也许装了窃听器，因此我不便多说，不过艾米尔与我心照不宣。

我们完成所有必要的书面工作后，礼节性地参观了商业投资银行。该动身前往巴黎了。

科迈文火车站②里人头攒动，拥挤不堪。那是一座黑漆漆的高大建筑物，让日内瓦最明亮的天空似乎也变成了暗褐色。尽管正值交通高峰时段，但文雅得有些过分的瑞士人显然已经习惯了车站里的喧嚣，乘车出城时从容而镇静。

本以为买几张火车票易如反掌，琳达首当其冲，操着一口美式英语走上前去，用很快的语速向售票员说要买四张去巴黎的火车票。那售票员瞪着她叽里咕噜说了几句法语，就不再理她。琳达还试图继续迫使那人与她对话。遗憾的是，她犯了个明显的错误，在嘈杂的环境里跟一个没有听力障碍的、但根本不说英语的聪明人讲英语，必须要将语速放慢，才能让他听明白。

琳达也怀疑那个售票员在假装不会说英语。于是她就学着纽约大街上的小混混那样，站在售票口更大声地吵叫着买票，买票，买票。

艾米尔当然是装聋作哑，每次琳达说完一轮都怂恿她继续，低声说着："我看这位女士在蒙你，她会说英语。"然后，就站在她后面，眼珠咕噜噜转着，不出声地坏笑。

---

① 握拳伸中指表示鄙视。——译者注
② 科迈文火车站：Gare de Comavin Station，瑞士日内瓦的一个火车站。——译者注

"我来试一下，"凯茜低声说。她说了几句法语，很快就返了回来，手里举着四张开往巴黎的子弹头列车头等厢的车票。

我们上了火车，在座位上安顿好，艾米尔放下手中的棕色大食品袋，从里边拿出两瓶葡萄酒、一条面包、奶酪和意大利火腿，那些都是我们在车站附近的一家熟食店买的。不一会儿，我们与两位列车员及一名乘客开始美滋滋地共享这顿法式便餐。他们开心地唱着歌，还不时地开玩笑，说我们简直就是准备入侵巴黎的丑陋美国佬。

他们当然对我们的行动一无所知。

尽管周围气氛轻松，可我的思想却集中在即将与奇诺伊进行的会谈上。这次会谈是绝无仅有的一次机会。如果会谈失利，我们的行动就只好向后拖上好几个月，可是我再也没有几个月的时间可以浪费了。火车呼啸着朝巴黎方向疾驰，向西穿过绵延的汝拉山脉，一路沿着罗纳河，向北经过勃艮第地区①，此时，就像以前我在关键的会谈之前所做的一样，我在脑袋里飞快地预演着这次会谈中可能上演的脚本。

不像在军界，银行界的潜规则一直以来都是缄默法，即"不要问，不要说"。泄露太多的信息就像往国际商务这架齿轮中倒入了沙子，阻碍它的正常运转。无论如何，关于我的资金来源问题，我已对哈桑和阿万清清楚楚地摊了牌。我与奇诺伊会谈的事很快就会传到他们耳朵里，如果不能做到万分谨慎势必会引起他们的怀疑。

但是，对于特工人员而言，第一个原则就是"让他们随便说，将他们说的录到磁带上"。你如果不能把案件的物证呈递给陪审团，那你折腾半天为的是什么？奇诺伊必须亲口说出他想参与进来，一个点头的动作是起不到任何作用的。陪审团需要亲耳听到他说"是"，而且最好是用兴高采烈的语气说出来。如果我没有带回确凿无疑的证据，证明他完全知道在发生什么事情，证明他已经加入到这场游戏中，证明他明知故犯地参与策划了为毒贩掩盖贩毒利润的犯罪阴谋，那我岂不是在浪费时间？但是我若催得太紧，他就会嗅出预设陷阱的味道。法国这个国家为我们提供了一个完

---

① 勃艮第是地名，位于法国东南部，以盛产葡萄酒闻名。——译者注

美的解决方案：像用水煮青蛙一样慢慢地对付他。如果你把一只青蛙扔进沸水里，它会一跃而起跳出来逃走。但是，如果把青蛙放在冷水中慢慢加热，它就不会感觉到它在被蒸煮。这就是我要对付奇诺伊的策略。

午夜，高速列车驶入巴黎市中心的里昂站。我们住进了拉特雷姆瓦宫。这是一家五星级酒店，位于香榭丽舍大街旁。宽大无比的床上铺着散发着阳光气息的床单被褥，仿佛刚刚从晾衣绳上取下来一样。我试图再预演一个与奇诺伊在一起时将会出现的场景，但是，刚刚上演到跟他握手的画面，我就昏昏沉沉地睡着了。

恍惚只过了几分钟，一位身着传统黑色连衣裙，腰间系着白围裙的侍女敲开了我的房门，她手里端着一个托盘，托盘里摆着咖啡和牛角面包。

到时候了，奇诺伊一定在等我的电话。我们约好共进午餐的。

我拿出自己最好的西装抖开穿在身上。卡洛帕拉齐牌的双排扣黑色上衣，法式袖口的丝光棉衬衫，上面缀着金色的袖扣。我那条红色领带与西服胸袋里的丝绸方巾正好相配，相得益彰。

艾米尔认出了一身正装的我，他装腔作势地滑动着舞步穿过房间来到我跟前，一只手背后放在臀部，另一只手伸给我，做出一副等待我亲吻的姿势。"喔，穆塞拉先生，您像是要去参加婚礼呀，"他脱口而出。

婚礼总比葬礼好，我想，没搭理他。

趁凯茜和琳达化妆时，我和艾米尔忙着给藏在我们公文包里的录音机装上新电池，并换上空白磁带。

国际商业信贷银行巴黎分行位于香榭丽舍大街上，从凯旋门经过几个街区就到了。我们在那里见到了一位穿着考究的秃顶男人，戴着一副厚厚的眼镜。纳西尔·奇诺伊首先作了自我介绍，接着是国际商业信贷银行巴黎分行经理伊恩·霍华德和他的行政助理斯波特·哈桑。

一番寒暄过后，他将我们带到外面，几位司机正站在三辆大型奔驰轿车旁随时待命。他们迅速将我们送到国际联盟俱乐部①。这是巴黎市中心最高级的俱乐部之一。俱乐部在一座 18 世纪的建筑内，选择的会员都是

---

① 国际联盟俱乐部：Cercle de l'Union Interalliée。——译者注

法国最卓越的政治家、文化名流以及商界精英。我们将在这里吃午餐。

我们进餐的餐厅叫吕伊纳公爵厅，富丽堂皇的大厅里摆放着华丽的大钟，挂毯从房顶一直垂到地板，高高的屋顶绘着精美的壁画。侍者"砰"的一声拔出酒瓶的软木塞，将上等的香槟酒倒满我们的细长酒杯，奇诺伊高举起手中的酒杯。

"欢迎诸位光临巴黎，"他说道。"请与我一起举起你们的酒杯，为了我们美好的友谊，我相信这仅仅是个开始。"

究竟还有多少其他人像我们一样受到过如此帝王般的礼遇？

一杯接一杯的香槟酒下了肚，奇诺伊开始夸夸其谈起来。他宣称自己是皇室后裔，夸耀说他父亲曾经在孟买担任通用汽车公司的高级执行官。他说在印度还属于大英帝国的一部分时，他的祖先们曾经做过内阁成员，而且被授予过爵位。

大家交谈正酣之际，我压低声音，差不多接近耳语般地把自己的"家族"史灌入奇诺伊的耳朵。"他们从那不勒斯来到美国时，除了身上的衣服以外一无所有。他们靠自己的辛苦工作杀出今天这样一片天地，自认为赢得整个金融界的尊重是实至名归。我祖父在曼哈顿的下东区经营过一家贩运公司，在一些'特殊朋友'的帮助下，他建立起我们今天拥有的势力和各种资源通道……我的首要责任就是管理好集团的资金，但我哥伦比亚的朋友为我们带来了一个全新的、独特的发财机会，这次丰盛的午宴过后我将跟你细谈这事。"

"我是我们这家银行为数不多的高管之一，"奇诺伊笑言。"我们这些高管与银行总裁密切合作，为全球近五百家分行确立发展方向。我确定我们可以助你们一臂之力。"

实际上，奇诺伊在这家银行稳坐第三把交椅，他下面雇用了 19 000 名职员。他是他的这个团体的代言人。他开始大谈特谈他的团体，滔滔不绝地讲了两个半小时。在这期间，侍者源源不断地把这次盛宴的菜品奉上：鱼子酱、鹅肝酱、鲑鱼、牡蛎、大虾、法国蜗牛、奶酪、兔肉、羔羊肉，最后是精美至极的法式甜点。

享用完这顿令人惊叹的法式大餐，奇诺伊带着我和艾米尔来到紧邻他办公室的一个小客厅。我的表白开始了。我告诉奇诺伊过去几年中我们发展了几个南美客户，在阿万以及国际商业信贷银行在坦帕、迈阿密、巴拿马的职员的悉心关照下，银行为我的客户提供了周到细致的服务。但现在我们越来越担忧诺列加丑闻对我们造成的影响。他正在动摇巴拿马作为我们银行业务中心的地位。

奇诺伊点点头，没有出声。

"因此，我们所有的事情都要从长计议，"我接着说。"这也是我们这次要在这里停留长达两周时间的一部分原因。我们正在寻求一种可能，把卢森堡、巴黎、伦敦、乌拉圭作为交易中心，通过这个中心，我的客户可以完全放心地放置他们的资金……我们对于如何放置这些资金相当感兴趣，但最感兴趣的是……对他们来说，当然是对资金的敏感性和安全性的考虑，资金的存放地和他们之间不能找到任何链接，要确实做到不留任何痕迹。"

他只停顿了几秒钟，就想到了一个办法。"我相信我完全能为你们帮忙，"他几乎不动声色地说。"链接到我们这里就结束了，不会有任何人察觉到。没有人需要弄清这笔钱的主人是谁……此外，你需要的那种保密性，我想我可以给你。"

我向他解释，我们的客户"在美国积累了大量的美元。尽管从某种程度上而言，我能够并且已经帮他们处理了一些事务，但是如果我能够加大处理事务的力度，我就有机会扩大我的业务。目前，在没有任何外援的情况下，我敢说我们一个月可以处理大约 1 200 万到 2 000 万美元。如果我能在此基础上再得到一些援助，我想我们的交易数额将大大超过这个数字。"

奇诺伊稍微停顿了一下，他在计算这些数字，琢磨应对的办法。"有一些困难因素……可能会使事情麻烦些……首先，你得确立自己的中心目标。然后我们可以坐下来按照你的意愿进行调整。我们双方都必须有信心。"

这不是我希望听到的。难道我扯得太远了？奇诺伊的反应本应是忧心忡忡或者小心翼翼，但他却第一次向我暗示，我还没有赢得他的全部信任——也许他的初衷就是进行这样一次遮遮掩掩的谈话。是时候扔给他一支胡萝卜①了。

"信任？为了今天能坐在这儿与你进行这样的谈话，我准备了两年的时间……最起码，从今天到星期一这段时间我得做成点事儿——我要把商业投资银行的一部分资金转移到这儿来，还要把我最信任的一个朋友的一些资金放到这里。我们要存半年期的定期存款，先存 100 万美元，这些钱我们不打算再用做借贷资金。它可以趴在账户上。我还决定，既然我们与阿姆加德的交情一直很好，我要把我的一部分私人存款也转到这来。我想，那大概是……200 万美元吧。而且，这笔钱也不需要用做借贷抵押。此外还有多明戈斯先生的 200 万。我们想把这里作为我们业务的出发点。"

只好如此了。如果一支 500 万美元的胡萝卜这种甜蜜诱惑都不能赢得他的信任，其他什么都别提了。

奇诺伊赞同地点点头。"你对霍华德有了一个评价，你对哈桑也有了一个评价。我们每一个人都会对别人有个评价。还是让我们开诚布公吧。你感觉这两个人适合吗——如果委派这两个人做你的业务经理，你对他们有信心吗？"

"有信心，这是发自内心的信任，"我说。"你认识他们的时间比我长多了，你给我点儿建议吧。"

"我在欧洲时就与哈桑一家很熟悉，"奇诺伊说。"我打心眼里信任这个小伙子。"

他给予霍华德的评价甚至还要更高，他说他对这两个助手报以极大的信任，以至于让他俩独当一面，在巴黎分行负责管理的客户资金高达 10 亿美元。

我解释了在过去几年里，国际商业信贷银行其他分行吸纳了我们成百上千万资金存入定期存单，然后把大多数与定期存款等值的钱以他人名义借贷给我们，我们愿意继续采用原来的做法。

"没问题。"他回答说。

---

① 在美语口语中，胡萝卜经常指"为鼓励某人做某事而做出的诱人承诺"。——译者注

奇诺伊要求哈桑参加我们的会议，并责成他处理我呈递的文件资料。哈桑很快地向我做出保证，他将准备签字样卡和其他申请表格，然后就可以激活账户使其开始正常使用。

"你会逐渐发现，"哈桑走后，奇诺伊说。"我们是多么善解人意。如果你的客户们遇到麻烦，我们将尽最大努力使他们躲避政府当局的追查，给予你们最大程度的掩护。帮助你和你的客户就是我们的根本利益之所在。"

奇诺伊又解释说，事实上，为像我这样的客户管理好账户与引入大客户同样重要，可以将风险降到最低。他在美国银行和花旗银行任职时，恰恰就有过这方面的工作经验。

确信他们即将上钩，我向艾米尔使了个眼色，这是我俩事先商量好的让他离开的信号，这样，当我对奇诺伊言明利害关系的时候，奇诺伊就不会有太多的顾忌了。艾米尔马上起身，宣称要出去往哥伦比亚打个电话。艾米尔确确实实给麦德林集团的一位银行经纪人打了电话，以防有人监听电话或者跟踪电话号码。

"纳西尔，"艾米尔离开后，我说。"资金的敏感性和机密性必须处理好是再重要不过的了。你知道，我不想就此再多说什么，哥伦比亚的毒贩子就是那种人——"

"是的，我理解你，"奇诺伊打断我说。"我什么都没问，是吧，但是我仍在继续这个交易。"

有那么一个可怕的瞬间，我傻呆呆地坐在那儿，极力回忆着在他插话之前我一直在说些什么。奇诺伊对这些资金的来路一清二楚，但陪审团要求出示的证据必须是确凿无疑的，必须是他主动说出，他是心甘情愿地帮助清洗贩毒黑钱。他说的达到这些要求了吗？我没把握。

"听着，纳西尔，我们都是举足轻重的人物，你需要清楚这种事情有多么敏感。我的客户都是内行。他们与李·艾科卡的唯一区别就在于艾科卡是卖汽车的，而他们卖可卡因。"我强调说，我说的有关我的客户所从事的生意这类事希望他能严加保密。

"本该如此。"奇诺伊答道。

他终于上钩了。

"事情顺利吗？"当我们沿着香榭丽舍大街往回走时，艾米尔问我。

"这家伙连眼皮都没眨一下，"我说。"他承认知道这些钱来自哥伦比亚的毒贩。"

这时，我们拐进了一条狭窄的石子路，我们轻轻地互相击掌庆贺。我们终于做到了，我们都看到了胜利的曙光——但是，愤怒的暗流依然在我们的内心涌动着。

"这群混账东西，"过了一会，艾米尔怒吼一声。"要不是因为他们为虎作伥，卡特尔根本不可能这么张狂。比起我们正在对付的埃斯科瓦尔和其他杀人犯——他们至少不会躲在谎言下道貌岸然地标榜自己如何如何——这些人渣们更加厚颜无耻，真是令我作呕。"

"这就是为什么我们一定要把这件事坚持做到底的原因，"我警觉地用眼睛扫视了一下四周，说："糟糕的是，这家银行正在从事的这些罪恶勾当并非此家银行官员们的独家发明，早在世界的其他大银行工作时，他们就学会了这种交易手段。所以，我们的工作只不过才开了个头。"

回到酒店，我从录音机里取出磁带，标上我姓名的首字母和日期，抠掉消磁片防止录音资料被误消，接着我又放入一盘新磁带，以防万一有人突然造访。

为了摆脱紧张和压力，我和艾米尔、凯茜、琳达换了衣服，跑出去参观一些风景名胜。我们在圣心教堂附近的一家古雅的咖啡馆吃了晚饭，远远望去，那座神奇美丽的教堂赫然矗立在那里，仿佛一名哨兵守卫着巴黎这座光明之城。就是这一小片蒙马特尔高地曾经吸引了毕加索、莫迪里阿尼①以及图卢兹-罗特列克②等大师驻足在此。一位街头音乐家弹奏着手中

---

① 阿梅蒂奥·莫迪里阿尼（Amedeo Modigliani，1884—1920）：意大利画家，是20世纪上半叶"巴黎画派"的代表人物。他以肖像画见长，既吸取了印象派的写意画风，又融入其独有的具象线条。——译者注

② 亨利·德·图卢兹-罗特列克（Henri de Toulouse-Lautrec，1864—1901）：法国贵族，后印象派画家，近代海报设计与石版画艺术先驱，被人称作"蒙马特之魂"。——译者注

那只破旧的手风琴漫步而过，我们都长长呼出了一口气。我禁不住感叹我们的好运气。

第二天，我们走马观花地参观了卢浮宫。凯茜对艺术是彻头彻尾地狂热着迷，可我和艾米尔一个小时后就渐渐没了兴致。当我们穿过埃及艺术品展区时，艾米尔不一会儿隐身在阿努比斯①大型雕像后边，然后用鲜明的波多黎各风格版本演唱起手镯合唱团的代表曲目——《像埃及人那样行走》②，边唱边像史蒂夫·马丁③那样胡乱拍着手，我们都笑弯了腰。

那天晚上，奇诺伊邀请我们去他家喝酒。那是他在每周的五个工作日期间居住的地方，是位于市中心的一套高档的阁楼式公寓。周末时，他和家人要住到郊外的别墅里。奇诺伊的儿子为我们开了门，并领我们来到客厅落座。这个孩子十几岁的样子，彬彬有礼，风度翩翩，俨然一个小男子汉。奇诺伊因事耽搁稍后才能过来，他的儿子就与我们聊起了巴黎，言谈举止颇有些外交官的风范。

五分钟后，奇诺伊一身考究的装束出现在我们面前，红色丝绸的衬衫搭配一条红蓝相间的佩斯利丝质宽领带。他将妻子和两个孩子一一向我们作了介绍，同时询问我们逗留在此是否开心，说着随手打开了一瓶酒。大家在客厅里海阔天空地聊着天，我向奇诺伊示意想要与他单独谈谈。于是我们走进隔壁的一个房间。

"我有几位哥伦比亚的重要客户明天将到达这里，"我说。"有可能的话，我想让你帮个小忙，帮忙说服他们加入国际商业信贷银行这个大家族。如果我发现他们抱着观望的态度，犹豫不决，你是否愿意与我一同前往跟他们会面？"

"当然了，我会帮助你，"他说，好像我刚刚问了一个愚蠢的问题。

---

① 阿努比斯：古埃及传说中掌管冥界和亡者之神，长着一颗胡狼头，因发明木乃伊干尸的制作方法而受到崇拜。——译者注

② 手镯合唱团（Bangles），1981年成立于美国洛杉矶，四位美女摇滚组合曾红极一时，《像埃及人那样行走》曾获1985年单曲年度排行榜第一名。——译者注

③ 史蒂夫·马丁（Steve Martin, 1945—）：好莱坞著名的喜剧演员、剧作家、编剧、制片人，多次主持过奥斯卡颁奖典礼，主演的过许多电影，尤其是喜剧片，如《新岳父大人》、《神勇三蛟龙》、《粉红豹》等，深受观众喜爱。——译者注

"你应该知道，我的巴黎分行有一位业务经理，通常我把哥伦比亚客户的事务都交给他来管理。他每三个月就悄悄溜到哥伦比亚一次，随身带去详细说明客户账户现状的账户记录。我们鼓励那些客户看完账户记录后尽量将它们继续交给我们保管，那是出于他们自身安全的考虑。要不然，他们的财务记录就会冒被政府当局发现的危险。如果你愿意，我就派这个人协助你和你的客户。"

"谢谢你，纳西尔，"我说——这次是真心实意的。

难怪国际商业信贷银行巴黎分行吸引了高达十多亿美元的存款呢。这家银行不仅参与洗钱，而且始终加倍小心地防范联邦特工截取或获得这些犯罪证据。

稍后当我们准备离开时，奇诺伊和他妻子邀请我们第二天参加他们与霍华德、哈桑及其家人的家庭晚宴。我们只得答应。他是我们在巴拿马受阻后创建新的洗钱系统的关键人物，也是我们打入这家银行的"钥匙"。

该去电话亭打几个电话了。我必须向史蒂夫·库克作简要的汇报，还要与家里取得联系。

伊芙早已听厌了为了这件世纪大案有必要做出无穷的牺牲之类的话。像蒂施勒一样，她正掰着手指计算着到十月份还有多少日子。为了准备这次行动，政府特工们要去间谍学校进行专门的培训，可是没有人为我们特工的家庭着想，让他们也做些必要的防备。在那场"对毒品的战争"中，许多卧底特工的家庭遭受牵连甚至迫害。我们潜入地下组织之深是以往任何卧底特工都没有达到过的，在总部宣布结案前，没有任何事情能够阻止我全力以赴地工作。我和妻子的电话中常常充满了沉默、痛苦和沮丧。

"我想你，"我说。

"我知道，"电话里传来她的叹息声。"你什么时候回来？"

"我们在巴黎还得呆几天，但接下来要动身去伦敦。我也说不准，我们应该大概在一星期以后回到美国，但那时我还要和几个人到迈阿密逗留几天。你和孩子们过得怎么样？"

"我们还好，就是惯常做的那些事——工作，学习，运动会，看牙医，修车，等等……另外，快到学年末了，所以会非常忙。"

"听着，"她停顿了一下接着说。"我不想再提这个案子。你回来的时候，斯科特可能会正在代表他们队参加地区运动会，安德里亚可能会和朋友们在一起，而我可能也不在家。我要去雷廷顿海滨住几天，我确定住哪家宾馆后会告诉你，如果你想见我，并且能抽出时间，你可以到那里找我。"

"我当然会去宾馆见你。对不起，让你承受这么多。"

"这也是无可奈何的事，"她说。"在这案子全部结束后，看看我们是否还能恢复从前的生活。"

电话里一阵长长的沉默，我们相互道别后挂断了电话。

我呆呆地瞪着电话许久，感觉似乎过了几个小时，然后用力摇摇头，让自己从撕心裂肺的悲伤中清醒过来。我必须这样做。我即将面临一场对罗伯特·穆塞拉信誉度的最严峻的考验。接下来要发生的事情可能会重新定义这场"对毒品的战争"。

十四、麦德林进军巴黎

法国巴黎，特利莫伊勒酒店①

1988 年 5 月 22 日

当穆拉与奥斯皮纳破门而入突然出现在我们面前时，房间里马上弥漫着一股苏格兰威士忌酒的浓烈味道。两张醉醺醺的笑脸，布满血丝的通红眼睛。他们从麦德林来到巴黎一路上都在庆祝。尽管以前曾与他们一起聚会过，但他们今天的行为，显然与戒备森严的卡特尔两个守门人的身份格格不入。卡特尔的严规戒律并没能阻止住奥斯皮纳冲进我的住所继续痛饮——这个人根本不把那些放在眼里，必须给他点颜色看看。

奥斯皮纳一边搜肠刮肚地找词儿，一边用含糊不清的西班牙语解释说，唐·切倍的手下想在国际商业信贷银行巴黎分行投入 100 万美元，而且还想在阿姆布莱切特叔叔控制的一家德国银行投入另外 400 万。这两项投资对于他们而言不过是沧海一粟。过量的苏格兰威士忌已经让奥斯皮纳放松了警惕，他喋喋不休地宣布说，"我应该说服唐·切倍的代表们，使他们相信我有许多渠道可以安全可靠地为他们的组织清洗资金并进行投资，"他说这非常重要。他警告我们说，阿姆布莱切特可是个位高权重的

---

① 特利莫伊勒酒店：Hotel de la Tremoille。——译者注

人物。另外一个代表唐·切倍参加我们会议的人名叫圣地亚哥·乌力贝，他是麦德林集团的律师兼法律顾问，监管着卡特尔大量的业务往来。

奥斯皮纳计划让我们当晚都去参加阿姆布莱切特和乌力贝的宴会，但是奇诺伊早已邀请我们参加他、霍华德、哈桑及他们家人的家庭晚宴。因此，跟阿姆布莱切特和乌力贝会面还需要再等一等。奥斯皮纳气得七窍生烟。我怎么能让阿姆布莱切特一直等着我呢？我告诉他，我来巴黎有许多原因，他不要认为我长途跋涉 8 000 英里只是单单为了跟他们一家做生意。应该让奥斯皮纳知道，在巴黎他并不是唯一上演的一台好戏。

这伙哥伦比亚人狗胆包天，却根本没有道德概念——危险的组合体。但我们不能表现出丝毫的恐惧。我必须表现得像他们一样：狂妄自信、冷酷无情、斤斤计较。他们能感觉到你的恐惧，对你的异常行为总是很警觉。但是此时此刻，友好的热情比恐惧更有可能置我们于死地。

由于卡特尔 95％的资金通常是通过巴拿马进行流通的，所以那些“大人物”们正心急如焚地想找一些其他渠道来替代巴拿马。需要清洗的资金越积越多，而银行往来业务因诺列加与美国之间的抗争一直停滞着。如果这时候向他们推介我们的洗钱系统，我们一定能得到他们的绝大部分业务。一切都顺理成章，除了奥斯皮纳喝得烂醉如泥。我们已经制定好了计划。

艾米尔送穆拉和奥斯皮纳返回他们的宾馆，然后与穆拉夫妇一同又回到我这里。穆拉告诉我们说，包括唐·切倍在内的卡特尔的其他成员，将要同阿姆布莱切特和乌力贝一起参加这个会议。这是一个重要的情况。这意味着我们可能会寡不敌众。我需要了解到关于他的随行人员的更多信息。唐·切倍此番出行不会不带足随从的。

穆拉担心阿姆布莱切特和乌力贝会不满奥斯皮纳的行为，所以我们必须与愚蠢的奥斯皮纳划清界限。穆拉帮助我们制定出一个对付唐·切倍手下人的计策。做过飞行员的阿姆布莱切特，通常情况下不会让自己牵扯上金钱问题，但他的许多意见在卡特尔可以说是一言九鼎。他的诚信可靠和超常的智慧赢得了卡特尔的极高尊重。如果他能为我们的洗钱系统说点好话，将会很有影响力。我们要像争取阿尔凯诺那样赢得阿姆布莱切特的信任。

我们的一个竞争对手，人们通常称其为 *El Costeño Mama Burra*①——明天也将随唐·切倍一同到达。艾米尔听了这个名字，突然一阵爆笑。他粗略地翻译了一下，原来这个绰号的意思是"北方大蠢驴"。此人就是爱德华多·马丁内斯，当时在毒品管制局是挂了名的，被认为是为卡特尔提供洗钱服务的最有影响力的人物之一。为了回报巴拿马西部银行官员们一直以来对他的关照，马丁内斯正通过该银行清洗数千万美元。他当然会千方百计地破坏唐·切倍对我们每个举措的信任。按照穆拉所言，如果我们能够说服阿姆布莱切特把 100 万美元存入国际商业信贷银行巴黎分行，那么我们就会成为唐·切倍可以信赖的洗钱渠道，这必将对马丁内斯产生威胁。穆拉为了我们已经豁出去了一切，甚至不惜冒掉脑袋的危险。这时，他需要我亲自出面去赢得阿姆布莱切特的信任。

他们七个人而我们只有两个，这个比例对我们相当不利。但我们不能请求后援。如果他们察觉受到监视，我们将必死无疑。我们没有武器，没有特工徽章，在法国也没有任何权力。只是少数几个美国驻法大使馆人员和法国海关人员知道我们在巴黎办案，但他们也不会一直密切关注我们的。我们必须随机应变，谨慎行事，每次只安排一次会谈。

当奥斯皮纳在旅馆里醉得不省人事的时候，我和艾米尔、凯茜、琳达参加了奇诺伊、霍华德、哈桑以及他们家人的晚宴。与他以往安排的盛宴一样，奇诺伊在巴黎众多高级餐馆中选择了一家，准备好五星级的美食招待我们。在席间，奇诺伊小声对我说："两个月后我打算去趟美国，那时，如果能见到你以及贵集团的什么人，我将非常高兴。我想我们可以做一些互利互惠的事情。"

"我敢肯定，这没问题，"我说。"我也非常愿意将我的'家族'成员介绍给你，他们与我一起肩负着维护我们家族金融事务安全的责任……你能成为我们的贵宾，我们真是荣幸之至。你一直对我们那么友善……我感觉我们似乎认识多年了。"

---

① 西班牙语。——译者注

"谢谢你，鲍勃，"奇诺伊微笑着说。"我也有同感啊。"

到了该测试我和凯茜一直在商讨的一项计划的时候了。我们最终必须将我们所有的对手都聚集到坦帕，然后结案。如果我们不能在自己的地盘上将他们抓获，他们就会逃到引渡范围以外的地方——比如哥伦比亚或巴基斯坦。我们现在还没必要确定具体日期，但我们可以测试一下，看看他们对我们安排在五到十二个月后的一件大事的反应如何。所有这些对手似乎都很喜欢我俩，他们以为我俩已经订婚……

"我们正开始筹办婚礼，"我对奇诺伊说。"那将是为期数天、场面宏大的庆典，我家族中所有重要人物都将一齐到场，包括我们董事会的全体成员。希望你能明白我的意思。我知道我们刚刚相识，但我认为，你不仅是我的朋友，还是我们家族组织生活中举足轻重的一个人物。如果你和你的家人肯赏光接受我们的邀请来参加婚礼，我真的倍感荣幸。我们还没定下具体日期，可能会在十月份吧。"

"哎呀，太感谢了，"他回答道，他两眼发亮，看到了一个绝好的机会。"参加你们的婚礼我们将荣幸之至，无论如何不会错过。我会携穆妮拉和孩子们一同前往。"

真是易如反掌。也许上演一场假婚礼是最佳的结案抓捕方案。

饭后，霍华德开车带着我们简单地游览了巴黎。他带着我们穿过位于巴黎市中心地带占地 2 100 公顷的布洛尼埃森林公园。一路漫游，当我们的车沿着狭窄的道路行驶时，他向我们指点着路边几十个成帮结队的妓女。她们朝我们微笑，并不时地向我们招手。霍华德格外深长地吸了一口烟，然后用他那纯正的英式英语说："你会发现这种事情十分令人震惊。鲍勃，这些都是变性人，他们按照自己的国籍在公园的某些地方聚集。所以，如果你对来自委内瑞拉的他或她感兴趣，很好办，这里就是你的地盘。在那边，你可以找到来自非洲各地区的，还有其他地方来的。绝对令人吃惊，对不对？"

的确如此。

第二天，穆拉通知艾米尔，说阿姆布莱切特准备与我开始谈判了。我想最好私下里先跟阿姆布莱切特见一面。之前，奥斯皮纳制造了许多干扰，必须让阿姆布莱切特把谈判集中在对我们最重要的一些问题上。若房间里的六个人都站在与我们对立的立场上，势必使谈判朝着对他们有利的方向发展。而且，当小心谨慎的人们面对一群陌生人时，他们很自然会表现得更加局促退缩。必须让阿姆布莱切特知道，我就是这样一个小心谨慎的人。如果他是个真正的玩家，他应该明白。在穆拉的帮助下，我们约好在乔治五世宾馆的大厅见面，那是阿姆布莱切特下榻的旅馆，一座 17 世纪的宫殿式建筑，距离我们住的特莫莱酒店只有几个街区。

穆拉警告我说，阿姆布莱切特本人虽然不讲究穿着，但为见他穿上我最好的正式礼服还是值得的。阿姆布莱切特知道我穿着什么衣服，因此他应该先认出我，然后过来找我。我在宾馆一楼找了一个僻静的角落坐下来，打开微型录音机，等着阿姆布莱切特的到来。坐在维多利亚时代的长沙发上，我仔细欣赏着几英尺外那块从天花板一直垂到地板的 17 世纪的巨大壁毯。会面时阿姆布莱切特应该坐在我的右侧，面向前方开阔的空间。我不想与他面对面坐着——那样对抗意味太浓。我俩应该都坐在双人沙发上，而我的身体在他一边，向他敞开心扉，胳膊、腿都不要交叉，让他感觉我很坦诚，没有什么隐瞒他的。

一个谦逊内敛、充满自信的男人不紧不慢地朝我走来，他穿着一条蓝色牛仔裤，脚上一双牛仔靴，花格子衬衫外边是一件羊皮夹克。他默默地挨着我坐下，对我笑了笑，歪着脑袋点了点头。

"很抱歉，因为那么多的杂事缠身，使我没能与你尽快见面。"我说。

"那不是你一个人的事，"沉默了好一阵，他回答道。"他们搞了点儿小麻烦使我也不能及时见到你……正是因为某个中间人，我不喜欢让他处于那样的位置。"

他指的是奥斯皮纳。他的英语里夹杂着一点德语和哥伦比亚语的口音。

"很抱歉，"我说。"你我之间因为那个中间人而缺乏一定的沟通……但感谢上帝，现在我们终于坐到一起了，这才是最重要的。"

"有人一直站在中间，一直站在穆拉和……我真不喜欢这个家伙。他个人身上存在一些问题，这倒没什么。但是现在，他正在肆无忌惮地把他的个人问题带到生意中来。我到这里不是来观光旅游的，我是来谈生意的。"

"希望今晚你能赏光同我们一起共进晚餐，"我说。"如果你还没有其他安排的话，我们很愿意邀请你——"

"太好了。"他回答说。

"埃米利奥与我所有的南美客户合作，"我说，开始进入正题。"他不仅为我当翻译，实际上，他也协助我们接收一些我们需要接收的东西，并且最终使那些客户的利益顺利返回美国。"——这是暗语，代表的是"现金"和"电汇"。

"嗯，鲍勃，我想更多地了解一些你们金融公司那边的情况。你们的运作机制是什么？如何运作？能给我们提供的保障都有哪些？因为，如果一切妥当的话，至少看上去要非常妥当，那么我们能够交易的资金数量会相当可观。"

"这当然好了，"我有意停顿了一下，然后回答道。"我认为这是给我们双方创造机会，看看我们的合作能否继续进行下去。我相信我们没有理由不继续合作。我知道你需要亲自对我本人进行更多的了解，我认为你那样做是理所应当的。无论你需要了解什么，我都会毫不犹豫地与你开诚布公地进行讨论。"

"我本没想问这个，但是如果你提议，嗯，很好。那一定非常有趣。"

"我想，首先让我们彼此增进了解可能对我们双方都有好处。因此，正像我们美国有句话说的，我随时准备先脱掉自己的裤子，告诉你关于我的一切。"

他被我逗笑了。"鲍勃，你一定要对我的处境多少理解一些。我是相当谨慎的……某些事情，我想了解的是全部的事实。"

"如果我们提前没有考虑到这层的话，我们俩现在谁都不会坐在这里像这样谈生意啦。这是我们双方都需要采取的方式。"

"很好。"

阿姆布莱切特接着解释说，那位名叫圣地亚哥·乌力贝的律师将要参加我们的会议。卡特尔的大人物们也极其看重乌力贝的意见。接着，他又把话题扯回来，开始抱怨起奥斯皮纳。这时如果不让他知道我认识奥斯皮纳，可能会惹出麻烦来。

"通过冈萨洛的介绍，我有幸与奥斯皮纳先生结识并发展起友谊——"

"哦，他妈的!"

"——不过，实际上，冈萨洛才是我们在哥伦比亚的代表。"

"是的。"他说，松了口气儿。

"我们已经与冈萨洛打了好几年的交道，"我继续说。"他是我们最信任的人。"

接着，我向阿姆布莱切特简单介绍了我与国际商业信贷银行合作的历史。我详细地解释了，三年前，我是如何被说服与南美洲客户开始合作做生意的。接着，我邀请阿姆布莱切特到美国拜访我，我将会全程为他安排一次极其隆重的观光旅行。我又解释了我们如何以许多空壳公司的名义开立了账户，使我们能够在美国开展大量现金存款业务，以及我们的飞机包租服务如何将大批美元现金偷运出美国存到境外的银行里。

我提出要求，让他们先将100万美元存入银行的定期存单，作为帮他们处理巨额资金的先决条件。阿姆布莱切特对此表现出担忧。

"为什么你要把它理解成是一个条件?"我反驳说。"这与'你帮我挠挠背，我再帮你挠挠背'① 不是一样的道理吗?"没有银行的帮助，我们将寸步难行，无法生存，所以我们必须做一些让他高兴的事。我把我们系统的概况全部介绍给他，然后又郑重地加了一句:"如果你们肯赋予我这份责任，我愿意以我个人的名誉甚至生命为担保将它承担起来。如果我做不到这一点，你们就不要与我共事了。"

"问题的关键是现金，"他说。"而我们手里有许多。"确实，他们在很多地方都藏有现金，而且他们也想把哪些巨额现金存入定期存单，但是，他们更希望得到奥卡姆剃刀②。"任何问题的最佳解决办法就是所有办法中

---

① 英语里有 "You scratch my back, I'll scratch yours." 的习语，意思是你帮我，我也帮你。——译者注

② 奥卡姆剃刀（Occam's razor），是由 14 世纪逻辑学家奥卡姆的威廉（William of Occam）提出的一个原理。奥卡姆位于英格兰的萨里郡，那是他出生的地方。奥卡姆的威廉这个原理称为"如无必要，勿增实体"，即让事情保持简单。——译者注

最简单的那个，因此，我们设法让它最简单化。这就是为什么许多事情我要亲历亲为的原因。我亲自去购买飞机。我亲自找人修理飞机。我亲自驾驶飞机。我跑到欧洲这边使用自己的账户转账……我从来不用那该死的现金付款，从不……很少有人知道我是做什么的。我们努力让事情保持简单化，而要想做到简单就要避免太多人涉入。"

"说到在大街上接款，"我回答说。"那是多明戈斯负责的事儿。离开了大街，就由我全权负责了。"

"好。"他说。"先将目前我们正谈着的这 100 万放到一边，这点钱根本算不了什么。我们正准备发展另外一笔业务，就是为了我们组织的安全存下一大笔资金……我们不想让任何人拿走它。我们现在有 3 000 万美元存在肯塔基州的路易斯维尔市，我不知道是不是还有更多，因为我了解的情况有限。但是我们可能会有，我估计，大概 5 000 万美元，1 亿美元，或者更多。这是一笔巨额资金，我们只想把它作为我们组织的保险金存起来。如果我们能发展起一种良好的系统机制，它也许能发挥再生功能。我会说服许多其他人对我们的系统感兴趣……我们都是深谋远虑的生意人，不喜欢购买豪宅或者高楼大厦向别人示富。我们都属于一个组织，我们喜欢更加隐蔽地进行交易，而且我们对现金情有独钟。它太有用了。"

"我已经说了一大堆关于我自己的事情，"我说。"我很想了解一点你的情况。"只要他作出回应，就会泄露他对我是否满意。

他停顿了一下。"我是个专业飞行员……过去曾在阿维安卡航空公司①就职。我驾驶波音 707s 和波音 737s 达七年之久……我还学了几年医，但我并不喜欢……我父亲是德国人，我曾经在欧洲、美国和拉丁美洲生活过……我的思想很开放，因为我有机会领略不同的文化。我也是个独断专行的上司；我一直处于领导的地位，而且在不断地学习，再学习……所有事物我都要插手过问，因为你会发现，在整个一生中，你可以信赖的人寥寥无几，而我遇到的问题却是人们对我太信任了……我极端重视对事物仔细深入的分析……我不会铸成大错。"

---

① 阿维安卡航空公司（Avianca）是哥伦比亚最大的航空公司。——译者注

你很快就会了，我这么想着。

"我想让奥斯皮纳先生彻底出局，每一件事情都不要他参与，"他继续说道。"我不喜欢他……我想都是因为他从中作梗，我们俩到现在才聚在了一起……他的性嗜好是什么，我可以不在意。但是他总是试图把他的意图强加在我的身上，我不喜欢那样……我不喜欢他无所不知的样子……我认为他是一个容易被压力左右的人，很容易被人利用。"

他要求与我一起返回我住的旅馆，如果奥斯皮纳在那里，我们就暂时停止谈话，等他不在时我们再重新开始。如果奥斯皮纳不在那儿，我们就去见乌力贝，解决所有尚未解决的问题。

我们来到了房间，艾米尔、穆拉和乌力贝正在等着我们——没有寒暄，直接切入正题。阿姆布莱切特直言不讳地将他最担心的事情说了出来。他目光犀利地盯住穆拉的眼睛，用一种咄咄逼人的口吻说道："我想要确切了解，他在这些交易中到底扮演了什么角色。"

当然，他指的还是奥斯皮纳。

"好的，好的，嗯，"穆拉结结巴巴地说。"嗯，我认识那个人是在11月份。在麦德林集团，他们将他介绍给我，嗯，嗯。当时我们正在谈论发展潜在客户的事情，而他恰好就是中间人。他一直在做中间人，仅此而已……他做交易时根本不会提到唐·切倍。"

穆拉正在表明他自己与奥斯皮纳无关，同时又提供了足以说明问题的内情，这样，在他离开巴黎之前奥斯皮纳不会被干掉。他把与唐·切倍的结识归功于奥斯皮纳的牵线搭桥，但那些对阿姆布莱切特和乌力贝来说根本无关紧要。

"我不想再用他。"阿姆布莱切特下了决心。

"没错，我也不想。"乌力贝也说。

奥斯皮纳的许多恶习将他自己置于岌岌可危的境地。昨晚他喝醉了，但即使在清醒时，他也说话太多。更糟糕的是，他妄自尊大，目空一切。

"这个人是个十足的蠢货，而且，粗俗不堪，令人讨厌。"阿姆布莱切特说。

乌力贝对阿姆布莱切特耳语了一阵。

"暴力不能解决任何问题。"阿姆布莱切特回答道。

看起来奥斯皮纳很快就要性命难保了。

等他们发泄完怨气，我向乌力贝解释了我们的洗钱系统。我把国际商业信贷银行是如何帮助我们隐藏那些资金真正来源的事一一摆出来，接着又解释了，苏黎世的雷纳律师已经为我打算在直布罗陀创建的尼斯海洋船运有限公司准备好文件资料。建立这家公司的目的就是掩护唐·切倍在国际商业信贷银行巴黎分行账户上成百万美元的存款。为了让阿姆布莱切特和乌力贝放心，我告诉他们，我已经安排好我们与纳西尔·奇诺伊的会面。

"我想，要是我们能画出一张小的运作流程表就好了，这样，我们就能将所有发生的事情都表示在图上。"阿姆布莱切特说。

"没问题。"我动手给他画了一张环环相扣的运作流程图表，令他印象深刻。

说到最后，我使出警察永远不会使用的一招。"我现在公开邀请你到坦帕去，到我家里做客，我会带你去纽约。至于纽约，因为有我表兄在那儿，所以，我敢保证，对你所到之处我们完全可以控制好局面，不会让你有任何形式的暴露。如果你愿意，甚至不必让别人知道你的姓名。我想，有时候让你亲眼看看我们的运作情况或许会大有帮助。也许得花上几天的时间，这样，你就能看到，事情正在以非常专业的方式在运作。随时欢迎你接受这份邀请，在你认为时机成熟的时候，不妨去看看。"

"谢谢你。"阿姆布莱切特说，态度冷淡。

穆拉这时插话进来对我的观点表示支持。他强调说，我最为关心的事情，是不能让我们运作系统的安全性受损。这套系统最初是为我们美国的客户建立起来的，是一个功能完整的综合系统，不仅仅能够转移资金，还可以进行投资。

"这就是我们为什么到这儿来的原因，"阿姆布莱切特说。"能够对你们的系统做一番全面的考察，最终建立起一个有利于我们双方长期合作与发展的完备机制。"

多年的精心策划终于收到了成效。我们不仅即将成为他们首选的洗钱渠道，而且还将成为他们的银行。接着阿姆布莱切特向我作出了信任的表示。他想让我设法弄到尼斯海洋船运公司的授权书，授权第三者与他一起控制巴黎的账户。

"我以前曾把名字弄错过，"我说。"你们可否帮忙把这个人的名字写下来……"

阿姆布莱切特写下了"杰勒德·蒙卡达"这个名字。

成功啦。他们组织中又一个高层成员闯入了我们的雷达监视视线。但当时我们还被蒙在鼓里，原来这个蒙卡达实际上就是唐·切倍——真正操控一切的人，巴勃罗·埃斯科瓦尔贩毒集团的二老板。

阿姆布莱切特轻轻抚摩着他的下巴说："如果哪天你突然消失了，会发生什么呢？"

除了我以外，在场的所有人都笑了。我心里清楚他是认真的。"这就是为什么你要得到授权书的原因啊。人人都知道我住在哪里。人人都知道我在哪里工作。"我说。

我的反应让他有点儿吃惊。"我指的不是那个，"他说。"我是说，你知道，假如，发生了什么事，比如说一场意外。你知道你必须要考虑到这一点。"

就是基于这个原因，我已经答应为他的账户签发两份授权书。一旦鲍勃·穆塞拉意外丧命，阿姆布莱切特和他的组织还可以继续操控账户。

"那就对了，"他说。"那很好，非常好。是的。从根本上说，我们解决的就是问题，许多问题，不断出现的问题。然后得到的回答应该是好，好，好。"

随后，传来敲门声。是奥斯皮纳。阿姆布莱切特谎称我们是偶然碰到的，对我们系统的安全问题的讨论才刚刚开始。我们兜着圈子一起聊了半个小时。奥斯皮纳并没有意识到他已经被踢出局，但他也没能了解到更多的详细情况。

该轮到我安排晚餐和晚间娱乐活动了，于是我选择了博若莱大街上的一家百年老店——格兰德威福酒店。它位于巴黎市中心，毗邻帕莱斯皇家花园，是法国大革命时期各种意识形态汇集地之一。在过去的岁月里，它曾招待过拿破仑·波拿巴和他的夫人约瑟芬·波拿巴、维克多·雨果、让·保罗·萨特、西蒙尼·德·波伏娃等无数名人。巨大的石柱排列在入口道路两侧，中间铺着的红地毯一直通向酒店的正门。一大群门卫和侍者们极其殷勤地围在我们身边，极力迎合着我们的每个愿望。酒店内著名的装饰镜使其内部空间看上去比实际大许多。这真是个恰如其分的比喻，我想。我们的盛宴进行了几乎四个小时，费用高达 2 000 美元左右。

　　除非你跟像阿姆布莱切特这样挥金如土的人相处过，否则你根本体会不到，格兰德威福酒店优雅的奢华只不过是对你身份可信度的一种证明罢了，它只不过让你的工作因此可以开展得更容易些。你不会注意到你在品味着的是唐·裴利侬香槟王①还是廉价的壶酒。你心无旁骛地一边维护着你的卧底身份，一边搜集情报，因此格兰德威福酒店的骄奢淫逸成为你脑袋里考虑的最后一件事情。你的视野因此变得非常狭窄，对许多东西都会视而不见。

　　像与阿尔凯诺相处一样，凯茜将注意力慷慨地倾注到阿姆布莱切特身上。他们谈论法国艺术和哲学。凯茜给他看手相，预言他将拥有过人才干并将建立丰功伟绩。阿姆布莱切特乐在其中，把她的恭维话照单全收。

　　午夜过后，我们来到一个叫做"楼梯"的高级夜总会。更多的香槟酒泡沫在飞扬，每个人，包括那位严肃拘谨的圣地亚哥·乌力贝教授都随着最狂热的巴黎劲舞节拍舞动起来。一起跳舞的时候，乌力贝告诉凯茜，他感觉不太舒服。她于是问他是否发烧，并试图用手去摸他的脸。他一把抓住她的手腕，警告她不要再碰他。当时我正在与阿姆布莱切特说话，他说第二天将有三个麦德林的重要人物到达，他计划与他们一起到奥地利和德国。我根本没有注意到凯茜与乌力贝那里出了状况。还好没有注意到——无论如何，我可不想与他们翻脸。

　　在"楼梯"夜总会，阿姆布莱切特为奥斯皮纳的行为向我们表示道歉。"他是一块大的绊脚石。他不仅嗜酒如命而且还有一张口无遮拦的大嘴巴。他粗鲁无礼，对会谈总是捣乱破坏。他出轨的性嗜好太引人注目。

---

① 　Dom Perignon 是法国极负盛名的高档香槟，称为香槟王。——译者注

我任用他简直是大错特错。不能让那种事再发生了。他不会再出现在我们的会谈中。我和圣地亚哥骗他说，他必须返回麦德林集团向一位老板简单汇报一下我们谈判的状况。我们最好给予他公平的补偿，但是，绝对不能再让他参与唐·切倍的金融交易。我们会一直监视他，并且，如果他不老实，我们就会迫不得已对他下手，绝不手软。"

"悉听尊便，"我点头说。"你看着怎样合适就怎样办吧，我百分之百支持你。"

"埃米利奥，我想让你帮个忙，"乌力贝说。"我们想让你去对付奥斯皮纳，趁我们在这里时干掉他。"

"你疯了吗？"艾米尔说道。"就在巴黎这里？不，老兄，那太冒险了。如果这事必须得办，也要找个安全的地方。把这头蠢驴运回哥伦比亚。在那里，你们的人可是控制着一切啊。"

"那样也好，"乌力贝说。"你们再也见不到他了。"

在震耳欲聋的音乐声中，艾米尔把刚才乌力贝与他的谈话告诉了我。阿姆布莱切特和乌力贝正朝我们这里看过来。我点点头，做出听明白的样子。

之后我们再也没有见到过奥斯皮纳。

我们于第二天凌晨四点返回酒店时，发现凯茜出现了食物中毒的迹象。在接下来的几天里她被迫停止了工作，而我和艾米尔则继续与那些哥伦比亚人谈判，并且继续与那些银行家们合作。

第二天，穆拉大步跨进我们的房间，看上去精神焕发。在我们与阿姆布莱切特和乌力贝会谈前要盘问他一些事情。当天晚上将从麦德林过来三个人，其中有两个是阿姆布莱切特的合伙人，而这两个人中有一个就是杰勒德·蒙卡达。第三个人是卡特尔集团一个董事会成员的弟弟，是乌力贝的合伙人。阿姆布莱切特与他这两个死党同属于一个组织，他们把成吨的可卡因送到底特律那些人的手中，而底特律那边的人又把成箱的现金交给我们。我们已经深入到敌人内部。这次来的几个都是集团的管理层。

乌力贝被我们提供的一切所打动，他想要把他的弟弟引荐给我们，但阿姆布莱切特让他彻底打消了那个想法。如果我们还在为另一个集团处理着大量资金，那么一旦那个集团有什么闪失，就会连累到我和我的公司，而如果阿姆布莱切特和他的老板被我们牵制住，他们会间接地受到损害。阿姆布莱切特有着许多宏伟的计划——但敲门声打断了我们的讨论。是阿姆布莱切特和乌力贝。

"我跟他说过了，"阿姆布莱切特指的是奥斯皮纳。"我不愿再让他插手这些事情了；我还跟他说，他是个非常好、非常友善的人，我们很感激他将我们介绍给冈萨洛、罗伯特和埃米利奥；我告诉他，他的任务已经完成了，我们之间的关系就到此为止了；而且，我让他知道了，我们对他不承担任何的责任与义务。"

这时，电话铃响了起来。艾米尔去接电话，然后转向阿姆布莱切特。

"他问我，"艾米尔指的是奥斯皮纳。"你对他有什么指示，你是不是想让他去机场等着接那些人？"

奥斯皮纳还想继续与麦德林的合作关系，正在请求许可。阿姆布莱切特下达了命令——奥斯皮纳亲自去接麦德林来的三个人，然后将他们送到特莫莱酒店。

该死。他们要住在我们住的酒店。三个都是阿姆布莱切特的人，我们不能认出他们中的任何一个，而他们就呆在我们的眼皮底下，而且很有可能住在我们的隔壁房间。

阿姆布莱切特掏出一个小本子，上面写满了问题。我们对那些问题一一作了解答。他做了许多准备工作——非常充分地。尽管我们前一天晚上出去玩到很晚，但是显然他已经把我交给他的所有文件仔仔细细研究了一番。

阿姆布莱切特提出的一个棘手问题是，能否找到一个途径，通过这个途径，在任何时候，只要他愿意，都可以完全掌控我们以他们集团的名义建立起来的所有公司以及银行账户。我提出的解决方案是：要做到完全掌控一个公司，阿姆布莱切特必须成为公司的唯一董事。为了保护他不被一些人指认是基金的真正所有者——也就是说，为了避开美国官方的视线，我们可以起草一份由我们的投资公司和他共同签署的合同，在合同上明确说明，是我们请求他来担当那个角色的。如果有人问起，他可以把那些人推给我们。我们反过来可以告诉美国当局说，我们在列支敦士登的律师们负责管理着这家公司的股东列支敦士登信托公司，是他们要求我们聘请某位有才干的人管理这家公司事务的。

美国政府想要撬开列支敦士登那些律师们的嘴，恐怕连地狱都会凝固结冰①。我们的系统将会把政府带进死胡同。我的这条提议保证绝对的安全。

阿姆布莱切特斜着眼思考着我们的建议。很显然，他喜欢他刚刚听到的这番话。"从根本上说，这样做的全部目的，鲍勃，就是建立起一个运作机制，以一种非常安全、非常谨慎的方式拥有这些钱，对吗？不会暴露那些形形色色的人们的身份，尽管他们很容易被暴露，因为他们是大部分资金的拥有者……显而易见，我们希望你能安排更多家公司。我们可不想将一亿美元都押在一家公司上。"

阿姆布莱切特，这个掌管着卡特尔如溪水一般源源不断的巨额资金的人，计划利用我们来隐藏**一亿美元或者更多**！真是令人瞠目结舌——但我必须要装得沉着冷静，不动声色。

在我们谈话期间，霍华德打来电话并留下口信说，不到一小时后，奇诺伊准备与我、阿姆布莱切特和乌力贝见面。于是我们暂停了谈话，约定四十五分钟后我将与阿姆布莱切特和乌力贝在他们酒店的大厅见面，利用这段时间，我给雷纳打了个简短的电话。

与阿姆布莱切特和乌力贝一起朝香榭丽舍大街方向走时，我向他们解释了他们即将见到的那几个国际商业信贷银行官员们的背景情况。我把真相告诉给他们：我只是最近才结识了这些绅士们，是通过我们在佛罗里达和巴拿马的国际商业信贷银行长期联络人帮忙搭线联系的。我们的关系是在急于寻找巴拿马分行替代者的形势下发展起来的。在眼下这个时候，添枝加叶或者夸大其词只能适得其反。幸亏给雷纳打过电话通了气儿，在我

---

① 这里引用了英语中的俗语：hell freezes over，意思是"极不可能发生"或者"永远不会有"。——译者注

们到达国际商业信贷银行巴黎分行之前，我已经回答出了阿姆布莱切特在酒店提出的所有问题。

伊恩·霍华德在银行迎接了我们，但是他要求与我单独谈话。奇诺伊也加入了我们的谈话。于是我同时告诉他们两人，阿姆布莱切特和乌力贝是我为之服务的一个哥伦比亚集团中举足轻重的人物。我请求他们告诉我的客户，为什么国际商业信贷银行是一个机制健全并且值得信赖的银行，因为我希望那些绅士们能够委托我来管理他们集团的巨额资金，而我可能会将那些钱存入国际商业信贷银行巴黎分行。我的客户希望我在他们和银行之间扮演一个缓冲器的角色，并且他们不愿暴露真实身份。奇诺伊答应会让每个人感到轻松自在的。

会谈安排得非常紧张，霍华德将一捆捆的小册子、财务报表以及其他宣传资料递给阿姆布莱切特和乌力贝。他和奇诺伊做了精彩的介绍，重点强调了他们银行的稳定性和全球的发展态势。当阿姆布莱切特表达了对银行收费的担心时，奇诺伊立即向他做出保证。"我们不会鼠目寸光，我们会把眼光放得长远。我们想建立起一种关系。我们想要赚钱——但我们不会每笔交易都赚钱，我们喜欢赚小钱，处理大额交易。"这番话犹如一阵悦耳的音乐，轻轻飘进控制着数千万美元、需要将它们放进一个安全银行的阿姆布莱切特的耳朵里。

阿姆布莱切特认同了国际商业信贷银行是他们最佳的选择，但他想让奇诺伊和霍华德了解事情到底是怎么进行的。"我们将与你们银行做一笔数目相当可观的交易。鲍勃将全权负责此事，由他联系并处理所有相关事项。"

就这样——我被宣布提职了。我正在成为卡特尔集团向欧洲扩张业务的首席财务官①。唐·切倍的 100 万美元已经被我存入了定期存单。阿姆布莱切特一边签署一些相关的文件，一边对我把他带到国际商业信贷银行大加赞赏。"我们以后会远距离地观察他，"在我们步行返回的途中，阿姆布莱切特又提到了奥斯皮纳。"一旦他表现出可能要制造麻烦的迹象，我

---

① 首席财务官：Chief Financial Officer，简称 CFO。——译者注

们集团就要根除这个麻烦。"突然，阿姆布莱切特在大街上停住了脚步："你与一个名叫费尔南多·格雷阿诺的人做过生意吗？"

"不，没有，"我说。"为什么问这个？"

"格雷阿诺也是个'大人物'，但是，他做生意的一贯手法就是不顾后果。"

奥斯皮纳是格雷阿诺的合伙人，他曾向阿姆布莱切特提起过，他想要把格雷阿诺的生意交给我来做。阿姆布莱切特提议，我不仅要拒绝与格雷阿诺合作，而且还要尽量杜绝与其他的帮派打交道。他向我保证，唐·切倍的组织将为我带来几乎处理不完的业务量，而且会按照我提出的条件进行交易。

"在我考虑将其他人拒之门外之前，我必须要看到你们的人确实将投资的钱送到我们这里，"我说。"我不是不信任你们。但我得先看到结果。"

后来我们得知，像蒙卡达一样，费尔南多·格雷阿诺也直接向巴勃罗·埃斯科瓦尔汇报工作。摆在我们面前的机会是难以想象的，而且是史无前例的。如果华盛顿的那些要员们听到我们即将成就的事业，他们一定会取消十月份这个武断的结案日期——一定会。

第二天，我和艾米尔单独去吃饭，但当我们正朝着乔治五世酒店溜达时，遇见了阿姆布莱切特、乌力贝以及从麦德林来的那三个人。其中有两个人向后退去以避免与我们接触，但是阿姆布莱切特将那第三个人介绍给我们认识，他就是杰勒德·蒙卡达。作为一个大毒枭，他看上去年轻得令人吃惊——我猜，也就是三十多岁吧——他什么也没说，只对我们点了点头。

但是，我们没有耽搁很久。我们还要去拜访霍华德和哈桑。我们要记录下与他们进行的谈话，证明他们俩也知道这些资金的来龙去脉。

霍华德证实，奇诺伊已将我那些客户所做的生意原原本本地告诉了他，这正好给我创造了一个理想的机会，我说："阿姆布莱切特先生就是那种人……你在跟我打交道。我是名投资顾问，至于那些事实真相则可以说成——比如说，掩护，对于我而言，就是个合法的外衣。可这些对于阿姆布莱切特先生可不适用，因此对于所有人来说最安全的办法可能就是——"

"就是我们只与你打交道。"霍华德抢着说。

"我们可是经受不起那些缉毒人员从你们银行这边入手深入调查……"

"我们俩都完全理解，"霍华德说。"我们会把事情安排妥当。无论如何，不必担心那样的事；毕竟我们有约定在先……最近，为了增强保密性，我们为非洲一些国家元首通过摩纳哥谋划了一些交易。那是一个你应当考虑利用的地区。"

难怪我们捐给了非洲贫困国家数十亿美元的救济款，而那里的人民却从未见过一分钱！

接着，霍华德让我与阿万通电话，他正在拜访一位"伦敦密友"阿西夫·巴克扎，也是我在伦敦的国际商业信贷银行联系人。

"你一到达伦敦，"阿万说。"我的朋友就会接见你，而我则期待着等你返回迈阿密时在那里与你相见。"

我和巴克扎也在电话里简单地说了几句，并为我们的伦敦会面制定好了计划。

霍华德的供认已经被录在磁带上，艾米尔也得到了哈桑类似的供认磁带，国际商业信贷银行巴黎分行已经被攻破了。不过，我们在巴黎还要与阿姆布莱切特进行一次会谈——这次会谈持续了四个多小时。

阿姆布莱切特说出了他的决定。"我们正在讨论最终的安排……到现在为止，我们已经对这个运作系统进行了核查，我认为它是非常可行的。现在我们必须给整个系统确立一个目标。这个目标就是把钱弄到那边（美国），或者寻找一种安全的途径，在这边把这些钱分别存入不同的账户。"

尽管他打算将卡特尔的大批资金交由我们管理，但并没有真正把我们当做他们的独一无二的银行家，让我们独家垄断他们的业务。在他叔叔——汉诺威①的商业银行总裁——的帮助下，他同时在为那些"大人物"们清洗多达数千万美元的黑钱。而且，他还在利用其他一些银行渠道。

阿姆布莱切特想要确定下来，通过我们这个系统能清洗多少钱。这还远远不够，我想要的是一个承诺。于是他答应一开始每个月交给我 200

---

① 德国的一个城市。——译者注

万～1 000万美元。"你要靠你的知识和经验赚钱，而不是你真的做了什么，"他说。"罗伯特，你的价值在于你所拥有的经验。这和我自己一样。我并非事事精通，但是我领悟得很快，因为我学得特别快，所以我把该赚的钱全都赚到手了，而且他们付钱给我是因为我所知道的一切……我对于你所拥有的这些知识和经验深感敬佩……这就是为什么我很担心，如果见不到你——如果你不见了的话，会是什么样的结果。"

"没问题，有了你这样的朋友，我还要去哪儿。"我开玩笑说道。

"我想，那些工人们正在为你们的组织在两个地方干着两份工作，"艾米尔指的是希拉尔多兄弟既分销可卡因又在底特律兼送现金的事。"这对我很危险。"

"将来我们将试着做点小小的变动，"阿姆布莱切特做了让步。"很显然，能处理好那件屁事的人，嗯，当然可以充分相信，他也完全可以处理好另一件事……我们并不在乎他们是否把钱和货放在同样的地方。别再提那个啦。因为我们搞的绝不是五十或者百八十的小玩意儿"——以公斤为单位的可卡因——"而且……到处都有我们的零售商。我们从未出现过大的闪失，我们一直都很小心，我们不会将四五吨货同时放到里面（同一个地方），因为我们认为那样很愚蠢。"

终于，阿姆布莱切特这时候再也不能不谈关于资金来源的问题了。按照他的要求，我把我的办公室、住宅以及手机三个电话号码都给了他。他也把他在麦德林的四个电话号码给了我，告诉我其中有两个电话是绝对安全的。如果中央情报局或者国家安全局能在这些电话线路上截获电话谈话，一定能查出卡特尔巨额财富的藏匿路线。

"这或许会让你感到吃惊，"阿姆布莱切特在离开房间时说。"下周我要去坦帕。"

再没有什么比这更令我高兴的了，我想。

阿姆布莱切特刚刚走后不到一分钟，穆拉就透露说，在玛兰德阿饭店①的顶层，唐·切倍和其他卡特尔的成员租下了几套房子作为他们的办

---

① 玛兰德阿饭店：Marandua Restaurant。——译者注

公室。他们的这个据点就像《星球大战》中查尔芒的那个小酒馆：大毒枭、杀人犯、投资商、走私贩等形形色色的犯罪分子都聚集到那里；成群的打手们手持机关枪，守卫着那座魔窟的要塞。穆拉描述着那个画面时，脸色变得苍白，显得很不自在。唐·切倍曾两次召集他去玛兰德阿酒店，他真不想再回到那里。但是，他还一定得回去。贪婪往往会驱使人们做出奇怪的事情来。

当天晚上，阿姆布莱切特两次打电话过来，他想考验我，对于他那天下午所提出的要求我是否已经着手落实了，我没有让他失望。因为那天是我们在巴黎停留的最后一晚，我说服他与我们一起到当地的瑞金夜总会玩。穆拉夫妇和阿姆布莱切特与我们一起吃了饭，喝了鸡尾酒。在这样的社交场合下，我们才能像普通人那样生活。我们向穆拉夫妇宣布了我们可能即将举行婚礼的消息。他们表示，无论如何都不会错过。

第二天上午，我们动身前往伦敦。我们先是搭乘巴黎开往加莱的火车，然后乘船穿越白垩悬崖，到达多佛尔港①。在一家咖啡馆里，我们与约翰·卢克西奇接了头，他是美国海关派驻英国大使馆的一名特工。卢克西奇是我们在伦敦指定的联络人，他对于我们的妄想症给予了充分的理解，带着我们走遍了大使馆附近的每个角落，任凭我们一圈圈地绕着大使馆东奔西跑，直到确信身后没有尾巴跟踪为止。他知道我们到此的目的，不过我们又对他重申了一下行动计划，并将我们在欧洲最后两星期的活动情况从头到尾向他介绍了一遍。

我给几个对手打了电话——查对文字资料和交易情况，或者告诉他们往我们入住的一家五星级酒店给我回电话——然后，就到了去会见阿西夫·巴克扎的时候了，他是国际商业信贷银行伦敦分行的公司部经理。阿万是巴克扎的密友兼同事，他亲自挑选巴克扎进入他们的"内部团队"。我把他介绍给艾米尔、凯茜和琳达，并安排凯茜和琳达在他到达后不久就离开了。巴克扎需要见到凯茜，因为假设我意外死亡，她将有权得到授

---

① 多佛尔（Dover）是英国东南部闻名于世的一个海港城市，城市的海岸边矗立着近百米高的绝壁危崖，朝海的一面裸露着白色岩石，因此被称为"白垩悬崖"。多佛尔的白色白垩悬崖是由上亿的微小海洋原生动物群体所建造的。——译者注

权书。

"我们必须要达到的目的就是,"我对他说。"采取一种非常、非常隐秘而且安全的方式来放置和转移资金。"他清楚我与国际商业信贷银行已有几年的业务交往,知道他的银行曾帮助过我实现我的目的。阿万让我到这里来找他,是因为我需要避开巴拿马方面的金融风波。

"好,"他说,他已经有了一个方案。为了帮助加强交易中的保密性,他计划开立一个经理分类账户,那是一种不记名的账户。倘若警察要查阅账户的相关信息,必须先取得搜查证——搜查证可没那么容易签发。一些外国客户经常把大笔资金放进经理分类账户中,这种做法支撑着这个国家的投资账本的底线。除了巴克扎和经理助理以外,没有人知道我这个经理分类账户的真实主人的姓名是什么。

好极了!

巴克扎很快将建立账户所需的全部表格在桌上铺开来。他指点着——我签名。我告诉他,我有许多客户是哥伦比亚人,他们用现金来购买大额的美元支票,每次的交易总额大概在 25 万美元左右。巴克扎说他们分行为客户把支票送到巴拿马分行。反之,巴拿马分行兑现每张支票后,又将那些钱转入伦敦的账户。客户的资金在全世界划转,而客户自己甚至不必离开哥伦比亚。

"结束前,还有一两件小事我必须要提一提,"我对艾米尔说,用暗号示意他离开房间。"在我解决这些事情的时候,你能不能给约翰打个电话?"

"我想要对你说的事情就是,"艾米尔走后,我继续说。"尽管我和艾米尔一贯受人信任,我们也不会忽视多种交流渠道的重要性。"

"嗯——嗯,"巴克扎说。

"对于我而言,有一点极其重要,我目前所处的位置能对一切了如指掌,但是,为了确保资金安全,在某些地方不能事事都让人知道。在与你们银行合作时,我把阿万当做了重点人物。我认为,没有什么事情他不能问,没有什么事情我不愿让他知道。至于这个系统中的其他管理者,尽管我对他们怀有相同的信任,有时候最好不要把所有的谜底都揭穿。"

"我同意，"巴克扎说。"我不想知道我不必知道的任何事情。"

接着我又端出我上演了多次的李·艾科卡的必备曲目。不知道如果被这位克莱斯勒汽车公司的总裁兼首席执行官知道了，会作何感想！

"没错！没错！"巴克扎说。

"艾科卡卖汽车，他们卖可卡因，这就是唯一的区别。他们就是整个行动的最高执行官。"

事情都办妥了。我们顺利结束了为期两周的激烈谈判。我们偷录了数十个小时的谈话录音，还收集到一大摞的文字资料，通过这些资料，可以追踪到贩毒黑钱在世界各地循环转移的所有路线。我们的磁带上已经记录下国际商业信贷银行六位官员的谈话，可以充分提供他们兜售洗黑钱服务的证据。我们从蒙卡达那里得到了第一笔百万美元的投资，并且说服了卡特尔的两位新玩家，让他们相信，我们可以提供在这个星球上堪称一流的洗钱服务。

正当我继续给他们设计陷阱的时候，阿姆布莱切特却亲自为我精心策划了一份惊喜。

十五、海关启示录

佛罗里达州坦帕市，海湾乡村公寓①
1988 年 5 月 31 日

他们一定要让我们汇报在欧洲收集到的全部涉案人员的名单、人数和犯罪事实。

在坦帕国际机场附近的海湾乡村公寓里，我们有一处用于卧底的秘密藏身住所，蒂施勒、杰克沃斯基、库克、谢尔曼以及其他六七个特工围坐在起居室里。我和艾米尔、凯茜把发生的每件事情一一向他们做了汇报，提交了一份报告，移交了大概有一打儿的录音带，并呈递上厚厚一叠足有半英尺高的银行对账单和公司文件。

"10 月的第一周必须结案，一分钟都不许耽搁。"蒂施勒说。

"10 月，"面对着她犀利的目光，我面无表情地说。"如果我们每天都能接触到贩毒和洗钱世界里一些新的头目，也必须在 10 月份结案吗？"

"我说过了，马祖尔，"她恼羞成怒。"别再跟我废话。"

我再多说什么也只能是自讨没趣，甚至使事情变得更糟。在场的所有

---

① 海湾乡村公寓：Bayou Village Apartments。——译者注

人都沉默不语。

两天后，阿姆布莱切特打来电话。我已经逐渐适应了拉美人的时间观念——一星期经常意味着两到三星期——但阿姆布莱切特是半个德国人，很显然继承了他父亲守时的观念，我刚回到美国几天他就打来电话。他已经去了迈阿密，十分渴望与我会面。他不仅想要拿到一些文件，而且急着要看看我们的公司。

"我差不多把一切都为你准备好了，"我骗他说。"但是有几份文件我还没有收到，是我们在苏黎世的律师向直布罗陀一家律师事务所索要的文件。几天后我就应当能收到那些东西。收到后，我马上前往迈阿密。一到那里，我就会打电话给你，然后我们再一起返回坦帕。"

"我到这儿来主要的任务就是找你。"他说，语气里透着失望。

接着，阿尔凯诺打电话来提了一大堆要求。他准备组织罗哈斯和罗曼再举行一场拳击比赛，现在正在麦德林大肆宣传。他需要更多的假贷款单据，用以掩盖他为这场拳击赛支付的赞助费，并且，还邀请我和麦德林的"大人物"们一起去观赛。他已经建好那条毒品运输专线，正准备购买大批可卡因让这条线路活跃起来。他需要找到一些投资者，并承诺说，他付给的投资回报没人能比。如果我投入 25 万美元，那么 45 天后他将返还给我 37.5 万美元。

我告诉他我会对此加以考虑。我不得不拖延时间去构思一个合理的借口。没收毒品是顺理成章的事情，但是让美国政府去投资贩运毒品是绝对不可能的。

大约一天以后，我给阿尔凯诺回电话，想告诉他不能为他投资的坏消息。卡萨尔斯接了电话，他无意中为我提供了一个线索，揭开了阿尔凯诺运输专线的迷雾。"罗伯托不在这里。他到纽约照看那些通关的凤尾鱼去了。"

卡萨尔斯这次是直言不讳的——那并不是什么暗语。他确实指的是凤尾鱼——但是，如果想一网打尽他们的这次运毒行动，我还需要得到更多的情报。

在迈阿密，我出乎意料地没有找到阿万，于是就把比尔格拉米叫出来，交给他在利比亚、香港以及直布罗陀成立新公司需要的一大堆相关文件，催他尽快接手办理成立那些新公司的未尽事宜，并将 400 万美元现金存入巴黎分行的定期存款单，他当然是欣然接受，喜形于色。比尔格拉米为我在国际商业信贷银行多个地方的分行开立了账户：卢森堡、伦敦、日内瓦、蒙特维多、拿骚以及迈阿密等。正当他埋在大堆的表格中间忙着填写时，会议室的电话铃响了起来。虽然他接电话时说的大都是乌尔都语①，但是我听出，"美国海关"这个短语贯穿在他的整个对话中——我突然想起来，我还从没跟比尔格拉米就我客户资金来源问题明目张胆地交过底呢。机不可失啊。

"我听到你电话里提到我那些客户的死对头，"当他放下话筒时，我说。"你还和美国政府有交易？"

"不，不，"他"吃吃"地笑着回答说，显得很紧张。"东方航空公司有一架飞机被没收了。他们在那架飞机上找到了一些可卡因，因此，他们请求我们做担保为他们在美国海关那里通融一下。为什么要把他们当作'死对头'呢？他们应该是你们的朋友啊。"

该大胆地向他摊牌了。

"你知道，有个问题我们必须解决，"我说，装出不耐烦的样子。"我们其实很孤独，在与你们银行内部的那些人会谈时，我的内心也曾因害怕冒险而经历过痛苦的折磨。正是有过这样的冒险经历之后，才知道谁是可以信赖的人。对于与我会谈过的人，我有极大的信心。但我必须要确保我没有将自己置身于这样的一个处境中：时刻担惊受怕，唯恐这个体系中会有人向这里的政府告密。"

"不，不，"比尔格拉米坐立不安。"我只是，想要，说，哦……"

他解释了银行如何将被查封财产客户的那些契约寄给他们，这一切都是遵照当时美国海关"零忍受"缉毒计划的规定：如果在一艘游艇上发现一盎司的可卡因，海关就没收整艘游艇。很好，但还不够。他还必须承

---

① 乌尔都语（Urdu）是巴基斯坦的官方语言，一些印度人也说这种语言。——译者注

认，他清楚自己在清洗贩毒的黑钱。

"你知道，"我接着说。"如果你将要——当然你可能从没做过——但是，如果你能见到我的客户，你会——"

"不，不，"他打断我，急促不安地说。"我对会见你的客户不感兴趣。我唯一感兴趣的是他们的——"

"如果他们与李•艾科卡共居一室，"我不由分说，继续坚持说道。"你可能根本区分不开他们谁是谁。艾科卡卖汽车，而他们卖可卡因，仅此而已。以后我绝不会再提这事了。"

"我并不想知道他们卖什么。"比尔格拉米大笑着回答。

"永远不会再讨论这事儿了，"我安慰他说。"在这里，我有大量接收现金的任务，我做我需要做的事，我们的关系就是，你与我做交易，而我的身份就是一名投资顾问，我不喜欢牵扯到超出那个范围以外的任何事情。"

"我对他们是干什么的不感兴趣，"他又重复道。"跟你打交道时，我们清楚你的业务是什么，这就足够了，并且，嗯，我们为所有的客户关系保密。"

"好的，阿克巴，那样很好。"

这下把你抓住了。

接着，我们转到了轻松的话题，谈起了合作的生意。我告诉他，除了在巴黎存入的 400 万美元以外，我还准备在迈阿密再存入 200 万美元。

"我们可以马上办这事！"他说，脑袋突然抬起来，那样子简直就像一条随时准备发起攻击的眼镜蛇。老虎机的转盘正在他的眼里快速地旋转着。

"阿克巴，你确定愿意接手我的那些钱啦？"我调侃道，然后向他解释我必须马上离开了。

"你才刚刚开始签字啊，"他坚持不让我走，把另一份文件推到我的面前。"签完字再走吧。"

但是他给我的钢笔没水儿了。他像一只无头苍蝇般满屋子转着找一个能写字的东西。当时，他为了挽留我在会议室里呆上足够长的时间来给他签字，如果不得不像哈巴狗一样堵在门口，他肯定也会那么做的。

签完字，准备离开时，我告诉他，因为几天后我要去东北部地区拜访几个客户，所以那时他与我联系起来可能会有点困难，但是我会尽最大的努力与他保持联系。这当然是个谎言。我曾经向伊芙和孩子们承诺，要参加他们强烈要求的为期两周的家庭度假。对这个案件的调查正变得白热化，阿姆布莱切特已经到了市里，阿尔凯诺也正等着与我会面——但是，我绝对不能再让家人失望了。距离结案只剩下四个月的时间了。

我一从比尔格拉米的纠缠中脱出身来，就马上给阿姆布莱切特打电话，与他相约在迈阿密国际机场见了面。见到我他很高兴，连珠炮似地问了一大串问题，他在焦急地等待着我尚未交给他的文件。那些文件是为他设下的整个迷局的最后几部分了，有了它们，阿姆布莱切特必然会满意，他必然相信向我们重新开启唐·切倍黑钱的闸门是安全可靠的。当我们舒适地坐在飞机头等舱的真皮坐椅上飞往坦帕时，我注意到他似乎很轻松惬意，也许此时能主动地提供给我一些最新消息。但是如果我一个劲儿地追问，他就会变得警觉起来。最好不要对他采取强攻的策略，而是要欲擒故纵。

他向我提到，在接下来的一个星期，他打算到纳什维尔市①去再买一架罗克韦尔"指挥官"1000型飞机，这架带有双涡轮引擎的飞机价值超过100万美元。他正在安装一套新的导航系统，那又将花掉他15万美元。他一直在不停地购买"指挥官"1000型飞机，见到多少就买多少。作为毒品交易的首选运输工具，"指挥官"1000型飞机可以在南美热带丛林中狭小、泥泞、布满砾石的临时跑道上成功地起飞和着陆，而且它的涡轮螺旋发动机卓越的动力使它不需要在很长的飞机跑道上助跑就能迅速腾空而起。如果拆去飞机上的坐椅，它就可以变成一架货运飞机，可以运载更多的货物，飞机上的辅助燃料箱能使它想飞多远就飞多远。阿姆布莱切特正在建立一支"空中无敌舰队"——那些飞机上的跟踪导航装置将会为其提供数量可观的情报。

---

① 纳什维尔（Nashville）是美国田纳西州的首府。——译者注

在坦帕，多米尼克扮演我的司机兼保镖的角色，由他上演了一幕可以与奥斯卡获奖电影相媲美的表演。他开着车带着我们巡视他的几个正在施工的俱乐部工程，假装让我这个老板查看一下事情进展情况。我煞有介事地为我们的绕道而行请求阿姆布莱切特的原谅——得到的答复当然是"没问题"。

在我的金融咨询公司里，我们关上门密谈。阿姆布莱切特对我们的洗钱系统进行了评价。"它就像个旋转木马。我们把钱送到这里。我们给它变更路线，我们清洗它，用遍各种方法。然后我们让它彻彻底底地合法化，并且完好无损地躺在这里体面正派的银行账户上……这的确称得上是个好创意啊。"

但是，我想向阿姆布莱切特扔出一个曲线球，诱使他向我提供一些新的消息。我告诉他，我还有些担心。最近，他问了一大堆的问题，但几乎没有真正地与我们做任何生意，这令我烦恼不已。即使我们不做交易，我也并不介意，但是在我没有搞清他此行的目的之前，我不想再向他展示太多的东西了。他难道还暗藏着其他动机？也就是说，他是不是正在与联邦特工合作呢？我的这个小把戏只不过是为了掩盖我的真实目的。

"如果你感到不舒服，就告诉我，"他说。

"我并不是不舒服，"我回答道。"只是有一点儿好奇……如果我们之间真的建立起坚实可靠的关系，那么就没有什么事情我不能与你随便谈了……我的意思是说，如果人们不想做生意，他们就不会去做生意。"

阿姆布莱切特将身体靠向椅背，深深吸了一口气，然后从鼻子里重重地呼出来。"现在，已经到了建立一种更——一种长期的合作关系的时候了。并不是我们故意不想做生意，然后说句'再见，再见，算了吧'就了事，不是。为什么我要调查每一件事，为什么我要来到这里，就是因为我的兴趣是想建立一种更长期的合作关系。不过，你的这种担心，谁都会有。"

接着，他把来自苏黎世的所有最新的公司文件浏览了一遍，然后又看了看掩饰他直布罗陀公司常务董事身份的合同，那个公司未来的资金将会达到数千万美元。他充分发挥了德国人对待细节的严谨态度，将一个接一个的问题向我抛过来，以确保每一小块新的拼图版都能各就各位，完美地嵌入全盘计划之中。

接着，阿姆布莱切特又查看了一下简要介绍我们几家空壳公司的文字资料，但是我警告他说："如果你愿意，当你看完它的时候，要是你确定你已看完，而且不再需要了，就销毁它。"

他悉心听取埃里克·威尔曼讲述了他从事银行业的奋斗历史，然后跟我一起返回我们卧底的那套房子。在那里，凯茜一杯接一杯向他敬酒，为他奉上美食，滔滔不绝地跟他谈论哲学以及一些遥远的、我从未听说过的旅游地。餐后，凯茜带着阿姆布莱切特在附近墨西哥湾滨水地区散步一个半小时之久。他们回来后，我们三个人进行了一场四个小时的马拉松国际象棋大赛。我和凯茜都不是他的对手，一路败下阵来。我去睡觉后，凯茜继续与他大战几个回合，真过瘾。为了与他建立起友好的关系，我必须采用各种手段。毕竟，他的意见决定着目前我们在唐·切倍那儿的命运。

第二天下午，吃完午饭后，我们来到海滩上，又谈起生意的事。我本应该更加沉稳矜持些，但我过于贪心了。当我向他努力推销着即将进行的纽约之行时，阿姆布莱切特的反应很不妙。"罗伯特，我感觉你特别急于想让我了解那些事情，为什么呢？"

"因为，"我一边飞快地转着脑子寻找合适的答案，一边平静地回答他。"我知道最近这几个月里什么也没发生，我想我们要么继续前进——"

"要么继续前进要么后退撤出。"他抢过我的话说。

"对。"

"可以，很好。"

"我想做个预测，一个可靠的预测。"我鼓动着他。

"到时候你会有的，"——他目光冷峻——"当我准备好的时候，当我作出决定的时候。那时我会告诉你'是'。我会告诉你'是'。"他说道，并答应十天之内作出决定，接着又补充说，我们的交易差不多已经做成了。

我由此得到了深刻的教训。不能总是一味地按动他那敏感的按钮。一且再向他多施加一点儿压力，必然会遭到他的怀疑和反感。不管我们愿不愿意，都必须耐心等待。

第二天我回到家中与家人团聚。我们两周的旅行中还包括参加住在康涅狄格州的一个亲属的一场婚礼，但是，与鲍勃·穆塞拉不同的是，鲍勃·马祖尔没有钱让全家人乘飞机到哈特福德①。我们只能驾驶着自己的家庭小旅行轿车前往那里。上午十点钟左右，我和伊芙以及孩子们动身向北行进，可我的脑子里都是阿姆布莱切特、艾米尔的影子，琢磨着纽约那边的事情进展如何。我一个接一个地用手机给阿尔凯诺、阿姆布莱切特、比尔格拉米、库克、艾米尔、霍华德、谢尔曼和其他许多人拨打电话，这让全家人备受折磨。因为各地一直在不断地接收现金，所以要打许多电话联系把那些钱转移到世界各地，最后再返回到卡特尔这个无底洞。

伊芙站在窗户旁，两臂交叉，眼睛瞪着窗外，她的肢体语言仿佛在向我呐喊——她不快乐。而孩子们当时才十几岁，他们正陶醉在自己的世界里。

距离我们在那套卧底房子里的会谈恰好十天后，正如阿姆布莱切特所承诺的那样，艾米尔从穆拉那里得到消息说，唐·切倍的组织已经作出最后决定。艾米尔立即给我打了电话。

"冈萨洛刚刚打来电话，"他说。"他与唐·切倍见了面，并被通知说他们的组织已经将纽约和休斯敦的运输路线给了我们。那里是我们管的地盘了。我们成功啦。"

"伙计，全是你的功劳。要是没有你，冈萨洛就不会冒险把脖子放到刀刃上，我们在麦德林当然也不会有这么大的面子。这才是问题的关键。这个消息真是太棒了。现在只希望我们能说服纽约和休斯敦那边，让他们一定要沉住气。他们绝不能贸然行事去没收那笔钱，也不能安排太多的监视活动。阿姆布莱切特想让我们把这笔钱的一大部分存入国际

---

① 哈特福德（Hartford）是美国康涅狄格州的首府。——译者注

商业信贷银行的账户里。所有人都应该静观其变，等着他们把银行的金库填满。

那一刻，我默默地坐在那里，陷入沉思。这一切几乎完全超出了我们的想象。寥寥几名联邦特工，历经重重困难，终于成为世界上最大贩毒组织的洗钱专家和理财专家。谁都无法说清楚，接下来的四个月内我们的行动将会发展到什么程度。

那个非常需要我参加的假期结束了，我们又回到坦帕。在我们那幢舒服的卧底房子里，我问阿姆布莱切特，我不在的这段时间里都发生了什么事。两天前，我们在纽约接收了 50 万美元，当天在芝加哥也应该接收到了另外的 50 万美元。

"一点点而已，"——阿姆布莱切特微笑着说——"只是为了让你高兴罢了……你最终会了解到拉美人的处事方法，并且学会如何应对它。那是非常高效的。我可以告诉你……它严密得无迹可寻。"

我告诉他，我认为我们的系统也同样无迹可寻。

"哦，是的，我知道，"他用赞同的语气说。"这就是我喜欢它的原因。"

他坐下来喝了几杯酒以后，我忍不住问他，为什么他在唐·切倍的组织中有那么大的影响力。他一口咬定是由于他的聪明智慧、国际经验、诚实可靠以及从不见利忘义。

他看上去似乎毫无戒心，于是我试探着想了解他与埃斯科瓦尔的关系到底有多亲近。"你是否要把我们提供的服务细节直接向你们的最高层人物汇报？还是跟其他什么人去讨论？"

阿姆布莱切特一开始只是吃吃地笑，但见我沉默不语，他说出了实情。

"他们都是些幕后人物，几乎很少有人知道他们……他们基本上管理和控制着大部分或者几乎全部的生意……只有极少数的人才能接近他们。都是些非常聪明的家伙。"

他已经接受了我们——但并非无条件地——在某种程度上他不想冒险失去我这个渠道，因为他们目前缺少洗钱渠道。现在，让一切顺利进行比以往任何时候都更重要。我们几乎就要被他们完全接受了。

阿姆布莱切特坐上了返回迈阿密的喷气式飞机，飞机长长的尾迹还没有完全消失在坦帕的上空，第一场大灾难就降临到了我们头上。

在海湾乡村公寓那幢卧底藏身房里，谢尔曼和其他几个特工向我们转达了来自迈阿密办事处的重要消息。从年初开始，迈阿密就一直在监视那辆在底特律卸载可卡因的拖车。现在有人已经将拖车挂在牵引机后，看上去像是不久就要离开迈阿密。我们绝不能让那列挂车就这样驶出佛罗里达。

我向蒂施勒写了一份计划，建议在一个载量检查站对那辆卡车进行检查，装作不经意地发现了车上运的毒品。所有人都赞同这份计划，认为那是最好的办法，既可以截获正在运输中的毒品，又不至于危及到我们的行动计划。问题解决了。

谢尔曼告诉我们，蒂施勒希望在结案收网时，在坦帕把尽量多的涉案毒贩和银行家们一网打尽，但谁也没想出什么好办法。到了我和凯茜把我们一直讨论的计划提出来的时候了。

"他们大多数人确实很喜欢我俩，还把我当做重要的业务往来对象，"我说。"曾经有几次，他们主动问我们打算何时结婚。他们中一些人的妻子表示愿意帮忙策划婚礼。我俩都认为绝大部分人会来坦帕参加婚礼的。"

除了凯茜，所有的人都在暗中窃笑。但除了谢尔曼对毒贩和银行家们会特意花费时间来参加婚礼表示怀疑之外，其他人都不敢表示出心中的疑虑。

"我想他们会出现的，"凯茜补充道。"同时，有他们的家人参与这个婚礼的筹办和仪式，他们出现的可能性会更大。他们会感觉有责任出现在我们的婚礼上。我宁愿他们的家人不要牵扯进这件案子里，但看来他们都很想来。"

大家面面相觑，不置可否。

"那么，"谢尔曼说道。"如果这就是你们能想出的办法，我想就这样定吧。我会告诉邦尼的。"

离开公寓前，我将我一直在使用的公文包交给了我们小组里的一个特工。"这个包出了点问题，还算走运，当时只有我一个人在场。那个隐蔽隔层盖子的维可牢粘扣①有点不好用了。每次我打开包，那个隔层的盖子都会掉下来，露出里面藏的录音机和电线。这段时间里，我可以先使用另外一个公文包，但我还是喜欢这个，因为里面藏着的是纳格拉录音机②，它录制我们会面谈话的声音效果是最好的。"

"没问题，鲍勃，我们会修好它的。"

《财富》杂志 1988 年 6 月 20 日那一期的封面故事对麦德林卡特尔进行了报道。当阿万走进国际商业信贷银行迈阿密分行大厅的时候，我正坐在那里阅读那篇文章。我扔下那本杂志，装出一个少年无意中读到了他父亲的风流韵事的样子，希望引起阿万的注意。阿万果然上当了。

比尔格拉米也过来跟我们一起坐在长沙发上。我给他们带来了 140 万美元，需要他们帮忙转移，但在将其打回卡特尔之前，我可以让他们银行保留十天的时间。现在是 6 月 28 日，离国际商业信贷银行"膨胀"的资产负债表的结算时间刚好剩下两天。我扔给阿万和比尔格拉米一根肉骨头。我告诉他们，我将拖延用这些资金抵押贷款的时间和转移贷入资金的时间，直到 6 月 30 日，这样，我对他们银行做出的存款贡献总计将达到740 万美元。

当比尔格拉米埋头准备详细的资料时，我注意到阿万正在全神贯注地忙着什么。"你好像很忙。你是……?"

"我们不得不在我们的账册上做各种各样的假账，"阿万解释说。"我们半年度的资产负债表要在 6 月 30 日那天公布出来，因此我们必须尽可能地填补上一些数据，利用一些短期业务、存款以及其他什么东西。"

可以看出，他正承受着很大的压力。

比尔格拉米走出房间后，我刺激阿万以套出更多的情况。

"我们有点死缠烂打地盯着我们这一行以外的每一个人，"他说。"让

———————

① 20 世纪 40 年代，瑞士发明家乔治·麦斯特拉尔发明的尼龙搭扣。后普遍用于箱包制品、服装等等。——译者注

② 瑞士著名音频设备品牌，以精密的模拟录音机著称。——译者注

他们增加存储的数字。他们对此大为不满，连电话也不回一个。由于我们的资产负债表每半年都被审计一次，每到这样的最后关头，我们都顶着巨大的压力，你知道，为了……出示那些装点门面的假账。"

阿万已经对我穆塞拉的身份确信不疑，完全获得比尔格拉米信任的日子也为期不远了。

比尔格拉米建议第二天我们一起去喝酒，正好利用这次机会打出《财富》杂志上刊登的那篇文章这张牌。"我在你们的大厅里看到了这本杂志，"我说。"你们看到了吗？很有意思的封面故事，是有关毒品交易的。我随意翻了翻上面的图片，居然看到我的一位客户。"

阿万和比尔格拉米都笑了起来。

"这就是你那么快放回去的原因？"阿万问道。

更多确凿的证据表明他们完全清楚那些资金的来源，因此，我索性把话挑明。"是的，我拿起它来一看，上面说——我真不敢相信。他居然就被印在封面上。我一直希望我能有一个客户上《财富》杂志的封面，可完全不是以那种方式……他现在一定已经看过那篇文章了，最近的这期杂志我得备上一本。那篇文章对毒品交易情况写得相当具体啊。"

第二天，我回到银行时，阿万的一席话令我震惊不已。

"我和阿克巴一直在仔细考虑许多事情，我们想要跟你谈谈这件事，"他说。"我们很可能在适当的时候离开这家银行，可能要建立我们自己的事业。因此，也许那时候我们可以继续合作……我在伦敦有一位旧同事，他过去主管我们的财务部（在国际商业信贷银行），他在那行干得非常出色。几年前他离开了银行，在伦敦建立起自己的投资公司，资本投入将近2 500万美元。他已经拥有了非常坚强的后盾支持，还拥有非常优秀的股东，这大概是三年前的事了。几年来他的确发展得不错。他主要涉足各种类型的投资银行业务、货币投资以及股票市场。"

扎奥丁·阿里·阿克巴已经在芝加哥成立了以伦敦为基地的卡普空期货公司①的子公司，阿万和比尔格拉米也已接受在迈阿密开立另一家子公

---

① 卡普空期货公司：Capcom Futures。——译者注

司的提议。他们不会就此与国际商业信贷银行断绝联系，他们希望国际商业信贷银行可以充当他们的代理行，继续与他们合作。不管怎样，他们都会努力确保在国际商业信贷银行有一位银行官员了解我账户的"敏感性"，并帮助处理我的事务。这一切将在大约半年后发生。

这真是两全其美的事情。我一方面可以继续与国际商业信贷银行合作，同时又打开了另一扇门——阿万和比尔格拉米将会把他们最重要的客户带到这家规模更小的公司。待我们的行动结束时，我们就能准确地知道到哪里去搜查诺列加的财产。我迫不及待地想要听到更多的消息。

我向他们说明，我当前的首要问题是把大量现金存入银行系统。我问他们，卡普空公司能为我做些什么。

"我不会把钱存在伦敦的，"阿万回答说。"我会把它送出去到某个地方，在那里存入，然后再电汇……有可能送到中东地区。你知道，因为我们有巨额的现金来自那里。那里依然处于相当原始的状态。在那个社会里，没有人相信支票，更别提什么信用卡了。所有人都用现金交易。"

很显然，在中东地区存入大笔的现金是司空见惯的事情。这可真是条新闻。

"他们那里都有哪几种现金货币？"

阿万对此一清二楚。"美元货币在那里并不罕见。美元、英镑、德国马克、瑞士法郎，这四种是那里的常见货币。最受欢迎的是英镑和美元。"

但当我问他最佳的存钱地点时，他迅速地说出了一大串："沙特阿拉伯是最大的现金来源地，但是我不想到那儿去，因为出入那里十分困难……我宁愿选择巴林、阿布扎比、迪拜，这三个国家可以成为重要的周转中心。"

阿万估计，在那里他能以每个月1 000万～2 000万美元的速度安排存款。一切都十分有趣。我敢断定，我绝不是第一个得到如此建议的客户，而且，阿万正在提议的内容完全超出了政府的惯常思维。

那天晚上，在迈阿密那幢卧底的房子里，阿万和比尔格拉米表示，第二天他再向我解释他们的新提议比较好。于是，我回报以十月份举行婚礼的诱饵——这是收网的诱饵。

"那将是一场为期三天的盛大庆典活动,"我说。"我们的家族成员将在星期五到达,欢迎你们那天也一起来参加,但是如果你们愿意等到星期六过来,也很好。周六我们要举办宴会,周日举行正式的婚礼仪式。"

他们都表示不会错过这场婚礼,当然其中金钱交易的成分要多于真正的友谊,但那也无所谓。陷阱已经布置好了。

第二天,在国际商业信贷银行,比尔格拉米处理了相关的文字资料,最后轮到谈正事了:"我们换个地方谈吧,格兰德湾大酒店怎么样?……那个皇家咖啡馆。"

我正等着这句话呢。

在开车驶往酒店的途中,他们忍不住教导我如何使幌子公司看上去更加真实可信。他们建议我,把苏黎世的律师建立起来的每一个空壳公司的往来信件分别复印出来,阿万和比尔格拉米可以用它们准备更多的正式文件。

在格兰德湾大酒店,大家品尝着鱼子酱,喝着鸡尾酒,比尔格拉米向我说明了他的新计划。"我的想法是,我们接到你的资金后把它借出去,根据你的具体情况,我们会将其借给与我们有密切合作关系的三四家银行……我们把现金交给他们。这样做的好处是,不会有任何的连锁反应,因为我们不单单只从一个机构"——办理抵押贷款——"会有四个机构牵扯进来。可能会涉及日本银行、瑞士银行、阿拉伯银行,还有一家英国银行。这样做的最大好处就是,投资公司不会像银行那样遭到严格的检查。文字资料的数量也是最少的。"

换言之,他们计划用一笔存款作抵押,获得四倍于抵押金的巨额贷款资金,以此混淆资金的转移,为政府追踪那些黑钱增加难度。真正的天才啊!

"嗯,那么你们认为一个月内能为我的客户们清洗多少钱啊?"我问。

"有许多办法可以办理这件事,"比尔格拉米说道。"你提到过你的客户们拥有大量的现金,那么,嗯,现金其实可以转换成商品。你可以把手中的现金通过买卖黄金用现金交割的方式进行转换。其实你已经这样做了,不超过两秒钟就能完成整个交易。"

他们能提供的方法真是层出不穷——而我们也取得了接连不断的胜利。我想让他们告诉我，是哪些大玩家正在地下大肆进行着最肮脏的黑钱交易。

　　他们一致认定是巴拿马的花旗银行。阿万认为，国际商业信贷银行"相对于几大银行巨头——波士顿银行、花旗银行、芝加哥第一银行以及伦敦银行——来说，不过是小巫见大巫而已"。

　　就在同一天，我接到艾米尔的电话，传来的消息让我感到五雷轰顶。

　　"刚接到冈萨洛的电话，"他说。"事情他妈的搞砸了。他告诉我说底特律出事了，要我们离那些人远点儿，他警告我说，'千万不要接听那些人的任何电话'。接着我给咱们办事处打电话询问，刚刚得到消息。我们底特律办事处把希拉尔多兄弟拿下了。想想他们干的是什么狗屁事吧。我竟然是从那些坏蛋嘴里听到第一消息的！"

　　"你不是在开玩笑吧，"我说。"难道他们不知道我们与那些人的交往有多深了吗？他们怎么能这样目光短浅呢？"

　　"你难道还不明白吗？我们将要在'我，我，还是我'这个教条上输得很惨。除了吉米·格罗特菲尔蒂以外"——底特律的专案特工——"他还算是个令人尊敬的人，其他人根本不把我们当回事，也根本不顾全大局。如果能因为破获底特律最大的可卡因贩毒案，他们的上衣上多增加几道杠，就是把自己的亲妈卖了他们都心甘情愿。我刚听说，他们缴获了106公斤可卡因。就为了那么点狗屁玩意儿，他们将我们暴露在聚光灯下，因为他们向联邦政府申请了搜查令，准备搜查只有我和希拉尔多兄弟才知道的藏匿地点，比如说，他们藏毒品的仓库。我们自己的人提交的宣誓陈述书中，把你和我这两年所做的一切事情全部交代得清清楚楚。"

　　混蛋！

　　"不！"我浑身颤抖着喊道，"这不可能。他们怎么能出尔反尔呢？他们难道忘了在佐治亚州边界执行拦截运毒挂车计划时发生了什么事？底特律曾口口声声说不会做出任何暴露我们卧底行动的事情，可他们都做了些什么？"

"鲍勃，我们在坦帕的自己人或许正对这事儿欢呼雀跃呢。这个案子是底特律有史以来破获的第二大贩毒案。底特律还想利用这个案子获得更多的晋升机会，所以他们暂时不会将这次毒品缉获行动透漏给当地媒体，而当地媒体到目前为止对我们的卧底行动还毫不知情。那样的话我们还有些退身的余地，但最起码他们把我们给耍了。"

我简直不敢相信这一切！

"连三岁的小孩都知道，如果底特律负责写宣誓陈述书的人了解到了我们的卧底计划，并将其写进宣誓陈述书里，那么这些宣誓书不出一两个月就可能会被转到希拉尔多兄弟的辩护律师手里。"

我立即给劳拉·谢尔曼打电话。"艾米尔刚把底特律发生的事告诉我了，到底他妈的是怎么回事？"

"哦，鲍勃，最后作出的决定是让那辆卡车一直开到底特律。我们在那儿的人写了宣誓陈述书，搜查希拉尔多兄弟的住处和藏毒地点，他们找到了大批的可卡因。这一切都是邦妮一手操办的。"

"怎么能够允许这种事情发生呢？你们看到他们为搜查证写的那些宣誓陈述书了吗？我想他们一定把我和艾米尔暴露了。"

"别着急，底特律方面向我们保证它们被装在密封袋里。"

"密封？密封？他们难道他妈的疯了不成？'密封'只不过意味着，某个拿着最低薪酬的小职员，把那份宣誓陈述书放进信封，写上个纸条，说明它不能公开存档罢了。蒙卡达和埃斯科瓦尔甚至控制着许多国家的总统——一个小职员算个屁呀！"

但是事情比我想象的还要更糟。底特律海关的一名特工违背了他们不会暴露我们的承诺，为搜查那106公斤可卡因提交了宣誓陈述书，更有甚者，正是这名特工早在四个月前就提交过一份宣誓陈述书，请求被授权窃听希拉尔多两兄弟之一的寻呼机。在最近这四个月里，那封宣誓陈述书的确一直被密封着——但是从来没有人告诉过我、艾米尔和其他任何正在冒着生命危险的特工人员这件事。

尽管海关有明确的书面规定，遇到类似的贩毒案件一定要向毒品管制局通报，以便毒品管制局协同办案——毒品管制局对境内的违禁药品拥有优先管辖权——可是，早在一月份底特律海关放行那批几百公斤的可卡因时，就没有通知毒品管制局。而且，他们缉获六月份到达的那批 106 公斤可卡因时，直到最后一刻，也还是没有向毒品管制局透露任何消息。

要想确保那些宣誓陈述书被保密到十月份，除非国会能通过一项法案。这已经令人非常烦恼了，然而，更令我寝食难安的是，我很清楚，唯一可以阻止蒙卡达得知穆塞拉和多明戈斯是联邦特工真相的人，只是一个拿着微薄薪水的小职员。

时间对于我们来说也很不利。如果我们想要冒险的话，现在就应该已经开始了。从这一刻起，会有越来越多的人了解到我们的秘密。

我把艾米尔和凯茜召集到一起开了个会。

"听着，这也许听上去很疯狂，"我对他俩说。"但我想向上面申请，让他们允许我们秘密去一趟哥伦比亚。唐·切倍还需要一段时间才能搞清楚我们与底特律的搜捕行动有关。如果我们很快做这个旅行，就会摆脱所有人的怀疑。一旦我们在麦德林集团露面，他们就永远不会怀疑我们是联邦特工了。即使我们只来一个 24 小时的突然造访，也能让我们的行动再持续相当一段时间。你们觉得怎么样？"

艾米尔点点头。"我随时准备出发。"

"算上我一份。"凯茜也赞成。

我递交了请示报告。上面很快做了批复——**要求被否决**。毒品管制局主观断定那样做过于冒险了。底特律那边的确是一团糟，但是与即将在纽约发生的事情相比，那实在算不了什么。

十六、内鬼难防

佛罗里达州坦帕市，卡利博蔡斯公寓大厦

1988 年 7 月 12 日

安全警报正在向我们高声鸣叫。希拉尔多兄弟并不重要——他们只是两个几乎一无所知的笨蛋。被截获的 106 公斤可卡因也无关紧要：卡特尔集团通过每公斤可卡因可获利 500 美元，所以他们的损失只有 53 000 美元——杯水车薪啦。那么，是什么让我们如此紧张？是那些特工们，因为他们知道的事情太多了。希拉尔多兄弟的落网绝非偶发事件。唐·切倍正在千方百计调查是谁走漏了消息，但是我们的人仍然忙着在迈阿密、休斯敦、纽约和芝加哥收集现金，没有间断过，所以很显然，他还没有怀疑到我们。实际上，我们的生意正如火如荼——看，电话铃又响了起来。

"冈萨洛刚刚打电话给我，"艾米尔说。"唐·切倍的人想让我们立刻在纽约接收 1 000 万美元。Coño①，我们纽约办事处的同行们如果听到这些，一定会垂涎三尺啊。现在，我们再也禁不起任何疏漏了，尤其是底特律刚刚出了事。我们纽约的同行们一定正准备着趁火打劫，要么从这笔钱中敲诈一笔，要么在街道上布满警哨，全程监视跟踪递款的人。一旦他们

---

① 西班牙语，意为"兄弟"。——译者注

沉不住气，贸然行事，我们就死定了。"

"我们需要让我们的主管们帮忙与纽约海关的管理人员协调此事，"我说。"你给史蒂夫打电话，看他有什么办法，我也要打电话给汤米·洛雷托"——他负责监督我们这个案子在纽约方面的事务——"我和汤米交情已久。他是个正直的人……我想他会设法帮我们的。"

我给洛雷托打了电话，向他解释了巴黎的情况以及我们正面临为麦德林集团策划管理一亿美元储备金的来龙去脉。

"我会尽力帮你们，"他说。"但是，你们一定要清楚，纽约办事处的头头们正想利用这次机会出出风头，尽可能地争取立功的机会。而你们这种有悖常规的做事方式他们可能适应不了。我不敢确定他们是否能理解你们的做法。他们喜欢循规蹈矩地做事，因为全国其他特工都是这么做的：一路跟踪毒贩找到他们的藏匿处，搜查那个地方，没收现金，然后收兵回家。一切就都完事大吉了。"

"我请求你，"我说。"请你尽一切可能减小监视的力度。我知道你们需要在大街上安插一些人来保证卧底特工的安全，但是如果你们的人一时冲动，试图跟踪那些前来递款的笨蛋，那么我们的卧底行动就会付诸一炬。那些哥伦比亚人将会采取反监视行动，他们会四处寻找那些符合联邦特工形象的人：挂着 BP 机、拿着大哥大的白人，腰上挎着腰包，手枪很可能就藏在里面。牛仔裤、马球衫、高级运动鞋都会将他们的身份暴露无遗。他们等在美国造的汽车里时，不能直勾勾地盯着人看，而且，他们一定要想办法把无线电设备和麦克风藏起来，驾车疾驰时也千万不能打开警灯。我们一定要做得神不知鬼不觉。"

电话那头沉默了许久。

"我们知道我们在这儿是做什么的，"洛雷托说。"我们也不愿将事情搞砸。我会尽力为你们扫除一些障碍，但是我不能对你做出任何承诺。"

在太多的城市里，我曾不止一百次地看到过同样的事情。大街上布满特工，所有的特工——包括那些几乎发挥不了任何作用的——都被迫掩饰着平日里养成的行为做派，尽量收敛起他们趾高气扬的男子汉气概，但明眼人一下就能辨认出来他们的身份。洛雷托有一颗正直的心，并且正努力去做正义的事情，但是单凭他一个人的力量是不可能与整个制度抗衡的。即使在坦帕和华盛顿的压力之下，纽约也完全可能照常规行事。

我们花了一整天的时间来征得方方面面必要的批准，傍晚时分，穆拉又给艾米尔带来了坏消息。"那1 000万美元准备递交的现金已经被其他人撬走了400万。现在只剩下600万了。"

"鲍勃先生问，这笔钱中还有多少将用于投资。"艾米尔说。

"根本没有人再提这事儿。"穆拉回答。

也许到了该给阿姆布莱切特打电话，利用我们之间的友谊说话的时候了。

"鲁迪，我需要你的帮助，"我说。"本来说好我们要在双子大厦①接1 000万美元的货，但正当我们打电话核实交货的具体细节时，这1 000万中却有400万转到了别人手中。而且，我得到消息说，在余下的600万里，没有一分钱被指定用来投资。你能给你的人打电话解决此事吗？如果他们不愿改变决定，我只好尽量减少我自己的损失，继续做我自己的生意了。"

阿姆布莱切特表示，他将设法于接下来的一周在麦德林内部查清事情的原委。他不想立刻给唐·切倍打电话，担心会落得偏袒一方的嫌疑，让唐·切倍对他的能力产生怀疑。

第二天，玛尔塔——在纽约市负责为唐·切倍转移现金的一个哥伦比亚人——安排她手下的几个人送来50万美元，艾米尔派一名特工伪装成他的接款工在曼哈顿市中心接了款。

与此同时，阿万和比尔格拉米也正在通过世界各地的银行源源不断地将钱转移到唐·切倍的账户上。忙碌之余，我约他们在迈阿密的凯悦酒店见了面。我们一边喝酒，一边谈到了卡普空金融服务和经纪公司的创建人扎奥丁·阿里·阿克巴。

"我曾经说过我有些客户，"阿万解释道。"他们可能愿意将钱存进几

---

① 双子大厦（Twin Towers）是纽约市最高的大楼，也是全世界排名第三高的建筑物，共110层。已于"9.11"恐怖事件中被炸毁。——译者注

家不同的银行……阿克巴说，他能帮上忙，但不能太过频繁，一个月一次应该没问题。"

这真是个好消息。我们只需将现金运到伦敦交给阿克巴。这不成问题，因为唐・切倍和阿尔凯诺现在正在欧洲贩卖大量的可卡因。我问他们阿克巴一个月可以接收多少现金，阿万向屋里扫视了一下，确定没人在偷听后，悄悄地说："可能有 1 000 万。"

阿克巴不仅每月能接收 1 000 万美元的现金，还能随时安排将这些现金伪装成贷入资金转移出去。我在脑中飞快地盘算着。可以肯定地说，阿万也同样在游说着其他的"特殊"客户，包括诺列加。我必须要与阿克巴见个面，与他建立起联系，并录下与他的谈话。我们可能会发现诺列加的财产就摆在他公司的门阶上。

当我们谈到巴拿马的时候，阿万说："哦，可以这样来看。我的意思是，在巴拿马，我们可以心安理得地做任何事情，因为那里的法律允许我们那样去做。任何人都可以大模大样地走进银行，将 1 000 万美元的现金存在那里——没什么值得大惊小怪的。这就是我们所从事的生意。美国人可能把它称为'洗钱'，他们可以随便给它取个名字，但是花旗银行在做着同样的生意，美国银行也在做着相同的生意，所有的银行都在做这样的生意。只不过我们做的方式可能更隐蔽一些，实际上，没有一家银行例外。"

像其他所有的银行一样，国际商业信贷银行心甘情愿地时刻准备着在巴拿马接收我们送过来的每一笔黑钱，无论多少都来者不拒，他们也有能力处理好这些钱，一旦有困难，阿万还能设法将我介绍给其他银行里合适的人选，让他们帮忙处理。

第二天，在曼哈顿的大街上，唐・切倍的手下又给我们送过来 150 万美元。现金转手得如此频繁，所以，穆拉需要更多的支票交给麦德林集团里的客户，阿姆布莱切特也需要拿到银行的结余单据，用它们向唐・切倍证明巴黎的账户是安全的。这些票据都必须到达麦德林集团，但通过邮寄的方式太冒险了，有可能在途中被拦截和扣留。阿尔凯诺主动提出在他下次去麦德林时亲自将它们带过去，但他因事耽搁了行程，所以他建议我雇用图托·萨瓦拉将它们偷运回去。

"图托,"我向他交代说。"把这四个信封交给冈萨洛本人。里面装的是我已签好的账户支票和其他的一些票据。尽量把它们藏好,但如果有人在途中拦截你,你就对他们说出我的名字,并告诉他们是我让你将这些信封交给一个人,他叫,我们随便编个名字吧——就叫鲁道夫·多明戈斯吧。告诉他们你只是为我帮忙,并不知道信封里装的是什么。其他一切事情都由我来办。这里是一张头等舱的往返机票,还有500美元作为旅途中的费用。等你从那里回来后,我还会另有酬谢。"

萨瓦拉像一条哈巴狗一样俯首帖耳。"我回来后,"他说。"想找你谈谈一起做生意的事。"

我当然愿意。有了这个新的安排,我日后就有机会向他了解他在黑市交易里扮演的是什么样的角色。录下一两次与他的谈话就能证明他与阿尔凯诺一起贩卖过数千公斤的可卡因。

与阿姆布莱切特、国际商业信贷银行和阿尔凯诺之间的关系发展得非常顺利,但我与胡安·托帮,那个萨泰里阿教的忠实信徒之间,还有一个问题没有解决。我们只知道,他经常去斯威特沃特市①拜访他的萨泰里阿教祭司,那个祭司的家位于迈阿密郊区一个尼加拉瓜移民聚集的贫民区。凯茜曾经给托帮送去过一封感谢信,但他一直没有回复。艾米尔告诫我不要去见那个祭司——太危险。如果那个祭司从我身上真的感应到什么不好的信息,就会置托帮于尴尬的境地,由此也会在阿尔凯诺那儿引起麻烦。但是我们已经来不及想出对付他的好办法了。我只有冒险前往,但凯茜却先行了一步。

门和窗户上都装着防盗栏。一个叫库奇的女人接待了凯茜,并解释说托帮经常到她这儿来见她的教父丰塞卡,人们都习惯把丰塞卡称作帕瑞诺。凯茜正和库奇在厨房里说着话,四个男人走了进来,其中一个就是丰塞卡。他们中有两个人开着一家花店,还承办婚礼业务,这正好为凯茜提供了一个绝好的机会,她与他们谈起了我们在十月份即将举办婚礼的事。

---

① 斯威特沃特(Sweetwater):美国得克萨斯州西北部城市。——译者注

到我抵达那里的时候，托帮一家与其他几个丰塞卡的信徒已经在那儿了。他们正等在一间私室的门外，一个个轮流进去见丰塞卡。凯茜不愧是一个交际高手，她让在场的每一个人都感到轻松愉快。

"让你与帕瑞诺见个面，"托帮把我拉到一边说。"对我来说非常重要。等人们都离开了，我要把你介绍给他。"

"没问题。这是我的荣幸。"我说。同时注意到前门旁边摆着一张书桌，上面凌乱地放着一些贝壳、椰子、坚果、蔬菜、宗教神像以及其他一些祭祀用的祭品。

托帮陪我一起走下一个黑暗的大厅，来到一扇虚掩的门前。门"嘎吱"一下被推开，蜡烛燃烧产生的一股热浪扑面而来，吹得我退后了几步。丰塞卡脸上带着热情的微笑招手示意我进去。他个子不高，一点儿没有装腔作势之气。在他的身后有一面墙，墙上固定着许多架子，架子上放着一些蜡烛、玩偶、蜗牛壳，装满药草的瓷器、神像和各种各样的古旧物件，俨然是一个祭坛。房间里弥漫着一种奇怪的气味——焚烧过的药草混合着作为祭品的无数小鸡以及其他动物身上干血的气味。

托帮介绍了我，丰塞卡走了过来，向我伸出了手。我们彼此直视着对方的眼睛，我对他说："帕瑞诺，很高兴认识你。胡安已经对我讲了你的许多令人惊奇的故事。感谢你能在你的家里接见我。"说了几句客套话之后，丰塞卡转回身走向祭坛那里，托帮则先将我送回客厅，然后又回去见他的祭司。

这时候，克拉拉·托帮已经邀请凯茜去一个裁缝那儿挑选一套结婚礼服，库奇也主动提出让她的朋友帮忙印制结婚请柬并且准备婚礼上使用的鲜花。托帮的家人答应前来参加凯茜的结婚庆典，并愿意负担鲜花的费用作为他们送给我们的礼物的一部分。

托帮从门厅里走了过来，脸上带着微笑。"帕瑞诺告诉我说，你是个值得尊敬的好人，能信守诺言。我们可以一起做生意啦。"

托帮与我一起坐在沙发上，向我敞开了心扉。他和阿尔凯诺几个月前曾做了一笔生意。那批毒品从阿根廷被运往欧洲，但被截获了。他还遇到了其他的一些麻烦。毒品管制局没收了他的一架塞斯纳奖状机。因为他对没收飞机没有做出任何抗辩，惹恼了为他出资购买这架飞机的人。这些人现在正在对他及他的全家实施威胁。尽管如此，他还是非常希望与我合伙做生意。我告诉他说，在他的麻烦都解决之前，没必要将他的生活弄得过于复杂化，但是，如果他已经准备好，我很高兴听听他能做些什么。

托帮声称，他在麦德林集团有几个位高权重的朋友，包括乔斯·冈萨雷斯·罗德里格斯·加切，他是卡特尔的现任领导成员之一，也是托帮妻子的叔父。托帮还与约翰·纳赛尔关系密切，他认为纳赛尔是毒品生意中最有影响力的人物之一。后来，经我们确认，纳赛尔就是吉恩·菲加利的化名，是与卡特尔合作的一个臭名昭著的黑钱清洗分子和贩毒分子。

亲切地道别之后，我们走进了迈阿密令人窒息的夜色之中。汽车里的空调喷出一股股的冷气，吹出刚才我鼻子里吸入的丰塞卡祭坛那股腐败的气味。

"哎，"我一边挂挡，一边对凯茜说。"当这一切都结束时，恐怕他们要砸掉帕瑞诺萨泰里阿教的祭司执照啦。"

我终于通过了那个祭司的考验，但是这与穆拉不久抛给艾米尔的难题相比，不值一提。

"玛尔塔在双子大厦向唐·切倍的手下汇报说，"穆拉说。"她的人在纽约最后一次递款时，发现有一些陌生人一直在监视他们。她说你们的人是 Los Feos。于是，他们"——唐·切倍的手下——"到我的办公室来找我。他们都是非常认真的人。这到底是怎么回事？"

"你一定要明白，"艾米尔安慰他说。"当人们处理这种钱的时候，在他们眼里，每一个正在读报的人或者睡在大街上的人看起来都不像好人。她在胡说。双子大厦里的人是'中国人'派去的。那里不可能出现任何差错。我会找他谈谈这件事，但是我想那些人一定是看见鬼啦。"

"好吧，但是一定要记住，"穆拉说，他的贪婪又战胜了理智。"我的脖子压在这里了，还有我全家人的脖子。我们的性命都掌握在你们的手中。"

"你不应该有任何担心，"艾米尔说。"一切都在我的掌控中。"

艾米尔立即给我打电话，向我详细说明了情况。

"这事我需要和阿姆布莱切特一起解决，"我说。"他和穆拉是麦德林集团里唯一能帮我们为这件事做辩解的两个人了。你早就预测到了这样的结果。这不是纳尔逊或者汤米的错。我保证他们一定已经尽力说服他们的人去做正确的事情了。尽管如此，我们的纽约办事处还是做出了让我们担心的事。我不知道我该怎样向阿姆布莱切特解释这一切才能让他站到我们这一边。我要好好想想，绞尽脑汁好好想想这件事，然后告诉你结果。"

一个老谋深算的洗黑钱分子会怎么处理这样的事情呢？他可能会找出最有泄密嫌疑的那些人，好好对待他们，给他们放假，让他们有足够自由支配的时间，然后趁其不备监视他们的一言一行。我就是这样对阿姆布莱切特进行游说的。

"你们安排在纽约的人太让我们的人担心了，"他严肃地说到了纽约的事。"我们担心以后纽约的交易不能再继续下去了。我们的生意这棵大树就扎根在那儿，但现在树根正在动摇，那可是最重要的环节啊！"

"我们一定要正视这样的现实，就是，在我们双方的合作进一步深入之前，必须要把一些事情澄清。"我理智地分析着。"我们必须要做点什么，采取点行动，把这件事澄清。"

我告诉他，我们在纽约有两个人是新入伙的。我计划好好款待他们，让他们放松警惕，然后密切地监视他们。对于常驻纽约的那几个人，我也暂时不让他们参与行动，而是从费城调几个工人过来。阿姆布莱切特认同了我的这个计划，答应与唐·切倍的手下谈谈，让我们的交易重归正轨。我告诉他可以这样对他的人说，如果我确定了问题出在哪，那个问题很快就会被根除，因为我正派艾米尔前往双子大厦。阿姆布莱切特很清楚我在做什么；他在巴黎就是这样对付奥斯皮纳的。

就在纽约局势一片混乱的时候，我们在迈阿密租的那套卧底房子却门庭若市，成了一个与贩毒分子们聚会的中心。托帮到这里来谈与我合伙做生意的事。他说，他的几个重要的朋友手中有些现金急需清洗，于是我向他说明了酬金问题和我们组织的能力，以及穆拉在我们的生意中承担的重要角色。和骗子做生意时绝不能不谈利润。我当着他的面给穆拉打了个电话，让他了解托帮可能会给我们拉来新的生意，同时，也让托帮了解到穆拉是我们在麦德林集团的代表。

托帮刚刚离开这幢房子，阿尔凯诺就从布宜诺斯艾利斯风尘仆仆地赶来了，他刚在那里组织装运了几批可卡因到美国。

"所以我们正考虑与他合作"——他指的是他在布宜诺斯艾利斯的一个合伙人以及他们伟大的计划——"我们只在运输上做点文章，不涉足销售。我们自己把货运过来，再直接打折扣卖出去。我只是少赚不到两千或者不到一千"——每公斤可卡因——"但我不必再费劲地去收货和卖货了。我自己负责运货，然后把货批发给一个或者两个客户……这样做就减少了很多的麻烦。"

阿尔凯诺早就算好了这笔账。他花了约 30 万美元在布宜诺斯艾利斯买下了一个工厂，那只是一个空壳工厂，为他将毒品装船运到美国和欧洲当幌子。他从卡特尔购买每公斤可卡因要花 2 000 美元。他计划通过它的运输航线将 1 000 公斤或者更多的可卡因运到纽约，然后以每公斤 14 500 美元的价格批发出去。按那个价格计算，只从这一笔交易中，他就能赚到约 1 450 万美元。他还计划在同一年里再将两批货带到欧洲：共计 2 000 公斤，在西班牙和意大利分别以每公斤 26 000 美元的价格卖出去，将毛赚 1.04 亿美元。

在这之前，阿尔凯诺每次只能卖掉一批 50 公斤左右的可卡因，而且是卖给不同的客户，那样做不仅会引起联邦特工的怀疑，还会经常遭遇赖账不还的无赖。迄今为止，不同的几个客户向他赖账总计已达 100 万美元，但他不想亲手去对付他们，怕弄脏他的手，尤其是对像萨瓦拉这样的朋友。萨瓦拉曾将一批货卖给了在芝加哥开着几家食品杂货连锁店的古巴五兄弟，交货后他们却不付给他钱。阿尔凯诺认为，这并不是萨瓦拉的错。他怎么能对他交往已久的朋友下毒手呢？

接着阿尔凯诺眉毛一扬，似乎忽然想起了什么。"也许你能，上帝啊，你能帮我！弗兰克"——他指的是塞拉，芝加哥的一名卧底特工——"能帮我们处理那些事。有些家伙在那里很有势力，他们甚至买了他 10 万美元的货都不付款。他们就是不想给他钱。你们这样的人手下应该有人能解决这些事吧?"

我点点头,没有出声。

"是的,"阿尔凯诺继续说。"找到其中的一个家伙,扣留他,其他的人就会乖乖地带着钱过来……你必须要用武力强迫他们。他们自己绝对不会主动付钱。你必须要动用武力狠狠地强迫他们去做,一点不能客气。他们就会把钱送过来。"

我们绝对不可能帮他去实现他的这个计划,但我正好可以借机搞到点有价值的信息。我对阿尔凯诺说,他需要把他掌握的关于每个欠债客户的详细情况告诉我,尤其是那五兄弟的情况,然后我才能酌情去要账。

阿尔凯诺离开后不久,穆拉打电话给艾米尔说,唐·切倍的人已经决定重新恢复在纽约的生意。我立即拿起电话来,打给海关所有能听进我们话的人——坦帕的劳拉·谢尔曼和史蒂夫·库克,纽约的汤米·洛雷托和纳尔逊·陈。我们不能再在纽约引火烧身了,我们必须安排不同的人到街上去,让他们尽可能保持低调,不要引起别人的注意。玛尔塔一定会采取反监视行动,密切监视我们,所以下一次的递款行动必须万无一失。

一切进展顺利——50万美元送过来了,没出现任何问题。接着又传过话来,下一次将有200万美元被送过来。这个数字一定会激起纽约特工们过度高昂的斗志,所以艾米尔亲自飞往纽约处理这笔交易。

艾米尔正在途中时,托帮来到迈阿密敲响了我那所房子的大门。他想给我们带来客户,而且对我们即将开始的合作充满信心。我让他当翻译,给穆拉打了个电话,了解穆拉最近与巴勃罗·埃斯科瓦尔的律师圣地亚哥·乌力贝见面的情况。乌力贝正在给我们介绍一个新的客户,那个客户想从我们这里得到我们为唐·切倍提供的完全一样的服务。他不仅希望我们能为他把在美国聚敛到的现金清洗干净,而且想让我们帮他成立几家海外公司,并开立几个海外账户将他的黑钱在欧洲隐藏起来。乌力贝想要几份办理所有这些业务的手续文件的复印件,以便让这个新客户更好地了解我们的运作系统。我们离卡特尔越来越近了。

在纽约,艾米尔与我们的特工同行们见了面,他们共同制定了一个计划,安排他和陈两个人与唐·切倍派来递送200万美元的人去接头。大家都知道这次他们的反监视活动会非常严密，所以一致同意尽量减少对他们的监视，只要能确保两个卧底特工的人身安全即可。不再增派监视人员，待他们放下钱后也不再尾随跟踪。

艾米尔和陈驾车开往曼哈顿下城①运河大街附近的一个酒店。在酒店里，他们与两个二十岁出头的哥伦比亚年轻人见了面。这两个年轻人都穿着休闲装，衣着整洁，相貌清秀。其中一个递给艾米尔一套钥匙说，"Eet's een da band."②

艾米尔心领神会，但纳尔逊却是一头雾水。他吃惊地转向艾米尔说，"这个杂种在说什么？乐队在哪？谁在演奏音乐？"

"这个家伙英语说得不怎么好，"艾米尔笑着说，"他指的是'货车'。"

货车就停在酒店外，车后面有几个箱子，那200万美元全都塞在那几个箱子里。其中一个箱子里装的都是面值一美元的现金，总计99 000美元。我们不可能一张张地清数——这么多一美元的现钞永远也数不完——但是因为一直担心我们是警察，所以他不敢妄加造次，我们也只好听之任之了。

哥伦比亚人让艾米尔照他们说的做：将这辆货车随便开到什么地方把货卸下来，然后把车开回原地，将钥匙留在烟灰缸里，最后离开。然后他补充说："这些都做完之后，如果你愿意再等上一个来小时，我还能再送过来200万。"

那是一个周五的下午，艾米尔知道，如果让监视小组在外面再多等几个小时，他们一定会极为不耐烦。"听着，伙计，"他对那个哥伦比亚人说。"我们只被准许接收2吨。你们南边的人必须要跟我们的老板先解释清楚。我们只听上面的吩咐。"

艾米尔跳上那辆货车，纳尔逊带着他来到下东区③一项市政住房建设

---

① 曼哈顿下城（lower Manhattan）也可译为下曼哈顿区，是纽约新旧社区的聚合之处，融合了殖民时期教堂、美国早期纪念碑与现代摩天大楼的不同景观。如今，金融业仍是这个地区的主要活动，华尔街、联邦储备银行、世界贸易中心与纽约证券交易所都在这里。——译者注

② 这是他含糊不清地说了句错误的英语。他想说的是："Let's in the van."我们到货车里吧。他将van（货车）说成了band（乐队）。——译者注

③ 纽约下东区位于纽约城的东南部，毗邻曼哈顿，是移民和贫民的聚集区。——译者注

项目附近的一个贫民区。他们将车停在了一群喝得烂醉的流浪汉和瘾君子中间，他们正在玩多米诺骨牌。把货安顿好后，他们将货车开回那个酒店，按照那个哥伦比亚人的指示放好车，然后开上他们自己的车兜了十分钟的圈，把尾随在他们身后所有的玛尔塔派来监视他们的人都甩掉。随后，负责掩护他们的小组赶了上来。

一般在这个时候，一个负责掩护的特工将驾驶一辆卧底汽车小心翼翼地带领他们绕路回到海关办事处，同时，另外一个负责监视的特工会隔开几辆汽车驾车尾随他们。这可以为卧底特工们提供双份的保险，以免送款人欺骗他们，并且把现金偷走。

但就在这时候，那个负责监视的监督员开车飞快地超过了陈驾驶的奔驰车，跑到了他们的前面。他将警灯放在了车顶上，并挥手示意纳尔逊尾随他前往位于世界贸易中心的海关办事处。

"**究竟怎么搞的**？"艾米尔对陈大叫着。刚离开那个酒店十分钟——这点时间根本不能确保他们没有被跟踪。可是他们已没有别的选择，只好尾随着那辆领路的汽车——警灯闪烁，警笛高叫——曼哈顿市中心所有的人都驻足惊望着这个疾驰而过的车队。

当他们抵达世界贸易中心停车场的时候，艾米尔跳下奔驰车，飞奔到那个监督员的车旁，大叫道："你究竟在干什么？为什么把警灯放在车顶上？你知道那会吸引所有人的注意！"

"听着，朋友，"那个监督员冷冰冰地说。"现在是星期五下午。我在泽西海滩买了个避暑别墅，明天一大早我要找辆水泥车在我家房子的后面铺个露台。我可没有那么多时间浪费在这种屁事上，那几个该死的笨蛋已经离开很久了我才带你们到这儿来。我们还要花几个小时数这些钱呢。"

艾米尔解释说，有一个箱子里装了 99 000 张一美元的现钞。那个监督员一听就勃然大怒。"你怎么能收那么多一美元的票子？你难道不知道我们得花多长时间来清点它们吗？"

"你告诉我我应该怎么做！当那些家伙秘密地给我送来 200 万美元的时候，"艾米尔摇着头说。"也许我应该说：'哦，真抱歉，我们不能要这些一美元的钞票，我海关的老板不让我接收这样的钞票。我们只要 20 美元的钞票或者更大面值的。'"

"我真想踢他的屁股，"艾米尔后来告诉我说。"那个杂种根本不在乎我们是否还能活着，他更关心回家铺他的水泥露台！下次我们去接款的时候，他一定会害死我们所有人。我敢相当肯定地说，如果那些警灯再闪起来，我们就会被下油锅。"

又一次，事实证明，我们自己内部的敌人比我们正在进攻的敌人更加危险。内鬼难防啊。

第二天，我打电话给正在哥伦比亚的阿姆布莱切特，想试探一下他的态度。他只是闪烁其词地告诉我，他第二天要去迈阿密。如果时间允许，他会与我联系，一起讨论目前的局势。像以往一样，每到形势变得紧急的时候，就有人砸坏我奔驰车的玻璃，到车里乱翻一通。虽然没丢任何东西，但很显然，有人正在寻找着什么。

八月一个闷热的夜晚，在迈阿密，阿姆布莱切特打过电话来。"我在36大街的机场别墅酒店。我准备好了。到我的房间里来，我们谈谈。"

"没问题，鲁迪，"我镇定地说。"我一个小时左右就到。"

我打电话给在迈阿密负责直接与我联系的特工马特·阿特里，向他详细说明了情况。

"听着。阿姆布莱切特刚刚打电话让我到机场附近的别墅酒店见他。他们的人现在非常担心，因为他们认为，他们看到了联邦特工在监视他们的送款活动。他们进行反监视活动的人声称，我们在纽约有四个监视小组，他们至少亲眼目睹了其中的一个，而且就在几天前他们还可能又见到过我们。他们说，他们认为问题不在我，可能是我们接款的团队里藏着特工。我没有任何把柄掌握在这个家伙手里，他没有理由怀疑我，所以现在你必须清楚：我不希望在旅馆周围安插任何特工。这次见面，我不准备带枪和证件，我的身上会很干净。即使他们对我搜身，也找不到任何于我不利的证据。我先把我的公文包录音机留在车里，一旦确信他只有一个人，当他向我索要他需要的一些文件时，我再告诉他，我把文件都放在车里了，然后借机回去取我的公文包。你已经知道我的手机和寻呼机的号码了。我到达酒店时不会超过夜里 11:00。进酒店之前我会给你打个电话，如果到凌晨 3:00，你还没有接到我的电话，就直接给我打电话。如果电话找不到我，就派人开始找我吧。在此期间，随时可以打电话给我。如果一切顺利，我会说'明天见面不成问题'。如果我遇到了麻烦，我会说'我认为我不能去赴约了'。但是，我请求你，今晚千万不要派任何人来保护我。如果一定坚持要近距离监视，唯一的结果就是很快找到我的尸体——你们会将我置于死地的。"

阿特里长出了一口气。很显然，他不喜欢听到这样的话。"好吧，我们会照你的话去做，"他说。"让我们保持联系。"

晚上十一点整，阿姆布莱切特在别墅酒店打开了他的房间大门欢迎我，像以往一样热情。十来分钟的寒暄之后，他把话题转向了穆拉。他认为穆拉正在麦德林做些对我不利的事情。穆拉不仅对唐·切倍的人步步紧逼，而且做了一些不切实际的承诺，比如，他声称我的组织将会补偿他们损失掉的一两亿美元。阿姆布莱切特的人正逐渐对穆拉的话失去信心。他过于急功近利了。

借着谈话正常中断的空当，我问阿姆布莱切特是否仍需要瑞士那边的最后一批票据，他说需要。于是我飞快地走向我的汽车，取了公文包又返回他的房间，然后将它放在床上翻找起来。他的眼睛一下子盯住了我的公文包——那眼神看上去就像他要冲过来把它扯开。他继续说着话，但每隔几分钟，他的眼睛就朝公文包瞟上几眼。很显然，这个公文包让他感觉到了不安。

我把公文包拉过来放到腿上，打开的盖子刚好对着阿姆布莱切特。突然，公文包里面夹层的假盖子"啪"地落了下来，露出一堆电线，而录音机就赫然出现在那堆电线里。又一次，办事处的啬蔷差点要了我的命。我赶紧把假盖子拉回原位，尽量低着头，不让他看到我惊慌的眼神。谢天谢地，在阿姆布莱切特站起身之前，公文包里的维可牢尼龙搭扣回到了原位。我将票据递给他的时候，他正从盖子上方朝公文包里面望着。我的心"怦怦"地跳着，要不是我穿着一套夹克衫，他一定能透过我的衬衫看到它正在剧烈跳动着。

当我问起他的人对我怎么看的时候，他直截了当地说："怀疑你是肯定的，没有人没被怀疑过。可能是一些不足挂齿的小事偶尔碰到了一起……肯定有某个环节出了岔子。这就是我了解到的他们的想法。所以——为了他们的利益，也为了你的利益——他们认为比较明智的做法还是先让事态冷静下来。"

他同时提到，他的一些人还担心，因为我身在美国，所以可能"很容易改变方向"。

我表示没听懂他的话。

"有些人会改变方向，"他解释说。"如果出于某种原因，政府为了自己的切身利益想要保护某个人，他们就会……"

如果我在任何时候改变方向，他警告我说，"世界上没有任何一个洞"深到可以容我藏身。我明白他的意思。

阿姆布莱切特接着向我透露了事情的经过。一开始，问题就出在玛尔塔的人在纽约看见的一系列微不足道的小事上，他们因此向上面汇报说有警察在纽约监视我们的接款活动。之后，穆拉散布说我很生气，因为我们集团的正直诚实遭到了侵犯。阿姆布莱切特的老板们这才开始怀疑，为什么我们对重新开始接款催得这么急。

阿姆布莱切特说："我个人认为，合作不会就此完全中断。我私下的建议是：先做好你自己的生意，让事情顺其自然地发展。你要采取与他们一样的态度。你要尊重……我们有能力，但这对你来说并不重要。还是耐心地坐下来等待吧。这是一条放之四海而皆准的道理：当一个人过于热衷于追求什么的时候，他一定另有企图。他也许是雄心勃勃，非常需要这些钱——据我所知，这并非事实；或者他正在追求大家都一无所知的什么东西，这才是我们最担心的。正是这一点引起了麻烦。"

该死！他这一招好狠毒。该轮到我反戈相击了。

我提醒阿姆布莱切特，为了尽快消除他对纽约的疑虑，我投入了所有的时间、精力和金钱。我支付了大笔费用全部更换了接款人员。可是，我的这些积极的反应得到的回报难道就是将交易量减到像滴水这样少吗？太令人失望了。

"本来是计划将交易量增加到非常巨大的数量的，"他无动于衷地说。"将大量的钱放进去，比如一亿美元……开始的时候……他们非常、非常急切。我们的人非常急切地想将钱交给你们。他们之所以愿意那么做，就是因为你，因为你很专业，因为你向他们展示的一切。他们喜欢这一切。但是，后来，那些事发生了，那些不足挂齿的狗屁事。从那以后，他们才开始胡猜乱想。"

为了弄清楚他的人对纽约不满意的原因，我已经与他周旋得太久了，于是，我单枪直入，直击要害。上次从玛尔塔那里接款时，艾米尔带着我们派驻在纽约的一个骨干跟他一起去了，由此见到了玛尔塔和她的丈夫。艾米尔问她，她的人到底看到了什么，让大家感到那么不安，她提到了纽约的接款人，"其实我们之间没什么。一切顺利。我们也不知道问题出在哪儿。我们像猴子一样被人耍了。"显然玛尔塔已经转变了态度，但这却引起了大麻烦。

我的话让阿姆布莱切特颇为重视，他说："我想目前唯一的办法就是把这件事弄清楚。只有弄清楚了，才能使我们的合作朝着正确的方向迈进一大步……从中我也了解到，这群人跟我们讲的是一套，而做的却是另外一套。了解到这个对我来说很重要。"

我又添油加醋地向他说明了麦德林集团应该质疑玛尔塔的话的另一个原因。我们有一个竞争对手叫爱德华多·马丁内斯，以前，在我们与阿姆布莱切特的人合作时曾对我们百般阻挠。他曾故意提供给穆拉不准确的账目信息，造成我们的现金转送延迟，使阿姆布莱切特的老板们对我们极为不满，认为我们的洗钱过程过于迟缓。这就像是在我们这个系统的传送装置里故意设置了一个活动扳手，阻碍了它的正常运转，目的就是让我们出丑。玛尔塔可能是出于某种原因在帮别人撬走我们的生意。可能她就是为了帮助一个朋友而故意让我们难堪。这一番话让阿姆布莱切特更加信服。

谢天谢地，我们的谈话终于从这个话题转移开了——阿姆布莱切特开始怒气冲冲地抱怨美国的傲慢无礼。美国在巴拿马进行了大番武力威胁后，什么也没改变，连诺列加也还没离开他的国家。其实，诺列加没敢离开是因为他收到了来自麦德林集团的一个秘密的、更加威慑人的信息：那口棺材。诺列加在麦德林的朋友们这回玩儿真的了，因为他们知道美国将会用一个傀儡来接替诺列加，而这个傀儡将为毒品管制局提供账户信息，让毒品管制局直接了解到麦德林集团的财产状况。

为了让阿姆布莱切特放轻松，我向他提到了我即将举行的婚礼，他向我保证一定会来参加——接着我向他扔出了一个弧线球①，让他更加确定我不是缉毒警察。我首先证实了他对穆拉的看法是正确的，我对他说，穆拉的确造成了我不能与麦德林集团里的重要人物成功地沟通。穆拉是个好人，但他总是会漏掉我想让他传达的更善意的一些想法。因此，我正计划在十月下旬，也就是我婚礼结束后的几个星期内，亲自去趟麦德林，与阿姆布莱切特的老板们见个面。阿姆布莱切特表示很愿意帮忙，但他不想让别人看出是他在鼓动这件事，所以最好还是让穆拉直接出面跟麦德林的老板们讲，而他只是在一旁敲敲边鼓。

当然，我根本无意前往哥伦比亚。但我的这个意向让他感到很宽慰，不仅督促他帮我去做说客，而且为在坦帕抓捕他埋下了伏笔。

将近凌晨三点时，我们才结束了谈话，握手道别。他表示，他恨不得马上让他的老板知道，玛尔塔是个两面三刀的人，但是他暂时还不敢向我保证能得到一个圆满的结果。我们虽然在纽约跌了个大跟头，但是并没有输掉一切。然而问题是，在我们自己人中间有如此多的敌人，我怀疑在不久的将来会出现新的危机。

危机真的又出现了。

---

① 棒球比赛中投球手扔出的较难接打的球。——译者注

十七、首战告捷

佛罗里达州，比斯坎湾
1988 年 7 月 22 日

"据毒品管制局称，海关追踪到大宗毒品"，就在两天后，《华盛顿时报》登出了这样触目惊心的大字标题。

坦帕海关和毒品管制局之间就底特律处理希拉尔多兄弟一事爆发了一场地盘争夺战。这篇报道详细报道了佛罗里达海关如何追踪希拉尔多兄弟偷运第一批 220 磅的可卡因到达底特律，并且在那里偷拍了他们将毒品卖给当地毒贩的现场录像。当时海关并没有实施抓捕行动，准备放长线钓大鱼。但六个月后，当希拉尔多兄弟接收另外 106 公斤海洛因时，毒品管制局再次插手此案。这时，当局才逮捕了希拉尔多兄弟和其他七名涉及该案的嫌疑人。

如果阿姆布莱切特读了这篇报道，他一定能猜到泄密的人是佛罗里达方面的，而且会怀疑在那儿与希拉尔多兄弟打过交道的每一个人，尤其是参与洗钱的那些人——对于境内贩毒案件，洗钱案是海关唯一拥有的管辖权限。如果再将其与纽约递款因受到监视而受挫一事联系在一起，我真感到难以置信，他居然没有马上识破我和艾米尔的真实身份。

但是，我们不能总是对阿姆布莱切特是否已经读过这篇报道耿耿于怀。那样会把自己搞得痛苦不堪，从而在这场游戏中表现出极为不佳的状态，也就等于向我的对手们大声宣告我的畏惧。我必须毫无畏惧地先把眼前的一切处理好。所以，当阿尔凯诺出现在我门前台阶上的时候，我满面笑容地迎接了他。

像往常一样，他向我的耳朵里灌了许多卡特尔近来的新闻，详细地介绍了谁在做着什么，包括拉米娜集团①的最新消息。它是阿根廷人在洛杉矶和纽约经营的一家洗钱公司，也是我们最大的竞争对手之一。他向我透露了那些阿根廷人的姓名以及他们位于曼哈顿第47大街和第六大道附近的办公室的具体地址——这为纽约海关围剿他们提供了很大的帮助。

他还提到，他正将成吨的可卡因从布宜诺斯艾利斯运往纽约，两到四周之后就能到达。我们办事处已经给海关的检查员发出了一条公告，通知他们特别注意从阿根廷到巴西运送凤尾鱼的商船。尽管我需要了解更多的详细情况，但是，现在催他说出这些还不是时候。

当我提到正与另一个竞争对手产生一些纠纷时，他扬起眉毛，笑了。"你大概得做点儿疯狂的事情，把他们搞定，那么你就可以抢到整张馅饼啦。"他鼓动所有的人鹬蚌相争，喋血街头，而他则像渔翁一样坐收其利。

他又为我拉来了一笔生意，而且是迄今为止最大的生意，与他正在运往纽约那批货的合伙人法比奥·奥乔亚有关。奥乔亚每个月在美国的贩毒款多达1 000万到4 000万美元，而阿尔凯诺可以将那笔款的最大一部分交给我处理。奥乔亚正计划将他的钱从美国用飞机偷运回哥伦比亚，但是如果我感兴趣的话，阿尔凯诺愿意说服他改变运输途径，让我帮忙安排。

我表示很感兴趣。交给我吧，我说。

第二天接近傍晚时，比尔格拉米顺便来到我这里。他带来了新的提议。他的一个客户在银行保险箱里存放着70万美元，如果我能将这笔钱放进我的系统里面运作一下，再为他提供电汇业务，他愿意给我提取6%的手续费。但比尔格拉米这次前来最主要的目的是，想与我讨论在他和阿

---

① 拉米娜集团：La Mina。——译者注

万离开国际商业信贷银行后，我是否可以将洗黑钱的业务转到卡普空公司交给他、阿万和阿克巴管理。我借机向他套取详细情况，像一个好奇的孩子那样问个不停。比尔格拉米突然意识到他太口无遮拦了，于是变得惊惶失措。

"谈论这些真的让我感到非常害怕。"他坐立不安地说。

"那我们就不要谈了，"我安慰他说。 "好吗？不过，我的确很感兴趣。"

他渐渐平静下来，接着索性一股脑儿把他们的秘密全都倒了出来。

"那是一个非常好的系统，"他继续说道。"它运作起来无懈可击。"

他们的计划是：我把现金交给卡普空公司，卡普空公司将向两个不同的黄金经销商同时分别购买和销售黄金。黄金经销商用来购买卡普空公司黄金的钱将进入我指定的任何一个账户。这样，资金的流动神不知鬼不觉，追踪不到任何与我有关的蛛丝马迹。我还想了解得更具体些，但现在不是时候。比尔格拉米很紧张。还是等他自投罗网吧。

第二天，我去银行找他，出乎意料的是，阿万接待了我。他把我带到大会议室，坐进长沙发里。阿万几周以来一直在巴拿马、哥伦比亚、伦敦及其他国家巡回——我已经有一个多月没有见过他了。我告诉他，我大约三周后飞往欧洲，问他我到那儿后是否应该去卡普空公司与扎奥丁·阿里·阿克巴联系。

"如果你能见到他，并且顺便看看他的公司，当然再好不过了。"阿万说。

那也是一次可以偷录到与阿克巴谈话的机会。在欧洲期间，我可以分别前去拜访国际商业信贷银行巴黎分行和伦敦分行，为这个案子收集到更多不利于奇诺伊、巴克扎和霍华德的证据。

"我不知道是否比尔格拉米已经向你提到，"阿万说。"这些天我们遇到了一点麻烦。我们得知又有人在调查我们了。最近两三天，我一直与律师在一起，想理出点头绪……我们期望能顺利通过他们的调查。我们应该准备好为自己辩护。"

"为什么？"我吃惊地问。"有人告发你们吗？"

他深深地吸了一口他的蓝色登喜路，然后将烟雾喷向天花板。"还是参议院的小组委员会。"

会议室里的电话突然刺耳地响了起来，打断了我们的谈话。阿万伸手去拿听筒，而我的内心涌起了一股愤怒的浪潮。杰克·布卢姆和小组委员会怎么又重新开始调查了呢？司法部的高级官员们已经给他们下达了书面通知，明确说明了十月份之前恢复调查将会不利于我们的行动，甚至危及我们的生命。现在距十月还有两个月的时间呢。胡闹！

"喂？"阿万说。"是的，发生了什么事？谁？你说什么？谁说的？谁告诉你的？是真的吗？在哪发生的？谁告诉你这些的？是的，在大使馆。我来打个电话吧。回头打给你。"他放下电话时，脸上的表情就像是刚刚见到了鬼。"稍等我一会儿，"他说，同时拨通了一个号码，核实了刚才听到的消息。

"我们刚刚得到一些消息，"他终于对我说。"我们国家的总统在一场坠机事件中遇难身亡。我们刚刚听说——我是说，那是我得到的全部消息，他们怀疑是俄罗斯人将那架飞机击落的。美国驻巴基斯坦的大使也遇难了。"——同时遇难的还有巴基斯坦其他几个重要官员，包括情报局局长和参谋首长联席会议的主席。

阿万正要离开会议室，比尔格拉米带着一堆文件进来了，那是将钱转移到巴拿马需要的一些手续文件，还正在办理中。接着，他提到了卡普空计划。我需要以我的一个境外公司的名义将 50 万美元存到伦敦的一个投资账户上。而此账户显示的唯一一次交易就是那 50 万美元的放置和投资——这是我的"种子基金"，借此我有权通过卡普空公司本身的巨额业务运转账户，每个月清洗 150 万美元的黑钱。

我们每个月送过来 150 万美元就像将一杯水倒入一个装有 100 个水龙头的 50 加仑容积的接雨桶里。在一天的交易过程中，卡普空公司可能会打开他们的几个或者全部的水龙头向不同的贵金属经销商收购黄金。他们可能将收购到的黄金卖给另外 50 个贵金属经销商，这就等于又舀起 50 多杯水倒回桶里。但是——这就是玄机之所在——他们可以指示买进他们黄金的贵金属经销商们将付款打进世界上的任何一个账户，而不是直接付给卡普空公司。清洗过的黑钱就这样通过毫无戒心的黄金经销商转移到了卡特尔。卡普空公司甚至都不用冒电汇资金到卡特尔账户上的危险。这真是个绝对理想的计划。

为了掩盖他们的行踪，同时也为了在波动的黄金行市中不赔钱，卡普空公司将以他们公司的名义同时购进和卖出价值150万美元的黄金，收取我1.5%的手续费。为了清洗第一批钱，他们抽取了22 500美元的佣金——当然，他们希望我们偶尔会在那个投资账户上50万美元的基础上再增加些余额。

我主动提出马上将那50万美元的"种子基金"存入卡普空公司。

比尔格拉米的眼睛亮了起来。"好啊，为什么不呢？我们为什么不那样做呢？所有的协议我都带着呢。你何不现在就签署一份，我们先进行第一次运作，然后你九月份再与他见面？"

随后他给我施加了压力，增大了筹码，让我投入100万美元到卡普空公司，其中50万是存款资金，另外50万则作为一次试运转的资金，由他们转移给我的一个客户。一见我答应了，比尔格拉米的钢笔立即疾走在一张张表格间，一份份文件在桌上飞舞着。

但是，我正要离开时，他向我提出了一个建议，成为他们逃避不了的犯罪证据。他推荐我去布瑞肯大道上的一家间谍商店看看，他曾在那儿为国际商业信贷银行迈阿密分行和哥伦比亚分行购买过设备。他注意到那里出售能够用来探测到录音装置的设备，他认为我应该投资购买几台这样的设备，在与不信任的人谈话时能用得上。这更能证明国际商业信贷银行已经彻底堕落了，同时也验证了他们很可能监视了我和穆拉在他们会议室里的谈话。

从银行出来后，我来到公共电话亭给海关办事处打了个电话。

"我刚在国际商业信贷银行参加完一个会议。你们已经听说了吧？巴基斯坦的齐亚总统、美国大使以及很多高级官员乘坐的班机在巴基斯坦境内爆炸了，机上人员全部遇难。"

他们还没有得到消息。

"算了，"我说。"我只是想向你们汇报一下，一切都在掌控之中。"

当天晚些时候，齐亚总统遇难的消息在各大媒体上传开了。

我能比世界上其他的人提前了解到一些重大的国际新闻，而且我从涉黑银行的联系人和卡特尔的客户那里一天中获得的消息比任何穿制服的人在一个月里道听途说的还要多。因此，我逐渐变成了一个有信息毒瘾的人，时刻想着趁我们的机会之窗永远关闭之前，从一个目标奔波到另一个目标，以期获得尽量多的信息。

这让我突然想起……

国际商业信贷银行拿骚①分行的行长萨阿德·沙菲曾邀请我到巴哈马群岛拜访他，希望在我们之间发展起更为正式的关系。我马上打电话给他，得到明确的答复，他还在等我赴约。还有图托·萨瓦拉，我和他之间也还有些未了结的事情。他可能仍然需要我们帮他在芝加哥从古巴人手中要回欠款。

"是的，对你们的帮助我将不胜感激，"萨瓦拉说。"我们还是见个面吧，我好给你们说说具体的情况。那得需要多少钱？"

如果能当面谈当然最好，我说，同时答应几天后与他联系。距结案只剩下不到两个月了，刚好够我收集他在芝加哥客户情报的时间。又该去向多米尼克求助了，他靠从毒贩的嘴里夺食为生，而且有本事将他的老板们骗得团团转。在很多我不了解的领域，他都是我的好老师。

"首先，你告诉他，你的人要提取50％的酬金。"多米尼克说。

"50％听起来太多了吧。"我说。

"对啊，对你来说的确不少，因为你以前从没这样做过。我过去就是这样告诉那些让我为他们做这事的家伙的：如果我什么都不为你们去做，你们就什么都得不到，所以，50％也比什么都得不到多多了……你需要注意他能给你提供的每一条信息，尤其是，他知不知道那些家伙是否正与一些相关人士有合作关系。告诉他，如果他们之间有关系，那么你就可以用一种和平的方式来解决问题，而且你肯定不想为难那些你后来发现的确有

---

① 拿骚（Nassau）：巴哈马的首都。——译者注

关系的那些人。那会引起一场战争。你必须要问他，他希望你把事情做到什么程度，也就是说，你要弄清楚是否已经获得许可要把这些人揪出来——他是否授权给你，让你的手下全程负责此事。"

我匆匆回了趟坦帕，然后又赶回迈阿密，萨瓦拉在迈阿密国际机场接了我。

"我芝加哥的伙计们能帮你搞定这件事，"我告诉他。"但你要付50%的酬金。那些人欠你多少钱？"

"11万。酬金不成问题。"他说，然后向我简要地介绍了芝加哥的佩佩和乔斯·赫尔塔多兄弟的情况。他俩是古巴人，在密尔沃基市①和华盛顿大道开着两家食品杂货店。他们与迈阿密有一定的联系，手里还有枪。在最近的这三年里，萨瓦拉每个月都卖给他们14公斤的海洛因，但他不知道他们是否与黑社会有牵连。然而，据他所知，他们的确雇用着一个芝加哥侦探。萨瓦拉答应为我们提供他们商店的地址、住所地址、外貌特征和电话号码。

我希望能得到他们的照片，萨瓦拉建议说，他的女儿在加利福尼亚机动车辆管理处就职，她能帮忙。她常常通过州存档案帮他查找信息。

"如果我们不得不去做，"我问，用手比划成枪的形状。"你想让我的人全程负责此事吗？"

他点点头。

他把我送到比斯坎湾，我告诉他，我们要花两周的时间调查核实赫尔塔多兄弟并没有把毒品卖给黑帮和其他四个人，然后再安排抓获他们中的一个。

"非常感谢，鲍勃，"他说。"如果你需要让我帮忙将现金或'货物'转移到美国或者国外的任何地方，一定记着找我。"

水陆两用的涡轮螺旋桨喷气机缓缓地起飞，滑翔过停泊在迈阿密海港

---

① 密尔沃基市（Milwaukee）：美国威斯康星州最大城市和湖港，位于密歇根湖西岸。——译者注

的巨大的游船。距埃米利奥·多明戈斯和罗伯特·穆塞拉是联邦特工的秘密公之于世只剩下六个星期了。所以,这次拿骚之行必须是一次短暂之旅:录下沙菲的犯罪证据后尽快赶回迈阿密。

沙菲用典型的国际商业信贷银行式的礼仪热情相迎,派专职司机开着奔驰汽车来接了我们,并设盛宴款待我们。但我此行有任务在身,所以必须抓紧时间。沙菲在我下榻的宾馆房间秘密与我见了面。我问他能否在他们分行存入大量现金,然后再由他们电汇给我哥伦比亚的客户。

"当然,当然,"他说。"那不成问题——我们这里已为一切做好了准备……只要你说出一笔交易,我们就知道该怎么办,你看,我们已经完全准备好应对各种业务。"

"我最担心的是,"我说。"如果我们一起做生意,我们能否达成共识,就是要保证我们做的每一笔交易都绝对保密和安全。"

"当然,当然。"

我向他解释了我为我的哥伦比亚客户提供的服务:我们如何接收成箱成箱的现金,将它们存入经手大量现金的公司的账户,然后在贷入资金的掩护下,将钱秘密转入他们的账户。

沙菲丝毫没有慌乱畏缩。相反,他十分愿意接收那些资金,将它们存入秘密定期存单,同时分别提供同等数量的贷款,并且使其与存单之间无迹可查。毫无疑问,他也是国际商业信贷银行顶级洗钱班级的优秀毕业生。

接着,我又对他发表了一番千篇一律的演讲,我哥伦比亚客户的资金来源啦,他们像李·艾科卡那样专业啦,等等。"他们做他们的生意,我做我的生意,我就是他们和你之间的一堵墙。"

"没问题,"他说。"我们会努力提供银行业最优质的服务,当然还有保密性。一旦你对我们的服务感到满意了,你就会主动上门——这就是我们的信条。"

沙菲表示,他非常愿意清洗我们送过来的所有的现金,但是他希望我们将其中一部分钱存在他们分行。比如说,如果我们有 2 000 万美元需要清洗,他会将 1 900 万美元清洗后顺利转移出去,但希望将剩下的一百万保留在他们的分行。他强调了他的年终资产负债表是如何如何重要。只要我在 12 月 31 日有大笔存款在他们的分行账户上，我就将受到最好的待遇。

"既然你已经那么信任我了，"沙菲说。"我可以向你保证，但愿不会如此，如果我遇到什么"——麻烦——"我会预先通知你。如果一切正常，当然，我也要秘密行事。但到目前为止，我还没有发现有任何麻烦。我觉得一切都应该运作得非常完美。"

为了打消我的顾虑，沙菲声称，无论美国当局何时想要查询我在拿骚的银行业务，他都会事先得到消息，因为他与首相林登·平德林爵士[①]保持着亲密的友情。

回到了迈阿密，萨瓦拉正等着我，给我带来了关于赫尔塔多兄弟详细情况的一张清单。作为交换，我邀请他和他的妻子来参加我的婚礼，他欣然接受。然后，我告诉他我需要他帮忙在迈阿密收集现金，这更是锦上添花。

其实，他完全不知情。给他送来现金的人是我们的卧底特工，他接收到每笔现金后，在手中先保留一天，然后再直接转交给另外的特工。转移现金的假象会给他一种印象，让他感觉他已成为我们组织中被信赖的一员。付钱给他，让他去收集、保留和传递现金买到的是他对我们的忠贞不渝。随着十月逐渐逼近，那正是我需要的。

我和凯茜继续与胡安、克拉拉·托帮夫妇交往。我们约他们在拉斯蒂派力肯饭店见面共用午餐。午餐很随意，我们吃着石蟹爪，托帮在我的耳边不断低语着。他相信，阿尔凯诺至少有 5 000 万美元隐藏在欧洲银行的账户上。托帮已经与阿尔凯诺密切合作，做了好几笔生意。在过去的一年中，他给了阿尔凯诺 50 多万美元，让他在布宜诺斯艾利斯购买了一家凤尾鱼加工厂——为他的运输线做幌子。

太好了！

托帮已经把关于阿尔凯诺凤尾鱼加工厂的最后一道谜题解开。在布宜

---

① 巴哈马首相林登·平德林爵士（Sir Lynden Pindling），被认为是最伟大的巴哈马人，并被尊称为"国父"，在他的领导下，巴哈马成为一个现代、繁荣、独立和稳定的国家。——译者注

诺斯艾利斯究竟有多少个凤尾鱼加工厂可以将货用集装箱运往美国东北部的一个主要城市？

托帮解释说，那家工厂包装了 10 公斤一听的凤尾鱼罐头，其中有一些罐头里——但并不是全部——装有可卡因。但是他们正遇到点麻烦。最近，他们的一批货在运往欧洲的途中被弄丢了。曾出钱给托帮购买那架被没收的塞斯纳奖状机的那些哥伦比亚人正在对他和他的家人围追堵截。阿尔凯诺和纳赛尔主张找人收拾他们，但托帮不愿意用暴力来解决这件事。托帮为了弥补损失，只要我答应分给他一部分利润，他就安排我为纳赛尔一周清洗大约 30 万美元。

我迫不及待地奔向电话亭。

"我刚刚见过阿尔凯诺的一个密友，"我在电话里对纽约的洛雷托说。"我有一些消息要告诉你，你一定要给海关的检查员们发出一个公告。阿尔凯诺将一批毒品藏到一个集装箱里正准备从布宜诺斯艾利斯的一家凤尾鱼加工厂发货。集装箱里装的是凤尾鱼罐头，每个罐头重 10 公斤，其中一部分罐头里装有块状可卡因。这批货可能随时到达纽约或者纽约附近的某个港口。你要发动大家搜寻那个集装箱。用不了多久它就将办理报关手续。"

"我们将竭尽所能通知到东海岸的每一个港口，"他说，放下电话，他马上吩咐他们组的一个特工将公告发布到各个港口。

"我今晚还要去打保龄球，"那个特工说。"发布那个公告要花上我几个小时的时间。我还是明天上午再干吧。"

汤米大发雷霆："如果你他妈的没干完那事就离开办公室，三十天你将眼睁睁地看着别人拿你的薪水，我要让你痛不欲生，再也没有勇气去打保龄球！"

最新的公告当晚就被分发了出去。

当我们的办事处正在向阿尔凯诺的凤尾鱼缩小包围圈的时候，冈萨洛和露茜·穆拉夫妇从麦德林飞到了迈阿密。他们到市里看望亲属，同时，穆拉需要清点一下最近的一些支票。为了给露茜解闷，凯茜和一个新的卧底特工米莉·阿维莱丝去找她聊天，还陪她逛街。

扮演艾米尔的女朋友,米莉再合适不过了。她是波多黎各人,老家离马亚圭斯不远。她满头黑发,聪明伶俐,操着一口西班牙语。仅仅在18个月前,她才获得特工徽章,但现在她已经承担起一个资深特工长期的卧底任务。这是非常危险的一个角色,但许多母语是西班牙语的特工都被派去做类似的工作。因为他们具有的语言技能,总部的老板们不顾深层卧底工作的危险,经常派他们去调查一些大案。更为糟糕的是,她还在纽约上州①卡茨吉尔区的内纲莱酒店为另一个案子卧底做全职的雇员。

除了清点过去几个月里的支票和交易,穆拉还抽空向我们述说了他的许多担忧。当他谈到唐·切倍的时候,他的眼睛惊恐地睁得老大,全身颤抖着。"鲍勃先生,你一定要理解。我们的竞争对手——他的名字叫爱德华多"——马丁内斯。"他一直是为唐·切倍组织全权处理所有利益的人。就是他总是找我们的麻烦。"

穆拉解释说,马丁内斯已经与唐·切倍合作十年了,而且也一直与唐·切倍在纽约的部下有合作关系,正是他们上个月声称在转交那200万美元时看到有毒品管制局的特工在监视他们。就是这个马丁内斯跑到唐·切倍那里说三道四。穆拉认为马丁内斯在撒谎,其目的是破坏我们的生意。

要是他知道了真相!

"唐·切倍有六七个秘书"——资金管理人——"管理着他的生意,"穆拉继续说,"所有这几个人都归爱德华多管。我们一开始过来拿走他的一块儿馅儿饼时,相安无事。但在随后的三个月里,集团接连不断地将钱交给我们,我确信,爱德华多就开始联合那几个秘书搞起了阴谋诡计……像纽约出现的麻烦,就是他们一手策划的。"

穆拉全身颤抖得更厉害了,额头开始冒出汗珠来。"那天,那个人"——唐·切倍的一个工人——"带着扁豆(现金)离开了,去将它转交给我们的一个雇员……如果他们被警察抓住,我敢肯定,他们甚至不会

---

① 纽约上州 (upstate New York) 泛指纽约州北部地区。——译者注

问我发生了什么事，他们会直接杀了我……对他来说，钱什么都不是。他对钱不感兴趣。所有那些钱对他来说只不过是微不足道的小钱而已……50万，100万，200万——都是小钱……鲍勃先生，这些哥伦比亚毒贩很坏。就像——"

"冈萨洛，我在这儿的人也十分恶劣。"我打断他说，试图给他一点信心。

"是啊，是啊。这就是意大利做派。在哥伦比亚，我们正在谈论风靡于20世纪50年代的一种意大利做派。大家都在谈论同一件事。我们在谈论《教父》。"

穆拉已经做出决定。他太害怕了，不敢再继续与唐·切倍做生意。他说，唐·切倍是个疯子，他在贩毒集团里坐第二把交椅，其势力仅次于巴勃罗·埃斯科瓦尔和奥乔亚一家。穆拉在毒品生意中还有许多其他的联系人，他们要理智得多。他还想继续干——但不是与唐·切倍一起。有马丁内斯在中间拨弄是非，穆拉早晚会命赴黄泉。

如果我想继续与唐·切倍合作，他说，我可以通过阿姆布莱切特去做，他无所谓。穆拉不想分得任何利润，也不愿承担任何责任。我表示理解他，并支持他的决定。

"比起我们可能赚到的那几千美元来，我的安全，我的家人，我的生活，我的生意，还有我内心的安宁更值钱啊。"他说，可以很明显地看出，他如释重负。

"别担心，"我肯定地对他说。"那些对我们来说也更为重要。"

该转变话题了，于是艾米尔像攒弄一张纸巾一样轻而易举地套出了其他那些客户的情况。

为了进一步消除穆拉的紧张情绪，我给比尔格拉米打了个电话，告诉他我的一个客户从麦德林过来了。比尔格拉米和他的妻子邀请我们到他家去喝酒，阿万的妻子和国际商业信贷银行的另外一位官员刚好也在那里。我们又一起去瑞金度过了一个晚上。比尔格拉米偶尔还对我心存疑虑，这次终于找到一个机会。他一刻不停地追着穆拉问问题。由于穆拉对我们盲目地忠诚，他的出现让比尔格拉米完全放下心来；同样的，当穆拉了解到比尔格拉米是我们一伙时，他对我们的信心也陡然大增。他们真是相得益彰。

穆拉返回麦德林集团后，我也回坦帕呆了几天。一天夜里，我在金融咨询公司的办公室里工作到很晚，临走时，我给阿尔凯诺留了言——出乎意料地没有找到他——让他给我回电话，然后将电话线转接到我家里的卧底电话上，随后开车回家。一路上，我假想着车后有人跟踪，像疯子似的开着车试图甩掉他们。

快到午夜时，我刚刚走进家门，就看到闪光灯在频频闪烁，提示我有电话来。一定是阿尔凯诺。

"你还好吗？"他问，声音里依然透着友好。

"很好，罗伯托。"

"我以为你出远门了。"阿尔凯诺说，他指的是欧洲。

"没有，还没去。我刚才打电话是想告诉你关于我的一个朋友的事，他好像已经失踪了，"我说。他在电话的那边紧张得一言不发。"就在纽约——罗伯托是他的名字。"

他大笑起来。"你知道，我被困在这儿了，我正……我的女朋友正准备生孩子，这就是我们疏于联系的原因。你看，就是因为这事。我去了波士顿，还去了费城。我一直在这些该死的地方到处乱转。今天到这儿，明天到那儿，所以真希望，她快点把孩子生出来，你看……事情就是这样——感谢上帝，现在问题都解决啦。我一直在想办法，就是因为这事我才很忙，非常忙。"

"格洛丽亚知道这事吗？"我问，真的以为他的一个女朋友要分娩。

"不是，"他说，那语气就像是一个父亲正缓缓地对他的孩子说话。"你知道我在说什么吗？"

哦！我恍然大悟。

我怎么会这么蠢呢？他是在告诉我，他的货已到达，正停在码头。我知道，他主要的买家是波士顿的意大利黑社会成员，所以他去波士顿料理一些组织和安排事务。根据他说的内容判断，他的这批货应该就停在费城附近的码头。

"你们的计划进行得怎么样了?"他问,将话题转移到我们的婚礼上。"还是定在十月份?"

"哦,是的,肯定就是那时候……我们计划筹办三天,星期五、星期六,星期天上午是正式婚礼典礼。所以,如果你肯说服自己抽出那么多时间,星期五下午就可以过来,我们将为你安排好房间。"

"我不会错过的,不会错过这么好的一个机会。"他说。

很好。

"我必须要告诉你,"几秒钟后,我在电话里对纽约的纳尔逊·陈说。"我很不愿说出这件事,但你知道,我们定在一个月后实施最后的抓捕行动,如果没有你的帮助,这件事可能会让我们为此付出的所有努力都付诸东流。我接到了一个电话。阿尔凯诺说,他的女朋友怀孕了。这是他们的暗号,意思是他们的一批货现在正停在码头。它肯定已经进港了。一个多月前,我曾就这件事提醒过你们的人,但现在你们一定要更加仔细地检查。根据他刚刚告诉我的内容,我猜测那批货就停在费城附近的什么地方。你们要寻找从布宜诺斯艾利斯的一家加工厂发过来的一个装满凤尾鱼罐头的船运集装箱。费城附近的码头不会停着太多那样的集装箱。"

"我遇到的问题是,底特律的特工欺骗了我们,在他们的宣誓陈述书里将我们整个的行动暴露了。鬼才相信那些陈述书还被密封着到行动结束时才会开启,你了解那种事。那些陈述书应该由一个书记员保管,但谁也不能保证他是否会将它们泄露出去。再也不能出现这样的事情了。你在提交搜查令的时候一定要注意掩护我们,千万不要提及我们的卧底行动。最好的可能就是,你们提交的陈述书里写明是海关例行检查时无意中发现了这批货。"

"别担心,"陈说。"我们会保护你们的。你知道你们正在做的是正义的事情,不是吗?"

在回答他的问题前,我真得好好想一想。我知道我正在做正义之事,但是知晓我们行动的官员至少有一百个,一旦其中的任何一个稍微走漏一点风声,我、艾米尔以及其他的人就要掉脑袋。"是的,我知道我在做正义的事情。我只是希望你能帮我留点心，而且我需要时间。如果你们的人找到了那批货，请在抓捕他之前，给我留出至少一天的时间。我不想成为他被逮捕时最后一个被通知的人。我现在要给汤米打个电话，向他解释清楚这一切，但是我首先想到给你打电话，纳尔逊，因为你是我在纽约最信任的人。我希望你能帮我。"

"好的，不要担心。我向你保证我这边一定会照你说的去做。"

我给洛雷托打了电话，向他解释了所有的情况。

第二天，他打回电话来。"我们已经找到它了——祝贺你。"

这批货里装有 2 475 磅的纯净可卡因——截止到那时，这是东北部地区收缴到的最大一批毒品，价值超过 2 300 万美元。

然而，我的感觉却很奇怪。我为大家感到高兴，因为他们如此努力地工作才有这次的成功，但我却不能允许自己表现出任何高兴的样子。这非常不符合我的性格。我不得不继续装作心无旁骛，在这件事上继续扮演好鲍勃·穆塞拉的角色：阿尔凯诺的朋友兼其组织的一员。这个消息一定会给阿尔凯诺、卡萨尔斯、穆拉、托帮、萨瓦拉和其他许多人带来毁灭性的打击，然而，我已经太累了，不可能前一分钟还在庆贺，而下一分钟就突然变得惊慌失措。保持镇定、从容地面对事实要容易得多。

"你们的人打算如何处理这件事？"我问洛雷托。

"费城的特工们正试图强行从我们手里抢走这个案子，还想把没收的可卡因带回到他们的地盘，"他说，证实了我的担心。"但那是不可能的。你第一次告诉我们关于这批货的线索时，我们就发布了公告。这是属于我们的战利品。阿尔凯诺可能正眼巴巴地等着货运代理人指派的运输公司将货送到下东区的一间仓库呢。我们将把货给他送过去，等他一出现就将他擒住。我们正与毒品管制局就该案进行协调。抓捕他之后，我们将对 34 号大街上他的寓所进行搜查。坦帕办事处正与洛杉矶协调此事。他们将搜查他位于帕萨迪纳的房子，他洛杉矶的珠宝店，以及其他所有他们能找到的地方。我们将没收能找到的属于他的每一分财产。"

"抓捕他并不难，"我说。"但是，他这批货的买主都是波士顿意大利黑社会的大人物。你能不能想办法拖延一段时间，在他给那些人送货时再抓捕他?"

"鲁迪·朱利亚尼是我们在曼哈顿这里的联邦律师。这个人喜欢沽名钓誉。我现在告诉你实话:总部不想让这批货离开纽约。他们想在纽约开新闻发布会。"

"你们抓捕他时通知我一声。同时,我也会打电话向你们汇报我们卧底得到的任何情报。"

"我已经想到了一个办法,让我们可以在迈阿密和洛杉矶盯住他们,"把好消息告诉凯茜后,我接着对她说道。"你没必要直接去那样做。如果让他们知道了我们的真实身份,后果当然不会太好,但是我想,我们与这些人的关系相当稳固……给格洛丽亚·阿尔凯诺打电话。告诉她因为我生意的缘故,你正在重新考虑婚礼的一些安排。告诉她,你想知道,她是否愿意你去洛杉矶与她共度一段时光,听听她的忠告。如果能那样,当阿尔凯诺感到不妙想偷偷潜出纽约的时候,你就能听到风声并且准确地了解他在做什么。我将留在迈阿密紧紧盯住萨瓦拉和托帮。你觉得这个主意怎么样?"

"我完全赞成,"她说。"阿尔凯诺夫妇对我们丝毫没有戒心,我们要暗地里去做这一切,以防情况有变。我们一得到坦帕办事处的批准,我就给她打电话,着手安排这个计划。"

在阿尔凯诺被抓捕的时候,与萨瓦拉和托帮尽量保持密切的关系至关重要,于是我打电话告诉萨瓦拉,芝加哥我的手下已经拍下赫尔塔多兄弟的照片,在抓住他们之前,需要他核实一下。我还告诉他,需要他帮我们接收15万美元的现金,并将其保存一天。然后我又告诉托帮,我准备从他那里收取他哥伦比亚的委托人约翰·纳赛尔的第一批现金。

我们的凤尾渔网正一点点地向阿尔凯诺收拢,他将成为第一条落网的大鱼。凯茜独自一人去了帕萨迪纳,胡安和克拉拉·托帮夫妇也呆在那里陪格洛丽亚·阿尔凯诺和她的两个女儿。凯茜一边向他们承认她重新考虑之后想改变结婚计划,一边侧耳倾听着是否有阿尔凯诺打来的电话。但是,阿尔凯诺已经忙得无暇打电话了。

九月一个温暖宜人、秋高气爽的下午,阿尔凯诺西装革履地等在切尔西仓库。这时一辆卡车拖着一个平板挂斗开了进来。平板挂斗上载着 40 英尺高的集装箱，里面装满数万磅的凤尾鱼。与托帮描述的一样，每个包装盒里有两听罐头，每一听重 10 公斤。包装无可挑剔，单从外观看，没有人会怀疑什么。凤尾鱼是用盐腌制过的，商标名称为"迪佩"，制造商是布宜诺斯艾利斯的玛德尔玛公司。

海关和毒品管制局的特工伪装成仓库的工人，开始从卡车上卸货。货运代理人多花了两天的时间来卸载托运集装箱，这本来就让阿尔凯诺心有余悸了。他几乎打算放弃这笔交易了，但又于心不忍，因为他已经在这批货和运输线上投入了太多的资金。

然而，当箱子一件件地从卡车上搬到仓库里的时候，他注意到那些仓库工人有些异样。他们都是些新面孔。太多的外国佬[1]，个子都很高，穿着运动装，短短的头发，腰里别着寻呼机。他们穿得太好了，而且他们的手也不像干粗活的。通常，那些卸货工——大多是拉美人或者黑人——都穿得邋邋遢遢，一双手粗糙不堪，头发蓬乱，脸上也是饱经风霜。而这些人都受过教育——他们的用词非常规范，而且总是试图跟他谈话。

"你知道，"站在他旁边的一个工人对他说。"我听说，人们经常将毒品藏到像这样的货物里设法走私到美国。"

阿尔凯诺目瞪口呆。

他意识到，他们在与他玩猫捉老鼠的游戏，于是他溜到装车月台那一边，立即拨通了住在市中心公寓里他女朋友的电话。"塞西莉亚，仔细听我说。货送过来了，但我想因为天气太热，它可能已经坏掉了。你知道，那个丑陋的人[2]不应该参与进来的，但我想他恰恰从中间插了一杠子。你一定要确保咱们的公寓里一尘不染，因为我想他们最后可能会去那儿看看。而且，既然那里的空调坏了，而天气可能会越来越热，你为什么不带上些东西找个舒服点的地方去住？我核实完这些事情后会给你打电话的。"

塞西莉亚把她能找到的所有东西都塞进手提箱里——一个三重刻度的

---

① 南美洲人对讲英语国家的人，尤其是美国人的称呼，常带有侮辱性。——译者注
② 特工。——译者注

杆式磅秤，几个铅锭，几公斤可卡因，一些现金，还有以前毒品销售的记录。她从楼梯下来飞奔到地下室，穿过车库，汇入到纽约大街上川流不息的人群中。她找到一家价格便宜的旅店，在那里等待。

特工们正费力地搬运箱子的时候，阿尔凯诺在拐弯处慢慢地溜达着，尽量装出镇定自若的样子。趁他们没留意，他跳上了一辆出租车，加速赶往他的寓所，装了一个包裹，又迅速出现在大街上。监视那幢大楼的特工们看到他招手打了一辆出租车，朝拉瓜迪亚机场驶去。到了机场的航站楼，他冲上一架滚梯，直接下到一层，又钻进另外一辆出租车。特工一路尾随他来到机场，没有看到他离开，于是就跳上飞机对乘客仔细排查，看看他是否已经溜上了飞机。而与此同时，阿尔凯诺却已经回到了他的寓所，留守在那里以防他返回的特工当场将他抓获。

正当阿尔凯诺被戴上手铐的时候，凯茜和胡安、克拉拉·托帮夫妇正准备离开帕萨迪纳阿尔凯诺的家，赶往飞机场。她必须在特工们去搜查那幢房子前离开。她感谢了格洛丽亚对她的支持，并且说她该回家了。我在迈阿密国际机场接了他们，然后驱车前往托帮的家。到了家，托帮说他预感到阿尔凯诺出事了。他曾在电话里与阿尔凯诺通过话，他能听出阿尔凯诺很紧张。在帕萨迪纳，格洛丽亚还曾注意到，有一些陌生人呆在他们家附近的汽车里，好像是在拍照。

我表现出担忧的样子，但什么都没说。

不能确定萨瓦拉到底知道些什么，于是我安排他第二天与我们的一个卧底特工接头，从他那里接收 15 万美元。萨瓦拉打过电话来确认他已经拿到钱，我又指示他把钱先放到安全的地方保存到第二天，那时将有人从他那里将其取走。我扔给他 1 000 美元作为对他一片忠心的奖励，实际上，这是我能用这些钱买到的最有价值的保险。

就在那天夜里，一个小老头出现在托帮的家里，他带着一个五加仑容量的水桶，里面装满 PVC① 接头管件和器具。拧开接头管件和器具，将其上层拿掉，赫然露出一捆捆的面值 20 美元和 50 美元的现金，合计 63 000

---

① 聚氯乙烯：一种用于制作衣服、鞋子、水管等的塑料。——译者注

美元——从纳赛尔那里送过来的第一笔需要清洗的现金，虽然数量很小，但在阿尔凯诺被捕风波袭来之际，这个安排交换到的是托帮更多的信任。

"罗伯托被抓起来了，"四天后萨瓦拉亲口告诉我说，语气里充满焦虑。"四天前的晚上，他曾打电话给我，警告我不要让我的工人到拉瓜迪亚见他。他在仓库见到一些可疑的人，知道自己正被跟踪。还没等我说话，他就挂断了电话。"

萨瓦拉本来计划派一个人带着贩卖几公斤可卡因得到的 25 000 美元现金到拉瓜迪亚与阿尔凯诺见面。萨瓦拉被迫取消了这个计划，那 25 000 美元现金仍然在他手里拿着。几天后，格洛丽亚给他打电话，向他索要在他手里属于阿尔凯诺的所有的钱。她需要那些钱来聘请律师。萨瓦拉想把那 25 000 美元现金交给我，让我转给阿尔凯诺的律师，但是我拒绝了。

"我想我们应该等等看格洛丽亚那里还会有什么指示。"我慎重地说。

萨瓦拉还透漏说，毒品管制局正在追捕卡萨尔斯，他现在正躲在他的岳母家。阿尔凯诺的女朋友也在被追捕的行列，她一直藏在曼哈顿市中心的那家廉价旅店里，但萨瓦拉已经邀请她来迈阿密，所以她现在正自投罗网。

萨瓦拉核对完赫尔塔多兄弟的照片就离开了，满心希望我们能补偿他在芝加哥损失掉的钱。

似乎一切都风平浪静——直到午夜，电话铃突然响起。

"喂？"

电话那头没有任何声响，接着传来一个女人声嘶力竭的哭叫声。

"是谁？……"

"是我，格洛丽亚。很抱歉。我必须要坚强。我没在家里。我不是从家里给你打电话。我遇到了麻烦。我一直没有得到图托的消息。罗伯托的律师周一就要拿到钱。能否恳请你给图托打个电话，让他明天一早给我回个电话？"

"他有 25 000 美元要交给你，"我说。"他会找人把钱转交给你。他正等着下周拿到更多的钱，然后让人捎给你。"

"我可以买到一张银行本票，但那样的话，我们双方可能都会被抓住，"她说。"告诉图托把填写好的支票直接寄到罗伯托的律师那里。让他给我打电话，我好把律师的名字告诉他。"

"别着急。我会让我的律师尽量去调查这个案子的进展情况，而且也会让图托给你打电话。请你记下这个号码——那是一个公共电话的号码，离我家不远。你再给我打电话时，如果我告诉你将电话打到另一处房子，你就拨打这个号码。"

"好吧。请让图托尽快把钱寄给我。"

"别担心；我会把这事办好的。"

毫无疑问，此时此刻，阿尔凯诺正蹲在他的监牢里，回忆着他在过去三十年里进行过的每一次谈话，努力寻找着其中的破绽。他会将他的手指指向我吗？抑或我能侥幸逃过？我独自一人在迈阿密的大街上徘徊，思忖着下一步的行动。没有任何掩护小组，没有枪，也没有徽章——完全凭借着我的本能，摸索着向前走。令人感到荒谬的是，这反而增加了我们成功的几率，也平添了我幸存下来的希望。

第二天，萨瓦拉派他的手下给格洛丽亚送去了 25 000 美元，是我一直督促着，让他把钱给她送过去。他不介意与我通话，但他害怕与格洛丽亚通话会把特工引来。

那天晚上，格洛丽亚打来电话。"事情已经办妥。谢谢你。一个小时后，我将往另外一个号码打电话。"

公共电话的铃声准时响起来。她一边哭一边述说了过去这几天里她的恐怖经历。特工搜查了她帕萨迪纳的家后，她就飞到纽约去探视阿尔凯诺。在曼哈顿市中心的一个拘留所里，阿尔凯诺低声告诉她到他的公寓里寻找他曾指给她看过的一个地方。在市中心他的公寓里，她在一片黑暗中摸索着拧开洗碗机下面的金属架，在里面找到了他用另外一个名字申请到的一张护照和 12 万美元的现金。毒品管制局的特工没有搜查到那个隐蔽的地方。她将那份护照撕碎扔进马桶里冲走了，但是她需要我帮忙将那 12 万美元变成支票支付律师的费用。

"没问题，"我说。"你准备好后，我会派我的一个工人去见你。他一拿到钱，我就将支票寄给那个律师。"

"我不知该怎样感谢你，"她说。"其他所有人都像躲避瘟疫一样躲着我。他们害怕与我说话，不敢帮我。我见到罗伯托的时候，他告诉我，他知道你肯帮我们。他说你是他唯一真正信赖的人。他想让你接管他的一些事务。有一些人欠着他的货，还有一些人已经送货给他，但他还没有付款。图托知道详细的情况，还有一个女人，叫塞西莉亚，她现在正赶往迈阿密，她也知道详情。请你帮助我们，好吗？"

"我会尽我所能帮助你和罗伯托度过这段可怕的时期。我保证，你可以信赖我。"

"哦，感谢上帝，我一准备好见你派来的人，就会给你打电话，我会把那12万美元交给他。晚安，愿上帝保佑你！"

我花了一分钟的时间将我的内疚摆脱掉，提醒自己继续执行任务的重要性。我有一个任务要完成。那不是自己的私事。我是政府的耳目，正在记录发生的一切。我必须要保持我的真实身份。我必须要抛掉个人的情感，正确估计我的危险处境。

我得出的结论是：阿尔凯诺不但没有怀疑到我，还准备让我来继承他尚未完成的伟大事业。我因此将获得那些持有可卡因的零售商的名字、电话号码以及其他具体的情况，最终还能找到机会，借口付款给他的供货商而将他们引诱到谈判桌上。

但愿阿尔凯诺能守口如瓶，没有出卖任何人——但愿我不是在一步步走向一个陷阱。

十八、"真情"告白

加利福尼亚州，帕萨迪纳市

1988 年 9 月 15 日

　　特工将阿尔凯诺的非法财产全部缴获。位于帕萨迪纳、价值 200 万美元的宅邸，市中心珠宝店里价值 40 万美元的全部库存——都被查封。整个车队，数辆劳斯莱斯、保时捷和奔驰全被拖上平板卡车，运往扣押车辆停车场。付费电话公司、拳击推广宣传公司、市中心的综合住宅大楼工程——也由政府开始实施管制。托帮私下里说，阿尔凯诺还有数千万美元被藏匿在境外的账户上，其藏匿之深是政府根本无法找到的。

　　与此同时，特工们也在向阿尔凯诺在阿根廷的工厂挺进。他曾通过我买了一架飞机，经常从隐藏在玻利维亚热带丛林中法比奥·奥乔亚的秘密实验室运载数千吨可卡因，降落在阿根廷北部一个大农场的临时跑道上。随后，工人们将可卡因装上卡车，行驶几百英里将其运到布宜诺斯艾利斯的凤尾鱼加工厂，在那里，它们被包装进海产品罐头，然后装船运往欧洲和美国东北部。

　　早在阿尔凯诺被抓捕之前，毒品管制局驻布宜诺斯艾利斯的特工尔尼·巴蒂斯塔就注意到了这条毒品运输线的踪迹。巴蒂斯塔加入毒品管制局之前，曾在棕榈滩县①治安官办公室做过七年的缉毒刑警，与毒贩展开

---

　　①　棕榈滩县（Palm Beach County）是位于美国佛罗里达州东南部的一个县。——译者注

过艰苦的斗争，所以他就像一头勇猛的斗牛犬。在一个阿根廷线人的帮助下，他曾截获过两卡车毒品——每辆卡车上分别装有 300 公斤和 500 公斤可卡因——连同车里的机关枪和手榴弹。这两辆卡车正从阿根廷北部一个农场驶往布宜诺斯艾利斯。但是，当时他和阿根廷联邦警察并没有将这些毒品与加工厂联系到一起。

后来，当那个 40 英尺高、装满凤尾鱼和阿尔凯诺毒品的集装箱在费城码头被缉获时，发现其包装箱和船运单据上都印有"阿根廷"的字样。这些票据将矛头直接指向卡洛斯·迪亚斯——麦德林集团的一个成员，管理着布宜诺斯艾利斯的玛德尔玛公司。随后又发现，在切尔西仓库没收的那批毒品——块状可卡因，每块半公斤重，用锡箔纸包裹着，上面都压印着笑脸图案，外面密封上透明塑料袋——其包装刚好与两个月前巴蒂斯塔和阿根廷缉毒警察截获的那批可卡因完全一样。

毒贩经常在他们的块状可卡因上压印商标，这样成批购进毒品的商贩根据目测到的商标就可以判断这批货的质量好坏，与香烟的包装是一个道理。当你购买香烟时，凭借香烟的包装你就能知道你买到的香烟品质如何。但这也为检举人提供了一张清晰的线路图，根据它顺藤摸瓜，就能查找到这条生产线上涉及到的每个人。

阿尔凯诺从切尔西仓库到拉瓜迪亚机场的出逃发生之后没多久，毒品管制局特工和阿根廷联邦警察又突袭了迪亚斯的家，并将他抓捕。迪亚斯知道自己的犯罪证据确凿，于是他揭发了阿尔凯诺。阿尔凯诺的六名阿根廷工人被抓获；特工们又搜查了几间仓库和几个人的家；阿尔凯诺的组织被彻底瓦解了。

这条运输线早晚会牵连到玻利维亚热带丛林中的实验室——阿尔凯诺曾这样告诉过我。在盘问过一个线人后，毒品管制局驻圣克鲁斯①的特工安吉尔·佩雷斯和玻利维亚国家警察部队的罗杰里奥·瓦尔加斯上校率领着一个由四架"休伊"直升机和 20 名玻利维亚队员组成的突击队整装出发，准备进行空中袭击。

---

① 美国加利福尼亚西部的城市。——译者注

他们绕着玻利维亚东部的热带森林盘旋了几个小时,突然,佩雷斯发现在茂密的丛林树冠缝隙间透出一小片绿色防水布。距它大约两英尺处,有一条隐蔽的临时飞机跑道,紧挨着跑道的是一条狭长、蜿蜒的小河。丛林树冠过于密集,甚至连一英寸的开阔地都找不到,他们的几架直升机无法着陆,于是他们决定降落在那条临时跑道上。为了节省燃料,佩雷斯和瓦尔加斯将突击队一半的队员汇集到一架直升机上,艰难地向实验室靠近。

从低空盘旋的直升机上,突击队队员们分散下来,走进齐膝深的水里。水面上杂草丛生,他们不断陷入满是泥污的沼泽地里。瓦尔加斯是个大块头,他一下子扑进杂草覆盖的水面,消失在水里。他的一个突击队员沿着水面的杂草匍匐前行,用力将手中的步枪枪管竖出水面,像一根稻草。瓦尔加斯浮出水面,吸了一口气,然后爬向坚实的地面。

整个突击队小心翼翼地移动到那条小河边。他们在那里找到了几条手工制造的独木舟,于是他们划着独木舟顺着缓慢的河水摇摇晃晃地向南行进。一路上,不断有昆虫、金刚鹦鹉和猴子尖叫着从旁边的丛林中掠过,惊得他们的心怦怦直跳。他们来到一条小径前,小径伸向繁茂的丛林深处,佩雷斯用他的全自动 M-16 步枪只能看到前方不超过五英尺的地方。他们沿着小路匍匐前进,途中经过了几十个 50 加仑容积的桶,桶里装着硫酸和丙酮,正是这些化学原料帮助他们从古柯叶中提炼出了纯净的可卡因。

突然,瓦尔加斯上校举起手示意大家停在原地不要动。一条八英寸长的"丛林之王"剧毒毒蛇正蜿蜒地爬过他们面前的小路。直到这条背部长有黑色标志的古铜色怪物爬回丛林中,瓦尔加斯才放下手来,准许一直蜷缩着身子趴在原地的突击队队员们继续前进。

种种迹象表明,有人刚刚从那个宿营地逃走。临时搭建的厨房里的饭菜还是热的,而且户外厨房里的炉火仍在燃烧着。不到一个小时前,当"休伊"直升机停止盘旋准备降落的时候,奥乔亚的工人们就沿着三条小径分散逃窜了。

宿营地里有宿舍,还散放着数个发电机、烘干台、过滤器具等——全套的装备和人力，足够每周生产出三吨的可卡因。佩雷斯用他汗津津的、颤抖着的手掌捧起一块半公斤重的块状可卡因：正准备装运出去的成品，用锡箔纸包裹着，上面压印着一张笑脸——与切尔西仓库里没收的数千块完全一样。

瓦尔加斯、佩雷斯和突击队队员们放火点燃了宿营地，在熊熊的火光中，它变成了一片灰烬。

此时，备受煎熬的不只是阿尔凯诺一个人。参议院的小组委员会正在追问阿万关于诺列加的财产去向问题。阿万不想在他的银行与我会面，椰林区一家幽静隐蔽的休闲地吸引了他的注意。在格兰德湾酒店里，他舒适地靠在一组长毛绒樱桃木长沙发的一角，那里的私密空间就像是一间主管的个人书房。

阿万从一个高脚杯中啜饮着加冰的科罗娜啤酒，但手在登喜路香烟的烟盒上神经质地轻轻敲打着。他的双眼直勾勾地盯在对面的墙上，似乎上面写有他脑子里一直苦思冥想的问题的答案。他看上去弱小了许多，不再是过去我们熟悉的那个将一箱箱的黑钱摇身一变，变成综合公寓大厦的叱咤风云的人物。有什么事情在深深地困扰着他——我的任务就是耐心地哄骗他说出困扰他的那些事情，录进藏在我大腿内侧的录音机里。

当阿万注意到我过来时，脸上绽开了笑容，好像见到了他最后一个忠实的朋友，接着就向我敞开了心扉，就像面对着忏悔室的神甫，开始了一番"真情"告白。

阿万又深深地吸了一口烟，仰头凝视着天花板，将烟雾一圈圈地吐出来。"让我来告诉你发生了什么事，鲍勃，我目前的情况有点糟。"他又吸了口烟。"我了解到的情况不是那么令人愉快。我想亲口与你谈谈，告诉你这一切。事情要从上个月我们接到一张传票开始说起。当时接到传票的有我们的银行，以及我们的总经理沙菲先生。我本来也应该被传唤的，但是因为他们'一贯的效率'，他们"——参议院的调查员们——"翻开电话号码册，找到了就职于罗克韦尔国际航空航天公司可怜的阿姆加德·阿万。他是一个航空工程师，他们突然出现在他的家中……他全然不知究竟发生了什么事，可怜的人。这就是我为什么一直往返于伦敦的原因……与我们华盛顿的律师一起，我们已经开了好几次会。我发现，尽管他们被认为是华盛顿最好的公司之一，但他们仍然想不出任何可操作的对策。"

他们在伦敦召开的几次会议都是由罗伯特·奥尔特曼主持的，他是民主党里有影响的人物，同时也是前任国防部长克拉克·克利福德领导的一家公司的合伙人。

阿万指示我尽快撤销我在国际商业信贷银行巴拿马分行的账户，否则我的账户就有被盗取的危险。他建议我在美国境外给巴拿马分行打电话，因为美国官方很可能正在监听分行与美国间的所有电话。撤销那些账户后，他会销毁我的银行记录。"如果找不到任何记录，"他说。"他们还怎么找到那些人？这就是我将……我正在努力解决的问题。"

他们已经作出决定，由奥尔特曼和国际商业信贷银行来说服小组委员会相信他们银行乐于交出巴拿马分行的账户档案。但是，在那样做之前，他们必须要征得巴拿马当局的同意，允许他们披露那些档案，否则，就会触犯巴拿马的法律。国际商业信贷银行的律师们知道巴拿马当局绝不会批准公开那些档案的。如果这个办法行得通，将永远没有人能看到我的账户或者其他数百个通过国际商业信贷银行转移贩毒黑钱的不法分子的账户。

接着，阿万压低声音，告诉我他也面临着一个转机，这是我不曾预料到的。为了防止小组委员会传唤阿万，奥尔特曼建议他们银行立即将阿万转移到巴黎。阿万对此大为恼火，确信那样做不但起不到任何作用，反而会激起小组委员会的极大兴趣，进一步逼迫他说出诺列加账户的管理情况。但是，银行的高级官员们还是遵照奥尔特曼的建议，将阿万调到了大西洋彼岸的分行，暂时没有安排任何头衔和任务，只是为了逃避那张即将送到他手里的传票。

然后他又告诉了我一个更大的秘密，着实让我大吃一惊。阿万已经出卖了他们！他偷偷聘请了另外一个律师独自代理他本人的事务。他返回华盛顿，与他的律师一起秘密会见了小组委员会的法律顾问杰克·布卢姆。阿万正竭力从国际商业信贷银行复杂的问题中抽出身来，他想获得小组委员会调查员的承诺：如果他秘密提供给他们关于诺列加的信息，作为交换，他们就放他一马。阿万的计划是：关上门偷偷透露给布卢姆关于诺列加账户一点点无关紧要的真实情况。他感觉小组委员会手中只掌握着一些不足以立案的旁证——尚没有抓到任何确凿无疑的证据。阿万向小组委员会的人撒了谎，否认他的银行与洗钱勾当有染。他认为他已经牵住了小组委员会的鼻子；现在他们倾向于发给他一张通行证。阿万和他的律师已安排好到华盛顿与布卢姆再次会面，他对回答布卢姆的提问很有信心，认为那不需要牵扯出他的银行，也不需要泄露敏感的信息。

阿万滔滔不绝地说着，我插话问他，华盛顿能给他和他们银行施加多大的压力？因为我还记得年初时他曾告诉过我，很显然"在华盛顿有一些人，他们是那种，似乎，是你的人啊"。

阿万解释说，尽管他们国际商业信贷银行聘请克拉克·克利福德担任他们的律师，但是奥尔特曼和克利福德却一直故意提供给他们不好的建议，目的是掌控他们银行隐藏在美国第一银行里的利益，因为美国第一银行是通过名义股东由国际商业信贷银行控股的。

接着，又谈到了诺列加的问题。

"我碰巧是我们银行里唯一的一个人，"阿万说。"只有我了解诺列加所有的账户信息和生意。我已经告诉他们'我很乐意告诉你们任何你们想要知道的事情'，因为我认为他能逃脱。但是，我说，'我希望与你们达成一个协议，就是，我要在内部会议上说出一切，而不是在公开听证会上，所以，我所说的一切都不要有人旁听'，原因是，一旦我说出了诺列加的任何事，而且被媒体报道了，那么我就死定了。他一定会杀了我。"

阿万计划与小组委员会进行一场交易，并希望小组委员会对他提供的消息守口如瓶。"如若不成，我就溜走。"他说，意思是他将逃离美国。

随后，我们唠起了家常：将来计划做的事情，他的妻子多么喜欢与我们交往，等等。这令我痛苦不堪。因为我不得不装得像一个忠诚的朋友。尽管遇到了那么多棘手的问题，阿万仍然坚持要来参加我的婚礼。

毫无疑问，我华盛顿的老板们一定非常想了解这次谈话的详细情况，但是绝不能让它传到有政治图谋的小组委员会成员的耳朵里，不能让他们知道阿万在戏弄他们——至少在 30 天之内不能让他们知道。30 天后，我们的卧底行动即将结束，到那时，任何人都可以在合适的时候随意利用这份谈话资料。此外，结案的日期本应视具体情况而定。如果再给我一点时间，我就能轻而易举地哄骗阿万说出关于美国第一银行所有权的一切内幕，但是没有人愿意听我的意见。无论发生什么，十月份这个最后期限是雷打不动的。

离开格兰德湾酒店时，我感到震惊，正是这些周密策划清洗贩毒黑钱的国际银行家们与一些主要的政治人物串通在一起，不仅帮助他们掩盖罪行，而且操纵着一个拥有数十亿美元资产、由沙特阿拉伯和巴基斯坦的强大势力所秘密拥有的美国银行连锁体系。不错，这两个国家是我们的同盟国，但是，为什么他们一定要雇用众多像阿万这样的人，在全世界范围内聚敛黑钱？应该不仅仅是受贪欲的驱使。这看上去更像是全球范围内金融和政治力量间的一场游戏。

不久，阿万秘密前往华盛顿，与小组委员会的调查员见了面，其中包括杰克·布卢姆。当被问及在国际商业信贷银行里是否有职员涉嫌贩毒或洗钱时，阿万出奇冷静地回答道："没有。"

小组委员会竟然向他致谢——因为他的诚实。

现在，又该装出一副深受阿尔凯诺被捕事件影响的样子，与那些哥伦比亚人玩猜谜游戏了。

我告诉托帮，我与格洛丽亚·阿尔凯诺一直通过公共电话联络，并且通过这种方式扮演了她的救生索的角色。托帮迫不及待地想与她联系，于是，在九月一个炎热的夜晚，我将他和他的姐夫迪亚哥·佩雷斯带到比斯坎湾的温迪克斯。在约定的时间，格洛丽亚准时打来了电话。我与她说了几句话后，托帮接过了电话。他们通完话，托帮告诉我他和格洛丽亚已经约定好，将来可以通过阿尔凯诺的律师哈罗德·格林伯格互通消息。他推断说，如果直接与格洛丽亚通话，他恐怕会被政府的监控雷达网监测到。

他还一无所知。

我、托帮和佩雷斯一起回到我市中心的房子。没有掩护小组，没有枪，也没有警徽——为了继续我们的行动，别无他法。任何异常的行为都等于向他们扬起警告的旗帜。在我的住所，我偷偷打开了录音、录像系统，我们花了一个小时仔细研究了关于阿尔凯诺被抓案件的一些文件，我告诉他们，那些文件是我的律师搜集到的。

托帮特别找出了《费城日报》上的一篇文章，以及搜查阿尔凯诺纽约公寓的宣誓陈述书的复印件。正像纳尔逊·陈向我许诺过的，陈述书里没有用到一个可能引起他们怀疑我的字眼。只是说明了海关检查员利用训练有素的警犬嗅出了可卡因的气味，偶然发现了那批毒品。至少到目前为止，在他们黑社会成员的眼中，我与这件事丝毫没有关系。

托帮仔细阅读了每一个字，然后向我解释了他承担过什么样的角色——又像是说给忏悔室里的神甫听的一番告白。他曾出钱资助那个凤尾鱼加工厂，而且，那个加工厂曾四五次将可卡因安全地运到了美国和欧洲。卡洛斯·迪亚斯的证词让他非常焦虑。因为迪亚斯也认识托帮，这可能会给托帮引来麻烦。

从我的处所，我们驾车前往托帮的住所。在途中，他承认很担心阿尔凯诺。托帮推理说，阿尔凯诺应该是个非常富有的人，因为他的合伙人经常神秘被害。托帮担心阿尔凯诺的手上沾着鲜血。这当然也让我有点惴惴不安。我刚刚答应接管阿尔凯诺的一些事务，帮他去讨债，而且给他的供应商付款。我也许会出乎意料地将自己置身于为他的罪行付出代价的地步。但是，我已经没有回头路可走了。还有许多工作在等着我去做，而且离结案的最后期限只剩下不到一个月的时间了。

我突然想到，当这些人一个个地被送进监狱之后，我将会成为众矢之的。我的证词将对这些案子的判决结果起到决定性的作用。直觉告诉我，要做好最坏的准备。这些人都是些疯子，而其中的任何一个——比方说，唐·切倍——肯定会悬赏捉拿我的人头，并且在暗中对我施压。所以，我在一个意大利人聚集区找到了一家公墓。我穿梭于几百个墓碑间，寻找着最合适的那一块：有着意大利人的名字，婴儿时期夭折身亡，与我同年出生。真的被我找到了。我潦草地记下了墓碑上的细节，在闲暇时间，开始着手准备另外一个身份——我知道，这是一种病态的表现，但我要为我自己和家人准备好一份安全保险。

回到坦帕，我开始为十天的欧洲之行做准备。在欧洲逗留期间，我计划到伦敦会见卡普空公司的扎奥丁·阿克巴，还要前往巴黎了结与奇诺伊和他的分行员工间一些未竟的事宜。欧洲之行结束后，人们就该陆续来到坦帕的因斯布鲁克度假村参加我的婚礼了。

尽管总部反对，我和凯茜还是坚持在这个乡村俱乐部举行我们的婚礼。那里不可能有人知道我们是联邦特工。如果我们暴露在大庭广众之下，难保有哪个对手在不经意间不会听到有人私下里议论的真相。俱乐部的董事会成员都是社会上一些富有的人士，而其中之一很可能就是国际商业信贷银行的一个客户。几十个毒贩和银行家们都答应携家眷来参加我们奢华的户外庆典，我们为他们预先订好了房间。

劳拉·谢尔曼得到消息说，鲁迪·阿姆布莱切特已经引起了联邦调查局的注意。田纳西州一名联邦调查局特工一直卧底扮演着飞机经纪人，他证实了哥伦比亚一个线人的报告，即阿姆布莱切特已经先后为卡特尔购买了20架罗克韦尔"指挥官"飞机。但是，他们没有马上出击，反而听任他一架一架地买下去，但他们在每架飞机上都安装了卫星跟踪雷达收发机。这样，华盛顿能够及时地监视到麦德林卡特尔整个飞机舰队的情况，了解那些飞机在哪些秘密临时跑道降落过，以及载有毒品的任何一架飞机返回美国的具体时间。

华盛顿的联邦调查局特工布赖恩·洛德监管着这次秘密行动。他是我的一个故友，以前担任过驻坦帕的监管员，当时他试图说服我去联邦调查局工作，但我拒绝了他，加入了海关。

"我非常赞成你的行动计划，"我告诉他。"但我只是个听命于人的小人物。你一定要说服海关，让他们相信，你计划要做的事情是非常重要的，所以我们的行动不应该被停止。有些不便明言的因素正在迫使着我们的行动不得不在十月份就结束。但是，如果你能让他们延长些时间，我相信，我们能继续赢得这个地下黑暗组织的信任，再与他们周旋几个月。"

"好吧，"他说。"我会跟总部方面说说。能够追踪到卡特尔的空中力量将会是一个巨大的成功。我不能想象你们的人为什么不理解它。"

我们的人的所作所为让我不能想象的太多啦，我心里说。

就在我和凯茜动身前往欧洲前，我们去了趟坦帕办事处，向史蒂夫·库克汇报我们的行程安排。我们正与他在他的办公室里密谈，一个办事员在对讲机里向他报告了一个消息，打断了我们。"史蒂夫，艾拉·西尔弗曼在2号电话线。"

库克拿起电话开始与对方交谈，而凯茜的眼睛睁得像盘子那么大。

"你知道西尔弗曼吗？"她压低声音问我。

我回答说不知道。

"他是NBC①新闻部的主要制片人。"

"什么?! 这不可能。你到底在说什么？"

这回该轮到史蒂夫向我告白了。他一放下电话，我就再也克制不住满腔的愤怒。"究竟他妈的在搞什么名堂？你究竟为什么要与NBC新闻部的头儿对话？"

"凯茜，让我单独与鲍勃谈一会儿。"库克窘迫地说。

"我什么都没说，"凯茜离开后，他说，看上去很沮丧。"因为这不是我的主意，伙计。这是蒂施勒干的。我一直在尽最大的努力抵制，直到几个星期前，蒂施勒把我拖到华盛顿，我才知道她一直在操办这事。根据我所了解到的所有情况，我们要就这个案子举行一个新闻发布会。她命令我等在比尔·罗森布拉特办公室的门外"——海关的执法官助理——"那是在上午，我坐在那儿等了整整的一天。然后他和罗森布拉特把我拽到乔治敦②的四季酒店。我们一走进餐厅，就看到有两个NBC新闻栏目的家伙正坐在桌前恭候着我们，他们就是制片人艾拉·西尔弗曼和新闻调查记者布赖恩·罗斯。"

"蒂施勒和罗森布拉特向他们概括介绍了我们卧底行动的总体情况，然后指示我将过去两年卧底行动中与你打过交道的每个人的具体情况向他们介绍一下。他们说，我可以毫不隐瞒地跟他们说说，不应该担心什么，因为他们与西尔弗曼合作过多年，西尔弗曼为他们进行过很好的宣传。我

---

① NBC：National Broadcasting Company，美国全国广播公司。——译者注
② 美国华盛顿特区的一个区。——译者注

告诉他们去见鬼吧，我一个名字也不会提供给他们的。这使得那顿午饭气氛十分紧张。饭后，蒂施勒对我说，我的前程被我自己给断送了。现在我成了这些制片人和记者跟踪的焦点人物了。我没有跟你提起过这件事，因为我不想让你大动肝火。我很抱歉。"

"离这个卧底行动结束还有三个星期的时间呢，"我火冒三丈。"如果让那些与我们打过交道的混蛋们知道我们是联邦特工，他们一定会立刻让我们横尸街头！我们自己的人怎能这样对待我们？他们已经向媒体披露我们的卧底行动好几个星期了，而这几个星期以来我们一直命悬一线，对此我们竟然全然不知，这简直令人难以置信！"

"这里有个议事日程，"库克冷静地说。"我想，蒂施勒、罗森布拉特和冯·拉布"——海关关长——"把这个行动看做了他们升官发财的垫脚石。当这个案子结束时，他们越是宣传得沸沸扬扬，冯·拉布就越有可能成为头号的缉毒功臣。蒂施勒和罗森布拉特全指望他的提携呢，所以他们一定会推波助澜。没有人告诉我这些，这是我和乔·拉多"——主管坦帕办事处的助理特工——"从这份议事日程的字里行间猜出来的。"

后来，海关的官员们披露说，海关关长冯·拉布的后台是杰西·赫尔姆斯参议员。早在一年前，赫尔姆斯就曾经告诉过冯·拉布，他的海关关长的日子屈指可数了。大选一结束，财政部长詹姆斯·贝克因为与冯·拉布宿怨已久，一定会将他踢出局。但是，如果冯·拉布愿意调到另外一个部门，并且能够当上第一号缉毒功臣——赫尔姆斯已经联名 20 个左右的参议员支持对冯·拉布的任命。如果冯·拉布利用新闻媒体大肆宣扬他有本事领导"对毒品的战争"——当然，对他的任命就会变得容易得多。

十月份期限的谜团终于被解开了。

"在我和凯茜去欧洲期间，"我告诉库克。"你一定要尽量控制住局面。我们从欧洲返回时，距一切结束就只剩下十来天了。我们必须团结一致，确保不会有人受伤。"

"马祖尔，我正在竭尽全力阻止这些傻瓜。他们全都失去控制了。我向你保证，我正在竭尽全力。现在，我们没有太多时间去谈论总部的最后结案计划了。等你们回来，我们再好好谈谈吧。"

接着，史蒂夫扔给我们一个让我们目瞪口呆的炸弹。总部想收回那500万美元的周转资金——就是我存进国际商业信贷银行和卡普空公司的那500万——在结案前要回到他们的手里。

"你一定得想出个可行的对策还上那笔钱。"库克说。

"他们一定是在开玩笑，"我气呼呼地说。"哪一个更重要？难道我们将那些人引诱回坦帕拘捕他们不比这更重要吗？我们一边劝说他们来美国，一边却要将所有的那些钱撤出账户，这不是掩耳盗铃吗？那样会打草惊蛇的。当这个案子结束时，检察官自然会有足够的时间从国际商业信贷银行和卡普空那里将那些钱收回来。"

"我只是奉命传达上面的意思。那500万美元是从美国财政部借出来的，必须在9月30日，也就是今年财政年度①结束日之前归还。"

真是让我难以置信，但我不得不照办。

我们前往伦敦希斯罗机场乘坐的协和式飞机速度非常快，但是，却不能足够快地清除掉我脑中的阴影，库克关于向NBC泄密的告白一直在我的脑中挥之不去。这并不是他的过错，但是卧底特工的生命居然不如某些人对政治权力的贪恋重要。这真令我感到厌恶。我本应该甩甩袖子一走了之，但是，我也有自己的计划。我千方百计在这个地下世界里攫取到的一席之地是独一无二的——可以说是前无古人，后无来者——这让我迷恋到不能自拔。它可能会让我付出很多代价：我的事业、我的家庭，甚至我的生命——我都不在乎。这个盲目的抱负督促着我继续下去。

从某种意义上讲，十月这个雷打不动的最后期限反而救了我。我违背了上级的要求，一厢情愿地想在这个案子上投入更多的时间，更深入地打进敌方的内部——就像一个不能自拔的赌徒，不知道什么时候应该走开。但与赌徒不同的是，除了钱，我付出的东西可能会更多。

下了飞机，我和凯茜分别排在两列队伍里办理入境手续。我将我的护

---

① 财政年度（fiscal year）：又称会计年度，指政府预算的执行期间，通常以一年为一期。美国的财政年度由每年的10月1日始，至次年的9月30日止。——译者注

照递给一个检查员，他一页页翻看着，忽然皱起了眉头，然后更加仔细地查看起来。时间骤然凝固了。

发生了什么事？他为什么那么仔细地盯着看？

"你从哪儿搞来的这些假公章，老兄？"好像过了一个世纪，他终于问道。我茫然地看着他。"我刚才说，你从哪儿搞到那么多假印章，老兄？"

"对不起，先生，我不明白你的意思。"我敷衍着。

"我的意思是，先生，你护照上的这些英国印章中有一个是假的。你知道，我们每隔两年就要更换印章上的图案，而这个印章中间的日期与图案不相符。"

"先生，我不知道这是怎么回事，"我说，出了一身冷汗。"每次我遇到像你这样的人，就把护照递给他们，他们在上面盖上章，然后我继续赶路。我不知道是谁盖的那个章。"

"这就是你最好的借口吗，老兄？让我告诉你吧。这里是一份体腔检查同意书。你要么告诉我你护照上的这个假印章是怎么来的，要么离开这里去拘留间，我们的人有兴趣对你进行里里外外的检查。听懂我的意思了吗？"

我的脑中一阵混乱。联邦调查局实验室承诺说这些印章完美无缺啊！这时，乔·辛顿的警告回想在我的耳边：**如果你自己能够，不要让华盛顿为你制作文件。你永远不会知道他们是否会出错，是否会危及你的安全。**

乔说的对。

"我不知道说什么，先生。"我平静地说。

"把这个人带走做二次检查，"他笑着对另一个官员说。"他需要做个彻底的检查，里里外外地。"

十九、黎明前的黑暗

英国伦敦，希斯罗国际机场

1988 年 9 月 18 日

这一次我真的是无计可施了。

英国海关的人把我带到一个调查室。他们把我包里面的每一件衣服都拿到明亮的灯光下，检查是否有织进布料里的违禁品。然后，其中的一个人又带我到了一个封闭的检查室，进行脱衣搜查。我全身赤裸，羞愧难当地站在那里，这时，一个手上戴着外科医生白手套的官员让我背对着他弯下腰去。

哦，天哪，我想。英国海关居然要给我做前列腺检查。

"好的，老兄，"他一边仔细地查看着我的屁股一边说。"看上去一切正常。"

"当然，"我开玩笑道。"人们这么看我的时候，我总是听他们这么说。"

这真是个馊主意。我的这个笑话非但没有让任何人发笑，反而鼓励他们更为坚决地撕扯着我的包。我穿上衣服走出检查室之后，发现一位海关官员正在检查我的公文包。

翻盖里藏了一台价值 8 000 美元的纳格拉录音机啊。我心急如焚，脑子迅速转动着，希望能想出一个办法。

那个官员摸到了公文包上部的一个小小凸起，他的眼睛瞪大了。他像个斗牛犬一样，拼命地撕扯着包的翻盖——我公文包上的维可牢尼龙粘扣迟早会被弄开，他马上就会发现那台录音机。

"抱歉，先生，"我对这位官员和他的同伴——这个房间里除我之外仅有的两人——说。"我得告诉你们一点儿事。我是美国海关的特工，正卧底与伦敦这里你们的办事处共同办理一个案件。如果你能让我告诉你如何拿出那个翻盖里藏着的录音机，我将不胜感激。不然的话，我担心你会把它弄坏，我可是要花上一年的薪水才能赔得起它呀。"

他们僵住了，交换了一下眼神和几声假笑。"这是我听到的最好的谎话了，"一个对另一个说，然后又转向我。"我们才不信你的鬼话。给我闭嘴。"

"不，是真的，"我反驳道。"我是美国政府的卧底特工。我可以给你提供我在美国驻英使馆联系人的姓名，你可以给他打电话来核实我对你说的这些。请你一定相信我。"

"我会记下你说的姓名和电话号码的，"其中一个人口气有些松动。"如果那个名字不在美国使馆的工作人员名单上，看你还有什么话说。"

"他的名字叫约翰·鲁克斯克，"我说道，松了一口气。"这是他的电话号码。"

他们把我带进一个小房间，里面关着凯茜和一个澳大利亚土著人。时间一秒一秒过去，如同蜗牛在爬。凯茜和那个土著人开始玩猜谜游戏。显然，他对美国的电视节目和电影不太熟悉——她把他赢得落花流水。

终于，锁着的门开了，鲁克斯克进来了。

"来吧，"他说。"我们离开这儿。我把一切都处理好了。"

我的公文包完好无损，而我的自尊心却大受打击。我们离开机场时，鲁克斯克向我解释说，关于我们在机场被扣留的所有报告都已经被销毁了。原来，最近韩国间谍在英国活动猖獗，所以机场海关对于假护照高度警觉。错误的地点，错误的时间，以及以拙劣的技术伪造的护照造成了这一切。

特工·走进银行洗钱案的幕后

"谢谢你的帮助，约翰。"我说，暗自庆幸，亏了这次不是与我们的对手一起出行，否则我们的行动将彻底告吹。

"小意思，"鲁克斯克说。"明天早上我们晚一点一起吃早餐，碰个面，来谈谈接下来几天你们的安排。英国海关在伦敦协办这件案子的主管人员也会过来。他会问你们一些问题。他们已经在卡普空公司所在街的对面设立了一个监视岗，而且，你在这儿的大部分时间，他们很可能会盯你的梢。"

"我们和那些人关系走得很近，"我说。"所以，最好你能干涉一下那些英国人，告诉他们别对那些人盯得太紧了。在这个时候，我们绝不能让对手对我们产生任何怀疑。两周之后，我们还要让那些人出现在坦帕。"

英国海关主管此案的布鲁斯·莱塞兰表示理解，并答应让所有的监视行动不引人注意。

当晚，扎奥丁·阿克巴在多尔切斯特酒店与我们会了面，然后马上带我们去一家高档日本料理店吃晚餐。在那里，苏西玛·普瑞正在等我们，她是卡普空公司总裁的妻子，代表她的丈夫欢迎我们的到来。我们没有谈论毒品、哥伦比亚人，或者任何敏感的话题，阿克巴迫不及待地大肆宣扬着与卡普空公司合作的诸多好处。在过去的六个月里，他成立的这家公司经手了大概800亿美元的贵金属和现金交易，完全可以掩盖我们的洗钱业务，满足我们的要求。创办卡普空公司之前，他曾为国际商业信贷银行工作了13年，离开前已经升任银行的财务主管。

第二天，我和凯茜前往期货交易咨询服务公司伦敦办事处拜访了阿克巴，那家公司是卡普空公司的分公司。他用皇室的水准招待了我们。苏西玛·普瑞让她的一个助手带凯茜去参观伦敦钻石市场，我则和阿克巴走进公司的会议室坐下来谈正经事。在那里，他开始侃侃而谈躲在他公司背后的那些重要人物的秘密，以此来推销自己。

他在国际商业信贷银行任职的最后两年是在阿曼度过的。他创建了国际商业信贷银行的财务部，并掌管着银行55亿美元的资产。他的高层职务使他有机会接触到银行许多的股东，后来那些股东都把钱源源不断地投入到卡普空公司。他背书似的说出了以美国为基地的亿万富翁们的名字，他们都是国际商业信贷银行和他的公司的后台：罗伯特·麦格尼斯，通讯公司总裁；莱瑞·罗姆莱尔，同一家通讯巨头的另一名主管；罗伯特·鲍威尔，一家与美国空军签有合同的美国公司的高级主管；以及洛克威尔国际公司的凯瑞·福克斯，他们公司的业务包括导弹的生产。这四个人都和中东地区有着生意往来。

国外的投资者包括几个沙特阿拉伯人，他们都是卡普空公司的亲密伙伴和股东。前国王费萨尔妻子的弟弟卡玛尔·阿德汉，在沙特阿拉伯政府里担任着几个要职，包括情报部长。他的资产净值在那时就超过了 10 亿美元。阿德汉是卡普空公司的主要股东，同时，他也在国际商业信贷银行和美国第一银行大规模投资。A·R·卡利尔也任职于沙特阿拉伯情报部，后来的调查表明，阿德汉和卡利尔都与中央情报局有着十分密切的联系。第三位重要的卡普空公司的股东是极其富有的盖斯·兰赛德·费龙，他在国际商业信贷银行及其秘密控制着的许多美国银行和卡普空公司都拥有很大一部分股权。

阿克巴以及他的卡普空公司有着宏伟的计划。他们在伦敦已经设立了两个办事处，芝加哥一个，开罗一个。他们还打算在纽约、迈阿密和迪拜开设办事处。长期的计划还包括在科威特、沙特阿拉伯和香港设立办事处。

"我们的优势在中东和海湾地区，"阿克巴说。"现在我们正努力拓展我们的优势，发展更多的关系，我们通过阿姆加德在拉丁美洲和迈阿密建立起来了联系……我们在中东的关系已经得到了巩固……现在正在通过阿姆加德从中东转向迈阿密，当然是在你的支持下，在你公司的支持下。"

扎奥丁·阿克巴和沙特阿拉伯高级政府官员为了建立一个资产达到数十亿美元的帝国，正把目光瞄准哥伦比亚的贩毒集团，希望从他们那里获得巨额资金。

"我们不想知道我们的顾客怎么做，做什么，他从事的生意是什么，"提到我的那些客户，阿克巴说。"我不想知道。我们的公司也不想知道。"

接着他又确认了比尔格拉米对于他们系统运作情况的解释，即通过同时买进和出售黄金期货来清洗数亿美元的黑钱。

阿克巴听到我可以每月给他提供 1 000 万美元时，他连眼睛都没眨一下。相反，他同意比尔格拉米的意见：现金最好还是通过沙特阿拉伯、阿曼和阿拉伯联合酋长国的大型美元市场来清洗。可以将我顾客的现金放置在保险箱里，送到这几个国家的四家不同的银行，每家银行每天吸纳 10 万到 40 万美元的存款。

阿克巴肯定知道我的客户经营着麦德林卡特尔贩毒集团——每一次他向我表明不想知道关于我的客户的任何情况时，我都能感觉到这一点。阿万和比尔格拉米肯定已经详细地告诉了他。但是这并不能在陪审团面前站住脚。我必须在与他谈话中明确提到这些——但不是现在。在这短暂的一天里，我已经与他谈得够多了。

在向坦帕和伦敦办事处汇报的间隙里，我的电话快被打爆了。艾米尔继续协调各地的现金收集行动，而阿尔凯诺的联系人则把我当成了情报中转站，他们纷纷向我报告或者打听阿尔凯诺被捕的消息。

格林尼治时间凌晨一点后不久，我给卡萨尔斯打了电话。

"罗伯托真的病了。"他说，意思是阿尔凯诺已经被捕了。

"我知道，"我说。"我已经给他送去了药方。"——钱。

"我不知道哪里出了差错。"

"听我说。先不要去探视他，但是如果你能通过其他什么人给他捎个话的话，就会让他知道他并不孤单。我很快就会去处理他的事情。从欧洲返回时，我将在纽约稍作停留，我们可以谈谈。"

卡萨尔斯很高兴地给了我他的新电话号码，并答应等我回来之后见面。

第二天下午，我给了阿克巴他所需要的文件，他要以我香港和直布罗陀公司的名义为我开立账户。他处理那些文件的时候，我提到，国际商业信贷银行用于掩盖资金流动每年向我收取的佣金是 1.5%，我希望卡普空收取的费用不要超过这个数的一半。我也希望他能够把资金流转的周期减半，从十天减到五天。

关于佣金问题，他提出，他至少要提取 1%。毕竟，卡普空还要投入资金来买卖黄金，而仅仅这笔投入资金就已经吃掉这 1% 的一大部分了。

"我们不想做任何虚假的交易。"他说。每个环节都必须看起来像真的一样。并且他向我保证，他会缩短十天的周期，但是不能少于六天。"穆塞拉先生……如果你想要建立长期的合作关系，你必须要对我们满意，而我们也要对你满意。"

这就是我的突破口。为了完成这笔交易，他必须要让我相信，他已准备好通过他的系统清洗世界上最烫手的钱。

"我们干嘛不去散散步呢，"我一边说着，一边俯在桌子上，做出寻找藏在天花板或桌子底下的窃听器的动作。"我们还是去散散步，再谈上一会儿，如果可以的话，我会感觉好一点。"

"我可以向你保证一件事，"阿克巴说，好像我刚刚用板球拍打在他脸上一样。"如果你还对这里的一切心存疑虑的话，那么，你尽管放心，什么都没有，没有任何录音。别为那个担心，如果你以为这里黏着什么。什么都没有。但是我可以出去。我——"

"我们出去散步吧。"我说，朝着门那侧点点头，从桌子旁边站了起来。

他像一头跟踪猎物的狼一样跟在我后面。

"你的客户很让人信任，"他在喧闹的伦敦大街上紧张地说。"我们没必要知道。我们不想知道客户的目的是什么。我们可以这样告诉你，我们可以成就他们，使他们成为优秀的客户，嗯，他们一定要相信我们……我们对我们在迈阿密的关系相当有把握，而他们推荐了你或者其他客户。因此，我们完全依赖迈阿密，依赖他们对于客户的真实性或信誉度的信任，以及他们信任的一切。"

又该拿艾科卡说事了。我又危言耸听地讲了一番我的客户如何如何厉害。

"我想让你知道，"我为我那重复了无数次的演讲补充道。"我让你出来到这里的唯一原因就是，以后我不想再就这些问题找你谈话了。"

没问题。阿克巴面不改色心不跳地接受了我刚才说的那番话。

接下来要讨论的最后一个问题就是：诺列加的隐藏起来的财产。很多年来，阿万一直将诺列加的钱隐藏在国际商业信贷银行迷宫般复杂的分支机构里，但是现在，这些钱很可能正在辗转流入卡普空公司。我告诉阿克巴不要与他染上任何关系，解释说，当我的客户在巴拿马的账户被冻结时，他们的情绪非常激动，以至于给那个将军送了一口棺材。阿克巴紧张地大笑起来，这正好证实了我的猜测。

"我可以向你保证，"阿克巴在这次会面的最后说。"无论我们能做些什么，我们都会尽最大可能来帮助你。这是我们共同的利益，而且你也对我们共同的利益感兴趣……我们会尽最大努力的。我保证不会让你失望的。"

华盛顿会对卡普空的这些秘密作何感想？也许他们会重新考虑是否要终止这次行动。我们已经完全控制住了两个由美国和沙特阿拉伯最富有的一些人操纵的、拥有数十亿美元资产的金融机构。这两个机构都与美国和中东的政府官员和情报机构有着千丝万缕的联系。而且它们都在从这个黑暗的世界寻求毒品利润。他们根本不关心我是否代表着毒贩、军火商或者恐怖分子。他们只想得到权力，以便从我手里聚敛到金钱。

在巴黎——在我录下纳西尔·奇诺伊了解金钱来源的确切证据并迫使他参加婚礼之前——我扔给阿克巴一根肉骨头，那是在结案前剩下的时间里扔给他的唯一一个诱饵了。

"按照我们已经商量定的，"我在电话里说。"我希望先做一小笔生意来检验一下你们这个系统。这可以让我在见我的客户时有话可说……我是否要把钱从巴拿马放到你们在芝加哥的办事处里，就像上一笔钱的路线一样？"

"我们就是要这么转移它。"他说。

成交。

奇诺伊家的红地毯已经铺好，准备迎接即将来到巴黎的数百位富甲名流。豪华轿车沿着街道排成长长的一列。来自世界各地的国际商业信贷银行的银行家们像秃鹫一般盘旋着，见到商人、外交官以及他们的妻子就像见到猎物一样扑向前去。穿着晚礼服的侍者们在香槟、长笛和美味小吃合成的交响乐声中漫步于房间之中，在大提琴和小提琴手们动情的伴奏下，国际商业信贷银行低声吟唱着颂歌：把你的钱存到我的银行吧。

一夜之间，奇诺伊把国际商业信贷银行分散在世界各地分行的银行家们都带到了我的身边。每个人都在我耳边悄悄说着，如果我在他的分行开立账户，他会亲自关照我，并尽一切可能为我服务。宴会结束时，奇诺伊让我和凯茜暂且留步。随着夜晚慢慢消逝，奇诺伊精心挑选的一群留下参加"后宴会"的人开始没完没了地向我们轮番提问。也许这是奇诺伊在尽地主之谊，但是更像一场精心安排的测试。

第二天，在和奇诺伊讨论我此次来访的目的时——照管我的"家族"事务，并敲定在哥伦比亚的投资事宜——我也直言不讳地提到阿万离开国际商业信贷银行会带来一些不确定因素。"他的离开让我有点不安，我想，**不是某些环节出问题了吧，所以他要离开**……我有种感觉，也许在国际商业信贷银行这个大家庭中出现了某种不愉快。"

奇诺伊向我保证说阿万只是与迈阿密的拉美分行经理有点个人冲突。银行总裁斯瓦利·纳吉维已经圆满地处理了所有的事，把阿万调到巴黎任职的时间推迟了半年，到那时，他就可以在分行设立一个新的部门专门为拉丁美洲的客户服务。看起来阿万似乎用一套谎言瞒过了他的这些同行们，这样当他一次次秘密地前往华盛顿，试图给布卢姆提供一半的真实情况来骗取他的通行证时，就不会引起他们的怀疑。

海关仍然催促着尽快归还那 500 万美元的临时周转金，于是我对奇诺伊说，一个很亲密的朋友需要我帮忙大幅度提高他的资产负债表。我需要用我在巴黎的所有存款做抵押进行贷款，贷入的资金需要使用三到四天的时间。这是唯一不会引起对方怀疑的方法。我以前就给奇诺伊他们帮过这样的忙，所以他们现在也应该理解并为我做成这件事。像以往一样，在编这个故事的时候，我的心里仍然惴惴不安。

"当然可以，"奇诺伊说。"干我们这行的都靠这个呢。"

当被问到他可以隐瞒并转移到哥伦比亚多少钱时，他说："每个月 2 000 万……巴黎那么大，区区 1 000 万的钱从这里流过，根本没人注意……在我的系统中，我还可以通过蒙特卡洛转移一些。"

当我告诉奇诺伊，我们的哥伦比亚客户每月在欧洲有 1 500 万美元的现金要存入账户，奇诺伊希望将那些钱吸入他们的分行。他暂时还没有什么可行的计划，但是他认为他一定能想出对策。

现在轮到奇诺伊向我提要求了。"你能不能——在 12 月前，你说过有一些关键日期的——多给我一点资金？"他提醒我 12 月 31 日是他们银行的年终资产负债表需要注入资金的日子。

"这你可以放心。"我说。预计到十二月底之前，我们会再增加 200 万美元的存款，另外，还要以贷款抵押的形式放入另外 3 000 万美元以期将其转到哥伦比亚。

"多谢，"他说，像柴郡猫①那样咧着嘴傻笑着。"非常感谢，这会给我们很多帮助。谢谢你。"

然后我提出想看看我在巴黎的账户记录，来核实自从我上次来访之后都做过哪些交易。奇诺伊叫来了斯波特·哈桑，让他领我去查看文件档案。我在一堆文件里翻找着，然后——

找到了。阿姆布莱切特 7 月 22 日写来的一封信，就在他警告我唐·切倍的人已经发现在纽约有人监视的第二天。他指示国际商业信贷银行把我的名字从账户中去除，并把这些资金转到巴拿马的科隆②分行。我盯着这封信，浑身发冷，阿姆布莱切特曾表示过的不安——就在他写这封信的前一天——在我的耳边回响：**我们很担心出现在交易过程中的那些朋友们，他们就是双子大厦里的那些坏家伙们，而双子大厦就是转移小"美人"③、小"珠宝"④ 的地点。这些朋友认为有些外国投资者⑤想要插手他们的生意，所以非常担心。**

就在他们在市中心看到有人监视的那一天，阿姆布莱切特和唐·切倍取消了本想为我提供的一切服务。卡特尔让我在欧洲为他们隐藏一亿美元储备金的计划也因此夭折了。他们不能确定我究竟是不是缉毒警察——如

---

　　① 英语中有习语 grin like a Cheshire cat，像柴郡的猫一样咧着嘴笑。柴郡是英国一个郡的名称，从前盛产干酪，当时人们喜欢把干酪做成咧着嘴笑的猫的形状，由此得名。——译者注

　　② 科隆（Colon）：巴拿马最大港口城市。——译者注

　　③④ 指贩毒黑钱。——译者注

　　⑤ 指联邦特工。——译者注

果能肯定，我和艾米尔绝对活不到现在。但是他们意识到了，与我们合伙做生意麻烦多多。

令人沮丧的薄雾一直在香榭丽舍大街围绕着我。纽约方面一直对我们违背常规的行动缺乏信任。循规蹈矩从某些方面上扼杀了我们的这个案件。而我对此又无能为力。

我们离开巴黎之前，奇诺伊和他的家人带我和凯茜去了小岛木屋——巴黎市中心布洛涅公园湖心岛上的一家豪华餐厅。餐厅修建于拿破仑统治时代，最初是一处供猎人留宿的狩猎小屋。进入餐厅的通道只是一艘小渡船。晚餐中，奇诺伊很遗憾地告诉我，他不能前来参加婚礼，因为那天他要在伦敦参加国际商业信贷银行一个重要的董事会。

吃过晚饭，我们都来到一尘不染的庭院里散步。这是我最后一次与奇诺伊会面，因此我要充分利用这次机会，发挥我仅有的优势。我告诉他，他改变了计划让我左右为难。我家族的长辈们都想在坦帕跟他私下里谈谈呢。我们的婚礼将提供最理想的环境，因为那里绝对安全，他们完全可以非常随便地谈些什么。

奇诺伊答应说，当天下午他会给国际商业信贷银行总裁打个电话，希望能够得到批准，允许他晚些时候去参加会议，这样他就可以到婚礼上见见我的老板们了。我知道这绝不可能发生，于是就大胆地进一步建议说，安排我们集团的高层人物和他们银行总裁进行一次会面也许很有必要。

"我们会安排的，以此来消除你们的人心里的疑虑，"奇诺伊说，完全同意。"你们可以看清你们在和谁打交道，这很公平。"

很遗憾，那样的会面永远不会发生了，我们穿过精美绝伦的花园时，我这样想道。十月这个期限是不能改变的。不会有什么证据比国际商业信贷银行的总裁斯瓦利·纳吉维在录音中口口声声祈求吸纳贩毒黑钱更有说服力了。而且，也非常有希望录下奇诺伊——银行的第三把手——以及其他八位主要官员的犯罪证据。

我递给奇诺伊一张《伦敦时报》，让他看看上面的一篇文章。这篇文章可以让他深刻了解为什么他和其他国际商业信贷银行的官员应该优先考虑与我一直心存疑虑的老板见面。文章中宣称，由美国联邦调查局和伦敦警察厅联合开展的一次卧底行动已经曝光了几家进行洗钱活动的银行，包括一家巴基斯坦人开办的银行。这些银行都参与了"哈瓦拉"体系——伊斯兰转移金钱的一种古老方法。

在"哈瓦拉"体系中，一个地方的客户想把钱汇给另一个地方的一个人，他把钱交给当地的哈瓦拉经纪人，该经纪人通过收款人所在地的一个哈瓦拉经纪人，将同等数额的钱交到指定的接收人手中。除了收取比银行低的佣金之外，哈瓦拉经纪人还经常避开货币兑换的市场汇率。没有任何政府约束或任何形式的书面记录——它完全是一种口头上的交易——该体系也可以用来转移债务。

"我快被这篇文章吓死了。"我对奇诺伊说。

"文章中指的不是我们，"他说，盯着那篇文章。"我想我知道它指的是谁。我们不使用'哈瓦拉'体系。那太冒险了。"但是他明白了我为什么觉得让我的人感到安全很重要。"我会让你相信，我们这里没有任何问题。在这方面，我们真的感到很轻松。"他答应尽量争取到坦帕去参加我的婚礼，但是如果不行的话，我们可以在那之后不久安排一次我的人和他们银行的总裁以及其他董事之间的会面。

但愿如此。

我们回程中的第一站是曼哈顿的欧姆尼巴克夏酒店，它是位于麦迪逊大道和52号大街的一家五星级宾馆。阿尔凯诺进了监狱后，卡萨尔斯无所适从，他表示想为我工作。他是个好人，我对他说，但是我真的对他了解不多。我所需要的是诚实和忠诚，因此，他首先要告诉我一切。

卡萨尔斯很快说出了他所犯的每一项罪行。他曾经为阿尔凯诺工作了近三年。八个月之前，阿尔凯诺开辟了以布宜诺斯艾利斯的凤尾鱼加工厂为起点的运货渠道。他们成功地通过费城进行了一次运输——1 200磅纯可卡因。萨瓦拉与新泽西州的阿尔瓦罗和格拉迪斯·佩雷斯一起零售了一些可卡因。卡萨尔斯将他们的电话号码告诉了我。先是布宜诺斯艾利斯加工厂名义上的所有人卡洛斯·迪亚斯，然后是阿尔凯诺合作伙伴法比奥·奥乔亚在纽约的几个手下，逼迫卡萨尔斯交出他能找到的所有属于阿尔凯诺的钱。阿尔凯诺买通了那些安排从阿根廷到费城的凤尾鱼运输的纽约货运经纪人，让他们去打探消息，一旦特工们对进口凤尾鱼产生了异常的兴趣，阿尔凯诺就能及时得到风声。

卡萨尔斯知道阿尔凯诺用假名字在瑞士开立了账户，同时还办理过一个相应的假护照——如果他想要逃离美国的话，这些就是这个珠宝商的救命稻草。他还在美国各地开办有银行保险箱业务，里面装满了现金，只有他和他的一个女友才能存取。玛尔塔在纽约为他零售可卡因，帕特利夏在厄瓜多尔，索尼娅在哥伦比亚。

"你的经验很丰富，"我说。"我掌管着纽约生意的手下将到坦帕参加我的婚礼。我也想邀请你和你的一个客人到那里与我们相聚。这将是你与我的手下见面的绝好机会。我会让他给你安排工作。欢迎加入我们的家族。"

"谢谢，鲍勃。我不知道怎么感谢你和你的邀请。我和我女朋友一定会去的。"

回到迈阿密，托帮和萨瓦拉急着告诉我，阿尔凯诺的钱还没有被警察找到，我可以用它做诱饵，在婚礼之前引诱他的一个供货商到坦帕去。

在托帮的帮助下，凯茜安排好婚礼上使用的鲜花。她邀请前来参加我们婚礼的对手和朋友越多，他们出现在婚礼上的可能性就越大。在电话里与托帮核对鲜花的具体事宜时，我告诉他："我已经搞到了我之前告诉你的那样东西。他们是从洛杉矶搞到的。"——在纽约和费城指控阿尔凯诺的两份起诉书的复印件，这是我以前答应过帮他找的。"我会随时把它们带在身上。图托说，他认识文件中提到的那个人。你过来的时候，我们再谈。"

国际商业信贷银行成了参议院关注的焦点，而格兰德湾酒店大厅里那组长沙发则成了我的银行家朋友们青睐的聚会场所。比尔格拉米一边畅饮着加冰的约翰尼·沃克·布莱克威士忌酒[1]，一边埋头于卡普空的一堆文件中。

---

① 产于苏格兰的一种高级威士忌酒。——译者注

"你在卡普空的会面如何？"他嘟囔着，头也没抬。

"哦，他是个挺好的绅士，"我说。"一切顺利。"

"我想你把他吓坏了，"比尔格拉米说，然后抬起头来。"我的意思是，我们现在要坦诚地谈谈。你往往对你的生意解释太多了。人们有时并不想知道你是干什么的，你知道……后来，你很固执地一定要让他知道你在做什么，这把他吓着了，因为他不理解为什么——"

"只是些最微不足道的小事，而且说得非常含蓄，"我打断他说。"这也是有原因的。我很好奇他对我说的这件小事的反应如何，而我没想到会有这么严重的后果。"

"坦白地说，鲍勃，他有点，你知道，有点不安。不是因为你。他觉得你人很好，很容易相处，但是，你知道，是因为你所说的事情。他不能理解是因为我们常说的保密性，你知道，通常他们不愿意让别人知道他们是做什么生意的。"

"好吧，阿克巴，"我说，我要反败为胜，化险为夷。"通常当一个人和别人私下里谈话的时候，都是那个样子。"

"他可能是对某些细节或者什么感到不安，"比尔格拉米偃旗息鼓了。"我不知道你跟他讨论了什么。我是说，我觉得我们不该谈这个……我可以想象。"

我告诉比尔格拉米我在阿克巴的办公室里和他进行了愉快、正式的会面，然后，到了可以说一些敏感性问题的时候，我提议出去到街上散散步，以便确保我们的谈话是完全保密的。"我只是想确定，你知道，应该有你所说的一定的机密性。也许这在你们这行还不常见……但是如果你代表着三四个人，你的肩上就承担着全世界的重量，你就得确保跟你说话的这个人能够认识到做这些事的重要性。"

"这也许就是让他害怕的事情，因为他不习惯暴露在大街上。"比尔格拉米简单地说了一句，神经质地大笑起来，结束了这个话题。

如果拿不到证据，证明一个对手已经知道了我们要转移的钱来自毒品交易，那就构不成犯罪。眨眼或点头都不能算数。无论我多么小心翼翼，但告诉某个人那些显而易见的事情——我是一个为毒贩清洗黑钱的人——

都会引起他们的警觉。但是即使是那些小心谨慎的人也会被贪婪占了上风，从而压抑了他们的直觉与洞察力。

阿尔凯诺指认我做他的继承者，于是比斯坎湾的那幢卧底房子的门槛都快被踏破了。人们纷纷而至，托邦、萨瓦拉和一个刚刚加入到我们游戏中的新手玛尔塔·卡瓦加尔·霍约斯，她是阿尔凯诺的女朋友，同时也是他组织中的一个关键人物。在萨瓦拉带她来之前，他把他所了解的关于她的，以及阿尔凯诺组织中其他成员的一切情况都告诉了我。我专门向他了解了那些毒品零售商的名字和电话号码，这样我就可以把阿尔凯诺被捕之际这些毒品零售商们还在拖欠的毒品款收回。还有那些毒品供货商的详细情况，他们正眼巴巴地等着我给他们发薪水呢。

萨瓦拉将能从他的买主那里收到的现金都交给了我。每次他给我一袋子现金的时候，我都要求他给我一张手写的纸条，详细记录下现金的来源，表面上装作在为阿尔凯诺记账。"这 15 000 美元是罗伯托的。他一周以前给了我 5 公斤。那 5 公斤是他上次给我的 19 公斤货里的一部分。这不是从凤尾鱼工厂运来的。这是一笔单独的交易。我同意每公斤付给他 13 800 美元。我是从罗伯托的手下阿尔瓦罗·佩雷斯那里拿到这些毒品的，然后把它卖给了我新泽西州的客户阿尔伯托。阿尔瓦罗·佩雷斯的女儿为我从阿尔伯托那里收回了钱。我刚刚把另外一笔因这批货而欠的 51 000 美元寄给洛杉矶的格洛丽亚·阿尔凯诺。"

萨瓦拉和盘托出他去年所有交易的细节，包括他和阿尔凯诺共同在纽约市建立一家可卡因实验室的开支。他为我提供了所有他知道的名字和电话号码，包括玛尔塔的。"她是罗伯托的女朋友。两年前，她丈夫因为他的一个工人递送了 5 公斤的可卡因在坦帕被捕了。那个工人坦白了一切，随后联邦特工在迈阿密这里的一个公用电话亭里抓住了她丈夫。"

塞西莉亚在到处筹钱，因为她在供货商那里欠了一笔债。供货商在与阿尔凯诺进行最后一次交易时，玛尔塔做了他们的中间人。萨瓦拉怀疑玛尔塔两天前曾派一个女人到他家去大吵大闹。午夜时候，一个女人使劲敲打萨瓦拉家的门和窗户。见萨瓦拉躲在屋里不愿出去，这个女人就向他的邻居们尖叫着说，萨瓦拉为阿尔凯诺出售可卡因。邻居们报了警，警察来到萨瓦拉家，但是萨瓦拉矢口否认。如果玛尔塔不能把钱付给哥伦比亚的那些供货商们，情况将真会变得很不妙。

塞西莉亚很久以前就听说过我了。阿尔凯诺曾高度地评价过我。她看上去不像是个毒贩，更像一个秘书。她向我详细说明了她在被没收的那笔交易中所扮演的角色。她本应该能卖掉200公斤，但是其他正在进行中的交易给她带来了更大的麻烦。几个星期以前，她从她的供货商卢卡斯那里收到了70公斤毒品，她把其中的一半都给了阿尔凯诺。阿尔瓦罗·佩雷斯仍然攥着那批可卡因的一大部分，并欠下卢卡斯几十万美元。这个卢卡斯是一个29岁的哥伦比亚人，他曾经居住在坦帕，但是现在生活在墨西哥紧邻边境线的一个农场里。每个月，卢卡斯的组织都将一批批的毒品从那个农场运到美国，然后玛尔塔会将每批货的一部分卖给纽约和迈阿密的买主。为了让卢卡斯满意，她必须从佩雷斯那里将钱要回来。如果她办不到，卢卡斯就可能会切断她的货源——或者更糟。

"我受罗伯托的委托做些他平时常常做的事，"我对她说。"他想让我帮他收回所有的欠款。如果你可以帮助我的话，我相信罗伯托会同意把他所欠卢卡斯的钱尽量多地还给他，如果确实欠他的话。"

玛尔塔给我提供了她所知道的所有情况，包括从卡塔赫纳[①]和墨西哥新近运过来的几批货。卢卡斯正把另一批货发往美国，预计两周之后到达。我对玛尔塔说，一旦我通过格洛丽亚向阿尔凯诺核实了需要付给卢卡斯的钱数，我会直接把钱还给他。

"没问题，"她说。"我会把他带到纽约来。"

这就是对我们的奖励，太容易了。在收网的前几天，玛尔塔会把卢卡斯带到坦帕来取钱。我没有时间再去纽约了，因为到那时我会忙着准备婚礼，所以我必须要计算好在那幢卧底房子里抓获递款人的时间，务必使它与坦帕的收网时间保持一致。

根据玛尔塔的说法，阿尔凯诺曾经比他自己说的要忙得多。除了忙着布宜诺斯艾利斯的运输航线中的业务，他还在努力开通从多米尼加共和国

---

① 哥伦比亚的一个港口。——译者注

通过的另外一条航线，为此，他贿赂了许多高级政客们以求得他们的庇护。他已安排好将成吨的可卡因从哥伦比亚送到那里，在那里进行商业包装，然后再装船运送到美国。

只剩下不到一个星期的时间了。在洛杉矶，我想在收网之前从格洛丽亚那里挤出最后一点情报，同时还想和国际商业信贷银行洛杉矶分行的经理伊克巴尔·阿什拉夫进行一次明目张胆的谈话。半年以前，我们曾围绕着我客户的资金来源问题兜圈子，当时我没有对他穷追猛打，因为我怕他万一向阿万和比尔格拉米透露点什么，引起他们的不安。现在没关系了。不管怎样，阿万和比尔格拉米也即将垮台。

格洛丽亚似乎患上了妄想狂症，总是觉得有人在不断地监视她。她很可能是真的病了。她已和凯茜建立起亲密的友谊，因此与她会面时带上凯茜是至关重要的。我们在市中心布埃纳维斯塔酒店租了一间套房，不久格洛丽亚就过来找我们。她走进房间，脸色苍白，明显地睡眠不足，似乎整个世界都压在她羸弱的肩头。她努力支撑着身体不让自己倒下去。

"孩子们怎么样?"我问，努力做出关心的样子。

"不太好，"她说着，眼泪顺着脸颊滚落下来。"她们非常烦恼。葆拉抢着说话，而克劳迪娅则根本不说话……太糟了。"

孩子们当然无从知道她们的父亲是美国最大的毒贩之一，所以阿尔凯诺的被捕对她们来说无异于晴天霹雳。

格洛丽亚向我解释说，她的律师从罗伯托那里捎话给她，告诉她谁还欠着他的钱。她告诉我那些零售商的名字和电话，并让我去收钱，这是我以前答应帮他们做的。我手里拿着为她要来的 115 000 美元——她要做的就是告诉我把这些钱送到哪里。

格洛丽亚泪如雨下，诉说起她丈夫被捕前她做过的一个梦。"我梦见自己在一个地方，一个被许多人包围得严严实实的地方——那些人我一个也不认识。但是我站在那个地方的中央，天上下着倾盆大雨。雨水流下来，好像……我根本感觉不到它。我看向那里的一个角落，我看见了几个装着白色粉末的塑料袋。我看到了很多。我不知道有多少，但是有很多。我倒在地上，而雨，是那么大，但是我……我失去了所有的知觉。所以，好像，我的思想——我没有思想了。泪水，天上流下来的全是泪水。我觉得好孤独。"

格洛丽亚平静下来之后，开始谈起她很想利用她丈夫的关系再贩运一次毒品，以便筹集到足够的钱付给律师。

"格洛丽亚，我们到外面去谈吧。"我说。

阿尔凯诺将面临十年或更长时间的监禁，而格洛丽亚因为清洗转给她丈夫律师的黑钱也面临着一条严酷的指控。而现在，她居然还在谈论要组织一笔足以让她和她丈夫服刑时间一样长的交易。也许我做卧底太久了，我真的希望她能够跟她的女儿们在一起，尽管等着她的是一段时间的监狱生活。

"请你听我说，"我站在楼梯间对她说，那是我公文包里的录音机录不到声音的位置。"如果你想组织一次交易，让我替你出面吧。我不想让你冒险。如果你告诉我跟谁联系可以把货运进来，我就能够替你去办，而且不会收取一分钱。一切都是为了帮你和罗伯托。"

"我知道你一心想帮我，"她很感激地说。"但是这是必须由我自己来做的事情。"

她不接受。我已经努力过了。她一意孤行，非要撞得头破血流。

第二天，她给我们拿来了一万美元现金，让我们帮忙兑换成支票寄给律师。凯茜为她去做了，而我去拜访了伊克巴尔·阿什拉夫。

这次会面与我和其他国际商业信贷银行高层官员的无数次会面没什么两样。我告诉阿什拉夫，我想找人帮我卖掉洛杉矶市中心的一套综合住宅公寓大楼，出资修建那幢大楼的人是我的一个客户，而这个客户因为持有几千磅的可卡因最近被捕了。阿什拉夫连眼睛都没眨一下。

"穆塞拉先生，"他说。"你的客户能不能把他们的剩余资金放到……比如说，到12月31号或1月5号之前，把一些额外资金放到我们这里？"

他们关心的永远是存款问题。

我又端出李·艾科卡的那一套说辞，阿什拉夫没有提出任何拒绝之意。他只想拉到更多的存款。"谈到剩余资金，如果你能把它们放到我这里的话，我将非常感激。"

　　与我所会见过的其他国际商业信贷银行官员不同，阿什拉夫最终被无罪释放了——这都是后话。后来我才知道，在我与阿什拉夫会面之前，马克·杰克沃斯基已经完成了关于我们卧底行动的报告，并提交到坦帕的大陪审团，而大陪审团已经返回了一份涉及到很多人的指控书，其中就包括阿什拉夫。这就意味着我和阿什拉夫在洛杉矶的这次最后会面的录音在法庭上是无效的，因为这发生在他被指控之后。而没有这份录音作证，他完全可以逍遥法外——真是个幸运的人。

　　我们的工作完成了，是回坦帕的时候了。接下来要做的就是设计出收网的细节，彻底结束这次行动。我已经尽了最大的努力，希望我们的上司们能够认识到将我们的行动再延续一个月的诸多好处，但看来这是不可能的了。现在我能做的就是充分利用好这最后几天。这几天居然出奇的平静，可能是暴风雨到来前的先兆吧。

　　即将发生的事将会在地下社会中引起轩然大波，振动如此之大，以至于动摇了许多人的根基——卡特尔集团、银行系统、政治党派、美国以及联盟国家的情报体系。

二十、一网打尽

佛罗里达州，坦帕市，美国海关办事处
1988 年 10 月 6 日

所有人都到了。

"劳瑞·莫肯斯将负责最后抓捕工作的后勤保障，"蒂施勒说的是她的得力助手、负责坦帕海关的一个特工助理。"马祖尔和厄兹，你们一定要与那些抓捕目标不断保持联系。弄清楚他们的班机什么时候到达，我们将派我们的特工装扮成汽车司机，在他们到达坦帕后，将他们接到因斯布鲁克度假村。周五和周六，人们将在不同的时段里到达那里。为了给他们解闷儿，我们将为他们安排一些活动——高尔夫球比赛，到海湾坐快艇，等等。史蒂夫负责组织协调这些社交集会。"

"在星期六傍晚，将会举行一个池畔鸡尾酒会。星期天上午的结婚典礼将于 10 点钟正式开始。在典礼过程中，对所有人实施抓捕。因为星期一是个联邦假日①，所以周二我们将举行一个新闻发布会，届时，海关关

---

① 联邦假日（Federal holiday）是指美国联邦政府官方承认的假日，包括银行、期货、证券、学校等在内的许多部门在这一天放假休息。美国一共有十个联邦假日，包括新年、马丁·路德·金纪念日、华盛顿诞辰日、美国阵亡将士纪念日、美国独立日、美国劳动节、哥伦布纪念日、美国老兵纪念日、感恩节、圣诞节。——译者注

长冯·拉布将到会并担任主持。英国和法国海关的同行们也将来到我们这里，并参加发布会。结婚礼物、结婚礼服以及其他的小物品将会在发布会上展出。"

满屋子的人没有一个站出来反对。

"好吧，就这样，"她斩钉截铁地说。"散会。"

"邦妮，我可以跟你谈一分钟吗?"大家都离开房间后，我说。

"你只有三十秒的时间。什么事?"

"好吧，我只想说：如果在结婚典礼上抓人，我就不参加了。你能想象吗? 当那些无辜的妻子和孩子们亲眼目睹一个个突击小组突然出现在婚礼上，给他们的丈夫、父亲戴上镣铐，并在众目睽睽下将他们押上警车，将会产生怎样的混乱局面? 我们一定要大张旗鼓地去做这件事吗? 在周六，我们可以让抓捕小组等候在每个家伙的房间门口。我和凯茜可以给每个抓捕目标打电话，每次一个人，让他们分别到我的房间里来。他们十分信任我们；无论我们让他们去哪，他们都一定会去。他们的家人没必要看到他们被抓捕的场面。刚才你提到的抓捕计划会让他们的家人亲身经历某种痛苦。而且，如果你让这些人难堪的话，他们反过来也会让我们的特工难堪……如果我们不顾后果，让他们的家人受到惩罚，他们可能会以牙还牙。我从史蒂夫那里了解到，NBC 新闻部一个月前就已经知道这个案子了，这实在是不应该……另外，过度的媒体宣传会使这个案子吸引过多公众的注意，使坦帕不能成为该案的审判地。这样做不太好吧。"

"你要做的就是管好你分内的事，"她说，气得七窍生烟。"会已经开完。你给我从我的办公室里滚出去，你这个爱管闲事的混账东西……**从这儿滚出去，你这个爱管闲事的混账东西!**"她将我推出她的办公室，推着我穿过大厅，一直将我逼到行动小组办公区，正在那儿工作的十几个特工都抬起头来目瞪口呆地望着我们。接着，她怒气冲冲地返回了办公室。

我早就预料到了这一切。乔·拉多是主管这个案子的特工助理，而试图与职位高于乔·拉多的任何人公开对立都已经被证实是徒劳的。乔·拉多很通情达理，但因为说话太直率，已经被蒂施勒剥夺了参与抓捕行动的权力。所以，凭借我一个人的力量，根本无法与蒂施勒抗衡。

几分钟后，蒂施勒把史蒂夫·库克和乔·拉多叫进了她的办公室。"不管采取什么样的方式，你们两个在今天下班前最好找个办法给我收拾收拾马祖尔，否则我会用同样的办法来对付你们！"

库克和拉多最终劝她平静了下来，但那一刻让我刻骨难忘。也许是一个月，也许是五年，总之，她一定会在未来的某个时间让我为我的直言不讳付出惨痛的代价，而这一切的起因仅仅是一个小小的媒体宣传问题。

事后我了解到，冯·拉布和比尔·罗森布拉特已经向 NBC 新闻提供了关于那场结婚典礼的独家新闻，并安排 NBC 的摄影记者装扮成婚礼录像师。蒂施勒完全支持这个计划，并且就在几天前，在一个重要宴会上宣布了这个计划。那个宴会是在坦帕的伯恩牛排餐厅举行的，该饭店因为拥有最令人过目不忘的酒单而享誉世界。有五十多名政府高级官员参加了那个宴会。五名特工特意被临时调离他们所办理的案件，驾驶着几辆林肯"城市"豪华汽车将冯·拉布以及他的华盛顿职员，还有司法部、国税局和海关的高级官员们接到宴会现场。那场宴会极尽奢华，据保守的估计，只餐费一项就花掉了 5 000 美元。在账本上，这项费用被列为"会议研讨费"——当然是从我们卧底行动赚到的利润中支出的。

最终，库克和拉多还是说服了她。实施最后抓捕的时间有了变动。周六晚上举行的池畔鸡尾酒会接近尾声时，汽车将会把那些抓捕目标送到25 英里之外的一个酒吧，在那里，他们将继续参加一个单身汉派对①。这样，特工们就能顺利诱使抓捕对象离开他们的家人，而且丝毫不会引起任何怀疑。至少在四个小时之内，不会有人产生猜疑——足够充裕的时间，完全可以利用这段时间，以更巧妙的方式接近每个家庭，将他们深爱的人已经被逮捕的噩耗传达给他们。

艾米尔正在与冈萨洛一起策划一笔大生意——接收藏匿在得克萨斯州—墨西哥州州界处的 1 000 万美元的现金。但是，他向上级提出申请时，遭到了拒绝。他推测，我们的海关老板可能希望我们看起来是一副上

---

① 单身汉派对（a bachelor party），又称雄鹿会（a stag party），是西方人在婚礼前单身汉们举行的聚餐会。最早起源于斯巴达，那时这样的派对被称为"男人们的派对"。单身汉派对是婚前典礼不可缺少的一部分，年轻的单身汉们借此机会向他们的好伙伴道别。——译者注

当受骗的样子，那样，他们就可以名正言顺地结束我们的行动了。"真是胡闹，"他说。"冈萨洛每天都在发展新的客户。"

凯茜肩负着极其艰巨的任务：争取让尽量多的客人来参加我们的婚礼。她守在电话机旁，一个接一个地打电话，几近疯狂。人们陆陆续续地从哥伦比亚、巴拿马、法国、纽约和迈阿密汇集过来。与此同时，我也不停地用电话联系着阿尔凯诺的工人们，想从他们口中挤出最后一点消息，以便找到他依然流散在外面的现金。卡萨尔斯和佩雷斯两个人轮番给我打过电话来，询问有关现金收集的事宜。

"你能到肯尼迪国际机场去见我的一个伙计吗？把你手头的东西转交给他。"我问卡萨尔斯。

"可以，"他说。"阿尔瓦罗跟我在一起，他想跟你说两句。"

"鲍勃先生，我手里有58 000美元要交给你。在新泽西州我曾从阿尔贝托那里拿到70 000美元，但其中有12 000美元是我自己的。我已经尽力了。"

"我相信你，"我鼓励他道。"因为乔要到坦帕这里来参加我的婚礼，我希望你在星期六的晚上将这笔钱交给我在纽约的一个伙计。他会给你打传呼安排转交事宜的。"

随后，奇诺伊打来电话，带来了坏消息。"我们银行的总裁还是希望我留在伦敦参加那个董事会。恐怕我不能去参加你的婚礼了，但是我会派霍华德和哈桑前去，他们会带给你我的礼物——一块独特的波斯仿古地毯，世界上找不到第二块啊。希望它能陪伴你和凯茜走过未来的许多岁月。"

奇诺伊不能来了，但对此我无能为力。他也是迫不得已。不管怎样，美国这边的抓捕行动一结束，英国警方就会在伦敦将他拿下。

我以还给阿尔凯诺的供货商20万美元的欠款为由，引诱玛尔塔到坦帕来。

"我和卢卡斯都能在星期六到坦帕与你会面。"她说。

"好极了。打电话告诉我你们的航班什么时间到达，我将到飞机场迎接你们。"

阿姆布莱切特也打来电话。"我现在在迈阿密的别墅酒店。我不敢确定是否能前去参加你们的婚礼,因为我不得不到田纳西州去接几架新飞机,但是,我衷心地祝愿你和凯茜生活美满幸福。"

这可不行。我们不能缺少他。

"请允许我派我的私人飞机去接你,把你带到这儿来参加我们的婚礼,然后送你到你想去的任何地方,"我提议说。"如果不能同你一起分享这美好的一刻,我和凯茜将会非常失望。"

电话那头没有出声。阿姆布莱切特正在考虑我的建议。

"我非常想同你们一起分享你们的特殊时刻。我先看看事情进展的情况。定下来后再通知你吧。"

这也许是眼下最好的结果了。凯茜可以不断地与他联系。

接下来,演出该开始了。

在因斯布鲁克度假村绿草茵茵的哈斯顿草坪上,一顶硕大的遮阳伞被支了起来,洁白的伞篷在微风中像波浪般轻轻地涌动着。遮阳伞下,一张鲜红的大地毯在草地上蔓延开来,一直通向一个即将堆满哥伦比亚红玫瑰的圣坛。玫瑰花是托帮夫妇送给我们的一份结婚礼物,价值两万美元,它们正在从迈阿密到这里的途中。帐篷周围的草坪边缘,有白色的栅栏,每两个栅栏中间树立着白色的希腊圆柱,圆柱上摆放着一盆盆茂盛的波士顿蕨草,使婚礼现场显得幽静私密。几十幢两层高的公寓楼早已被打扫得一尘不染,正敞开大门准备迎接来自四面八方的客人。每套房间里都备好了种类繁多的葡萄酒,白酒,小吃——一应俱全。这一切的费用都记在政府的账上,更确切地说,应该是出自我们卧底行动赚得的利润。

星期六上午,阿万和比尔格拉米携家人抵达坦帕。卧底特工开着豪华轿车接了他们,将他们送到因斯布鲁克度假村。入住后,两个银行家在那里的一个酒吧碰了面。

"就在我看到那个硕大的婚礼遮阳伞和结婚公告前一秒钟,我还感到紧张呢,"比尔格拉米对阿万说。"说实话,我对鲍勃的直率一直怀有疑虑。现在,我亲眼看到这一切都是千真万确的,我的疑虑终于可以消除了。我过去总是有点紧张。你可能从来不知道，但是现在，我放心了。我完全信任他了。"

"你的担心我一直有所察觉，"阿万父亲一般耐心地说道。"那对我来说，从来不是问题。你该把心放进肚子里了，老弟。"

他们为了即将到来的美好时光举杯庆贺。

伊恩·霍华德和斯波特·哈桑拖着奇诺伊送给我们的那块价值 4 万美元的波斯仿古地毯，风尘仆仆地从巴黎赶来了。同时，阿夫塔卜·侯赛因也从巴拿马飞过来了。这三个人都没有带家眷，很显然，他们想到这里来寻欢作乐。特工们扮作我们的朋友，将霍华德、哈桑和侯赛因直接送到一个海湾度假胜地，让他们在那里享受美丽的海滨沙滩，乘坐刺激的快艇，品尝当地猫头鹰餐厅①的特色菜肴。

华金·卡萨尔斯带着他的女朋友从纽约飞抵坦帕，穆拉和他的家人也从哥伦比亚过来了。稍后，还将有其他的客人陆续到达，但是，举行池畔鸡尾酒会的时间到了。在水池四周的岸边，布满了各色各样、供给丰富的海鲜自助排挡。因斯布鲁克度假村的工作人员头戴白色的厨师帽，身穿得体的夹克衫，为我们奉上加工精致的各色肉食，同时，服务生像蜜蜂一样忙碌地穿梭于人群之中。一些客人散坐在池边的小圆桌前，而其他的客人则将数张安乐椅拖到一起，享受着亲密交谈的乐趣。空气中弥漫着弦乐四重奏轻柔的乐曲声，穆拉的孩子们在水池中玩耍嬉戏。

大约五十名特工参加了这个鸡尾酒会，装扮成我们的亲朋好友。每名特工都分属不同的逮捕和审讯小组，准备在当晚晚些时候突然采取行动。其中大多数特工以前从没执行过卧底任务，所以他们常常聚成一堆，将那些抓捕目标冷落在一边。然而，在熙熙攘攘的人群中，可以看到多米尼克和为他伴宴的一个女孩的身影，还有弗兰基和他的妻子，以及埃里克和盖尔·威尔曼夫妇，他们惟妙惟肖地扮演着自己的角色，游刃有余地与周围的人们寒暄着。

---

① 美国猫头鹰餐厅（Hooters Restaurant）是全球知名连锁西餐品牌。自 1983 年在美国佛罗里达诞生后，向来以美食美酒和活力四射的餐厅拉拉队队员而闻名全世界。今天，在全球已拥有超过 500 家连锁店。——译者注

我和凯茜穿梭在人群中，偶尔坐下来装作与几个独自坐着的特工寒暄，向他们秘密地指认着抓捕对象。"从我肩膀望过去，在水池对面，站在桌旁的那个穿着红色套头衫的绅士是华金·卡萨尔斯——人们通常叫他乔。他曾在海军服过役，是阿尔凯诺的保镖，也为他分销毒品。在纽约，他的身上常常带着枪，但是他是坐飞机来的，所以不大可能再配备武器了。人们普遍认为他的动手能力比较强。"

同时，我和凯茜尽可能抽出更多的时间来陪那些抓捕对象和他们的家人，让他们感到轻松自在，解除他们的警惕。

阿姆布莱切特应该已经到了吧，我这样想着，不断地将目光扫向人群。

"阿姆布莱切特真的很喜欢你，"在与几个特工站在一起聊天时，我对凯茜说。"你试着打电话到迈阿密的别墅公寓，看能不能找到他。如果他接了电话，你尽可能地拖住他，时间越长越好。史蒂夫会陪你一起给他打电话。一旦你联系上他，史蒂夫就会指示一个抓捕小组立即赶往他住的那家酒店，这样，阿姆布莱切特就会成为第一个被逮捕的人。大约半个小时后，我们就得动身前往单身汉派对了。"

"凯茜，你好吗？你这个漂亮的小淘气！"阿姆布莱切特在电话里热情地说。

"你才是淘气鬼，你在你不应该呆的地方啊！"她回答道。

他正计划着第二天一大早赶过来——但那将太迟了。凯茜在电话里与他周旋了将近半个小时。他一放下电话，特工们就闯进了公寓酒店他住的房间，他乖乖地束手就擒。

宴会接近尾声时，弗兰基向所有的抓捕对象宣布："今晚我们要为鲍勃举行一个小型的单身汉派对。大约半个小时后，鲍勃想与我一起去机场接我妈妈。在途中，我会假装接个电话，然后告诉鲍勃我刚刚得到消息，飞机晚点了。接下来我会把他带到麦克白俱乐部，谎称是为了消磨那一小段时间。麦克白俱乐部就位于坦帕市中心的外汇银行大楼的顶楼。到那时，我希望诸位已在那里等候我们。我已安排好大批车辆接送大家。你们将几个人同乘一辆车，分享旅途的愉快。大约十分钟后，汽车就会在外面排起长队了。"

所有的人都上了钩。

"我现在就得马上离开，所以没有时间自己去处理了，"走之前，我对威尔曼说。"这是我房间的钥匙。在壁橱里堆着一些我收到的礼物。能否请你将它们先放到你的车里，等你准备离开这里时，给我打电话。我们到这个度假村南边的某个地方见面吧，然后我再将它们转移到我汽车的行李箱里。"

"当然，没问题。"他说。

接着，我给库克打了个电话。"你知道，我极力反对我们的老板筹划举行这样一场喧闹的新闻发布会。他们想让这些人大大地出丑，这样做很欠考虑。我想让你帮忙控制住局面。我收到了许多结婚礼物，我已经把其中的一半都收集到一起了。几天后，我要把它们作为诉讼证据上缴。余下的礼物和结婚礼服我暂时还没有找到。请你帮忙把他们藏起来，一直到新闻发布会结束好吗？"

"我理解，"库克说。"他们这种做法也让我感到恶心。相信我，接下来的几天里，没有一个人能找到那些东西。"

与此同时，在水池边，以卡萨尔斯为首的一群人冲向了那些正在等待他们的汽车。两三个特工陪他一起上了其中的一辆，然后飞驰而去。其他的每辆汽车开车的时间都与上一辆错开几分钟，这样，在下一辆车到达之前，对每个罪犯实施抓捕时造成的混乱早已经平息了下来。

半个小时后，卡萨尔斯乘坐的那辆豪华轿车缓缓驶进外汇银行大楼一层的停车场，刚好停在一组电梯附近。"欢迎来到麦克白俱乐部，先生们。"身着晚礼服的领班毕恭毕敬地迎候他们——他叫麦克·鲍威尔斯，是毒品管制局驻坦帕办事处的主管特工，空手道黑带高手，曾在军队里服役多年，后来又在中央情报局任职，丰富的经历和敏捷的身手让他能从容地处理好一切。

走进电梯，鲍威尔斯用自己的身体遮挡着电梯楼层的按钮盘，用力按下了 3 层的按钮而不是 26 层。电梯的大门打开时，卡萨尔斯径直地走进了我们的伏击圈。埋伏在电梯两边的武装特工一下子将他用力压在地上，高叫着，"**警察**！趴在地上不许动。把手放到身体两侧。你被捕了。"

"请你们给我帮个忙好吗？"卡萨尔斯说，他的双手已经被铐上了手铐，一脸茫然地站在那里。"给我的女朋友打个电话，告诉她，我不能去参加婚礼了，让她代我向鲍勃表达最美好的祝福。"

即使到了那一刻，他还没有怀疑到我。

载着侯赛因的汽车也抵达了。当特工们逮捕他的时候，他居然大笑起来。

"我以前也参加过这样的单身派对，女士们都化妆成警察，扮成要拘捕你的样子。可女士们在哪？"

"这一定是次愉快的经历，"穆拉说，不停地搓着双手。与他一起坐在车里的还有艾米尔和另外一个特工。"告诉我，埃米利奥，今晚我是不是能尽情地找女人了？"

"我可以向你保证，今晚你一定能玩得非常尽兴，享受你从来没有享受过的刺激。"

"穆塞拉也已经被抓起来了吗？"特工将他逮捕之后，他问道。

"是的。"他得到这样的回答。

"我没什么可说的。"他咕哝着说，眼睛直勾勾地盯住地面。

这下他真是无处可逃了。

一辆接一辆的汽车把罪犯们送了过来，一幕幕抓捕的场景在不断地重演。特工们也为阿万、霍华德和哈桑带上了手铐，将他们分别押上他们过来时乘坐的林肯"城市"豪华轿车。所有的汽车最后都开到海关办事处的停车场，在那里，负责抓捕的特工押着那些人从 NBC 新闻炫目的闪光灯下大踏步地走过。然后，他们离开那里，前去办理诉讼手续。

就在我即将动身去机场接玛尔塔和卢卡斯的时候，在这个乡村俱乐部里发生了一场争执。蒂施勒想让凯茜在最后的时刻将所有的妻子们都集中在一起，举行一个新娘送礼会①，但凯茜拒绝了。凯茜得到消息，知道海

---

① 新娘送礼会（wedding shower）：在新人结婚以前为即将成为家庭主妇的准新娘而举行的派对，来宾都会给准新娘送上礼物和祝福，礼物大多是厨房、浴室和卧室的用品和用具。——译者注

关已经串通 NBC，将秘密地对那个派对进行录像。凯茜一点也不想为难那些妻子们，即使他们诱惑她说，要让她上电视，让全国的观众都听到她的声音、看到她的样子，她也丝毫不感兴趣。

库克想出了一个替她开脱的办法。因为凯茜认识玛尔塔，所以她可以陪我一起去机场。让她而不是一张生面孔做我的助手当然再好不过了。在这件事上，他大显身手，安排了一个合情合理的理由让事情发生了改变，但是，为了取消蒂施勒情有独钟的那场公开宣传，他还是承受了巨大的压力。

我和凯茜在一家饭店的停车场会了面，她跳上我的车。来到机场，她仔细辨认着玛尔塔，而我则给格洛丽亚·阿尔凯诺打了最后一个电话。

"我在加利福尼亚的一个朋友有一些支票可以寄给罗伯托的律师，"我告诉格洛丽亚。"我把他的电话号码告诉你吧。"

"我希望你能知道，我是多么的失望，"我正要挂断电话，她阻止我说。"明天你和凯茜结婚时，我不能到场与你们在一起。我爱你们两个，对于你们给予我们的帮助，我真是感激不尽。"

我深深地吸了一口气。"我完全理解。非常、非常感谢你。"

她不属于这个残酷的世界。但愿他们能有一些亲属收留他们的两个女儿——罗伯托和格洛丽亚·阿尔凯诺夫妇将在铁窗后面度过相当长的一段时间。不出一个小时，特工就会给她戴上手铐，将她带走，那时她将意识到这一切都是一场骗局。

凯茜找到了玛尔塔，当我们正一起等待卢卡斯时，他打过电话来说，他不能来坦帕了，但是他已派他的内弟兼得力助手莫诺代他前来，三十分钟后，他将乘飞机抵达。有点遗憾，但是，能抓到毒品供货集团的两个成员，总比一个都没抓到要强。莫诺到达后，我们几个人都坐进我的汽车，开往市里的卧底房子。

"这是 175 000 美元，"我边说边取出一个帆布行李袋，里面装满 5 000 美元一捆的现金。"你曾发给罗伯托 35 公斤海洛因，他共欠你 420 000 美元，这是第一笔还款，"我拿出我的伪造驾驶证。"我想只有当我看到像我的驾驶证这样的东西，我才能知道你是谁，因为我不能只听你嘴上说'我是佩德罗'。"

莫诺也拿出他的驾驶证，然后开了一张收据，并且签收了那175 000美元。玛尔塔也做了同样的事情。一个卧底特工扮作我的工人，过来开车将他们送到一家宾馆。他们的车刚刚开出两个街区，一组持枪荷弹的抓捕人员就将他们两个一举拿下。

在此之前，在欧洲，凌晨时分，搜捕队从天而降，突然袭击了国际商业信贷银行的伦敦分行和巴黎分行，以及卡普空公司，拖走了几卡车的金融档案，其中就有诺列加被藏匿财产的线索。

第二天，卡车还将开到国际商业信贷银行坦帕分行和迈阿密分行，从那里拉走一箱箱的银行档案，从中将会追踪到更多世界范围的洗钱活动线索。

一切都结束了。

我以鲍勃·穆塞拉的身份做卧底的最后行动终于结束了。我的心中被一种奇怪的混合情绪充盈着：如释重负、焦虑担心、懊悔内疚。我们都安然无恙地走到了最后，几乎毫发未损。我们已经收集到了有力的证据，完全能证明某些金融机构与贩毒集团相互勾结，同流合污。但是，没有人能说清接下来他们将会采取什么样的行动，而我们也马上面临着数年艰苦的法律交锋。同时，我们也对被抓捕罪犯留下的无辜的妻子和孩子们造成了终生都难以抚平的痛苦——更不用说我们强加于我们自己的配偶和孩子们身上的痛苦了。

我一点都高兴不起来。

"一切都结束了，"回家的路上，我在电话里对伊芙说。"我只是想让你知道，我很安全，只要可能，我就会尽快回家。时间已经很晚了，我不想让你睡不着觉为我担心。"

接着，我给史蒂夫·库克打了电话："任务完成了，老兄。我的头疼得要裂开，我感到筋疲力尽。我要回家了。"

"祝贺你，"他说。"你做得很了不起。好像已经有几个家伙开始开口啦。"

"太好了，"我有气无力地说。"明天我再向你报到。"

我开车回到家中，一头瘫倒在床上。

第二天早上大约八点钟，当我依然在熟睡中的时候，埃里克·威尔曼和盖尔·威尔曼叔侄二人在金融咨询公司和塔米珠宝店见到了他们的员工，其中很多都带着他们的配偶。许多人的腋下夹着包装精美的礼物。他们来到办公大楼门外，登上了一辆大巴车，准备前往结婚典礼现场。至少他们当时是那样认为的。

大巴车刚要启动，威尔曼站了起来。"我想发表一个公告。我有件事要告诉大家，这件事我已经隐瞒两年了。"

他将我几天前交给他的一盘磁带塞进了录音机里，按下了按钮。

"在此之前，埃里克可能已经告诉你们，我不是真正的鲍勃·穆塞拉，那个投资顾问，我还有另外一个名字。我是美国海关调查处的一名特工。我不得不承认，我感到十分尴尬，因为我没有诚实地告诉你们我的真实情况：我是谁以及我是干什么的。但愿你们能发自内心地原谅我的欺骗行为，并且理解为这次行动保守秘密和保证卧底特工安全的必要性。能够遇到你们大家，我感到如此幸运，我希望，有一天我能回到你们中间，再次向你们每一个人当面道谢。正是因为你们，以及威尔曼叔侄，还有许多其他勇于献身的市民无所畏惧的支持，我们的行动才得以成功。"

随后，威尔曼宣布，他们乘坐的大巴将开往一个饭店，他们将在那里举行一场特殊的早宴，届时，他愿意回答他们提出的任何问题。这个公告让大家十分震惊。他们一直以为我是一个令人愉快的人，可能参与了某些不光彩的交易——但没成想我是个卧底特工。随着时间的推移，再加上全国的广播、电视都在向全世界大肆宣传这个案子，越来越多的真相将逐渐被大家所了解。只有两个雇员的丈夫因为他们的妻子曾经暴露在危险分子面前而表达了他们的愤怒之意。这种愤怒实际上来自于一种恐惧，而这样的恐惧是我们这些特工在每一天都要亲身体验的。

我足足睡了十六个小时。当我醒来时——好像从一场两年长的噩梦中醒来——库克简明扼要地把前一天晚上发生的事情向我做了介绍。凌晨两点，当托帮抵达因斯布鲁克度假村时，蹲守在一间警戒棚里的特工立即逮捕了他。阿尔瓦罗·佩雷斯在纽约落网，而纳西尔·奇诺伊、扎奥丁·阿克巴和阿西夫·巴克扎则相继在伦敦落网。特工们还抓到了佩德罗·沙利亚，他是唐·切倍安排在纽约的头号人物，当时他正试图焚毁一些记录，那些记录后来证实了他们曾将数万吨可卡因运至美国境内，并且清洗过数不清的贩毒黑钱。

在被指控的 85 人中，我们已经拘留了绝大部分，但迈阿密的特工搜遍了所有能找到的地方，却不见萨瓦拉的踪影。

"发生了什么事？"我问马特·阿特瑞。

"我们怎么也找不到他，"他说。"我们昨天晚上偷袭了他的家，但他不在那儿。"

我想出了一个主意。

"鲍勃，祝贺你，"我给他打了传呼后几分钟，萨瓦拉打过电话来对我说。

他是在挖苦我吗？

"祝贺我什么？"

"当然是你们的婚礼啦！很抱歉我没去成。我遇到了一些麻烦。特工昨晚到我家里来找过我。"

我刚刚还在想，鲍勃·穆塞拉已经死了，这时候，他又突然复活了。

"图托，难道你还没有听说？"我说，迅速进入了我的角色。"那些'丑陋的人'昨晚也到那个乡村俱乐部去了。他们把乔抓走了。我一得到消息，就赶紧离开了那里。我不知道他们是否也在找我，但我不想存有任何侥幸心理。我把凯茜留在了坦帕，我要暂时离开这个国家，直到弄清楚到底发生了什么事。你能帮我吗？我正要动身去坦帕机场。我要搭乘下一架航班去迈阿密。一个半小时后，你能在美国航空公司行李认领处接我一下吗？"

"当然可以，"他说，信以为真。"我会到那儿等你。"

"如果你派一组特工，穿上便服，一个半小时后到迈阿密机场美国航空公司行李认领处，"我告诉阿特瑞。"你将会在那儿找到正在等我的萨瓦拉。"

"你能向我描述一下他的长相吗?"

"如果你错过了这个家伙,你真该回到警察学院去。他是古巴人,五十岁上下,大约五英尺十英寸高,膀大腰圆,花白头发。他的脖子上戴着一个超大的金项链,上面刻着他的名字'图托',而且他的右眼永远歪向右面。"

"我们抓到他了。"一个半小时后,阿特瑞在电话里告诉我。

快到傍晚的时候,我和伊芙把全家人召集在一起开了个会,我再次感觉筋疲力尽。一直以来,我们都告诫孩子们要注意安全,他们只知道我的工作需要特别小心,现在,该对他们说出具体实情了。我们全家都要对周围任何异常的事情加倍小心。十几岁的孩子们往往口无遮拦,但我的孩子们没有向外人透露过一个字。

晚饭后,我又昏昏入睡了。

第二天,我一觉醒来,发现家里只剩下我一个人。伊芙去上班了,孩子们也都上学去了。在厨房里,伊芙给我留下一张详细的清单,上面列举着所有需要维修的内容:房子、院子、汽车,等等,许多都是坏了将近两年,却一直没有维修的。我不能因此责备她,她在太长的时间里独自承担着一切——而且她做得很出色。

不幸的是,这个案子的起诉工作才刚刚开始。这个世界上最有影响力的贩毒集团,以及这家资产达到200亿美元的银行绝对不会轻易束手就擒。他们将把他们所有的炮管装满弹药,时刻准备袭击我们。1 200盘录音带等着我们整理成文字材料,辩护律师将提出没完没了的解除起诉动议,我们可能还要为此忙上好几年。我不忍心告诉她这些。她自己很快就将意识到。

我要做的第一件事就是彻底地改变容貌。为了摆脱掉罗伯特·穆塞拉这个形象,我剪短了头发,剃光了胡子,而且——即使我的视力仍然好得不能再好——买了一副平光眼睛,戴在了脸上。伊芙在孩子们放学之前回到了家中。我们正坐在沙发上聊天,孩子们走了进来,看了看我们,说了声"嗨,妈妈",然后就径直走进他们自己的房间。他们完全忽略了我的存在，这是对我这两年来经常不在他们身边的严厉惩罚。伊芙向孩子们核查这件事时，孩子们回答说，他们以为他们的妈妈希望他们呆在自己的房间里，直到那位来访的客人离开。

他们根本没有认出他们自己的父亲。

第二天，海关关长冯·拉布在出席一个国际新闻发布会前不久，将坦帕全体人员召集到他的宾馆套房。NBC、CBS①、ABC②以及国外的一些新闻广播公司每天都在各地宣扬这个案子。冯·拉布的个子不高，我见过的人中，比我的个子还要矮小的为数不多，他是其中之一。他坐在一张餐椅里，两腿架在桌子上，整个房间里充盈着他的自负与高傲。

他首先感谢我们出色地完成了任务，然后扭头问我，"在与那些人打交道的卧底过程中，你了解到什么新消息吗？"

"是的，先生，我可以告诉你的是，欧洲最好要做好应对大批可卡因入境的准备。如果卡特尔能将他们的毒品卖到那里，将享受到双倍的利润，所以他们正处心积虑安排如何充分利用这个市场。"

会议结束前，有人问我，是否知道那些结婚礼物在哪里。

"我不知道，"我撒了谎。"过去的两天里我一直在家里睡觉，没有到过办公室。"

在那个新闻发布会上，冯·拉布披露说，麦德林卡特尔已经将欧洲确定为新的贩毒前沿阵地。

在我刚开始执行卧底任务的时候，坦帕办事处只有 18 名特工，但是，现在，这个数字已经增大到超过 60 名。有许多我不认识的面孔，而我认识的人又认不出我来了——因为我在外貌上所做的改变。我简单地调查了一下，发现在我卧底期间送回来交给我的处理员的那些证据大部分还躺在档案柜的抽屉里睡大觉。录音磁带还没有被复制，也还没有被整理成文字材料。坦帕办事处分派到这个案子的几个特工每天都在加班加点地工作，

---

① 美国哥伦比亚广播公司：Columbia Broadcasting System。——译者注
② 美国广播公司：American Broadcasting Company。——译者注

有时候甚至熬通宵，但仍然有太多的工作还没有完成。

我返回岗位后的第一件工作，就是追查多米尼克那个十字架的下落。在任何可查的文字材料里都找不到它的踪迹，这让我十分着急。如果它被丢失，谁会同意拨出 25 000 美元来弥补这个损失？我打电话给洛杉矶，查看从阿尔凯诺的帕萨迪纳家中没收财物的清单。上面没有关于那个十字架的记录。但是清单上登记着一个有着佩斯利螺旋花纹图案的小珠宝盒，是在他的床边搜查到的。那一定就是它。

"我本不想麻烦你，"我对洛杉矶海关的没收物品管理员说。"但是，你能帮忙从阿尔凯诺被没收的物品中找出一样东西吗？它被登记为一个有着佩斯利花纹图案的小珠宝盒。能麻烦你打开它，看看里面装着什么吗？"

"好的，伙计，等一等……真奇怪。盒子里有一个镶满钻石的十字架。一定是有人搞错了。本应该把它登记在物品清单上。它可能会让我们发笔大财。它看上去可是价值连城啊。"

我对他解释了关于这个十字架的故事，并用传真机给他发了一份与多米尼克一起签署的那份协议书的复印件。终于，那个十字架回到了我的手中。

一个傍晚，我来到多米尼克的俱乐部。"给你，"我说，将十字架递给他。"感谢你为我做的一切。我本不想用这些过于正式的形式来打扰你，但这是一份收据。我们的办事处喜欢看到你已经拿回这个十字架的书面证据。"

"没问题，"他说，在收据上签了字。"很高兴我能帮点忙。我告诉过你，我知道你会尽力替我辩护的。我永远也不会忘记你为我所做的这些。因为有了你的帮助，我现在才可以与我的孩子们尽情玩耍，而不是在牢里把屁股坐烂。我在电视上已经看到了，你真的拔掉了几个大钉子呢。我敢肯定，你这颗新星一定会冉冉升起的。"

"我倒是怀疑我这颗新星哪也去不了。我的生活不会因此有什么改变，这你是知道的。接下来我们要投入到捍卫我们自己身家性命的战斗中。这些家伙和这家银行几乎拥有世界上所有的钱。他们将不惜血本聘请最好的律师，只要金钱能够收买得到。我还会在这件案子上忙上一段时间，不过，如果你需要我帮忙，一定给我打电话。你和弗兰基在这次行动中为我们所做的一切对我们的成功起到了非常重要的作用。我真心感谢你们。"

几天后，我将车停在坦帕海关办事处和其他几个私人公司共同办公的大楼门前。街道上到处是闪烁着警灯的救火车和警车。

"到底发生了什么事？"我问海关办事处的几个同事。

"他们在我们办事处所在的那层楼上找到了一颗炸弹。现在，坦帕警察局的防爆小组正在拆除它。"

他们最终还是找来了。或许这是一出恶作剧，或许是一个警告，其实，无论是什么，对我来说都无关紧要。我能感觉到他们的威胁。埃斯科瓦尔开始报复我们了。在哥伦比亚，无数警察和无辜百姓的尸体被他的炸弹炸飞。他曾大肆向美国输出可卡因，现在又将恐怖输送到这里。

那天夜里，我不断做着噩梦。第二天早上，我的女儿正在房前的院子里骑自行车，这时，一辆白色挂斗货车停在了我们的房前。货车的门缓缓地打开，露出一把枪的黑漆漆的枪口。我尖叫着奔出房门，"不！不！"我纵身扑向女儿，这时一个蒙面的枪手朝我们开了枪，然后——

我使劲扭曲着身体，猛然醒了过来，发现自己直挺挺地躺在床上，汗水将衣服都浸透了。原来是一场梦。我的心还在"怦怦地"跳个不停。就像真的发生了一样。原来只是一场梦。

别这样，马祖尔，你必须振作起来。

即使有十几台信息转换器帮忙，将这些录音带整理成文字材料、再校对这些文字材料也将花上一年多的时间。当我正在拼命地埋头于这份极其艰巨的工作时，数十辆采访车和新闻记者云集到坦帕市，他们参加每一场听证会，极尽所能挖掘着每一个线索，试图宣扬我们这次行动在全世界范围造成的轰动效应。他们提的最多的问题就是：谁是罗伯特·穆塞拉？——这是我们打算保守至少几个月的秘密。

有一天，我的电话突然响了起来。

"鲍勃，刚刚发生了一件奇怪的事情，我想你应该知道，"国税局的特工戴夫·伯里斯对我说，他正负责他们办事处与我们办事处的合作办案。

"我们办事处的一个人刚刚做了点愚蠢的事情。市里的一个辩护律师在与他通电话时，问他是谁扮演了穆塞拉这个卧底角色。这个笨蛋居然告诉他，那个人就是你。我们都惊呆了。他已经被遣送回家。我们的老板想开除他。我不知该怎样表达我的歉意。我知道，你和伊芙承受的压力已经很大。很遗憾我没有回天之术，不能改变那个笨蛋的混账行径。如果我能做点什么来帮你解决这个问题，一定告诉我。我一定会去做。"

"这太可怕了，"当我反应过来他在说什么时，我说道。"这与那个炸弹恐吓接踵而来，使情况变得更糟。我的妻子和孩子最不想看到的就是遍布大街上的采访车和新闻记者。他们制造出来的故事只会让卡特尔和那家银行准确地了解到，他们在哪里可以找到我这个政府的一号证人……我必须尽快赶在他们前面采取行动，重新安置我的家人。我要尽快提出一个方案，看看它是否能争取到我们办事处的支持。谢谢你及时打电话通知我。"

"这正是我想要做的事情，"我告诉托尼·威达——华盛顿海关卧底行动队的队长。"几个月前，你向我开了绿灯，准许我开始创建另一个假身份，就是怕这个行动结束后，我们的人身会受到威胁。我已经将新的身份准备齐全。我准备好了驾驶证、出生证明、银行账户、信用卡，以及我需要的一切。我想把我所有的财产放进储藏库，将房子登广告出售，然后带着全家去租房子住。我想先与你商量一下这件事，因为我需要得到坦帕这里的支持。我与总部的人不太熟。"

"我听懂你的意思了，"他说。"你与史蒂夫·库克谈过之后，让他给我打电话。"

又该开个家庭会议了。伊芙非常愤怒，她认为国税局原本就应该派一个安全小组看住那个泄密的特工。当她的愤怒渐渐平息下来时，我们都一致认为，我们别无选择。

三天后，我们把家里的东西打好包，将所有的东西都放进了储藏库。我们将委任书交给一个律师，张贴了出售房子的广告。我们搬进一家宾馆住了两天，然后飞到了巴哈马群岛的伊鲁萨拉岛——那里没有电话，也没有电视，我们只是尽情享受着难得的家庭欢聚时光。

一周之后，我们回到坦帕，在一个亲戚家住了两周。在这段时间里，我们安全计划的其他几个方面也一步步地落实了。孩子们就读学校的主管将他们的学籍记录密封起来，并向分管每个学校的副治安官简要说明了情况。在伊芙执教的那所学校，管理员每天在学生们到校后，将学校所有的侧门都关得紧紧的，校方领导也将她所有的人事档案密封起来。

我用新的身份在另一个地区租了一套配有良好安全系统的房子。我们几乎切断了与亲属和朋友们的联系，即使偶尔联系，也只是使用一部手机。一位从事汽车生意的朋友为我们的汽车贴上了售卖的标签。这就是我们所能做到的一切。

我们不可能完全地销声匿迹。我希望增加我家人的安全性，而不是吓坏他们。在截断能够找到我们的所有书面记录的过程中，我在偶尔翻阅电话号码簿时发现，在这个城市里还有另外一个叫罗伯特·马祖尔的人。办事处向他说明了情况，告诉他说，在他家的门口可能会随时发生可怕的巧合。

差不多一个月后，一切才变得渐渐令人满意。正当我们的生活终于恢复平静的时候，一张熟悉的面孔突然出现在我的面前。他是阿尔·亨里，派驻坦帕的一名毒品管制局特工，在这次行动中曾与我们并肩战斗过。但是，阿尔的脸上并没有挂着我所熟悉的微笑。他看起来忧心忡忡。

"我不知该从哪儿说起，"他说。"我刚刚问讯过华金·卡萨尔斯。昨天夜里，他偷听到阿姆布莱切特和其他几个被告的谈话。他们声称，有一个'暗杀小组'已经从哥伦比亚出发，将穿越墨西哥进入美国境内，他们此行唯一的目的就是到这里取你的人头。据说，他们悬赏 50 万美元让这些人完成这项任务。当然，也许这只是一个巧合，与你无关，但是最近，国家安全局在监听麦德林集团一个职位非常高的成员的电话时，截获到了一些信息。截获的这些信息表明，的确有一个'暗杀小组'从哥伦比亚被派出来，通过墨西哥入境，来取某些政府官员的首级。我不知该说什么，但是我想应该立即让你知道这件事，这样，也许你能采取任何你认为正确的办法来处理这件事。"

"这我早就预料到了，"我说。然而，接下来发生的事情是我根本无法预料到的。

二十一、风云再起

佛罗里达州，坦帕市，美国海关办事处

1988 年 11 月 18 日

亨里也将这个消息告诉了蒂施勒。

一个小时后，她打电话找到我。"马祖尔，我刚刚与阿尔·亨里谈过话。我知道他已经告诉你关于那个'暗杀小组'的事情了。我们将派几个特工去保护你，直到我们弄清楚是怎么回事。史蒂夫·库克会与你商量具体事宜。我只是想让你知道，我们会非常严肃地对待这件事，并且，我们将尽一切可能保证你和其他卧底特工的安全。"

我没说什么。与蒂施勒说话说得越少越好。

"蒂施勒对毒品管制局大为恼火，"库克一见到我就说。"她很不高兴他们越过她先找你谈了那个'暗杀小组'的事。她决定，我们将派一个全副武装的四人保护小组，连续二十四小时保护你。我们将安排两组人员轮流值班，每一组坚持十二个小时。"

"你不是在开玩笑吧？"我惊愕地说。

"这是她的主意。除此之外，她还为她自己安排了一个保护小组。"

她当然会那样做。

"难道在这件事上我没有任何说话的份儿吗？"我说。"那样做没有任何意义。你我都知道，我们这里的人手本来就不够，不可能长时间地安排那么多人做这件事。让这样一个保护小组整天拖着机关枪在我的家中出出进进，唯一能达到的目的就是把我的家人吓得屁滚尿流。之后会怎样？四个月后，某个蠢货就会说，他们已经调查了那个'暗杀小组'的事情，现在还不能肯定或者否定威胁是否真的存在，所以那个保护小组先暂时撤回。我绝对不能同意这样的做法。我已经花了半年的时间，好不容易让我的新身份逐渐被认可，现在，任何人都难以找到我们。在名义上，罗伯特·马祖尔这个人在商用数据库里已经不复存在。我必须要对我自己和我的家人的安全负责，我现在就可以告诉你，保护工作我自己已经做好了。我不能允许再在我孩子们的心灵上留下创伤。我拒绝接受那个保护小组。"

"马祖尔，我认为你别无选择，"库克说，眉毛扬了起来。

"哦，真的吗，史蒂夫？我知道有一个办法可以让我自由选择。"我一把扯下绑在脚踝上的装有我的史密斯—威森38式左轮手枪的皮套，连同我的徽章一起扔在了他的桌上。"如果你是在告诉我，因为我是一个受雇于这个办事处的联邦特工，所以在这件事上我别无选择，那么，我辞职。现在，我只是一个普通百姓，你们办事处不能再对我发号施令啦！"

"别这样，你知道，你不想那样做。把你的东西收回去。如果你实在接受不了，可以写一份备忘录，将你的想法解释清楚，我会帮你把它交给蒂施勒，看看我们能否想出其他的什么办法。"

"在这些审判结束之前，我还不想辞职，我不想把这个案子弄得乱七八糟，"我说。"一个小时后，我就会把备忘录交给你。"

伊芙完全赞同我的意见——我们不需要什么保护小组。但蒂施勒还是试图说服她改变看法。

"嗨，伊芙琳，我是邦妮·蒂施勒，负责坦帕海关的特工。你好吗？"

"很好，邦妮。我能为你做点什么？"

"我想鲍勃已经告诉你了，我们得到消息，鲍勃的处境很危险。鉴于此，我们已经安排好为你们派去一个保护小组，我认为接受这个安排对你们很重要。我建议你与他谈谈，让他重新考虑一下他的处境。我们必须非常认真地对待这件事。"

"鲍勃和我已经商量过这件事了，我们绝对不能允许海关继续对我的孩子们造成精神上的伤害。从鲍勃从事特工这个职业以来，尤其是在刚刚过去的这两年里，我一直非常努力地让我的孩子们尽可能过正常的生活。自打这个案子开始以来，海关没有任何人给我打过电话，你是第一个。在过去的两年里，我和孩子们在你们的眼里好像根本不存在，可现在，你们突然冒出来，说什么要为我们提供帮助。半年前你们在哪里？一个月前你们又在哪里？没有人过来看过我们，也没有人打电话问问我们过得如何，有什么需要没有。没有一个人打过电话。所以，你，或者其他任何人都没有资格来教训我，告诉我应该如何安排我和孩子们的生活。"

"那么，如果鲍勃执意不听从我的命令，"蒂施勒仍然穷追不舍。"他就不可能再在我们这个办事处工作了。为了他的安全起见，我将把他调到华盛顿，或者，也可能是北达科他州的彭比纳①。"

"噢，拜托了！"伊芙狂怒地大笑起来。"你根本就不关心他的安全。你可以随便用什么调离工作来威胁我们，但是你所做的任何事情都不可能再伤害到我们。我们已经到地狱走过一趟了。我们不稀罕海关的这份工作。没有它，我们会过得很好。此时此刻我们的任务就是把我们几乎支离破碎的家重新聚合到一起。我们不会去华盛顿、彭比纳，或者其他任何鬼地方。那是不可能发生的事。我们要自己来决定什么事情对我们有利。海关无权干预我们对自己家庭所做出的任何决定。我们没必要再继续讨论下去了。再见！"

海关区域总监利昂·吉恩——他从始至终一直支持我们的卧底行动——批准了我提交的备忘录，派保护小组来保护我们的计划被迫搁浅了。但是这并没有解决根本问题。于是，我找到一个律师，起草了一份遗嘱，以防不测。

我变得愈加谨小慎微，一点点不合常规的事情都会触发我敏感的防卫机制。一天深夜，我正在餐厅里整理录音材料，电话铃突然响起来。

---

① 彭比纳县（Pembina County）：位于美国北达科他州（North Dakota）的东北角。——译者注

"喂?"

"嗨,"电话里传来一个男人陌生的声音。"你好吗?"

"还好。"

"你是那种会妥协的人吗?"

"你是谁?"

"噢,你不知道吗?"说着,他挂断了电话。我呆呆地坐在那里好久,脑子里不断设想着一切可能的情况。但是,后来,那个声音再也没有打来过电话。

又一个晚上,刚刚把儿子从一个运动会上接回家后,我注意到有辆卡车停在距我们的前门大约 150 码处。那里有一个绿树环绕的池塘,卡车就停在池塘的对岸,车头正对着我们房子的方向。远远望去,可以隐约看到有人坐在驾驶员的座位上。

伊芙熄灭了房间里所有的灯,我拿出我的双筒望远镜,透过百叶窗向外望去。有一个人也正举着他的望远镜向我们房子的这个方向窥视着。

"我要从后门出去,"我说。"我出去后,你们几个马上把门锁好,不要给任何人开门。我带着钥匙。你们就呆在厨房里,不要开灯。"

可想而知,伊芙和孩子们都吓坏了。我告诉他们不要担心,然后抓起我的警徽和柯尔特 357 马格南左轮手枪①冲了出去。

我来到街上,在夜色的掩护下,猫着腰穿过小树林,悄悄来到卡车的后面。卡车的车窗玻璃敞开着,发动机熄着火,一个彪形大汉正坐在司机座位上,眼睛紧紧盯着我们的房子。

我猛然跳上副驾驶的座位,一只手举着我的警徽,一只手握着那把 357 手枪,嘴里高叫着:"我是警察。把手放在方向盘上,让我能看到它们。你是谁?在这里干什么?"他惊得几乎跳起来。

他用手抓住方向盘,结结巴巴地说:"我—我—我只是在观察野生动物。有三只鳄鱼住——住在那个池塘里。我发誓——我只是在研究它们在

---

① 柯尔特(Colt)是美国著名的制枪厂商,它生产的 357 马格南左轮手枪是专供美国司法人员使用的型号。——译者注

晚上有些什么活动。我住在附近，就在县界的那边，离这里大约五英里。"

"这个地区最近有几个窃贼出没，你鬼鬼祟祟的，弄得我和其他几个居住在这里的人很紧张。"

我记录下他的身份证号，然后走回家。我安慰着家人："没什么事。那个人是个好人，他正在观察池塘里的鳄鱼。很抱歉，我的反应过于激烈了。我们吃饭吧。一切正常。我们没什么可担心的。"

第二天，我核对了他的身份证——我差点因一念之差要了一个无辜人的性命。当时，如果他稍微愚蠢地动一下，我一定会毫不犹豫地对他开枪。

我的脑子里到底在想些什么？

那段时间，我忙得团团转。在办公室里，我和我的同事们每天都长时间地坐在桌前整理录音材料，同时，我还要不断地呈送冗长的宣誓陈述书，一方面提交给伦敦，将奇诺伊引渡到美国；另一方面对阿克巴和巴克扎提起公诉。另外，希拉尔多兄弟即将在底特律接受审判，佩德罗·沙利亚也马上在纽约被审判，我必须要准备好出庭作证的证词。

而海关内部审计似乎还嫌我不够忙，不时地将我叫过去，盘问我在C-Chase行动中支出的每一美元的去向。我一周七天、每天十四个小时高强度地工作着，平均每晚只能睡四五个小时。我们急需更多的特工加入我们一起工作，然而，非但人手未能增加，仅有的几个特工还不时地被临时调离该案，去完成其他的任务。我们不断向上面申请，请求派更多的人来整理国际商业信贷银行和卡普空公司被没收的几卡车的档案。我们需要人手从这些档案里寻觅这家银行与其他毒贩之间的联系。为此，库克、我和其他所有在这个案子上忙得焦头烂额的特工们，反反复复地请求增加人手，但恰恰相反，我们现有的人员却在一天天地减少，更加严重不足。我们一再地向总部提交一份份备忘录，详细陈述任务过重、人员缺乏等情况，但始终无济于事。

我的情绪开始变得焦躁不安。一次，在准备参加一个会议前，我将车开到一家自助电脑洗车行去清洗。我摇下车窗玻璃，向机器里投入几枚硬币。我向前挪了挪车，将其停在停车轨道里，然后坐在车里，看着洗车设备朝我的车慢慢滑过来。而这时，我正心猿意马琢磨着即将在坦帕开庭的一个审判。突然，一阵水和清洁剂混合的巨浪朝我打过来。我居然忘记摇上车窗玻璃了。这下可好，我腿上和座位上的水足足有两英尺高。我被弄得狼狈不堪。

结案四个月后的一个星期天，我的电话响起来。

"嗨，鲍勃，"华盛顿的比尔·罗森布拉特说。"我想向你咨询点情况，并和你商量点事儿。你完成了一项伟大的工作。卧底深入到卡特尔和那家银行真的让我们的机构名声大噪。我们正准备投入更多的力量调查一些国际洗钱案件，我希望你能到华盛顿来加入我们，我将在货币部给你安排一个职位。我向你保证，六个月后，我将提升你为 GS-14，两年之内，你将被晋升为 GS-15①。到那时，你将离开华盛顿，我会派你到一个大城市，你可以管理你自己的办事处。我知道，你还要留在坦帕至少半年的时间，处理完那些未决的庭审工作，但我希望首先征得你的同意。在你们这个案子结束时我就想给你打电话，但我想你和家人应该一起度过一段美好的家庭生活，我不想让我的这个建议干扰你们。"

他是真的不知道我们在忙什么，还是试图将我从这个城市调开？

"先生，按计划，我要在五个庭审中作证，"我说。"其中的一个预计要持续六个月。我还有八百多盘录音带没有整理成文字材料，据我推测，这些审讯从现在开始，一直要持续到两年以后才有可能结束。我怀疑，在这些审讯完成之前，坦帕的检察官马克·杰克沃斯基一定不会同意将我调离这里。能否给我一小段时间，让我仔细考虑一下？也许事情并没有我想象的那样悲观。"

"当然可以，你为什么不花上一周的时间来估计一下局势，然后给我回电话？"

真是荒唐。在接下来的两年里，除非我连走路在内的分分秒秒都在做

---

① GS（General Schedule）指美国联邦政府普通职员级别，GS-1 是最低级职，GS-15 是最高级职。——译者注

准备，否则，我根本无法拿出充足的证据来出庭作证。但是，如果我不能出庭作证，我们的对手斥数千万美元巨资聘请的二十多家律师事务所一定会把我生吞活剥，甚至连骨头都不剩一根。"你们机构的头头们都是白痴吗？"当我把罗森布拉特想把我调走的事告诉杰克沃斯基时，他大笑着说。"这是海关有史以来破获的最重要的一个案子，而他们竟然要把我的关键证人弄到华盛顿——居心何在？除非他们想输掉这些案子，否则他们最好放弃那个想法。如果有必要，我要找总检察长向他们摆明事实。"

于是，我向罗森布拉特转达了杰克沃斯基的意思：美国检察官办公室打算对此提出正式抗议。同时我也向罗森布拉特表示，这样的调动将会严重影响这些案件的审理工作。

他当然不喜欢他听到的这些话。"有时候，马祖尔先生，你可能没有任何选择。眼下，我们可以暂时不再讨论这个问题，但如果某一天，这件事再次被提出来，你可能就不会再有选择的余地了，到时你可不要感到奇怪啊。"

为什么我们自己的人执意要我离开坦帕、远离这个案子呢？一定有什么事情发生了。蒂施勒一年前对我说什么来着？——**至于那家银行，你要盯住的是他们的贩毒黑钱交易，别把你的鼻子伸得那么长，他们正在做的其他任何事情都与你无关。**而且，阿万也曾经告诉过我，国际商业信贷银行的联系人和股东们在政界的根基非常之深：他们与布什家族交往甚密，与六七个其他主要的政治家纠缠不清，甚至在世界情报体系中也有他们的心腹。是华盛顿总部担心进一步调查会触及某些政界内幕吗？仅凭他们对诺列加银行档案的第一部分的处理情况，我的上述推测应该是正确的。

英国海关已经搜查了国际商业信贷银行伦敦分行，找到了他们秘密收藏的银行文件档案，上面详细列举了数千万美元的清洗流程，其中就包括诺列加将军秘密操控的那 5 000 万美元的账户信息。正如阿万告诉过我的，他是主要的经手人，而且，就像他曾经为我做的那样，诺列加的大部分现金都是通过伦敦转账到卢森堡的。

伦敦的一个法院将这些银行档案都转给我们，只允许我们作为证据在美国法庭上出示。还没等运送档案到坦帕的飞机引擎冷却下来，一份档案的复印件就传到了远在华盛顿的罗森布拉特手中。一两天之后，NBC的制片人艾拉·西尔弗曼来到罗森布拉特的家中，与他进行了秘密会谈。仅仅不到二十四小时，NBC的新闻记者布赖恩·罗斯在电视上发表了一则特别新闻，不仅涉及诺列加的银行账户档案信息，还当场展示了那些档案的复印件。

司法部的官员们勃然大怒，强烈要求进行调查，追究泄密者，而海关则把责任推到了辩护律师的身上。肯定地说，他们也收到了那些银行档案，一定是他们公开了那些资料。海关唯恐这个理由不能掩人耳目，于是，还含沙射影地说，国税局里也可能有人将它们透露给NBC。当然，当他们声称在海关内部已经进行了调查，没有发现任何泄密的人时，就不足为奇了。

一篇接一篇令人瞠目的新闻报道被公之于众，这让那些被告们人心惶惶，他们倍感压力，尤其是一些毒贩，包括阿尔凯诺，都开始试探着与政府周旋。阿尔凯诺依然守口如瓶，拒不交代任何实质性问题，讯问他的特工们每天实际上都是在听他胡说八道，浪费时间。我向杰克沃斯基提议，由我亲自去见阿尔凯诺，听听他当着我的面会说些什么。杰克沃斯基赞成我的这个办法。

三名特工为珠宝商办理了暂时离狱的手续，给他戴上手铐，将他押送到附近的一家宾馆。

"对不起，"在我到达之前，阿尔凯诺说。"你们有梳子吗？我想让自己看上去精神点。"

我走进去的时候，他冷冷地盯着我，他的目光让我感到彻骨的寒意。我用同样的目光回敬了他。

"拜托了，拜托了，"他说。"你知道，我们是朋友。你知道，你可以信任我。能不能请你们把我的手铐打开？"

"还是公事公办吧。我会尽一切可能帮助你，就像我会帮助处于你这样困境中的所有其他人一样。你可以做一些事情来帮助政府。如果你提供合理的帮助，你就能得到合理的待遇。但现在，你一定要认识到，这已经成为事实。另外，我就是一名特工，我只是在完成我的工作，希望你能接受这一点。还是让我们坐下来谈谈吧。我所了解的事实似乎与你所交代的不大一样。这就是我到这里来的原因。如果我还听不到实话，我就立即从这里走出去，你自己看着办吧。"

"你现在不能离开我，"他说。"求你了。"

"如果你还是胡言乱语，我马上就走。"我反复说着。

但此时已经到了吃午饭的时候——几个廉价的三明治。

"嗯，"我说。"这里可吃不到 palafitta①，但——"

他的眼睛立刻放出光彩。"哦，你还记得吗?"我说。"我永远都忘不了。"

"我是在被捕之后才知道那批货里藏着可卡因的，在那之前，我真的一无所知，"他说，声称迪亚斯因为被没收了好几批可卡因，当时非常担心，所以很不情愿将那些可卡因放进那批凤尾鱼货里。

很明显，纯属一派胡言。装那批货的时候，阿尔凯诺就在现场，而且，他还曾在头一天晚上给我打过电话，在电话里说了一堆他女朋友怀孕的暗语。

阿尔凯诺确实供出哥伦比亚的许多人，但他们是不可能被引渡到美国的。距阿尔凯诺被捕已经过去九个月了，毫无疑问，卡特尔已经通过阿尔凯诺的律师告诉过他，什么他可以说，什么绝对不能说。阿尔凯诺有两个十几岁的女儿，所以他不敢违背卡特尔事先为他准备好的台词。

虽然明知他在撒谎，但准备他的审判将会耗尽非常珍贵的资源，而我们目前根本无法办到。他已准备好接受 15 年的监狱服刑，以及被没收价值数百万美元的财产处罚。如果这就是公诉人希望执行的最终判决，我不会提出任何异议。其他特工在阿尔凯诺今后服刑的十几年里或许能撬开他的嘴。另外，如果他服从判决，格洛丽亚将刑满释放。她已经在监狱里被关了近九个月，身体日渐衰弱。给她一个机会，让她回家与女儿们团聚应该是合情合理的。

没过多久，史蒂夫被撤掉了主管的职务，不再管理我们。他站出来为

---

① 前文提到过的一种意大利食品，是阿尔凯诺最喜欢吃的东西。——译者注

我说话的次数太多了。值得庆幸的是，总部的老板们还允许他继续与我们一起工作，完成与这次行动相关的所有未决的案件。

丹·邓恩被调过来管理我们剩下的五个人。他是一名业务精熟的专业人员，但他同时还兼管着正在从事另外一些案子的其他五名特工。虽然不是尽善尽美，但是邓恩总是不顾一切地为我们争取到更多的支持。不像他的那些上司，他会耐心听取我们的意见，鼓励我两周写一次备忘录，将我们已经完成的工作、需要近期完成的工作以及目前缺少什么样的资源都列在上面。他将这些备忘录亲切地称为"马祖尔的记录"。虽然他没有为我们赢得所有应得的权利，但他一直竭尽所能，恪尽职守。

截止到我第一次公开出庭作证之前——为唐·切倍的得力助手佩德罗·沙利亚提供不利证词——那些被告们基本上都开口交代了，并且认罪伏法，或者正在准备做类似的事情。阿尔凯诺夫妇首先彻底崩溃了，然后是卡萨尔斯、玛尔塔、穆拉、莫诺·仑顿、托帮和萨瓦拉。

但是，我将面临的挑战还很严峻。该去纽约与沙利亚面对面地交锋了。唐·切倍一定会在法庭上安插他的密探，不仅探听消息，还要猎捕——我。

二十二、最后的审判

纽约市，美国地方法院

1989 年 7 月 18 日

在许多人眼中，我的人头可是价格不菲，所以出行到外地作证时，我有必要实施一个人身安全计划。现在，对手们已经知道了我的真实姓名，再继续使用它将会很不安全。而且，我不想随便拿我的新身份去冒险，所以，我又创建了另外一个身份，专门用于因作证而外出旅行。这样，算上我的真实身份，我一共有了三个都能发挥作用的身份。

我首次利用这个旅行身份，是为了前往纽约，参加对佩德罗·沙利亚的审判。唐·切倍掌管着巴勃罗·埃斯科瓦尔毒品王国的一部分，而佩德罗则是唐·切倍的忠实走狗，负责为他们仔细清点送到双子大厦的每一公斤可卡因。

沙利亚有着一副圆滚滚的身材，三十岁上下。他与妻子和年幼的孩子一起居住在长岛①迪斯山方圆一英亩的一处豪华住宅区。他们的房子占地3 500 英尺，每一处都装修得极尽奢华舒适，超出了人们的想象。他是一个训练有素的电子工程师，但同时也为唐·切倍收集和清点数以千万计的

---

① 长岛（Long Island）：位于纽约州东南的岛屿。——译者注

贩毒黑钱——他有一把马格南—詹宁斯357式手枪，配有四个枪管，只有人的手掌大小，但可以在一秒钟之内朝它的攻击目标从四个方向同时开火。

沙利亚经常定期开着他光鲜闪亮的宝马车，在纽约的大街上疾驰而过，到皇后区森林小丘购物中心的停车场与尼尔森·陈会面。在那里，他每次都要交给陈一大帆布袋的现金。在我们假结婚那天，他警觉地嗅出在他家附近有警察埋伏，于是马上跑到他家房子外面，在一个50加仑的大圆桶里燃起了一把大火，然后将一页又一页的贩毒记录撕下扔进熊熊火焰里。特工及时赶来用水将火浇灭。当问他为什么点火时，他居然说，他感觉很冷，点火取暖。然而，没有被他焚毁的那些东西清清楚楚地记录着每一笔贩毒洗黑的详细账目。在仅仅五个月里，他们偷运了6 900公斤的可卡因，并且清洗了9 000万美元的贩毒利润。

沙利亚的犯罪行径彻底败露了。

这些记录不仅详细记载了沙利亚与我做过的每笔交易，而且还表明他与拉米娜公司也有着密切的联系。拉米娜公司也像我那样接收和清洗他们的贩毒黑钱。沙利亚被判处25年监禁。

然而，在审理他的过程中，他的律师反常地问了我百十个与卡特尔有关的问题。我对唐·切倍了解多少？他是谁？其他人对他了解多少？两天里，他没完没了地提出这样的问题。显而易见，唐·切倍现在正如坐针毡——他买通了那个律师。

沙利亚的案子审完后，《坦帕论坛报》的头版登出了一篇由本特利·奥里克撰写的文章。本特利是一位才华横溢的记者，主要从事调查性新闻报道，对新闻有着敏感的嗅觉，而且为人刚正不阿，无人能比。这篇文章成为美国报刊上第一篇头版故事。其实，本特利早在一年前就知道我的名字了。十个月前，当我听说他正要在报纸上发表这篇文章时，我请求他拖延一段时间。本特利身上拥有一些令人尊敬的品质，而这些品质使他欣然同意了我的要求。但作为交换条件，他要求我答应，当我第一次出庭作证时，他要一展身手，对我们大加宣传。我的面具终于被打碎了，但他为我赢得了宝贵的时间。

在伦敦，地方法官主持了预审听证会。在听证会上我提供了不利于扎奥丁·阿克巴和阿西夫·巴克扎的证词，而我的证词充分与否将会决定是否将他们送到高一级的法庭继续接受审判。

反恐小分队派出的四名全副武装的伦敦市警官在希斯罗机场迎接了我。他们开来两辆汽车，我和派驻伦敦大使馆的美国海关专员，由两名警官陪同跳进其中的一辆车里，其余的两名警官则坐进另外一辆车里紧紧尾随着我们。两辆车朝着东北方向的市中心疾驰而去，车上的蓝色警灯频频闪烁，刺耳的警笛声交替划过伦敦的街道。我们被送到我的住所——位于老犹太大街 26 号的伦敦市警察局总部——我将在那里住上数个星期。那是一幢建于 1842 年的建筑，是当时警察局局长的官邸兼办公室。尽管在 20 世纪 30 年代爆发战争的期间，曾做过一些翻修，但它的外观依然保留着维多利亚女王时代的建筑风格。我的卧室直接对着走廊，警卫们的监视岗就设在走廊里。房间里还有一个卫生间和包括厨房在内的其他两间小房间。这个住所略显沉闷，但对我来说，再完美不过了。我呆在那儿唯一要做的就是研究那些事实资料，为出庭作证做准备。

治安法院距我这里只有几个街区远，有一条秘密地下通道直接通往那里，这完全避免了我从警察局到审判庭的途中会发生任何危险。每天出庭前，我首先穿戴整齐，然后在我的保护小组的簇拥下，抱着一大捆票据和报告下到地下室。穿过一扇"吱吱"作响的隔板门，来到一架金属梯前。这架梯子与整个建筑的地基焊接在一起。我们顺着梯子下到一个看起来像是干涸的污水管道里，里面到处是热水管道，而且布满厚厚的灰尘。在梯子底下，我们在衣服的外面套上了一套质地轻软的白色连体服。这套衣服让我们看上去就像正准备进行太空漫步的宇航员。衣服是均码号的，我的警卫们都是六英尺四英寸的大个子，穿着刚刚好。但穿在我身上，衣服的裤裆分叉处几乎掉落到我的膝盖部位，使我只能像一个脚上拖着镣铐的囚犯那样向前费力地挪着步子。

在地道里，警卫们在我的周围昂首阔步，而我在中间却蹒跚而行。渐渐地，地道变得越来越狭窄，我们只好排成一个纵队前进。在地道接口处，要想到达下一个地道，我们必须跳过三英尺高的一面墙。终于，我们出现在地方法庭的地下室里。我们脱掉"宇航服"，顺着一段楼梯走进一间小小的办公室。这间办公室就位于一个审判室的外面。治安法院共有四个审判室，整个法院是个三角形的建筑，修建于乔治四世时期，里面还设有十个监牢，二百多年来，曾经关押过大批的囚犯。

按照英国的法律，预审听证会上的出庭律师是被法庭聘请的——有时代表公诉方，有时代表辩护方——较之美国法律，稍微有一些混乱——而主持听证会的治安法官本身并不具备律师资格，他要依赖他的助理来为他做司法解释。

听证会的第一周处理的是阿西夫·巴克扎的案件。登上证人席后，我举目朝他望过去，只见他的眼窝深陷，目光中藏着愤怒和仇恨。我们之间的几次谈话彻底改变了他的生活。然后我将目光投向旁听席，在人群中找到了扎奥丁·阿克巴，他正蜷缩在墙角里瑟瑟发抖。为我担任警卫的一个警官告诉我，他经常一边用手疯狂地捻动念珠，一边虔诚地祈祷。在听证会中间休息时，我看到他挣扎着奔到走廊里呕吐不止。

一天的听证会结束后，我们又重演太空漫步的情景，从地道返回警察局。我把自己关在房间里整理文件，然后吃饭，然后再接着研究文件，最后手里捧着录音文字材料昏昏睡去。派来保护我的警官小组每十二个小时轮一次岗，事实证明，值夜班的这一组更具冒险精神。偶尔，他们会款待我一次，将我带到美国大使馆的自助餐厅，在那里，我可以享受一顿牛排盛宴，还可以畅饮几品脱啤酒。这两个小组每次带我离开警察局到外面去的时候，都极度小心翼翼。他们总是将车匆匆开出停车场，在伦敦的大街上疾驰而过，不时地向四处张望，以防有人突然袭击。开始时，我以为他们的驾驶技术欠佳，因为我们的车总是晃晃悠悠，忽快忽慢，似乎难以驾驭，但后来我发现，这正是他们熟练精确驾驶技术的体现。在路边的行人驻足观望之际，我们猛然转弯掉头——转弯转得如此之小，以至于差点撞到一个正在街上跟跄行走的醉汉，接着又几乎撞到一个骑摩托车的快递员。

我的努力颇见成效。治安法官将把对阿克巴和巴克扎的指控提交到高一级法院审理。这时，我也该返回美国了。在坦帕，最后的较量马上就要开始了。

伦敦警察局那套孤寂的房子给我带来了极大的好处。不需要在往返上下班上浪费时间，也不用担心办公室里的杂事缠身，我可以全神贯注地思考和准备。按预定计划，仅仅三个月后，我将再次站在证人席上作证，但是我却需要足足六个月的时间才能做好充分的准备。为了使准备工作能够顺利进行，唯一的方法就是每天省下两个半小时的上下班时间，同时避免办公室里的一切杂事干扰。

海关同意从我们卧底赚到的利润里拿出一些钱来，为我在一家宾馆租住一间套房。那家宾馆离我们的办事处只有五分钟的车程。在工作日里，我可以住在那里，每天二十四小时连续工作。周五晚上，我回家休息，周日晚上再返回。只有这样安排，我才可能准备好我的证词。伊芙对此很不高兴，但自从我们在高中相识，她就始终义无反顾地支持着我。像许多夫妻一样，我们在生活中也经常会有磕磕绊绊的时候，但她是个了不起的妻子，总能像我最好的知己那样理解我，我会永远爱她。我们两个都不喜欢这样的处境，但她清楚地知道有些事情是我不得不去做的。因为如果不去做，我们俩在过去两年里所做出的所有牺牲都会前功尽弃。

在那个宾馆里，一个人独处的孤寂让我全身心地投入到我的工作中。我苦思冥想出一个非常有效的办法，让我能够与辩护律师们针锋相对地在法庭上对抗，他们可全是被拥有这家银行的沙特阿拉伯政治掮客花数千万美元买通的资深律师。首先，我找出审判时我们必须证明的四十个重要的事实，分别给每个事实编上序号。然后，针对每一份录音文字材料，我以每十页为一个单位，先是口述出这十页内容的摘要，之后再说出编好号的那四十个事实中的哪一个在这十页中出现了。一个交叉参照的数据库会按照类别来将数据进行分类，所以关于每一个关键问题的每一条信息都能用录音文字材料的编号、页码和行数按照时间的顺序标注出来。我几乎花了整整三个月的时间来口述这些重要的信息，并通过一个数据处理库，将所有的信息作程序上的处理——其结果非常令人满意——每次会面的详细摘要，以及按照时间顺序排列的每个关键问题的相关事实都自动生成了。假设一个辩护律师问我，什么时候我对他的当事人说过，我的客户是毒贩，我立刻就能给出完整而且极具说服力的回答。

在我准备出庭作证这段时间，美国军队在里根总统的授权下入侵巴拿马，像追打丧家犬一样将诺列加缉拿归案。据粗略估计，两千多个巴拿马人在这次突袭中丧命。我不禁想，阿万曾经提议我去巴拿马，他会在那里给我安排一些会面。或许这些会面能够促成以比较和平的方式推翻诺列加。如果对这个案子的调查一直在秘密地进行，那么巴拿马的某些人很有可能会将诺列加直接交给美国政府。但这些都是假设，结果如何，我们永远无从知道。

就在我出庭作证前不久，国际商业信贷银行主动承认了其罪责。尽管我强烈反对，但判决结果使得这家银行只受到了微乎其微的惩罚。他们支付了 1 500 万美元的罚款，并同意缓刑五年。有人认为这就是胜利了，因为在今后的五年里，这家银行的每一个举动都必须在美国政府的严密监控下。但是，事实上，他们依然活跃在巴拿马、卢森堡、瑞士和其他 69 个国家。他们仍然肆无忌惮地打着合法业务的幌子，吸纳进数以亿计的贩毒黑钱。而我们又怎能监视到世界的每个角落每时每刻都在发生的事情呢？

这就像是一出闹剧，但此时我已无暇顾及。到了深入虎穴、马上出庭与阿姆布莱切特、阿万、比尔格拉米、哈桑和霍华德当面对质的时候了。如果被证明有罪，他们将面临严厉的法律宣判——那样，他们就有可能吐出这家银行的秘密。

"他们在等你，"一个执行法警对我说，打断了我的思绪。他推开候审室的大门，将我带进审判室。几百名记者和旁听者黑压压地挤满审判室。

我登上证人席的那天是 3 月 26 日，其后开庭的每一天，我都到场作证，一直持续到 6 月 12 日——连续十一周的质问，每个辩护律师都会用他自己的方式，接连几天甚至一个星期连珠炮似地向我发难。

一开始，被告和他们家人灼灼逼人的目光让我心烦意乱。我总是试着预测辩护律师会对过去三年半里发生的事情提出什么样的问题，这使我疲惫不堪，甚至不知所措。在每次出庭后的当晚，我都会拖着三大箱资料回到宾馆房间，继续研究到深夜，直到睡着时手里还举着一份录音材料。但是后来，随着时间一周周地过去，陪审团似乎越来越对我的困境持同情的态度，而且，我也越来越习惯了心理上的这种痛苦。站在证人席上时，我的眼睛里只剩下了辩护台上的那个律师，我的耳朵里能听到的也只剩下他的提问。时间似乎也变慢了，慢得足够让我的思绪穿过每一根大脑神经，搜索着那些每一个律师都不想听到的最有效的词句。

华盛顿的律师约翰·休姆试图说服陪审团相信，这些交易只不过是银行的正常业务。他挪到证人席前，探过身子审视着我的脸，说："说这家银行所做的一切只不过是在执行银行业的职能，是不是更精确一些？"

"不，"我说。"他们清洗黑钱。他们做的就是那样的勾当。"

休姆的眼睛顿时睁得像铜铃那么大，脸也气得通红，他声嘶力竭地对着法官尖叫道："法官大人，我强烈反对！他没有直接回答我的提问。他是在抗辩。我认为这是无效审判，我申请复审。"

"反对无效，休姆先生，"特雷尔·霍奇斯法官说。他是美国最受尊敬的联邦地方法院法官之一，对休姆故作姿态的表演他从容应对着。"他已经做了直截了当的回答，而且还附带着一个说明，很明显这就是他明确的解释……接着问下一个问题吧。"

"马祖尔特工，"休姆说。"我希望你能依据事实说话，而不是你自己的看法，如果你愿意，请，先生。"

"我一直认为，我就是这样做的。"我咆哮着说。

在迈阿密颇有名气的刑事辩护律师詹姆斯·霍根试图狡猾地暗示法庭，我在两年的卧底生活中已经不知不觉地转换了角色。整整三个月，每当我站在证人席上，他总会把我称作"穆塞拉特工"。每每这个时候，我都礼貌地提醒他，我的名字是"马祖尔"，而不是"穆塞拉"。他总是道歉说，他不是故意叫错的——但我对他的伎俩一清二楚。他正试图诱使我使用我的化名身份来回答他的问题，这样，稍后他就会主张，我根本弄不清楚自己到底是谁。他把这个小把戏持续玩弄了好几个月，但我一次都没有上当，每次都纠正了他。

到了第三个月，当霍根几乎是第一百次称呼我为"穆塞拉"的时候，整个陪审团都翻起眼睛来。他的小把戏适得其反，已经引起了陪审团的反感，我感觉到，我出击的时候到了。再次礼貌地纠正他之后，我主动提出要送给他一个写着我姓名的标签，我可以戴上它以便帮他记住。陪审团都笑了，而霍根对我的话丝毫不理会。第二天，他依旧故伎重演。

"现在，穆塞拉先生，能否告诉我们，12 月 29 日之后、新年之前，你是否与国际商业信贷银行的任何人谈过话？在波卡拉顿、坦帕，或者其他任何地方？"他说这番话的时候，陪审团成员都摇着头，闭紧嘴唇。

"先生，我的名字是'马祖尔'，"我说。"你是知道的。"

陪审团哄然大笑。

"是的，我知道——"

"我曾向你许诺，要送给你一件礼物，就是一个姓名标签。"

从放在腿上的记事本里，我扯下一大张黄色的即时贴，上面早已用黑色粗体字醒目地写好了我的名字。当我把它粘贴到我的上衣翻领上时，整个审判室里爆发出一片笑声。

"你也许应该把它贴到证人席的前面。"霍根面红耳赤地说。

"我也给你带来一张，可以贴到你的辩护席上。"我一边说，一边摇晃着第二张写着我名字的黄色即时贴。霍根拿起这张名字标签，正准备走回他的辩护席时，我又补充了一句："因为我知道，你真的知道我的名字。"

"嗯，行了，别太过分啦！"他指着我大叫道。

此刻，在审判室里，如果有一根大头针掉到地上，你都能听到。陪审团成员们都摇起了头。霍根从此再没叫过我"穆塞拉"。

在这场为期六个月的审判中，我出庭作证的时间加起来足足有三个月。长时间的作证让我感到身心疲惫。当我最终走下证人席之后，我花了大约一个星期的时间在幕后帮了一些忙，然后履行了向家人的一个承诺：租了一辆旅行房车，前往北方度假一个月。在度假的那个月里，我几乎将这件案子抛在了脑后，这可是几年来头一次。

直到史蒂夫·库克打来电话。

"在坦帕接受审判的所有被告都被宣判有罪，"他说。"我们提起了 80 项指控，陪审团对其中的 76 项作出了有罪的裁决。裁决书被宣读时，整个审判庭都炸了窝。几十个被告家属又哭又叫。一个妇女号啕大哭：'上帝去哪了？我真不知道上帝在哪里！'另一个妇女当场晕倒了，而比尔格拉米的岳母则转向我说：'你的孩子们将要为此付出代价！'一个执行法警拘捕了她，杰克沃斯基正在起草一份投诉书，要以恐吓我的罪名控告她。所有的被告都被戴上镣铐带出了法庭。真希望你在这里，因为我们大家都欢欣鼓舞，正打算出去庆祝一下。"

"那太好了，"我说，感觉如释重负，但一点也高兴不起来。"我希望伙计们玩得痛快点。我现在只想呆在这儿，哪儿也不想去。我的家人需要我。一个星期左右我们就回去了，到时我再见你吧。"

放下电话后，我的心里充满惋惜之情，为那些银行家们的家人感到惋惜。阿万、比尔格拉米和他们的同事真不应该一直参与洗钱的肮脏交易，不然也永远不会落得这样的下场，因为那么多的国际银行都在那样做，可是之前没有一家像这样被揭穿过。但这毕竟是我的工作。我从没强迫他们做过任何他们没有做过或者不想做的事情。他们清洗着他们能够找到的最肮脏的钱。这就是他们的罪恶行径。

当然，还应该有更多的审判，但那要等到我返回坦帕，我们仔细整理完从国际商业信贷银行、卡普空公司和被告的家里没收到的所有记录后才能继续。这些记录都是他们在被捕后，迫于压力才交代出来的，堆了整整一库房。

伦敦即将开始对阿西夫·巴克扎和扎奥丁·阿克巴进行刑事审判了。当我准备再次飞到伦敦出庭作证时，形势已经非常明朗，我没有必要再留在海关工作了。总部不久就会将目光瞄准我，将我调离坦帕，而且我再也鼓不起勇气与这个制度进行抗争了。

"我得出了这样的结论，"我对美国毒品管制局派驻坦帕的领导人麦克·鲍威尔斯说，"所有与毒品走私有关的，包括洗钱在内的调查任务都应该交给一个机构去完成。我愿意成为美国毒品管制局的一分子，帮助它在整个执法界确立这样的地位。如果美国毒品管制局对我感兴趣，我很高兴从海关辞职，加入你们的机构。只要你们同意不给我降薪，而且允许我在坦帕再呆上五年，等到我的孩子们高中毕业。那时候，你们可以把我派到世界上的任何一个地方。"

"让我先打几个电话，"他说。"但是，我想我们很乐意在你提的这两点上做出一些让步。我们想在清理清洗贩毒黑钱方面更主动些，而在美国，你显然是这方面最好的人选。你可能必须先与所有的新雇员一起到匡提科①参加培训。我相信你一定能顺利通过那里的体能训练、武器使用和课堂考核，但如果你不能通过，就会有被炒鱿鱼的危险。"

"我已经准备好迎接这样的挑战。如果美国毒品管制局需要我，我时刻准备为它效劳。"

到了伦敦，我在为期两天的对阿西夫·巴克扎的庭审中出庭做了证。审判是在伦敦被称为"老贝利"的中央刑事法庭②进行的。该法庭修建于1673年，随后的几百年里曾进行过多次维修。那里的律师和法官出庭时依然佩戴假发套，而且穿黑色长袍，以纪念死于1694年的女王玛丽二世③。法庭内的门廊地面和巨大的楼梯上都铺设着意大利西西里大理石，每一个大厅里都悬挂着巨幅装饰画。法庭四面的墙面上镶嵌着橡木，高亮度的漆面几乎能照出人的影子。审判室里设有专区，律师、书记员和新闻记者分别坐在不同的专区里。旁听席设在二层，被告的亲朋好友们坐在那里可以俯瞰整个的诉讼程序。被告席宽阔得令人吃惊，四周被低矮的隔板包围着。在整个审判过程中，巴克扎就坐在那里。被告席连着一小节楼梯，顺着楼梯走下去直接通往昏暗的地下牢房。

帕克法官主持了这次审判。他是个九十多岁的老人，对卧底案件没有一点好感。按英国法律的要求，他头上戴着白色的假发套，身上穿着黑色长袍，长袍外搭着一个十字形的白色领围。他面色红润，性情极端暴躁，一个圆滚滚的大肚子从他弱小的身躯里凸出来，就像吞下了一个保龄球，这一切使他看上去活脱脱一个漫画人物。在中午休息时间，帕克法官总会

---

① 弗吉尼亚州的一个城市。——译者注

② 老贝利（The Old Bailey），英国最重要的刑事法庭，负责审理重大的刑事案件，因位于伦敦的老贝利大街而得名。——译者注

③ 玛丽二世（1662—1694），荷兰王后、英国女王。英国国王詹姆斯二世的长女，荷兰执政者、英国国王威廉三世的妻子和共治者（在英国）。——译者注

到法院的酒吧喝上几杯，所以到下午开庭时，他往往昏昏欲睡，很难保持清醒。这在英国法庭上是司空见惯的事。

尽管如此，陪审团最终还是认定巴克扎有罪。在短暂的休庭之后，帕克法官宣判他入狱一年。巴克扎被判服刑的时间太短暂了，但看着他从楼梯立即被押下老贝利的地下牢房，我还是感到颇为欣慰。

几个星期之后，扎奥丁·阿克巴也被带上法庭，站到了巴克扎曾经站过的被告席上。他得到的审判结果几乎与巴克扎的一样：所有罪名成立，入狱服刑一年半。

从卡普空公司没收到的记录证实，就在阿万将我的钱从国际商业信贷银行转移出来的同一时间，他也将诺列加超过 2 300 万美元的财产从该银行转移了出来。诺列加的一部分钱还落到扎奥丁·阿克巴以利比里亚纸业公司名义控制的账户上，比如，中东银行的芬利国际有限公司。要想弄清楚这些复杂的关系，我们不得不去见阿万和比尔格拉米，逼迫他们做出选择：要么腐烂在狱中，要么供出详情。但是，在此之前，他们首先要接受审判。

特雷尔·霍奇斯法官对他们作出的判决恰好符合我们的心理预期：阿万，十二年的监禁和十万美元的罚款；比尔格拉米，十二年监禁；侯赛因，七年监禁；霍华德，五年监禁；判刑最轻的是哈桑，三年监禁。阿姆布莱切特的刑期是最长的：十二年零九个月。

阿万曾向参议院小组委员会撒谎，声称国际商业信贷银行从未清洗过贩毒黑钱。他有倒签银行记录的历史，而且口口声声说，在审前听证会上，政府特工对他的指证完全是在撒谎。他说的当然不是事实。相反，比尔格拉米则不像阿万那样老奸巨猾，他的情绪过于烦躁易怒，往往不能自圆其说。

几名狱警押着比尔格拉米来到接见室。他身上穿着监狱统一配发的橘黄色囚服，眼睛里燃烧着愤怒的火焰，脸颊也因仇恨而扭曲变形。他紧挨着他的律师坐下，嘴里不时低声咕哝着。他们的对面是我、国税局的奥林·奥克斯特工以及安得利亚斯·里维拉检察官。

"我很高兴能找到一个机会来帮助你，"在正式开始谈话前，我对他说。"我可以向你承诺这一点：如果你能完全说实话，我保证会强烈要求坦帕市和迈阿密的检察官提出动议为你减刑。但是，我同样也向你保证，如果你试图误导我们，我将做出恰恰相反的事情。我承认这样的局面有点令人尴尬，因为我毕竟卧底与你打了这么长时间的交道，但是，我向你保证，我已经做过的以及将要做的一切都与我个人无关。我只是在做自己的工作，如果你给我这个机会，我将做对你有利的事情，我一定会让法院知道，你为我们提供了大量的帮助。"

"马祖尔先生，我非常愿意如实回答问题，"他一板一眼地说。"事已至此，我要以家庭为重，没必要再效忠我的银行或其他任何人了。"

我和奥克斯总共探视了他 17 天。我们尽量把每次探视的时间隔开几天，以便利用中间的间歇整理探视笔录，核实他交代的内容——他供出了大量的实情。

他在那家银行供职不久，银行总裁阿迦·哈桑·阿贝迪就挑选他负责管理国际商业信贷银行一个主要股东的投资资金。那个股东就是阿布扎比的统治者、阿拉伯联合酋长国的创建者谢赫·扎耶德·本·苏尔坦·阿尔·纳哈扬①。比尔格拉米和国际商业信贷银行的另外一名官员为谢赫管理着藏匿在列支敦士登信托公司的数亿资产，这家信托公司在全球范围内操控着扎耶德的财产。

国际商业信贷银行在中东和远东地区尽其所能地去挖掘地下黑钱。之后，阿贝迪又将比尔格拉米挑出来领导一个实地调查小组，探究国际商业信贷银行向西半球扩张的可行性。

"挖出那些地下团体，我们可以从他们那里吸纳存款。"阿贝迪如此指示过他。

比尔格拉米游历了整个南美洲，与他随行的是阿尔贝托·卡尔沃博士，一个在世界银行工作过多年、有着丰富经验的阿根廷人，被他们聘为

---

① 谢赫·扎耶德·本·苏尔坦·阿尔·纳哈扬（Sheikh Zayed bin Sultan Al Nahyan），是阿布扎比的统治者，1971 年阿拉伯联合酋长国独立之后，当上总统，已于 2004 年去世。——译者注

顾问。他们在整个南美地区寻找到一些银行家，并与他们商量，确定了国际商业信贷银行为了实现建立分支机构的目的应该采取什么样的行动，以及如何利用南美洲地下经济的需求来发展壮大他们的银行业务。

比尔格拉米逐渐看到，南美洲就像一个大水库，里面至少存有一千亿美元的外逃资本——即寻求保密性的金钱。或者是为了偷税漏税，或者是为了逃避货币管制的法律，还或者是为了避免通货膨胀对当地货币或其他犯罪来源的资金造成的损失，数量庞大的南美人正在热切寻求帮助，以隐藏他们的财富。而且，比尔格拉米很快了解到，这个群体中的大多数人都是贩毒分子和洗黑钱者。他还了解到，要想开展一项为这些客户提供帮助的业务，迈阿密是最理想的城市。而如果想在迈阿密建立一家分行，就有必要在一些制定有严格银行保密法规的重要国家和地区，如大开曼岛、卢森堡、拿骚、巴拿马、瑞士等，同时建立起一系列的分支系统。

审阅了比尔格拉米的调查报告后，阿贝迪和国际商业信贷银行的董事会又将他再次派往南美洲，明确指示他，要在多个国家建立起国际商业信贷银行的分支机构，包括哥伦比亚。为了尽快促成这番"事业"，国际商业信贷银行雇用了哥伦比亚的一位原财政部长作顾问。他将国际商业信贷银行从事银行业的申请提交给当时哥伦比亚总统胡利奥·塞萨尔·图尔瓦伊·阿亚拉的一个直系亲属。可是，这份申请却迟迟得不到批复。这时，国际商业信贷银行才了解到，原来这位总统的直系亲属不可能为他们白忙活。于是，国际商业信贷银行开始每个月向这位直系亲属的一个亲密生意伙伴支付 3 000 美元的"咨询"费。第一笔"咨询"费付出去后仅仅两周，国际商业信贷银行在哥伦比亚从事银行业的申请就得到了批准。而支付给那个生意伙伴的"月钱"却一直延续了两年。

接着，比尔格拉米和国际商业信贷银行又将目光转向了一个规模庞大但正处于困境的银行——哥伦比亚商业银行。同样，在那位前财政部长的帮助下，国际商业信贷银行向哥伦比亚当局提出了收购该银行的申请。看到收购计划进展得并不顺利，阿贝迪立即采取了行动。在比尔格拉米的撮合下，他安排了一次与继图尔瓦伊之后当上哥伦比亚总统的贝利萨里奥·贝坦库尔的直接会面。比尔格拉米陪同阿贝迪准备与贝坦库尔见面时，阿贝迪告诉比尔格拉米在门外等候。一个半小时后，阿贝迪出来了。他对比尔格拉米宣称，这笔买卖做成了。国际商业信贷银行收购哥伦比亚商业银行的申请一旦获得批准，银行董事会就要为哥伦比亚放出一亿美元的贷款，用于当地的一项煤矿开掘工程。但是，直到哥伦比亚商业银行真正归他所有的那一天，也没见他支付过一分钱的贷款。

哥伦比亚为他们收购商业银行设置的最后一道障碍，是要求他们在该银行持有的股份不能超过 49%。为了绕开这个障碍，国家现代商业银行从他们在大开曼岛的分行那里调拨了一笔"贷款"，交给了那位前财政部长，由他代表国际商业信贷银行以他本人的名义购买了商业银行的部分股权——问题迎刃而解了。

国际商业信贷银行清楚，为了挖掘出数额庞大的黑钱存款，他们非常有必要在哥伦比亚建立起众多的分行网络。他们投入了数十万美元的经费，在当地搞了一项市场调研，走访了数十个重要银行的高管人员。之后，阿贝迪像禅教宗师布道那样宣布道："在哥伦比亚，吸纳美元存款比吸纳比索存款的潜力更大。你一定要将目光放到整个美洲。你一定要让你的想象力更加丰富，吸纳更多的存款就是你的目的。"随即，国际商业信贷银行的董事会也宣布道："吸纳贩毒黑钱行得通，因为所有的银行都在那样做。"当国际商业信贷银行的官员们问起迪尔达·瑞兹威——主管国际商业信贷银行哥伦比亚众多分行的负责人——如何从危险的渠道接收存款时，他说："遮住你的屁股就行啦。"

收购哥伦比亚商业银行为他们直接带来了现成的 112 个分行，其中就包括麦德林集团一直在利用的多家分行。国际商业信贷银行还开始贿赂巴拿马政治和军事掌权者中的重要人物，通过这些人，他们又在巴拿马城和科隆市建立了分行。巴拿马乐于将美元作为本国的货币，因此对存储美元现金的行为在法律上限制甚少，甚至没有限制。所以，哥伦比亚的毒贩们很愿意将巴拿马作为他们首选的现金存储地。最终，国际商业信贷银行分别在阿根廷、巴西、巴拉圭、乌拉圭和委内瑞拉成立了办事处，一台庞大的洗钱机器就这样被建立起来，并逐渐跻身于世界最负盛名的银行之列。

比尔格拉米通过比较巴西、哥伦比亚、德国、瑞士和美国诸多同行们的做法，逐步完善着这台洗钱机器。他为每一家分行起了名字，并规定了它们独特的经营技巧。一家瑞士分行定期用一架私人飞机将大批的金条运到哥伦比亚，然后把它们以高出市场价15％的价格卖给一些哥伦比亚毒贩，从而换取到卡特尔私运回哥伦比亚的一箱箱的美元现金。为了掩人耳目，这家瑞士分行用飞机将现金运出哥伦比亚，秘密地将其存进巴拿马和瑞士分行的账户上。

国际商业信贷银行迅速发展着它的"美元存款动员计划"——一个充满想象力的名词，用来描述从任何可能的客户那里，甚至包括贩毒分子那里，吸纳存款。他们招募了一百多名银行职员参与这个计划——即所谓的"内部团队"——当这个计划发展成熟的时候，他们为它重新起了一个名字"外部市场拓展计划"（EMP）。该计划的第一步就是努力在南美洲拥有高额资产净值的客户中进行宣传，如果他们肯拿出他们的钱来，国际商业信贷银行将提供给他们诸多好处。存款可以秘密地用作同等数额的贷款抵押。政府通常规定的银行报表将会被隐瞒。客户只需通过在当地分行填写一些表格，就能在72个国家开立账户。银行官员可以将现金或支票私运到世界上其他任何地方，并存在那里。客户可以在直布罗陀、大开曼岛、伦敦、拿骚和巴拿马开办经理分类账户。客户还可以在瑞士和卢森堡开立不列储户名的数字编号账户。银行帮助客户建立一些境外空壳公司，谎称是账户的所有人。好处比比皆是——而且，神不知鬼不觉。

当特工们突袭国际商业信贷银行迈阿密分行和比尔格拉米的家时，他们搜查到大量的犯罪记录，记载了他与一个波哥大毒贩丹尼尔·曼瑞克长期而密切的往来关系。曼瑞克销售过数千磅的可卡因，其供货商就是麦德林卡特尔的胡安·路易斯·卡斯塔诺。曼瑞克在波哥大开着一家货币兑换公司，在佛罗里达州还拥有一个良种马农场和一家投资公司——全都是他贩毒帝国的幌子公司。比尔格拉米对这些心知肚明。在比尔格拉米的帮助下，曼瑞克在国际商业信贷银行波哥大分行、巴拿马分行、拿骚分行以及迈阿密分行都分别开立了账户。

比尔格拉米也曾多次前往哥伦比亚进行市场调查。在那里，他与卡特尔的许多联系人发展起账户关系，比如巴兰基利亚①的保利那·德·昆特洛。昆特洛是个胖墩墩的金发女人，为她的老板埃斯科瓦尔和奥乔亚掌管和清洗着数以千万计的美元现金。比尔格拉米和银行的另一位官员被昆特洛用吉普车接到她的家中。他们从几个手持乌兹冲锋枪的卫兵身边走过，进到她的办公室。办公室是由一间卧室改造成的，在她的办公桌上摆着一排电话机，她每天用它们接听为卡特尔集团到处聚敛财富的下属们打来的电话。在办公室的一角，放着一台可以发送短波信号的发报机，她用它与分散在世界各地的工人们联络。

比尔格拉米作了自我介绍后，昆特洛耸了耸肩。"你能提供什么样的特殊服务？已经有许多银行拜访过我们，想让我们把钱存进他们的银行。"

比尔格拉米提出，她可以把钱存进他们银行在世界任何一个地方的分行，所有的存款她将拿到1.5%的回扣。她想了一会儿，然后建议他第二天再过来。第二天，他又去了，昆特洛向他解释道，国际商业信贷银行必须要保证工作效率，大部分资金的清洗速度要快，清洗过的资金还要被快速地转移到其他银行。但在合适的时候，她的老板将会允许在国际商业信贷银行的账户上留下差不多5 000万美元。

"5 000万根本算不了什么，"她说。"因为他们从事的都是数亿美元的生意。"

当比尔格拉米把他与昆特洛的这次会面以及昆特洛为巴勃罗·埃斯科瓦尔所干的勾当报告给国际商业信贷银行的老板们的时候，老板们激动不已。他们再三叮嘱比尔格拉米，要她与昆特洛建立起更为牢固的关系。比尔格拉米也尽职尽责，不断地去拜访昆特洛，其积极性正如国际商业信贷银行营销团队的其他人员对待许许多多的毒贩和洗钱者一样。

据比尔格拉米所说，国际商业信贷银行的卡洛斯·A·戈维利亚. V为那些哥伦比亚的"大人物"们掌管着钱财。后来，哥伦比亚当地一份名为《时代报》的报纸刊登了一篇文章，文中提到，戈维利亚与巴勃罗·埃斯科瓦尔关系密切。这无异于将鲜血倒入鲨鱼群中，国际商业信贷银行的

---

① 巴兰基利亚（Barranquilla）：哥伦比亚西北部港市。——译者注

银行家们都闻到了血腥，趋之若鹜地奔向埃斯科瓦尔，开始争先恐后地与他做交易。利用一个叫做"诺莱桑德"的空壳公司做幌子，比尔格拉米和他的团队帮助戈维利亚将数百万的美元分别存入国际商业信贷银行在波卡拉顿、伦敦、瑞士、纽约以及麦德林集团的分行里。

乔斯·冈萨雷斯·罗德里格斯·加切——那个墨西哥人——不仅在国际商业信贷银行卢森堡分行存入将近 4 000 万美元，他的一个主要洗钱人毛里西奥·维弗斯·卡利略还帮他在香港、伦敦和巴拿马分行存有 2 000 万美元。更不用说他放在美林证券、雷曼兄弟公司[①]以及野村证券[②]伦敦分公司账户上的那 6 000 万美元的存款了。像我一样，维弗斯建立了一系列极其复杂的空壳公司，一旦某个与他打交道的银行家被擒住，这些公司可以为他提供貌似合理的托词。但事实是否认不了的。任何一个资深的银行家对维弗斯所从事的生意都一清二楚。

另外一个国际商业信贷银行的市场营销人员，科隆分行的威尔弗雷德·格拉斯，也近乎狂热地开发着卡特尔集团这个潜力巨大的市场。他经常去游说包括唐·切倍在内的集团高层。我一直不知道的是，早在两年前，当我与第一个国际商业信贷银行的官员接触时，格拉斯就已经将蒙卡达和他的幕僚们发展成了国际商业信贷银行的账户持有人。

国际商业信贷银行的执行董事会试图进一步加速发展他们的 EMP 计划，他们重赏那些能够吸引进大客户的银行雇员，经常是以贷款的形式，让雇员贷出六位数的款项，但从不需要他们偿还。银行的高层人物竭尽所能地追赶着已经在这个行当中有所作为的国际同行们，但正是他们这种飞蛾扑火般的热情加速了他们的灭亡。

与比尔格拉米不同，阿万掌握着政府想要了解的重要信息：诺列加在

---

① 雷曼兄弟公司（Lehman Brothers）成立于 1850 年，是一家国际性的投资银行机构，总部设在纽约，地区总部设在伦敦和东京。该公司是全球股票和定期债券的领先承销商。因受次贷危机影响，于 2008 年 9 月 15 日申请破产保护。——译者注

② 野村证券（Nomura Securities）：《财富》500 强公司之一，总部设在日本，主要经营证券经纪。——译者注

国际商业信贷银行的完整的活动记录。只有阿万一个人知道那些具体的细节，但与他谈话，就像与一条溜光精滑的蛇在格斗。每次将他逼入绝境时，他都狡猾地设法溜掉，避而不谈关键的事实。经过将近八天的较量，他也说出了一些实情，尽管还隐瞒了一些他无论如何也不愿透露的情况。

诺列加的账户自从被开立的那天起，就由阿万全权帮他管理。数千万美元的现金被装在手提箱里送到巴拿马分行，每次多达340万美元。有时候是阿万直接从诺列加那里取回那些钱箱子，也有时候由巴拿马国防部队的一名忠心耿耿的军官送过来。他供出的这些细节不仅对诺列加来说是灾难性的，而且，也牵扯出国际商业信贷银行的一些高层官员和扎奥丁·阿克巴。

当银行的高层管理人员获悉诺列加因涉嫌参与一个大型的毒品走私阴谋活动而受到指控时，他们将诺列加的钱从伦敦转移到了卢森堡，这就等于帮诺列加挖了一个更大的洞来隐藏钱财。后来，诺列加越来越担心美国政府会在卢森堡找到他的财产，于是，阿万又将他的那些钱转移到了卡普空公司，交给阿克巴进行清洗，试图防止被政府查收。阿万的证词为案情带来了巨大的转折，扎奥丁将面临第二轮的起诉，而他在国际商业信贷银行的前老板们，包括总裁斯瓦利·纳吉维在内，也都将首次被提起诉讼。

在整理阿万供出的新情况期间，我的电话响了起来。

"总部已经批准了你的申请，"麦克·鲍威尔斯说。"他们准备满足你提出的那两点要求。你可以继续留在坦帕五年，而且你的薪水不会减少。我现在还没有接到要求你在何时报到的具体通知，但应该很快就能见到。"

我的工作可以继续下去了。

此时，冯·拉布已不再担任海关关长的职务，卡罗·哈里特接替了他的职位。哈里特关长上台后，痛骂原海关领导不断向媒体泄露我们卧底行动的行径，认为那是违背职业道德的，也是违法的。我向他提交了辞呈。同时，我强烈要求对这个案子在执行过程中的资源不足问题进行一次不带任何偏见的复审，并且主动提出，在我离开海关之前，我愿提供一切详细的资料。但没有人对此做出任何答复。

在我离开海关之前，纳西尔·奇诺伊戴着镣铐乘飞机从伦敦被押解至坦帕。他不想接受法庭审判，所以很快就同意合作。他的确别无选择——阿万、比尔格拉米、哈桑和霍华德都已经被判了罪，而且很可能在对他的起诉中提供不利于他的证据。当然，还有那些在巴黎与我谈话的录音带证据，这些都是他无法抵赖的。

最终，奇诺伊交代了他的全部犯罪事实。他的供词同时宣告他的银行董事会同伙都是有罪的。该银行的目的就是通过聚敛地下世界每个角落里的存款来增加他们银行在金融界的影响力。他们清洗贩毒黑钱，贿赂执法人员，拉拢腐败政客，资助军火商，甚至为了得到一些客户的青睐，为他们提供卖淫服务。

阿万、比尔格拉米、奇诺伊以及其他的银行家们提供了充分的证据，足以对整个国际商业信贷银行的董事会提起诉讼。我们的行动彻底地动摇了这家银行的根基。舆论哗然，一些机构也开始利用我们五年艰辛工作的成果。联邦储备委员会、纽约区检察官办公室以及约翰·克里领导的小组委员会都派出调查人员，想方设法寻找机会接近已被判刑的那些银行家们，从他们口中挖掘出线索，以便对更多的人提出起诉。然而，尽管许多人都热衷于此案，但许多宝贵的时间和线索都被浪费掉了，因为我们根本找不出有足够经验的人对满满一仓库的记录仔细地搜寻整理。

去美国毒品管制局坦帕办事处报到仅仅一两天后，我就与整个办事处的人员一起走上街头，参与了坦帕有史以来最大的可卡因查抄及其相关的逮捕活动。几个星期后，他们将我送到了匡提科的美国毒品管制局培训学校。在那里，我见到了其他新学员，大概有 40 个左右。尽管我比我的大多数同班同学年长 20 岁，他们还是张开热情的双臂欢迎了我的到来，甚至选我当班级代表——代表他们向每天折磨我们的教官表达心声。

曾经参加过军队基本功训练的我是有备而来。我们身着宽松的士兵服，每天接受体能训练、枪支训练，还要完成课堂考核任务。在第一个月里，教官们每天冲我们大喊大叫，把我们当做新兵训练营里的新兵对待。我认真地度过训练的每一分钟。一旦被淘汰，我就不再有机会在政府就职，而且也拿不到养老金了。一切都进展顺利，直到一个老朋友打来电话。

"我想让你对华盛顿正在发生的事情有个心理准备，"前联邦检察官林恩·科尔对我说。"我刚与我们的老朋友埃莉诺·希尔通过电话。埃莉诺离开坦帕美国检察官办公室后，担任了美国参议员常务调查委员会的首席顾问。她在其他小组委员会有些关系，而且与约翰·克里的手下很熟。她得到消息说，海关正在对你进行恶毒攻击。目前，克里的人正加紧逼迫他们解释清楚一些问题：为什么他们要你在他们规定的时间内结束卧底任务？为什么案件侦破之后他们没有投入更多的人力资源？为什么你会辞职？克里的人已经拿到你辞呈的复印件。我真不想告诉你这个，但海关正将所有责任都归咎于你。"

我几乎栽倒在地上。

"**归咎于我**？这真是我听到的最可笑的屁话，这些问题他们清楚得很！"

"他们将会声称，他们是迫不得已才结束了这场卧底行动，包括后来撤回一些资源也是迫于无奈，因为那时你已经在精神上垮掉了。他们正在控告你，正是由于你向媒体走漏了消息，才导致了近来国内各大新闻网对卡普空公司的报道。他们还声称，你与媒体的接触本身就能进一步证明你已经精神崩溃了。"

"我在这个培训学校里已经呆了一个多月，什么海关，或者国际商业信贷银行，我几乎都无暇想起它们。他们所谓的我已经精神崩溃，简直是一派胡言。按照常规，我已经接受了心理鉴定，而鉴定的结果没有显示任何问题。他们已经对我过去这五年的表现做出了最高的评价；因为我的杰出表现，他们还为我颁发了奖项和奖金。结束行动的时间是他们规定的，为什么是这个时间他们再清楚不过了——那都是政治斗争的结果。是**他们**向媒体曝光了这个案子，而当我质疑他们的做法时，他们还恼羞成怒。至于人手不够的问题，我曾经写下了不下一打儿的备忘录，解释他们不断削减资源造成的危机，但每一份备忘录都石沉大海。我想，司法部肯定能找到内部备忘录来证实这一切的。"

"我现在可以告诉你，"科尔说。"他们早就想到这一点了。你想不想打赌，他们最近肯定复查了所有的档案，你的那些备忘录可能早已不存在了。"

"没关系，我可不是傻子。我已经将所有备忘录的复印件都藏到了一个安全的地方。如果传我去作证，我会随身带上它们。"

"有人正在向我施加压力，让我诋毁你，"当我给丹·邓恩打电话时，他告诉我说。"但我向你保证，我不会因为任何人而说谎。要不是你和为数不多的其他几个特工在这些案件中所做的一切，整件事早已被搞砸了。你可以完全信赖我，我会讲出实情，而且史蒂夫·库克也会做同样的事情。我们不是任何人能威逼利诱的了的。"

"你不知道，能有你这样的朋友我有多自豪，"我说。"我猜克里小组委员会的调查人员一定会到匡提科这里来找我。到他们过来的时候，我将准备好一切。"

没过多久，培训学校的特工主管助理托尼·威尔逊将我从班里拽了出来。"我们从参议院小组委员会那里接到一份正式请求，他们要求找你回答一些问题，是关于海关的一件事儿。我们正在通过总部来解决这件事，但我猜想，他们几天后就可能到这儿来与你面谈。到底发生了什么？"

我向他解释了一切。

"好吧，只是不要做任何让我们机构蒙羞的事情，我想，只要你表现得恰如其分，一切都会好起来的。"

"我向你保证，先生，不会有任何意外。我只是做了我该做的事情。"

在接下来的几个星期，威尔逊每隔几天就会把我从班里拖出来，接受调查人员的讯问。最先过来找我的是刚刚接替罗森布拉格担任新司法部部长助理的约翰·汉斯莱，以及他的下属——海关新生领导班子的成员。当谈到我们工作中一些可靠人手被调走的问题时，我向他们提起了我提交过的那十几份备忘录。

他们的脸上露出惊讶的表情。

"每一份备忘录我都留有复印件，"我继续说。"还有美国检察官办公室发过来的几份备忘录，都能确认我曾努力寻求过帮助。这里就有一份。如果你们说，你们之前从没见过它们，我一点也不会感到奇怪。"

我解释说，海关的前任领导将我们卧底特工的生命置之不顾，冒着牺牲我们生命的危险，再三向全国媒体披露我们的秘密行动。我向他们提供了准确的时间、姓名和详细情况，没有人能够轻易抵赖。

接着，克里参议员领导的反恐禁毒国际行动小组委员会的法律顾问和调查人员，连同一群海关的律师和工作人员也一起过来了。与他们谈话的过程同与汉斯莱及其下属的谈话经过如出一辙。他们也非常重视我的谈话内容，而且明确表示，他们希望我在公开听证会上出现在小组委员会面前。

紧接着，从犯罪和刑事审判小组委员会的国会议员查尔斯·舒默办公室派来的代表们也接踵而来。

我从培训学校毕业的前夕，我们在坦帕审判之后所付出的艰辛努力收到了丰硕的成果。检察官们正在对国际商业信贷银行的另外六名高管提起诉讼，罪名是为麦德林集团和诺列加洗钱。扎奥丁·阿克巴听到风声，得知他有可能会被再次起诉，于是从伦敦仓皇逃往巴基斯坦。政府当局从法国将他逮捕归案。国际商业信贷银行的总裁斯瓦利·纳吉维也在这次被指控之列，还有其他四名银行高管，五名麦德林卡特尔高职成员，其中包括杰勒德·蒙卡达——也可以被称作唐·切倍。

随后，毕业的时候到了。

在毕业典礼上，我作为班级代表，很荣幸地做了毕业发言。我从事这行已经将近二十年了，我清楚地知道等待这些年轻人的将是什么。

"我们选择了一种并不轻松的生活，"我说。"在未来的日子里，我们将不得不共同面临不计其数的牺牲。我们将会错过许多生日派对，经历许多孤独之夜，不得不等到深夜才能给我们挚爱的人打去漫长的电话，在二十四小时不间断的监视行动中喝掉一杯杯的咖啡，还要时刻面对生活中许多潜在的威胁，而这一切，都是我们将要必须克服的。但是，尽管要做出这么多的牺牲，我们还是坚信，我们一定能成功，因为我们彼此相知，因为我们拥有你们不懈的支持。"

克里参议员想让我知道他最基本的态度。他把我当作一个英雄来看待，不想对我保留任何看法，也不想让我感到措手不及。他告诉了我第二天他要提问我的所有问题。他实在找不出足够的时间与我详谈，否则他一定会花上几天的时间与我谈谈那些让他义愤填膺的事情。

第二天，我在一个装有变音麦克风的屏风后面做了证。接连几个小时，克里和其他参议员轮番向我提出一个接一个的问题。

最后，克里发表了一番非常尖锐的评述。"海关的管理层为了达到赢得良好公众形象的目的，不惜拿一个非常重要的调查行动去冒险，甚至将参与该调查的相关特工的生命置之不顾……马祖尔不顾个人生命危险、勇往直前的自觉行为，为美国政府提供了必不可少的证据，使我们能够开始起诉国际商业信贷银行、极具影响力的哥伦比亚大毒枭以及那些洗黑分子……我想向罗伯特·马祖尔表达我个人崇高的敬意，他不仅在这场卧底行动中起到了主要的作用，而且勇敢地与官僚作风所设置的重重障碍进行了艰苦的斗争，正是这样的官僚作风严重影响了他能力的发挥，造成国际商业信贷银行案件没有达到他预想的结果。但是，我祝愿他在未来的工作中好运不断。"

据我在克里小组委员会面前陈述恰好一个月，好消息像一颗超级炸弹，在坦帕炸响了。国际商业信贷银行与司法部和纽约区检察官办公室达成了联合协定，向联邦政府敲诈勒索罪的指控和一项纽约州的指控同时认了罪。银行同意放弃自己 5.5 亿美元的美国资产，向联邦储备委员会交付 2 亿美元的罚金，并撤销银行在世界各地的分支机构。政府正式地、永久性地禁止了国际商业信贷银行在美国境内从事经营活动。没过多久，这家银行彻底垮台了，世界各地在该银行的账户持有人损失了数以亿计的美元。

"鲍勃，进来一下，"当我重新走进美国毒品管制局坦帕办事处时，麦克·鲍威尔斯叫住我说。我心里忐忑不安，不知道我的这份新工作将会给我带来什么。"下周，中央情报局的一些文字材料就要被送到坦帕。材料详细列举了巴拿马的一些为哥伦比亚的卡利卡特尔集团服务的律师和银行家的情况。我已与我们在迈阿密和华盛顿的人商量过了，我们希望你能建立一个新的身份，再去那里卧底几年。我们将为你提供你完成此项任务所需的所有资源。但是，这次卧底的大部分时间里，你必须要呆在巴拿马，而且在美国，你还要精心编造一个看不出任何破绽的背景。你意下如何?"

"这对我很有诱惑力，"我说。"在国际商业信贷银行一案上，许多事情本来还可以做得更好，我喜欢做第二次尝试。"

我们谈话时，我暗中权衡了一下我即将面临的危险。卡利和麦德林相距几百英里。卡特尔集团之间一直在明争暗斗，所以遇到以前与国际商业信贷银行打交道时的熟人的机会微乎其微。而且，我已经在很大程度上改变了我的容貌——甚至连我自己的孩子们都认不出我来了。

"那么，你对这事怎么想?"他问道。

"我愿意加入。"

我马上前往公墓，去寻找我再次卧底的生活轨迹。

不到一年，我的卧底准备工作已经就绪。一切又将再次开始。

接下来发生的事情几乎让我九死一生——但那却是另外一个故事了。

后记　案后余波

迈阿密瑞金夜总会

1988 年 9 月 3 日，凌晨 2:00

我们在城里的聚会渐近结束时，在苏格兰威士忌酒的作用下，比尔格拉米侃侃而谈，他开玩笑地对我说："鲍勃，你知道美国最大的洗钱家是谁吗？"

"谁？"我笑着耸耸肩。

"是联邦储备银行。他们真是伪君子！他们知道波哥大的共和国银行有一个被称为'邪恶窗口'的出纳窗口。按照哥伦比亚的法律规定，任何持有大笔现金的市民都能去那个窗口匿名将他们的美元兑换成哥伦比亚比索——不会受到任何盘问。这就促使这个中央银行积累起大量的美元，要用运货板车才能装得下。他们将这些美元运到联邦储备银行，转入共和国银行的账户——同样，不会有任何人过问。联邦储备银行的人并不是白痴。他们眼睁睁地看着数亿美元像小河一般源源不断地从哥伦比亚运到他们那里。他们清楚地知道是什么产生了那么多的现金。那是从美国和欧洲走私到哥伦比亚的贩毒黑钱。联邦储备银行接收了那些钱，因为那有利于他们国家的银行体系。美国人所谓的'对毒品的战争'全是骗人的。"

我震惊了。如果他说的都是真的，那么我们冒着生命危险来执行这样的任务还有什么意义？

后来的调查证实了比尔格拉米的说法，我有一种从未有过的上当受骗的感觉。第一次，我问自己，原以为我们的行动能对现状有一点改变，而现在看来，这样的想法是否太天真了？

国际商业信贷银行的罪行暴露了。正是这一点使得他们在国际银行业中被淘汰出局。该银行退出这场洗钱游戏已经有二十年了，然而，在他们退出游戏舞台的这二十年来，每年的毒品交易仍然在产生大约 5 000 亿美元的利润，却从来没有人因为清洗这 10 万亿美元而遭到起诉、锒铛入狱。

C-Chase 行动打破了以前的陈规戒律。它之所以取得最后的成功，是因为我们做了一些出其不意的事情。在我们之前，没有任何一个人曾像我们一样，在金融界和贩毒集团内部同时建立起一整套组织严密、难以识破的伪装体系，并且扮演起两者之间中间人的角色。之前，没有任何一次卧底行动曾经试图借助毫不知情的国际银行家们的支持，向卡特尔主动提供精心策划的洗钱计划，而我们做到了。正是这样的计划吸引了一些重要人物，使得他们最终"浮出水面"。C-Chase 行动就像一块试金石，十分灵验地检验了国际银行的秘密客户部门，我们从中听到了银行董事会的会议室里以及紧闭的大门后面传出来的直言不讳的声音：将贩毒黑钱拿过来吧——因此我们不再相信银行对外发布的冠冕堂皇的政策声明或者公开演说。二十年前，事实就证明，银行界没有能力自觉地监管自己——而且也不情愿那样去做；金钱的诱惑力是难以抗拒的。政策法规和文件不能制约人们的道德水准，而这些国际银行的秘密客户部总能找到办法规避它们，绕其道而行之。

我们的政府或者其他国家的政府中不再有人愿意站出来检验金融界是否正直诚实。案件结束后，我一直在与全国执法界的官员们交往，并培训了数以千计的执法人员。但是他们的手脚完全被束缚住了。官僚们制定出了许许多多的条条框框，致使没有人敢再像我们那样行事。当听到我们这个故事的时候，绝大多数特工都会说："如果现在我那样做的话，我会被送进监狱的。你们做过的事情不可能再重演了——尽管那些都是我们应该做的。"

毒品交易中最致命的环节在于银行业错综复杂的关系网。尽管每个从事洗钱活动的银行家都服务于数十个大毒枭，但是没有哪个银行家不惧怕在监狱中度过余生。这是银行家身上的最大弱点，而我们可以围绕这项弱点大做文章，加大打击力度。在此我只能真切地希望，在未来的日子里会有人在这个领域有所作为。

尽管这个故事所涉及的玩火者的生活由此发生了彻底的改变，但国际贩毒世界却一如既往。这就像男士们戴的领带。在某些年月里，他们可能会发福，体型变得庞大；而在另外一些年月里，他们可能瘦骨嶙峋，体型变得瘦小，但他们的领带无论如何也不会有变化。只要存在着需求，那个地下世界就会不断地作出调整来使自己的利润最大化。哥伦比亚的卡特尔们不再经常将可卡因直接送到你的身边。相反，他们退到了幕后，成为大规模的生产商，不断满足墨西哥卡特尔们数百吨的需求量，而这些墨西哥的卡特尔们则代替了原来哥伦亚的卡特尔们的角色，甚至更加猖獗地将可卡因偷运过边境，卖到美国无穷无尽的"瘾君子"手中。麦德林集团和卡利集团深知，墨西哥的腐败是他们永远的避风港。当然，随后发生的事情不能完全归咎于他们。但是，事实是，数十亿美元仍然在美国大模大样地出出进进，并且，那些银行仍然在干着清洗不明财产的肮脏勾当。

哥伦比亚和巴基斯坦的情报机构披露了以下真实可靠的（尽管尚未一一进行核实）信息：

扎奥丁·阿克巴由于清洗我递送给他的贩毒黑钱而被判刑 18 个月，但在他的案子上诉期间，他得到了保释，所以他只在狱中服了 6 个月的刑期。在等待上诉结果期间，他在美国再次受到指控，这次的罪名是为诺列加洗钱。他听到新一轮指控的风声，企图逃到巴基斯坦，但途经法国时被缉拿归案，在欧洲被关押了两年。两年里，他使出浑身解数妄图阻止被引渡到美国。在英国，他遭到第三轮起诉，罪名是组织盗窃国际商业信贷银行 5.12 亿美元的资产。当时，他的这个案子成为英国法庭有史以来审理过的最大的一桩诈骗案。他对所有的指控供认不讳，于是又在监狱里被关了两年。他被判刑之后，美国当局试图将他引渡到美国。但是，有人猜测，他在情报界的一些重要关系插手了他的案子。英国当局将他释放了。他潜回巴基斯坦，从此再也没有踏上美国的领土。因此，在坦帕一直等待他的联邦两项洗钱的指控都落了空。这两个案子分别于1999年和2006年被驳回，致使阿克巴的犯罪行为永远也没有机会再在这里接受审判了。在巴基斯坦，他正在从事当地的证券交易。

罗伯托·阿尔凯诺被判15年监禁。在服刑的联邦监狱里，他遇到了其他几个狱友，他们都是些国际毒贩和洗钱分子，其中有鲍里斯·奈菲尔德——俄罗斯在欧洲的有组织犯罪集团的高级头目之一里卡多·范基尼的一个长期合伙人。2003年6月，阿尔凯诺和奈菲尔德开始谋划为俄罗斯黑帮贩运数以吨计的可卡因，并在全球范围内为他们清洗了数千万美元的贩毒利润。他们的同伙遍及南美洲、英国、比利时、波兰、俄罗斯以及远东地区。2007年10月，毒品管制局逮捕了阿尔凯诺和他的黑手党同伙。目前他的案子正在布鲁克林的联邦法庭接受审理。

鲁道夫·阿姆布莱切特服刑期满后被遣返哥伦比亚。后来，他迁居德国——德国当局没收了他和蒙卡达保留在德国商业银行账户上的数百万美元，他们的账户是在阿姆布莱切的叔叔尤尔根·穆勒的帮助下开立的，他是德国商业银行的一名官员。阿姆布莱切特经常到南美洲游历，所以德国当局怀疑，他可能已经重操旧业，继续从事着国际贩毒交易。

阿姆加德·阿万在监狱里服满刑期后，被遣返至巴基斯坦。据说，他现在居住在迪拜上流社会人士聚集的玛莉娜区珠梅拉海滩别墅区。他经常往来于非洲、巴基斯坦和东亚地区进行着秘密交易。

阿克巴·比尔格拉米从监狱出来后也被遣返至巴基斯坦。据可靠消息说，他现在居住在巴基斯坦卡拉奇市富足的克利夫顿／国防部官员的特权住宅区。他涉足证券市场，为一些金融部门提供咨询服务。

纳西尔·奇诺伊服刑期满后同样被遣返至巴基斯坦，据可靠消息说，他现在住在卡拉奇的贝斯岛上。他在几家从事公开贸易的公司担任着董事会理事，但是最近几年，他的健康状况每况愈下。据说，他的公司和财富现在都在由他的子女们管理着。

费尔南多·格雷阿诺为巴勃罗·埃斯科瓦尔管理着一半的贩毒路线，1992 年 7 月，埃斯科瓦尔将他吊起来，用喷灯①将他折磨致死。

斯波特·哈桑服刑期满后，正要被遣返巴基斯坦时，上诉法院受理了他的法律顾问提交的推翻陪审团定罪的动议，动议的理由是政府出示的证据不足以维持陪审团的有罪判决。上诉法庭仔细审核了那些证据——他与艾米尔的谈话录音——最终作出了对哈桑有利的裁定。

哈伊里·卡拉什尔，蒙卡达在底特律最主要的买主，在当局抓捕希拉尔多兄弟之后，他又找到了新的供货商。他继续用大量毒品充斥着这座"汽车城"的大街小巷，并且继续担任着迦勒底人黑手党的头目。1989 年 2 月 3 日，他因杀人无数，遭到了敌对分子的报复，被枪杀致死。

唐·切倍其实就是杰勒德·蒙卡达，一个受过大学教育的工业工程师，负责管理着巴勃罗·埃斯科瓦尔另一半的贩毒路线。尽管在 1991 年的 C-Chase 行动中，蒙卡达遭到了指控，但他仍然每个月将四吨可卡因运到纽约，与此同时，他还操纵着美国几乎所有大城市的毒品交易。1992 年——埃斯科瓦尔得知，蒙卡达在麦德林集团他的一个家中藏匿了堆积如山的现金，目的是反对埃斯科瓦尔将这些钱用来资助一场对抗哥伦比亚政府的战争，同时还反对埃斯科瓦尔与美国签署引渡条约——埃斯科瓦尔将蒙卡达和他的弟弟召集到"大教堂"，埃斯科瓦尔自行修建的一座豪华监狱。据蒙卡达的妻子说，埃斯科瓦尔和他的保镖将蒙卡达兄弟吊了起来，用一个喷灯将他们俩活活折磨致死。

冈萨洛·穆拉服刑期满后被遣返哥伦比亚，他重新回到麦德林集团。据可靠消息说，他又继续做起了毒品生意。

斯瓦利·纳吉维在被指控之前，闻风逃到了阿布扎比，由此逍遥法外达七年之久。后来，美国与谢赫·扎耶德·本·苏尔坦·阿尔·纳哈扬之间达成了一个协议，纳吉维被引渡到美国。在美国，他对自己的罪行供认不讳，被判处五年监禁，并支付了 2.554 亿美元的赔偿金。

---

①　喷灯（blowtorch）：使混合气体和氧气产生更炽热火焰的便携助燃剂，常用于接合、焊接和玻璃吹制。——译者注

哈维尔·奥斯皮纳·巴拉亚——哥伦比亚前总统马里亚诺·奥斯皮纳的孙子，格雷阿诺和蒙卡达唯命是从的喽啰之一——因为身在哥伦比亚，从而侥幸成了"漏网之鱼"。但是，在哥伦比亚，他同样身处险境。埃斯科瓦尔向格雷阿诺和蒙卡达的家人及联系人的公开宣战使他命悬一线。蒙卡达被谋杀之后，蒙卡达的遗孀和同伙们自发地联合起来，组织起一个暗杀小组，起名为"Los Pepes"，是"被巴勃罗·埃斯科瓦尔迫害的人"①几个字的首字母缩写。奥斯皮纳和他的兄弟们加入了那个组织，该组织中有几个人逃到了美国，当上了美国毒品管制局的线人。据说，奥斯皮纳现在居住在位于麦德林集团南部的一个小城市恩维加多。考虑到他可能永远不能被引渡到美国，所以政府驳回了对他的指控。

　　在我们结案进行大抓捕行动时，萨阿德·沙菲正在他的佛罗里达州珊瑚阁家中。当时特工们误以为他在国际商业信贷银行拿骚分行的办公室里，所以一直没有到他的家中进行搜查。他一听到将被指控的消息，就马上潜逃到巴基斯坦。因为检察官不能引渡他，所以被迫于 1999 年 9 月驳回了对他的指控。随即，沙菲返回了美国，继续他的银行业生涯。他现居加利福尼亚州南部的阿纳海姆市，管理着巴基斯坦哈比卜银行的附属银行哈比卜美国银行在洛杉矶的分行。哈比卜银行是巴基斯坦最大的一家银行，对外一直宣称他们能够提供"最高水准的诚信和廉正"。

　　胡安·托帮服刑期满后被遣返哥伦比亚，据可靠消息说，目前他正在麦德林经营着一间录音工作室。

　　圣地亚哥·乌力贝·奥迪斯由于身在哥伦比亚，也成了"漏网之鱼"。之后，与美国达成了不予引渡的协议。1992 年，哥伦比亚当局在拉诺格兰德突袭了乌力贝的一个庄园，在那里，他们找到埃斯科瓦尔写给乌力贝的信件以及其他证据，足以证明乌力贝涉嫌贩毒、贿赂和谋杀等犯罪行为。但是由于当局不愿意提供公开起诉乌力贝的书面材料，所以司法部于 2006 年 11 月驳回了对他的所有指控，这自然而然地取消了政府以同一罪

---

　　① "被巴勃罗·埃斯科瓦尔迫害的人"英文表达是"People Persecuted by Pablo Escobar"。——译者注

名再次起诉他的可能性。乌力贝现在居住在麦德林附近的一个名为埃尔雷帝罗的小镇上，他深居简出，过着低调的生活，为一些私人公司和地方政府机构提供律师服务。

C-Chase 行动结束后，艾米尔·阿布鲁继续留在海关担任卧底特工十多年。作为佛罗里达州一所职业学校的兼职教授，多年来艾米尔培训出了数千名执法官员，而且大多数的培训工作都是在波多黎各进行的。

国际商业信贷银行的审判工作结束后不久，史蒂夫·库克被调到美国驻西德波恩的大使馆工作。他仍然非常关注国际洗钱案件。目前受聘于一家国防承包商[①]。

凯茜·厄兹继续担任特工达十五年之久，主要负责调查国际洗钱案件。退休之后，她一直为一些金融机构提供反洗钱的相关服务。

马克·杰克沃斯基于 1995 年被任命为独立检察官办公室的一名检察官，负责调查住宅与城市发展部前秘书亨利·西斯内罗斯的案件。从政府部门退休后，目前他正在从事律师职业。

威廉·罗森布拉特已从调查办公室海关部的助理关长的职位退休，目前在佛罗里达州塞米诺尔哈德洛克赌场做发牌者。

邦妮·蒂施勒在国际商业信贷银行事件中的表现在克里参议员的小组委员会面前彻底曝光之后，她的政治生涯几乎画上了句号。但没过多久，她摇身一变，当上了调查办公室海关部的助理关长，监管着境内外所有的美国海关特工。之后，她又就任类似的一个职位，负责监管全球范围的海关检察员。退休时，她的头衔是平克顿全国侦探事务所的副所长，负责全球运输和供给链的安全工作。2005 年 8 月，她因患乳腺癌长期医治无效病逝。

威廉·冯·拉布在国会里的支持者们，包括杰西·赫尔姆斯参议员在内，于 1989 年 8 月组织起一个代表团，力劝乔治·H·W·布什授予

---

① 国防承包商（defense contractor）是指为美军提供装备和服务的第三方。承包商可以是美国公司、外国公司、私营企业、上市公司，甚至可以是外国政府部门。——译者注

冯·拉布"缉毒功臣"的称号——或者至少奖励他一个大使的职位。他们的请求遭到了拒绝。相反,财政部长尼古拉斯·布莱迪撤销了冯·拉布的职务。冯·拉布离开时声称,联邦政府发动的"对毒品的战争"是一场"空谈战争",还补充说,这场战争在国会和白宫人士的眼中微不足道。1991年《国家杂志》上刊登了一篇文章,文章中说,冯·拉布成为一家瑞士出口检查公司的境外代理。这家瑞士公司的前任境外政府代理人是伟达国际公关顾问公司①的罗伯特·格雷,而这家公关顾问公司同时也是国际商业信贷银行的代理公司。

---

① 伟达国际公关顾问公司(Hill & Knowlton)是世界上拥有最大国际办事处网络的公关公司。1927 年由 John Wiley Hill 成立于美国俄亥俄州克里夫兰,是世界上最早的公关公司之一。——译者注

专有名词表

阿迦·哈桑·阿贝迪：国际商业信贷银行的创建者和第一任总裁。

艾米尔·阿布鲁：美国海关卧底特工。化名为埃米利奥·多明戈斯。

卡莫尔·阿德汗：国际商业信贷银行的股东，沙特阿拉伯情报总局前局长，沙特阿拉伯费萨尔国王的内弟。

扎奥丁·阿克巴：国际商业信贷银行的财务主管，后在沙特阿拉伯投资商的支持下，建立了由一系列金融服务和经纪人子公司组成的卡普空公司，从事为曼纽尔·诺列加和其他贩毒分子清洗黑钱的业务。

格洛丽亚·阿尔凯诺：罗伯托·阿尔凯诺的妻子。

罗伯托·阿尔凯诺：为麦德林卡特尔的法比奥·奥乔亚和其他成员贩运毒品者。

罗伯特·奥尔特曼：原国防部长克拉克·克利福德的律师兼合伙人，与其共同建立了克利福德与沃恩克律师事务所。奥尔特曼是国际商业信贷银行的法律代表，并担任其在美国的附属银行即美国第一银行的董事会成员。

瑞克·阿古多：国际商业信贷银行坦帕分行的一名官员。

鲁道夫·阿姆布莱切特：麦德林卡特尔一名重要的管家，负责评估黑钱清洗计划以及其他重点项目。

伊克巴尔· 阿什拉夫：国际商业信贷银行洛杉矶分行的一名官员。

罗赞娜·阿斯皮特拉：阿姆加德·阿万的情妇。

阿黛拉·阿斯奎：海关卧底特工，扮演艾米尔·阿布鲁的女朋友之一。

马特·阿特瑞：迈阿密海关的一名特工。

米莉·阿维莱斯：海关卧底特工，扮演艾米尔·阿布鲁的女朋友之一。

阿姆加德·阿万：国际商业信贷银行迈阿密分行的一名官员，负责该分行的拉丁美洲业务部，亲自处理该银行与曼纽尔·诺列加的业务关系。

阿尤布·阿万：巴基斯坦警察部队的前领袖，巴基斯坦三军情报局的前局长，阿姆加德·阿万的父亲。

阿西夫·巴克扎：国际商业信贷银行伦敦分行的一名官员。

西部银行：哥伦比亚的一家银行，在巴拿马设有分支机构。

国际商业信贷银行（BCCI）：20世纪80年代末期第七大私有银行。

商业投资银行（BCP）：一家瑞士银行，国际商业信贷银行持有其部分股权。

乔治·巴伯：佛罗里达州波卡拉顿市的一名黎巴嫩籍的千万富翁商人，国际商业信贷银行的大客户，与杰布·布什关系密切。

吉姆·巴鲁：美国联邦调查局驻坦帕市的一名特工。

尔尼·巴蒂斯塔：美国司法部毒品管制局派驻布宜诺斯艾利斯的一名特工。

阿克巴·比尔格拉米：国际商业信贷银行迈阿密分行的一名官员，负责该银行的拉丁美洲业务部。

杰克·布卢姆：约翰·克里参议员以及美国参议院反恐禁毒国际关系小组委员会的首席顾问。

查理·博朗：曾被判刑的贩毒黑钱清洗人，与拉斯维加斯赌场关系密切。

布鲁诺证券公司：曼哈顿的一家证券经纪公司，被用作卧底的幌子公司。

戴夫·伯里斯：美国国税局刑事侦查科派驻坦帕市的一名特工。

乔治·H·W·布什：美国第四十一任总统。

乔治·W·布什：美国第四十三任总统。

杰布·布什：乔治·H·W·布什总统的儿子，后担任佛罗里达州的州长。

阿尔伯托·卡尔沃：阿根廷的一名银行家，被国际商业信贷银行聘请为南美洲金融市场的评估顾问。

安利奎·卡马雷纳：美国司法部毒品管制局的一名特工，被不法毒贩在墨西哥残忍地杀害。

卡普空公司：扎奥丁·阿克巴创建的由一系列金融服务和经纪人子公司组成的一家公司，从事为曼纽尔·诺列加和其他贩毒分子清洗黑钱的业务。

托尼·卡尔皮内拉：美国国税局派驻曼哈顿的特工小组主管。

吉米·卡特：美国第三十九任总统。

华金·卡萨尔斯：罗伯托·阿尔凯诺的得力助手。

威廉·凯茜：里根总统执政时期的美国中央情报局局长。

胡安·路易斯·卡斯塔尼奥：与麦德林卡特尔结盟的一名不法毒贩。

约瑟夫·切法罗：我的祖父，绰号"两杯啤酒"。

拉尔夫·切法罗：我的曾祖父，曾在曼哈顿下东区经营一家假货贩运公司，在"禁酒令"时期专为"福星"卢西安诺运输走私威士忌酒。

佩德罗·沙利亚：杰勒德·蒙卡达在美国东北部的公司业务经理。

阿齐祖拉·乔德利：商业投资银行的总经理，总部设在日内瓦，国际商业信贷银行拥有其部分控股权。

纳尔逊·陈：曼哈顿海关的一名卧底特工，绰号"中国人"。

纳西尔·奇诺伊：国际商业信贷银行欧洲和北非分行的区域经理。

克拉克·克利福德：林顿·约翰逊总统时期的国防部长；国际商业信贷银行在克利福德与沃恩克律师事务所的代表；国际商业信贷银行在美国的附属银行，美国第一银行的行长。

林恩·科尔：坦帕市的前美国检察官助理。

史蒂夫·库克：坦帕市海关的一名特工小组主管。

乔治·科科伦：海关的执法司司长助理。

乔斯·科德罗：坦帕的海关卧底特工。

保利那·德·昆特洛：在哥伦比亚的喀他赫纳海港专为麦德林卡特尔清洗黑钱人。

托马斯·杜威：前美国检察官，曾率先对"福星"卢西安诺提起诉讼。

卡洛斯·迪亚斯：罗伯托·阿尔凯诺的合伙人，两人共同在布宜诺斯艾利斯经营一家凤尾鱼加工厂，利用该工厂做幌子，为麦德林卡特尔将可卡因偷运到美国和欧洲。

埃米利奥·多明戈斯：见艾米尔·阿布鲁。

多米尼克：政府的一个线人兼顾问。

杰克·杜博：曾被判刑的贩毒黑钱清洗者，查尔斯·博朗的合伙人，两人共同为大毒枭布鲁斯·珀洛文清洗毒资。

丹尼尔·邓恩：坦帕市的海关特工小组主管。

Los Duros：西班牙语，"the strong ones"，意思是"非常人物"，毒贩之间的暗语，指麦德林卡特尔的头目。

动力抵押经纪公司：进行卧底行动时为毒贩清洗毒资的幌子公司。

凯茜·厄兹：海关卧底特工，扮演我的女朋友和未婚妻。化名凯茜·埃里克森。

巴勃罗·埃斯科瓦尔：麦德林卡特尔的头目。

塞缪尔·埃斯克鲁斯瑞尔：哥伦比亚的一个国会议员，与罗伯托·阿尔凯诺毒品走私有染。

Los Feos：西班牙语，"the ugly ones"，意思是"丑陋的人"。毒贩之间的暗语，指美国联邦特工。

吉恩·菲加利：与麦德林卡特尔结盟的毒贩和洗钱者。化名约翰·纳赛尔。

金融咨询公司：进行卧底行动时为毒贩清洗毒资的幌子公司。

美国第一银行：一家美国银行，总部设在华盛顿特区，其秘密股东是国际商业信贷银行。

弗兰基：政府的一名线人兼顾问。

乌尔斯·弗雷：瑞士的一名治安法官兼检察官。

费尔南多·格雷阿诺：巴勃罗·埃斯科瓦尔委任的合伙人，在20世纪80年代，与杰勒德·蒙卡达一起管理着埃斯科瓦尔的贩毒王国。

乔·加洛：普罗法齐—克洛博黑社会家族的一名成员，于1972年在美国小意大利的温别尔托蛤蜊酒吧被暗杀。

乔斯·冈萨雷斯·罗德里格斯·加切：麦德林卡特尔的一个成员，克拉拉·托帮的叔父。

杰米·希拉尔多：麦德林卡特尔在底特律主要的可卡因零售商，杰勒德·蒙卡达的手下。

诺贝托·希拉尔多：杰米的兄弟，同杰米一起在底特律零售可卡因。

鲁迪·朱利亚尼：在执行C-Chase行动期间，纽约的一名美国检察官。

威尔弗雷德·格拉斯：国际商业信贷银行在巴拿马科隆分行的一名官员。

吉姆·格罗特菲尔蒂：底特律海关的一名特工。

哈罗德·格林伯格：加利福尼亚州的一名辩护律师，被罗伯托阿尔凯诺聘请为其辩护。

利昂·吉恩：美国海关东南地区区域总监。

斯波特·哈桑：国际商业信贷银行巴黎分行的一名官员。

杰西·赫尔姆斯：美国北卡罗来纳州的参议员，海关关长冯·拉布的顾问。

阿尔·亨里：驻坦帕市的美国毒品管制局的一名特工。

约翰·汉斯莱：派驻伦敦大使馆的一名海关特工。

埃莉诺·希尔：坦帕市的助理美国检察官，后担任参议院常务调查小组委员会首席顾问。

乔·辛顿：美国国税局驻曼哈顿的一名特工，负责培训卧底特工。

特雷尔·霍奇斯：坦帕市美国联邦地方法院法官，主持了对国际商业信贷银行官员和鲁道夫·阿姆布莱切特的审判。

詹姆斯·霍根：迈阿密的一名刑事辩护律师，为赛义德·侯赛因辩护。

伊恩·霍华德：国际商业信贷银行巴黎分行的一名官员。

玛尔塔·塞西莉亚·卡瓦加尔·霍约斯：阿尔凯诺的女朋友之一，同时供给和零售可卡因。

约翰·休姆：在坦帕审判期间，为阿姆加德·阿万辩护的律师。

乔斯·赫尔塔多：从图托·萨瓦拉和罗伯托·阿尔凯诺手中购买可卡因的芝加哥买主。

佩佩·赫尔塔多：从图托·萨瓦拉和罗伯托·阿尔凯诺手中购买可卡因的芝加哥买主。

赛义德·阿夫塔卜·侯赛因：国际商业信贷银行巴拿马市分行的一名官员。

李·艾科卡：克莱斯勒汽车公司的首席执行官。

杰西·伊瓦拉：驻旧金山的海关特工，绰号"口香糖"。

工业发展国际公司：巴拿马的一家卧底幌子公司，为毒贩清洗毒资。

马克·杰克沃斯基：坦帕市的助理美国检察官，在 C-Chase 行动期间提供过法律咨询，并负责坦帕市的刑事审判。

迪特尔·詹恩：瑞士苏黎世区负责刑事案件司法互助的地方预审法官。

克雷格·甄慈：我高中和大学时期的一个老朋友，曼哈顿美林证券的一名经纪人。

琳达·卡德武波夫斯基：纽约市的卧底特工，扮演艾米尔·阿布鲁的女朋友之一。化名"琳达·凯恩"。

哈伊里·卡拉什尔：20 世纪 80 年代末期，底特律的伊拉克迦勒底人秘密组织领袖。

史蒂芬·卡利什：坦帕市的大毒枭，由曼纽尔·诺列加介绍给国际商业信贷银行，并成为其客户。

阿德南·卡肖格：沙特阿拉伯的亿万富翁，军火商，国际商业信贷银行的大客户。

艾伦·卡茨：洛杉矶的辩护律师，被罗伯托·阿尔凯诺聘请为其辩护。

约翰·克里：来自马萨诸塞州的美国参议员，反恐禁毒国际行动小组委员会主席。

比尔·金：坦帕市的助理美国检察官。

乔·拉多：海关坦帕办事处的特工主管助理。

伯特·兰斯：吉米·卡特总统时期行政管理和预算局前局长。

布赖恩·洛德：华盛顿美国联邦调查局的一名特工，负责监管卧底行动。

汤米·洛雷托：海关特工小组主管，负责监管 C-Chase 行动在纽约地区的工作。

弗兰克·卢卡斯：纽约市主要的海洛因毒贩。

查理·卢西安诺：意大利热那亚黑社会家族的第一个头目，被普遍认为是美国西西里岛黑手党的教父。又名塞尔瓦托·卢卡尼亚。

约翰·卢克西奇：美国海关派驻英国伦敦大使馆的一名特工。

托尼·马西斯科：芝加哥海关一名卧底特工。

弗朗茨·麦森：日内瓦商业投资银行的一名官员。

罗伯特·曼吉欧尼：我的卧底身份之一。

丹尼尔·曼瑞克：在佛罗里达州的波卡拉顿为麦德林卡特尔零售可卡因的一个哥伦比亚人，国际商业信贷银行的一个客户。

爱德华多·马丁内斯·罗梅罗：包括杰勒德·蒙卡达在内的麦德林卡特尔成员的主要代理人兼金融顾问，我卧底时的洗钱竞争对手。又名 *El Costeño Mama Burra*，西班牙语，意思是"北方大蠢驴"。

乔治·梅诺斯：佛罗里达州圣彼得堡一名著名的律师，因其为佛罗里达的毒贩清洗数以百万计的毒资而被判刑。

康拉德·米兰：派驻洛杉矶的海关卧底特工。

戴恩·米勒：国际商业信贷银行坦帕分行的一名官员。

麦克·米勒：坦帕的一名海关特工。

拉米娜集团：一个阿根廷人的洗钱集团，在洛杉矶和纽约市都设有办事处，通过贵金属交易做幌子，为麦德林卡特尔提供洗钱服务。

索尔·米内尔夫：米内尔夫电子设备公司的总裁，美国政府机构电子设备器材的供应商。

路易斯·卡洛斯·莫利纳：麦德林卡特尔主要的黑钱清洗人。

杰勒德·蒙卡达：麦德林卡特尔的一名重要成员，在 20 世纪 80 年代，首脑巴勃罗·埃斯科瓦尔授权的管理可卡因贩运路线的两名成员之一。蒙卡达直接向埃斯科瓦尔汇报工作。又名唐·切倍。

冈萨洛·穆拉：麦德林卡特尔的贩毒黑钱经纪人。

杰米·穆拉：冈萨洛的兄弟，在迈阿密和洛杉矶为罗伯托·阿尔凯诺以及麦德林卡特尔零售可卡因。

露茜·穆拉：冈萨洛的妻子。

克雷格·摩根：一名海关卧底飞行员。

拉里·莫肯斯：坦帕海关特工主管助理，直接向邦妮·蒂施勒报告。

罗伯特·穆塞拉：我的卧底身份之一。

斯瓦利·纳吉维：国际商业信贷银行的一名主管，继阿伽·哈桑·阿比迪之后当上该银行总裁。

约翰·纳赛尔：见吉恩·菲加利。

理查德·尼克松：美国第三十七任总统。

曼纽尔·诺列加：20 世纪 80 年代末期巴拿马军事领袖。

奥利弗·诺思：海军特种部队的中校，涉嫌参与伊朗军售事件丑闻。

奥林·奥克斯：美国国税局驻坦帕市的一名特工。

保罗·欧博文：C-Chase 行动初期坦帕的海关特工小组主管。

法比奥·奥乔亚·瓦兹奎兹：法比奥·奥乔亚·瑞斯特伯三个儿子中最小的一个。他的父亲、两个哥哥和他均为麦德林卡特尔的董事会成员。他伙同罗伯托·阿尔凯诺将可卡因走私到美国。又名"法比托"。

吉列尔莫·奥乔亚：奥乔亚·瓦兹奎兹家族的一个亲戚，曾与冈萨洛·穆拉一起在麦德林大学学习过。

乔治·奥乔亚·瓦兹奎兹：法比奥·奥乔亚·瑞斯特伯三个儿子中的另外一个。

C-Chase 行动："现金追踪行动"，是调查并促使国际商业信贷银行彻底倒台的卧底行动的代号。

"美钞行动"特别小组：20 世纪 80 年代，佛罗里达州的美国海关与美国国税局的联合特别行动小组，旨在打击清洗黑钱分子。

"双鱼座"行动：1987 年美国毒品管制局在迈阿密进行的卧底行动，致使哥伦比亚的多名高层毒贩和洗钱分子被起诉。

本特利·奥里克：《坦帕论坛报》的一名记者，是首次将我的卧底身份公开曝光的记者。

哈维尔·奥斯皮纳：冈萨洛·穆拉为我介绍的专为杰勒德·蒙卡达和费尔南多·格雷阿诺服务的贩毒黑钱经纪人。又名"哈维尔·米娜"。

凯文·帕尔默：海关的一名卧底飞行员。

格瑞格·帕斯克：美国毒品管制局派驻苏黎世的一名特工。

阿尔瓦罗·佩雷斯：罗伯托·阿尔凯诺在新泽西州的可卡因零售商。

安吉尔·佩雷斯：美国毒品管制局派驻玻利维亚圣克鲁斯市的一名特工。

迪亚哥·佩雷斯：胡安·托帮的姐夫。

布鲁斯·珀洛文：旧金山国际贩毒组织的头目，从哥伦比亚和泰国将数吨大麻走私到美国。

盖兹·拉沙德·法隆：沙特阿拉伯的亿万富翁，国际商业信贷银行和卡普空公司的主要股东。

林登·平德林：巴哈马的首相。

麦克·鲍威尔斯：美国毒品管制局驻坦帕办事处的特工主管助理。

苏西玛·普瑞：卡普空公司的一名官员兼股东。

查尔斯·雷博佐：佛罗里达州的一名银行家，尼克松总统的密友。

休格·罗哈斯：哥伦比亚的超级蝇量级世界拳击冠军。绰号"宝贝儿"。

吉尔·罗曼：墨西哥的超级蝇量级世界拳击冠军。

威廉·罗森布拉特：派驻海关的执法官助理。

布赖恩·罗斯：美国国家广播公司（NBC）晚间新闻栏目（Nightly News）的一名记者。

丽塔·罗赞斯基：佛罗里达国家银行的一名官员，经授权帮助我建立卧底身份银行账户。

希林·阿斯加尔·可汗：阿姆加德·阿万的妻子，巴基斯坦空军最年轻的领袖阿斯加尔·可汗的女儿。

查尔斯·舒默：在 C-Chase 行动期间纽约的国会议员，现在已经是美国资深的参议员。

弗兰克·塞拉：芝加哥海关的一名特工。

萨阿德·沙菲：国际商业信贷银行拿骚分行的经理。

劳拉·谢尔曼：坦帕市的海关特工，我领导的卧底行动开始后，负责我们卧底行动的具体事宜。

艾拉·西尔弗曼：美国全国广播公司晚间新闻栏目主要的新闻调查制片人。

莫里斯·斯克尔尼克：曼哈顿美国国税局情报处的特工。

乔·斯莱曼：拉斯维加斯皇家赌场的所有人。

塞缪尔·萨摩海尔德：瑞士信贷银行苏黎世分行的一名官员。

塔米珠宝店：埃里克·威尔曼经营的一家人造珠宝批发公司，我们卧底用的幌子公司之一。

玛赛勒·塔森：曼纽尔·诺列加的秘书。

约翰·托马斯：一名专业拳击裁判。

邦妮·蒂施勒：负责海关执法署坦帕办事处的主管特工。

克拉拉·托帮：胡安·托帮的妻子，乔斯·冈萨雷斯·罗德里格斯·加切的侄女。

胡安·托帮：麦德林的一个毒贩，伙同罗伯托·阿尔凯诺以及其他不法分子在美国和欧洲走私并贩卖可卡因。

罗杰·厄班斯基：海关驻维也纳的一名特工，同时也负责瑞士方面的工作。

圣地亚哥·乌力贝：为麦德林卡特尔的巴勃罗·埃斯科瓦尔和其他成员服务的一名律师，从事黑钱清洗和其他犯罪活动。

罗杰里奥·瓦尔加斯：玻利维亚国家警察部队的一名上校军官，率领一个小分队突袭了隐藏在玻利维亚热带丛林中的一个毒品实验室，该实验室秘密地为麦德林卡特尔的罗伯托·阿尔凯诺、法比奥·奥乔亚以及其他成员生产数千万公斤的可卡因。

胡安·吉列尔莫·瓦尔加斯：麦德林集团的一个哥伦比亚证券经纪人，为麦德林卡特尔清洗贩毒黑钱。

吉列尔莫·贝拉斯克斯：哥伦比亚的一个毒贩，为罗伯托·阿尔凯诺提供成批量的可卡因。

毛里西奥·维弗斯·卡利略：波哥大为乔斯·罗德里格斯·加切服务的主要的洗钱分子。

威廉·冯·拉布：美国海关关长。

托尼·威达：美国华盛顿总部海关卧底行动队的一名特工。

巴迪·温斯坦：美国毒品管制局驻旧金山的一名特工。

埃里克·威尔曼：帕姆国家银行的前雇员，塔米珠宝店的真正所有人，该珠宝店被我们用作卧底行动中的幌子公司。

盖尔·威尔曼：埃里克的妻子。

托尼·威尔逊：美国毒品管制局的特工主管助理，负责该机构在弗吉尼亚匡提科培训学校的培训工作。

安德鲁·杨：美国派驻联合国的前大使，美国亚特兰大市市长。

卡明·萨瓦拉：图托·萨瓦拉的妻子。

图托·萨瓦拉：罗伯托·阿尔凯诺在迈阿密的古巴籍联系人。

谢赫·扎耶德·本·苏尔坦·阿尔·纳哈扬：阿布扎比的统治者兼阿拉伯联合酋长国的创建者。

穆罕默德·齐亚·哈克：巴基斯坦伊斯兰共和国军政府总统。

致　谢

我要向如下人士表达我由衷的谢意：

斯科特和安德里亚——我祈祷你们能够感受到我对你们无限的爱。尽管很多时候我都不能陪在你们身边，但我希望你们理解和原谅我。感谢你们为我所做的一切。

父亲和母亲——感谢你们对我始终如一的爱和教诲。

爱德和盖尔——感谢你们在我最艰难的时候给予我的帮助和爱护。

艾米尔——感谢你教会我的一切。你现在是、而且永远都将是我的好兄弟。你最为出色地完成了你的任务。如果没有你，就不会有我们今天的成功。

马克——感谢你这个具有献身精神而且才华出众的检察官，你是整个故事中不可或缺的一个人物。能把你称为我的好朋友是我的骄傲。

凯茜、琳达、阿黛拉、米莉、乔斯、尼尔逊、弗兰克和托尼——感谢你们对待工作的认真态度。你们的卧底工作不为许多人所知，但你们的确称得上是勇敢的人。

丹、史蒂夫、乔和戴夫——感谢你们将无限的热情奉献给为公众利益服务的事业，也感谢你们在幕后进行的无数次无畏的斗争。

众多勇于献身的美国、英国和法国的执法官员——感谢你们保护了我们所有人的安全。

罗伯特·金斯勒——感谢你接受了这个故事，并用你非凡的聪明才智对它加以完善，同时促成了这本书的出版。对所有的作家而言，你是他们作品的最佳"代理"。

凯蒂·霍尔——感谢你在我们精心策划这本书的过程中所表现出来的特殊的干劲和才智。

詹姆斯·杰伊奥——感谢你作为编辑无与伦比的创造力。对你的耐心和智慧我深表感谢。

《地球村里的喧嚣》
The Way of the World

By Ron Suskind　何云朝　译

出版时间:2009 年 12 月　定价:29.80 元

美国在发动伊拉克战争前隐瞒了怎样的惊天骗局?
美国情报机构是如何打入全球核原料黑市的?
关塔那摩监狱有什么不可告人的秘密?
美国的高级特工为何能成为约旦国王最亲近的朋友?

　　本书作者将不同背景的线人提供的信息联系起来,还原了历史的真相,尖锐地指出了道德沦丧是造成这些悲剧和威胁的根本原因。从白宫到唐宁街,从南亚那些"站错队伍"的国家到关塔那摩的海滩,本书高屋建瓴,精心布局,将普京、布什等全球政要与恐怖主义势力和人类未来的命运联系起来,在从许多内幕人士以及更大范围内挖掘真相、寻找希望的过程中,向世人呈现出"9.11"事件之后令人百感交集、思绪万千的真实历史画面。本书的写作风格像小说一样紧张刺激,而讲述的事实远比虚构的故事更惊心动魄。更重要的是,让读者在阅读之后有所回味和反思:这个世界的确出了问题,我们现在应该思考的是如何纠正自己的错误。

《三万亿美元的战争》
Three Trillion Dollar War

By Joseph E. Stiglitz　卢昌崇　等译

出版时间:2010 年 1 月　定价:38 元

　　时至今日,真相大白:美国入侵伊拉克是一个严重错误。之前布什班底以为可以依靠侵略伊拉克增加的石油收入来"以战养战",或者像海湾战争一样由其他国家来为战费买单,他们认为战争代价会微乎其微。事实证明这场战争美国付出的代价极其高昂:年轻的士兵和优秀的工程师在战争中丧生;因战致残的军人和军人家属遭受着身心的折磨;社会承担着战争带来的高昂医疗费用;国民警卫队由于远赴伊战无法应对国内危机……诺贝尔经济学奖获得者斯蒂格利茨预计:伊拉克战争的经济成本将达到 3 万亿美元,而这还是保守估计!在本书中,通过作者冷静理智的笔触,你能看到军事承包商和石油公司中饱私囊,你能看到美国政客巧舌如簧欺骗民众,你能看到战争给个人和社会带来的严重创伤……本书不仅客观分析了战争成本,让读者对美国的军事和政治生态有更深刻的认识,更能启迪我们以经济的思维深入思考我国可能面临的重大政治决策。

《强势时代》
Powerful Times
By Eamonn Kelly 王哲 译
出版时间:2009 年 6 月 定价:38 元

本书以全球视角,精辟分析了未来十年世界所面临的变化和挑战。从恐怖主义到核扩散,从能够改变人类的新兴技术到新兴经济大国的崛起……作者指出,一些强势的"动态矛盾"将在未来几十年根本上重塑人类生活,他以非凡的洞察力来解释这些矛盾将如何相互抵触、相互作用,制造一轮我们未曾见过的变革。

- 世界上唯一的超级大国面临着前所未有的进退两难的困境。
- 无所不在的信息带来了透明,但也带来了混乱、阴谋和混沌。
- 科学技术进步是突破还是灾难?是加速发展,还是遇到伦理道德的挑战而放缓?
- 中国和印度的崛起会怎样改变世界?
- 发达国家迅速的老龄化将给世界带来哪些变化?
- 全球市场是促使所有国家繁荣,还是让一些地区陷入了衰退?
- 人类如何应对 90 亿人口给地球带来的影响?
- 如何调动个人和组织的热情与力量去创造更加美好的未来?

对于关注我们当前与未来政治、经济生活的读者,本书为你提供了一个更广阔的视角和一种更深刻的理解。

《战争经济学》
The Economics of War
By Paul Poast 卢周来 译出版时间:2010 年 1 月 定价:39 元

战争改变着生命,同时塑造了历史。 战争使学者们着迷,使普通人关注。 但人们却往往忘记了战争还是一项经济事务。 史学家和军事家们指出:"战争中开支比装备重要,有了钱才有装备","金钱是战争的力量源泉","谁拥有最后一块钱谁就能够胜利"。 是的,人们为金钱而展开战争,而金钱使得战争得以进行。

本书提供了战争经济学的全面介绍,使所有对经济学、政治学以及相关社会科学感兴趣的人能够理解经济与战争、国防的关系,帮助人们学会将经济学的核心概念运用到纷繁的现实生活中。

图书在版编目（CIP）数据

卧底特工：走进银行洗钱案的幕后/罗伯特·马祖尔著；李立群、刘启升译
北京：中国人民大学出版社，2009
ISBN 978-7-300-11453-8

Ⅰ.①卧…
Ⅱ.①马…②李…
Ⅲ.①纪实文学-美国-现代
Ⅳ.①1712.55

中国版本图书馆 CIP 数据核字（2009）第 219240 号

卧底特工：走进银行洗钱案的幕后

罗伯特·马祖尔　著

李立群　刘启升　译

Wodi Tegong：Zoujin Yinhang Xiqian'an de Muhou

出版发行	中国人民大学出版社	
社　　址	北京中关村大街 31 号	**邮政编码**　100080
电　　话	010 - 62511242（总编室）	010 - 62511398（质管部）
	010 - 82501766（邮购部）	010 - 62514148（门市部）
	010 - 62515195（发行公司）	010 - 62515275（盗版举报）
网　　址	http://www.crup.com.cn	
	http://www.ttrnet.com（人大教研网）	
经　　销	新华书店	
印　　刷	北京山润国际印务有限公司	
规　　格	160 mm×235 mm　16 开本	**版　　次**　2010 年 1 月第 1 版
印　　张	24 插页 1	**印　　次**　2010 年 1 月第 1 次印刷
字　　数	347 000	**定　　价**　39.00 元